Pauline de Bok

Blankow
oder Das Verlangen nach Heimat

Aus dem Niederländischen von Waltraud Hüsmert

weissbooks.w

Blankow

Gefördert durch den Nederlands Literair
Productie- en Vertalingenfonds

Prolog

Im Jahr 1817 zog eine Schlichtungskommission eine gerade Linie vom Dornhainer See zum Erlensee. Mit den Grenzstreitigkeiten zwischen Preußen und dem Großherzogtum Mecklenburg-Strelitz sollte endlich Schluss sein. Dem Großherzog fiel das Stück Land westlich dieser Linie zu. Der Gutsherr von Dornhain war bereit, es dem Großherzog abzukaufen. Die Landwirtschaft florierte, Missernten in England hatten die Getreidepreise in die Höhe getrieben, Optimismus herrschte und Modernisierung war das Gebot der Stunde.

Durch den Zukauf besaß der Gutsherr auf einmal so viel Land, dass es sich von Dornhain aus nicht mehr bewirtschaften ließ. Deshalb legte er auf seinem neuen Grundbesitz ein Vorwerk an, ein Nebengut, das er verpachten konnte. Er errichtete es auf einem Hügel, der in den von Buchen gesäumten Mürzinsee auslief. Blankow nannte er es. 1827 war es fertig, zwei Jahre später trennte er sich von seinem Dornhainer Besitz und verkaufte ihn an einen bürgerlichen Gutsherrn.

Zu Beginn seiner Existenz hatte das Vorwerk knapp fünfzig Bewohner. Die Pächter kamen und gingen. Da es östlich der Elbe üblich war, nur Jahresverträge abzuschließen, konnten sie auf

Blankow keine Zukunft aufbauen. Hunderte Menschen wohnten und arbeiteten dort, Bauern, Knechte, Tagelöhner und ihre Familien, Saisonarbeiter aus Deutschland, Polen, Russland. Der Gutsherr hatte das Sagen.

In der Zeit zwischen den beiden Kriegen benötigte er den Hof selbst, um seine unverheiratete Schwester und seinen ältesten Bruder mit dessen Bienenvölkern dort unterzubringen. Die beiden führten ein zurückgezogenes Leben, während Deutschland durch den Ersten Weltkrieg, die Novemberrevolution von 1918 und die weltweite Wirtschaftskrise in den Grundfesten erschüttert wurde. Auch Dornhain stand am Rand des Abgrundes, der Gutsherr starb plötzlich und das Gut ging nach einem Jahrhundert in andere Hände über. Der neue Besitzer, ein Margarinefabrikant aus Berlin, konnte den Bankrott Dornhains nur abwenden, indem er Blankow verkaufte.

Hitler hatte den deutschen Bauern zum Kern des Deutschtums *erklärt; im ganzen Land erhielten »arische« Landarbeiter die Chance, einen eigenen Hof zu bewirtschaften. Auf dem Gelände von Blankow errichtete eine* Aufsiedlungsgesellschaft *fünf neue Gehöfte. Das eigentliche Vorwerk gelangte zum ersten Mal in die Hände eines Bauern, der selbst dort wohnte und arbeitete.*

Schon bald versandete die Landwirtschaftspolitik der Nazis. Die deutsche Wirtschaft diente nur noch einem Ziel: Krieg. Der Bauer von Blankow fand 1941 ein tragisches Ende. Sein Nachfolger brachte das Vorwerk – zum ersten Mal in seiner Geschichte – zur Blüte.

Und dann brach das Deutsche Reich zusammen. Am 28. April 1945 wurde Blankow nach heftigen Kämpfen von den Russen eingenommen. Die Stunde Null war angebrochen, Berlin war gefallen, Deutschland kapitulierte. Millionen Menschen hatten ihre Heimat verloren und waren völlig mittellos. Jeder musste Vertriebene aufnehmen, Blankow platzte aus allen Nähten. Von nun an hatte die sowjetische Besatzungsmacht das Sagen, bis sich 1949 die Deutsche Demokratische Republik *konstituierte. Die Bauern produzierten nicht mehr für den Krieg, sondern für dessen Folgen: Reparationszahlungen an die Sowjetunion.*

Die Landwirtschaft musste kollektiv betrieben werden. Ein Bauer nach dem anderen schloss sich an. Rings um das Vorwerk entstand die Gemeinschaft Neues Deutschland, *deren Leiter ein Bauer aus Ostpreußen war. Der Bauer von Blankow hielt an seiner kapitalistischen Produktionsweise fest, bis er 1957 fortging. Drei Jahre später vollendete der* Sozialistische Frühling *die Zwangskollektivierung.*

Die Erträge blieben enttäuschend, Reorganisation folgte auf Reorganisation. Immer größer mussten die Kollektive werden, immer industrieller. Mit den Betonställen und -scheunen und den Plattenbauten, die für die Landarbeiter an den Dorfrändern errichtet wurden, konnte Vorwerk Blankow nicht konkurrieren. Das Vieh verschwand, die Landmaschinen verschwanden, die jungen Leute verschwanden. Einige ältere Flüchtlinge fristeten dort ihre letzten Tage mit ihrem Kleinvieh, ihrem Gemüsegarten, ihren Obstbäumen und ihrem Heimweh. Um sie herum verfiel das Vorwerk. Der ostpreußische Bauer erlebte dort noch – im Alter von über neunzig – die Auflösung der DDR. 1995 holten ihn seine Kinder von Blankow weg.

Die Tür

Hinten im Laderaum steht der Hund auf. Ich fahre über den Damm, der durch den Mürzinsee führt. Aus dem Wasser steigen Nebelfetzen auf, sie schimmern zwischen den Buchen auf der anderen Seite des Sees. Es ist das Eis, stumpf und weich geworden löst es sich vom See, Schicht um Schicht. Der Eisgeist verflüchtigt sich, zerfällt in feuchtkalte Spukgestalten, die vom See aus über das Land schweifen. Ich schaudere und schüttle zugleich die Angst ab. Der Stillstand des Winters ist vorbei. Ich bin genau zur rechten Zeit gekommen.

Ich biege von der Chaussee in die schmale Sackgasse ein, fahre an den Häusern des Weilers vorbei bergauf. Auf der Anhöhe stehen sie im grauen Abendlicht: Bauernhaus, Ställe und Ruinen. Sie stehen schon wieder eine Weile leer und still da. Nur die großen schwarzen Maulwurfshügel deuten auf Aktivität: Kaum ist die Erde aufgetaut, arbeiten sich die Maulwürfe nach oben.

Mit der linken Hand drücke ich fest gegen die rostige eiserne Stalltür, mit der rechten drehe ich schnell den Schlüssel um. Geschafft, beim ersten Versuch. Die Tür quietscht beim Aufziehen, der vertraute, schrille Ton. Ich trete in den großen Kuhstall und atme die säuerliche Luft ein. Ich schließe die Augen. Der Geruch füllt meinen Brustkorb, erfüllt mich für einen Augenblick: all das vage Heimweh von Monaten. Alter Geruch.

Ich gehe durch den Stall und öffne die Tür des abgetrennten Wohnbereichs, betrete zögernd den Raum. Die Stühle stehen um den Tisch, die Decken liegen auf dem Bett, der gusseiserne Ofen steht eiskalt auf seinen vier Füßen. Ganz kurz erhasche ich einen Hauch von ihrem Dasein ohne mich, von ihrem An-sich-sein, etwas, was ein Mensch nicht kann. Den Moment des Eintretens in diese Welt empfinde ich wie einen seltsamen Verstoß. Ich störe das planlose Dasein der Dinge. Ich gebe ihnen ihren Sinn, ich fülle den Raum mit Absichten.

Der Hund rennt mit geducktem Rücken und der Nase am Boden durch die Wohnung, hastig nimmt er die Gerüche auf. Dort, wo sich hinter dem schweren Vorhang die Gartentür befindet und die Mäuse unter den Dielen hervorkommen, bleibt er kurz stehen und schnüffelt wie besessen. Dann hat er die erste Erforschung beendet und kommt zu mir, um sich streicheln zu lassen. Woraus ich folgere, dass alles in Ordnung ist.

Ich werfe zerknülltes Zeitungspapier und Holzscheite in den Ofen und zünde sie an. *Dschuuu,* der Schornstein saugt an den Flammen.

Beim ersten Morgengrauen wollen wir ins Freie, der Hund und ich. Ungeduldig drückt er die Nase an die Eisentür. Er wirft die Vorderpfoten in die Luft, um Anlauf zu nehmen. Aber der Schlüssel passt nicht ins Schloss. Ich fummle und fummle. Nichts. Ich äuge ins Schlüsselloch, ein tadelloser T-förmiger Durchblick. Noch einmal, in aller Ruhe. Ein paar Sekunden halte ich durch, dann steigt die Spannung in meinen Muskeln an und ich trete gegen die Tür. Sie hallt wie ein Gong.

Keine Gewalt anwenden, ruhig bleiben. Dagegendonnern bringt nichts. Noch ein Versuch. Ich manövriere, um den Schlüssel listig zu verlocken, ins Schloss zu gleiten. Wieder nichts, und wieder diese Flutwelle durch meinen Körper. Im Stall auf und ab tigern, den Apfel essen, den ich mir in die Jackentasche gesteckt habe. Wie ruhig ich doch bleibe. Die Windläden der anderen Türen sind noch zu und von außen mit Vorhängeschlössern gesichert. Mein Herz beginnt zu wummern. Ich bin also eingeschlossen. Kein Telefon, keine Verbindung zur Außenwelt, nichts. Niemand, der meine Rufe hören wird. Niemand. Tränen springen mir in die Augen. Der Hund macht sich klein. Ich versetze der Tür noch einen Schlag. Tage, eine Woche, noch länger kann ich hier eingesperrt sein, bis es jemand merkt. Ich muss eine Fensterscheibe einschlagen. Ich gehe an allen Fenstern und Türen entlang: Nein, davor ist ein Laden, und vor dem Fenster auch, und dieses hat kleine Eisensprossen, wie alle alten Fenster im Kuhstall.

Halt, im *Wintergarten*, da ist ein normales großes Fenster.

Und dann? Dann ist die Scheibe zerbrochen, und ich kann raus. Und jeder kann rein. Nein, das nur im Notfall.

Ein Stallfenster, vielleicht passe ich da hindurch. Es sind Kippfenster, die Scharniere befinden sich in der Mitte, aber es ist die einzige Chance. Erst alle Türen von innen entriegeln, die Schlüssel für die Vorhängeschlösser in meine Jackentasche stecken. Nein, keine Jacke, die ist zu dick, ich muss mich so dünn wie möglich machen.

Ich entscheide mich für das Fenster, unter dem draußen Holz aufgestapelt ist, stelle eine Leiter darunter und klettere hoch. Ich strecke das linke Bein unter dem gekippten Fenster hinaus. So, nun das andere. Mein rechter Fuß bleibt hängen, die Stiefelspitze ist eingeklemmt, los, weiterschieben. Ich hänge halb draußen, jetzt um Himmels willen nicht stecken bleiben, ich zwänge und winde mich, mein Fuß schnellt nach vorn, berührt den Holzstapel, der andere Fuß, das Holz gerät ins Rutschen, ich gleite hinab und stehe auf der Erde. Wie mein Kopf durch das Fenster gekommen ist, weiß ich nicht. Auf jeden Fall unversehrt.

Ich entriegele die Tür des Wintergartens und befreie den Hund aus der Wohnung. Draußen, endlich draußen.

Auf dem Weg sehe ich frische Reifenspuren, sie zeichnen sich im Schlamm scharf ab. Dort war ich mit dem Auto nicht. Ich erstarre.

Siehst du, heute Nacht war hier jemand, er hat sich an der Tür zu schaffen gemacht, er wollte das Schloss knacken. Seltsam, dass ich nichts gehört habe, die Eisentür dröhnt bei der geringsten Berührung.

Ich war todmüde von der Fahrt, das wird es sein. Aber ein Hund wacht doch auf, wenn jemand an der Tür herumfummelt. So ernst habe ich es nicht genommen, als sein Besitzer sagte, der Hund sei nicht wachsam und pofe einfach weiter, ob Gefahr drohe oder nicht. Ich habe keine Ahnung, wie ein Hund wissen soll, welches Geräusch Gefahr bedeutet. Alle Geräusche hier sind ihm fremd. Gestern Abend hob er beim Getrippel des Marders auf dem Heuboden über uns nur einen Moment erstaunt den Kopf. Auf das Quietschen der Tür- und Fensterläden reagierte er mit einem beiläufigen Blick. Gerade das hielt ich für einen Vorteil, dass er nicht beim geringsten Anlass loskläfft. Und wenn nun tatsächlich Gefahr droht? So wie heute Nacht.

Was ist heute Nacht passiert? Es ist dunkel, es regnet, ich liege in meinem Bett in dem gemauerten Futtertrog neben dem Ofen, der Hund liegt auf dem Teppich – und draußen vor der

Tür steht ein Mann und macht sich am Schloss zu schaffen. Woher weiß er, dass ich hier bin, dass ich hier allein bin? Er will bestimmt Geld, oder Frauenfleisch, oder er kam zufällig vorbei, wie die beiden Landstreicher, die hier letzten Sommer ein altes Moped stehlen wollten und, als das nicht ansprang, den Rasenmäher mitgehen ließen. Vielleicht treibt sich der Mann in der Nacht herum, weil er nicht schlafen kann. Und steckt, da er nun schon mal hier gelandet ist, einen Schraubendreher oder ein Taschenmesser ins Türschloss, vielleicht ist ja was zu holen.

Ha, grinse ich boshaft, heute Nacht hat er es jedenfalls nicht geschafft, die Tür aufzukriegen. Aber er kommt bestimmt zurück, nächste Nacht, mit besserem Werkzeug. Er wittert seine Chance. Verdammt noch mal, schon in der ersten Nacht läuft es schief. Von nun an ist jedes Geräusch verdächtig. Und ich weiß, wie viele Geräusche es hier gibt, immerzu unbekannte, unerklärliche Geräusche. Das ist nun mal so, an einem alten Ort, wo die Dinge jahraus, jahrein ein Eigenleben führen, in einem Stall, wo sich die Spinnen, Käfer und Würmer, die Ratten und Marder, die Vögel und Fledermäuse schon über Generationen unbehelligt eine Bleibe eingerichtet haben.

Ich gehe noch einmal zu den frischen Reifenspuren und sehe sie mir genau an. An einer Seite verschwinden sie im Gras – dort hat er gewendet –, an der anderen Seite kann ich sie nicht von den Spuren meiner Autoreifen unterscheiden, sosehr ich mich auch anstrenge, die Profile auseinanderzuhalten.

Mir gehen die Reifenspuren nicht aus dem Kopf, unwillkürlich laufe ich immer wieder hin, bis ich nichts mehr sehe als Riffel im Schlamm, voller Bedeutung, nur die Frage ist: welche.

Der Mann muss weg. Ob er nun da war oder nicht, er muss weg. Sofort. Ich gehe zum Auto, starte den Motor und fahre wüst auf den Spuren hin und her.

Jetzt zu dem, was ich mir vorgenommen habe. Umherstreifen, das verlassene Anwesen in Besitz nehmen, mich mit dem Dasein hier vertraut machen. Ich betrete das Haus, das frühere Wohnhaus des Bauern, nun das Sommerdomizil meiner Freunde aus Berlin. Die dicke Holzschwelle haben Ratten in winterlicher Hungersnot mittendurch genagt. Ich gehe durch die Räume im Erdgeschoss, die große Wohnung links, die kleine rechts, steige die breite Treppe hinauf und werfe im Obergeschoss einen Blick in die Schlafzimmer. Auf dem Treppenabsatz stehen zwei Pappkartons mit Schriftstücken. Bücher, angenagte Zeitungen, Schnellhefter. Das müssen die Sachen sein, die meine Freunde aufbewahrt haben, als sie das Haus leerräumten. Die hebe ich mir für später auf.

Ich steige die kleine Treppe zum Spitzboden hoch. Dort liegt noch Schnee auf den morschen Dielenbrettern, Schnee kriecht durch alle Ritzen.

Durch das Ochsenauge blicke ich auf den Obstgarten hinterm Haus: Eine Allee knorriger Bäume führt hinab bis zu den Eichen. Deutsche Eichen: Es braucht drei Erwachsene mit ausgebreiteten Armen, um sie zu umfassen. Sie wurden als Grenzmale an die Eckpunkte des Anwesens gepflanzt, vor fast zweihundert Jahren. Kahl und eckig muss es damals gewesen sein. Ein neues Gehöft auf zwei Hektar Weideland am Rand eines Buchenwaldes, noch ohne Geschichte, ohne Vergangenheit, nur Gegenwart und Zukunft. Heute, wo das Vorwerk so alt ist, kann man sich das kaum vorstellen. Auch, wie Anfang des neunzehnten Jahrhunderts die Zukunft für die Menschen aussah, die hierher gezogen waren.

Ich steige die Treppe hinunter und schließe die Haustür hinter mir ab, Inspektion erledigt. Vor dem Haus liegt der rechteckige Hof mit einem Komposthaufen, einem kleinen Teich und einer Wiese. Links die eingestürzte Getreidescheune, rechts die Ruinen von Gesindehaus und Schweinestall, dann der große Kuhstall, in dem ich wohne. Zwei Kastanienbäume begrenzen das Anwesen im Süden, so geht es nicht einfach in die Felder über. Raps wurde dieses Jahr ausgesät, sehe ich.

Blankow gehörte zu dem Gut Dornhain, das drei Kilometer weiter liegt. Der Gutsherr von Dornhain ließ das Vorwerk Blankow errichten, um es zu verpachten. Viel mehr wissen die Leute hier nicht darüber. Die Geschichte erschließt sich nicht ohne Weiteres, die Gegend ist zu unbedeutend und zu dünn besiedelt und die Eigentümer und politischen Systeme sind zu schnell aufeinandergefolgt.

Ich denke oft an früher, überlege, wie es hier gewesen sein mag, verschanze mich in diesen Gedanken. Wenn ich Teil einer langen Kette bin, wird gleich alles unwichtiger. Mit Wahrscheinlichkeitsrechnung beruhige ich mich selbst. Es gibt keinen Grund, Angst zu haben, hier passiert nur selten etwas Schreckliches. Also warum soll es gerade jetzt passieren, wenn ich hier bin?

Ein unbestimmtes Geräusch reißt mich aus dem Schlaf, und es rieselt mir kalt über den Rücken. Es ist meine zweite Nacht. Bestimmt ist der Mann zurückgekommen. Ich halte den Atem an, der mir plötzlich viel zu laut scheint, und horche. Er ist es nicht, es ist ein anderes Geräusch. Schläfrig lasse ich mich wieder auf die Matratze sinken. Bis ich Metall auf Metall höre, mein Blut beginnt zu rauschen, meine Schläfen pochen. Still, warum macht mein Körper so einen Krach. Der Hund, was macht der Hund? Er schläft. Ich horche und horche, bis ich nur noch die Stille höre. Eigentlich müsste ich draußen nachschauen, aber ich traue mich nicht. Also werde ich nie wissen, ob der Mann nun dort gestanden hat oder nicht. Und er kann jede Nacht wiederkommen.

Morgens sehen mich aus dem Spiegel erschrockene Augen in einem zerfurchten, blassen Gesicht an.

Ich bin gekommen, um allein zu sein, fort von der Stadt, von der Arbeit, den Menschen, der Flut von Informationen, die täglich in mein Leben geschwemmt werden. So wichtig kann das alles nicht sein, dass ich ständig auf der Höhe sein muss, oder besser: So wichtig kann ich nicht sein. Ich bin gekommen, um vollendete Tatsachen zu schaffen. Ich will wissen, was passiert, wenn ich monatelang allein lebe, auf dem Land, von Tag zu Tag. Ich will herausfinden, wie sich das auf meine Angst und mein Verlangen nach Sinn auswirkt. Und ich bin gekommen, um diesen sonderbaren Ort Blankow, wo ich vor einigen Jahren eher durch Zufall gelandet bin, besser kennenzulernen.

Etwas hat mich dazu getrieben. Alle Gründe bleiben zugleich auch Vorwände, Gedankenakrobatik.

Nach einigen Tagen wird mein Kreis um den Hof größer. Ein unbefestigter Weg führt mich durch Felder und Heuwiesen. Im Gras stehen stelzbeinig zwei Kraniche. Mit ihrem perlgrauen Gefieder und den festlichen schwarzen Schwanzbüscheln erinnern sie mich immer an Strauße. Als sie mich sehen, steigen sie mit langsamen Flügelschlägen auf, *grru, grru* rufen ihre rauen Stimmen müde, und sie fliegen in weitem Bogen zur nächsten Wiese.

Junge Rapspflanzen und Hälmchen Winterweizen stehen verfroren auf den Feldern, an Wachstum ist noch kaum zu denken. Ich verstehe nicht, was sie im Winter über der Erde zu suchen haben, warum sie sich nicht noch ein Weilchen im Boden verborgen halten. Die Felder erstrecken sich weit, sie haben die Maße der industriellen Landwirtschaft, die hier nach dem Krieg entsprechend dem Muster der sowjetischen Kolchosen eingeführt wurde. Die Ränder sind von Schlehdornhecken und Gehölzen gesäumt. In den Senken liegen runde Tümpel, kleine Toteislöcher aus der Eiszeit. Sie sind mit Schilf, Weiden, Erlen und hin und wieder einer Kastanie bewachsen und – wie auch die Ackerränder – voller Feldsteine. Schon solange sie das Land bestellen, werfen die Bauern die Steine hinein, die unablässig aus der Erde nach oben kommen. So sammelt sich die Fracht der Endmoränenlandschaft an.

Mein Weg wird von den Bauern diktiert. Ihre Traktoren haben parallele Spuren durch die jungen Pflanzen gezogen, so breit wie die Arme der Maschinen, die säen, düngen und Unkraut bekämpfen. An einigen Stellen sind die Spuren fast einen halben Meter tief, die Reifen haben sich dort in den nassen Lehm gewühlt und beinahe festgefahren. Beim ersten Hochsitz biege ich nach links zum Erlensee ab, der in einer Senke zwischen den Feldern liegt, und folge einer schmaleren Reifenspur, die sich um die Anhöhen schlängelt. Es ist die Spur des Anglers aus dem Nachbardorf Falkenhof, der den See gepachtet hat. Sein rotes Auto ist das einzige, das ich manchmal wie einen Käfer über die Felder krabbeln sehe.

Eine Wand aus Pappeln und Erlen ist das erste, was vom Erlensee sichtbar wird. Ich suche die Öffnung, die zu einem Holzsteg führt. Der Fischer hat zwei Stühle darauf festgeschraubt, dort kann man sitzen und die Zeit vergessen.

Ein Entenpaar fliegt schnatternd aus dem Wasser auf, das Echo hallt von allen Seiten und vermischt sich mit dem aufgeregten Bellen des Hundes. Ich rufe und erschrecke. Auch meine Stimme kommt von allen Seiten zurück. Der Schall scheint gegen Eiswände zu prallen, so klar und laut hallt er wider. Auch der Erlensee ist ein Toteisloch. Er ist so rund, dass ich ständig hinsehen muss, ich suche den Mittelpunkt, mein Blick kreist um den Schilfgürtel des Ufers.

Die Fische erzeugen Kreise im Wasser, flüchtige Miniaturen des Sees. Zwischen den Erlen hindurch ist auf der anderen Seite brachliegendes Land zu sehen. Noch etwa zwei, drei Monate, und die Bäume werden wie ein grüner Vorhang den See in seiner eigenen Welt umschließen, der dann noch runder erscheinen wird.

Weiter, am See entlang. Ich folge den Wildwechseln, so gelange ich, gebückt und mit den Armen vorm Gesicht, durchs dichte Strauchwerk zum nächsten Acker. Ich reiße mir die Hand an den Dornen einer Heckenrose auf. Lecke das Blut ab. Los jetzt, weg hier. Im Gebüsch habe ich nur Augen für die aufgewühlten Stellen: Wildschweine. Ich weiß zwar, dass sie mich nicht angreifen werden, solange es keine Bache mit Frischlingen ist, doch das hilft nicht, meine Instinkte lassen sich nicht so einfach beschwichtigen, der Gedanke an Wildschweine hetzt mich weiter. Der Hund verfolgt eifrig schnuppernd eine Spur. Wir kommen auf das Weideland, ich seufze erleichtert, der Hund findet ein paar Wildschweinkötel und kaut darauf herum. Pfui, höre ich mich sagen und will ihm das verbieten, beherrsche mich aber gerade noch rechtzeitig. Bestimme ich darüber, was ihm schmeckt?

Wir gehen zum höchsten Punkt der Heuwiese, in der Ferne ragt der rote Kirchturm von Carlshagen in den Himmel. Hinter diesem Turm, Stunden in südliche Richtung, liegt Berlin. *Fernweh* flammt in meiner Brust auf. Ich hole tief Luft. Berlin, die Stadt. Das ist ein anderes Dasein.

Langsam ziehe ich den Grubber durch den Boden, die Zinken reißen die Erdkruste auf. Der Rosmarin ist erfroren, die Frühlingszwiebeln sprießen schon wieder, frischgrüne Halme wachsen aus den verwitterten Stängeln vom vorigen Jahr. Morgens ist der Boden mit Raureif überzogen und die Erde fühlt sich unter meinen Stiefeln hart an, die Teiche, Pfützen und Regentonnen haben eine Eishaut. Tagsüber ist es Frühling und die Erde wird schon locker. Ich jäte das erste Unkraut, steche den Spaten in die Gemüsebeete, ziehe lange Pfahlwurzeln mit einem Ruck aus dem lehmigen Boden, vorsichtig, damit sie nicht abbrechen, und erschaure vor dem fast obszönen Vergnügen. Im Boden erwachen Regenwürmer, Weinbergschnecken, Larven und ein fetter weißer Engerling, und mir entgeht noch so viel Leben, das für das Menschenauge unsichtbar ist.

Ich strecke den Rücken, der sich schon steif anfühlt, und bücke mich wieder. Dann sehe ich mir meine Stiefel genauer an, der linke ist schwarz, der rechte grün. Ich habe einen Filzstiefel an und einen Gummistiefel. Wie ertappt blicke ich mich um. Die Filzstiefel sind groß, breit und ohne Passform. Die Gummistiefel schließen enger, sind kompakter und schweißiger. Es ist Gedankenlosigkeit, es sind die Füße, die voran wollen und nicht registrieren, dass etwas nicht stimmt. Ich war mit dem Kopf schon im Gemüsegarten. Trotzdem erschrecke ich, plötzlich bin ich mir selbst ein wenig fremd. Ich gehe in den Wintergarten, ziehe den Filzstiefel aus und den Gummistiefel an. Nicht umgekehrt, denn die Filzstiefel schone ich, die stammen noch aus der DDR.

Jacke aufknöpfen. Jacke ausziehen. Nachdem ich eine Schubkarre voller Feldsteine weggewuchtet habe, lasse ich mich verschwitzt rücklings ins Gras zwischen die Maulwurfshügel fallen. Der Hund schmiegt sich sofort an mich. Ich schließe die

Augen und stelle mir vor, dass es Sommer ist, ich versinke im warmen Gras, genieße die Sonne. Gras, das war einmal Purzelbäume schlagen, sich rollen, bis einem schwindlig wurde, pieksende Halme, die Abdrücke auf der Haut hinterließen. Und Maulwurfshügel. Meine Eltern ließen den Maulwurfsfänger kommen, der Fallen vergrub, doch die schwarzen Erdhaufen verunzierten weiterhin den Rasen. Eines Tages kamen die Bauarbeiter und pflasterten den Garten mit Steinplatten. Schluss mit den Maulwürfen, es lebe die Vernunft. Nun war der Garten nur noch ein Ort für die Füße, nicht mehr für den ganzen Körper.

Die Sonne sinkt zum Horizont, Zeit, auf der Bank an der Stallmauer zu sitzen – eine Eichenbohle aus der Ruine der Getreidescheune. Aus dem Kühlschrank habe ich mir ein Bier geholt. Der eisige Strahl rinnt durch meine Speiseröhre, es ist zu kalt für Bier. Ich schubbere meinen Rücken an der Backsteinwand, die die Sonnenwärme des Tages gespeichert hat. Das Gras ist moosgrün wie auf einem arkadischen Landschaftsgemälde. Die ersten Weidenkätzchen schimmern silbrig, die Zweige, die sich vor dem fast weißen Himmel abheben, bekommen eine dunkelrote Glut. Das orangefarbene Sonnenlicht ergießt sich immer breiter über dem dunklen Rand der Bäume, der Horizont ist nun fast ein Halbkreis. Dann kriecht über die Felder die Dämmerung heran. Die Grashalme verblassen langsam zu einem fahlen Wintergrau. Das warme Grün verschwindet in der Erde. Und mit einem Mal sind alle Farben aus der Welt gewichen, so wie einem das Blut aus dem Gesicht weicht, wie – plötzlich ist das Bild mit ganzer Wucht da – das Leben aus dem Gesicht meines sterbenden Vaters wich.

Die Kälte kriecht über das Land, kriecht in mich. Die weißen Nebelfrauen erwachen.

Drinnen verlege ich den Ruheplatz des Hundes in die Ecke an der Gartentür, mit Blick auf den Weidenpfuhl und den fernen Westen. Ich probiere den Platz aus, setze mich kurz hin. Links der inzwischen purpurfarbene Himmel und rechts, an der anderen Seite des Raumes, hinter der Flügeltür der Küche, die auf den Hof führt, die Reste der Getreidescheune. Das Rot der Ziegelsteine kontrastiert mit dem tiefen Blau aus dem Osten, das wie ein Wandbehang zwischen einer Reihe Eschen hängt. Der Hund hat den schönsten Platz, ich gieße mir einen Schnaps ein und setze mich wieder in seine Ecke. Mit dem Rücken an der Wand, gegen die die Kühe jahraus, jahrein ihre Fladen gespritzt haben. Früher war die Wand bis zur Risthöhe schwarz geteert, heute besteht sie aus einer Mischung von Backstein, Kalk, Lehm, Teer und Resten angebackenen Kuhdungs.

Von unten kriecht der Salpeter hoch und bildet eine Tapete aus Watte, die ich manchmal mit dem Staubsauger entferne. Die Schönheit von Schimmel zu bewundern, ist Menschen nicht vergönnt. Sie ziehen es vor, ihn zu bekämpfen. Ich denke an Kurt, der einige Dörfer weiter in einer alten Mühle lebt. In dem riesigen Bauwerk haust er unten in einem winzigen Raum, in dem er wohnt, schläft und kocht. In den Räumen daneben buddelt er schon seit etwa zwei Jahren unter den Fundamenten. Er legt sie nach und nach frei, stopft isolierende Kunststofffolie darunter und bedeckt sie wieder, damit der Salpeter nicht mehr die Wände hochsteigen kann, die einzige Methode, die hundertprozentig funktioniert.

Macht dir das immer noch Spaß?, habe ich ihn einmal gefragt.

Erstaunt sah er mich an: Man kann nicht allzu viel Spaß ertragen, sagte er und wandte sich ab. Dass ich das nicht gewusst hatte.

So eine einfache Wahrheit und so völlig unzeitgemäß. Ich sinniere vor mich hin, denke an Kurt und seine trübselige Erkenntnis. Das geht leicht auf dem Hundelager mit dem Schimmel im Rücken. Ich könnte ewig so sitzen und meinen Gedanken nachhängen. Der Hund liegt erschöpft vom Jagen als zerzaustes Fellhäufchen neben mir, die Pfoten ein Knäuel, das eine Ohr steht hoch wie ein Kelch. Ein tiefer Atemzug lässt seinen Brustkorb wie einen Ballon anschwellen, langsam leert er sich wieder, brodelt, ächzt und pfeift ein wenig. Ein Hundeleben.

Meine Vorräte sind aufgebraucht, ich muss einkaufen in dem Städtchen, das eher ein Dorf ist. Nach Tagen begebe ich mich wieder unter Menschen. Soll ich mich zurechtmachen? Wenn ich hier allein bin, spare ich es mir; ich schminke mich doch nicht für die wenigen Male, die ich mich im Spiegel sehe. Ich reibe mir lieber ausgiebig die Augen.

Auf einmal ist mir, als machte ich mich für die Männer hübsch. Aber ich will doch gerade nicht auffallen, nicht Aufmerksamkeit auf mich ziehen. Seht, da bin ich wieder, die *Holländerin.* Und man sicht mir an, dass ich allein bin, jedenfalls bilde ich mir das ein.

Unschlüssig stehe ich vor dem Schrank mit den Kosmetiksachen, schaue wieder in den Spiegel. Die Städterin in mir fordert ihr Recht. Na gut, ein bisschen, taktiere ich. Und kein Parfum, um Himmels willen, ich werde doch keine Duftspur hinterlassen.

Das Auto springt sofort an. Ich steige aus, öffne das Tor, steige ein, fahre vom Hof, steige aus, schließe das Tor und fahre los, an den Häusern des Weilers vorbei, der wie das Vorwerk Blankow heißt. Zögernd hebe ich die Hand, um die alte

Nachbarin zu grüßen. Ich bin mir unangenehm bewusst, dass ich mich unter Menschen begebe.

Am Eingang zum Supermarkt pralle ich fast mit einem pockennarbigen jungen Mann zusammen. Ich murmele *Verzeihung*. Seine Augen starren leblos durch die Brillengläser. Kurz darauf steht er mit seinem Einkaufswagen quer im Gang. Im nächsten Gang stoße ich wieder auf ihn. Er hat krauses Haar, das schon ein wenig schütter ist, und er verfolgt mich, jetzt bin ich mir sicher. Mit Einkaufswagen, ohne Einkaufswagen, instinktmäßig, wie ein Tier. Ich gehe hastig zur Kasse. In der Schlange vergewissere ich mich mehrmals, dass er nicht hinter mir steht. Nicht umschauen, ermahne ich mich, er sieht es bestimmt, er wittert, dass ich Angst habe. Schluss jetzt, der Kerl hat bestimmt kein Auto, er kommt nicht aus dem Dorf heraus.

Beim Bäcker und beim Metzger im Vorraum des Supermarktes sehe ich mich noch immer um. Vielleicht steht er plötzlich hinter mir. Meine Waden kribbeln, mein Herz jagt, mein Körper will rennen.

Frühjahr 1945, als die Rote Armee nach Deutschland vorgestoßen war, versteckten Mütter in meinem Alter ihre Töchter auf Dachböden, in geheimen Hohlräumen und in Alkoven, oder ganz hinten in den Pferdewagen, mit denen sie westwärts geflohen waren, den amerikanischen und britischen Truppen entgegen. Sie selbst vermummten sich als alte Frauen, sie banden sich ein Kopftuch um, rieben sich das Gesicht mit Asche ein und ließen den Körper schlaff hängen. Wer eine Zahnprothese trug, nahm sie heraus. Die Horden der Sieger hatten es vor allem auf junge Frauen abgesehen. Triebe haben ihre eigene Logik, Samen fällt am liebsten auf fruchtbaren Boden. Die Früchte der Vergewaltigungen sind nun um die sechzig.

Halbe Kuckuckskinder sind es. Ob man ihnen gesagt hat, aus welcher Gewalttat sie hervorgegangen sind? Dann können sie den Verlauf, den ihr Leben genommen hat, darauf zurückführen, ihre Sonderstellung in der Familie, das Hass-Liebe-Verhältnis zur Mutter, die kühle oder auch explosive Beziehung zu dem Mann, der die Vaterrolle übernahm. Und auch ihre eigene psychische Verfassung: die Selbstentfremdung, die innere Zerrissenheit, die düsteren Anwandlungen. Und wenn sie es nicht wissen, fragen sie sich vielleicht ihr Leben lang, warum um Himmels willen sie so sind, wie sie sind.

Jeder Mensch ist mit seinen Fragen über sich selbst allein, ob er seine Herkunft kennt oder nicht. Ich selbst weiß auch nicht mehr als ein paar Fakten, eine oft erzählte Anekdote, eine im Laufe der Zeit geronnene Geschichte. Auch die Geschichte meiner Herkunft ist nur eine unbeholfene, dürftige Erzählung. Trotzdem werde ich den Gedanken nicht los, dass die Vergangenheit – auch meine Vergangenheit – irgendwo komplett und unbeschädigt lagert und ich nur den Schlüssel zu ihr finden muss. Aber ich weiß, dass das Unsinn ist, dass der Mensch kein transparentes und rationales Wesen ist, sondern ein unentwirrbares Gemenge von Natur und Kultur, ich weiß, dass das Bewusstsein sich mehr auf das Überleben als auf die Wahrheit konzentriert. Es gibt diesen Schlüssel nicht, eine bis ins Letzte bekannte Vergangenheit ist eine Illusion, wir basteln uns aus Bruchstücken von Wahrheit, Dichtung und Überlebensinstinkt eine runde Lebensgeschichte zusammen, ohne genau zu wissen, wie. Niemand ist aus einem Guss, so gern wir das auch glauben.

Mit einem Auto voller Einkäufe fahre ich auf den Hof und kneife die Augen halb zu. Ich versuche, mit dem Blick der Bewohner von früher zu schauen. Was sehen sie? Den Ort, so wie er war? Eine neue Idylle? Oder ein verwahrlostes Anwesen?

In den vergangenen Jahren kamen hin und wieder Leute, die Blankow von früher kannten, und schüttelten verdutzt den Kopf. Wer hätte das gedacht, sagten sie. Eine Bruchbude war das, eine Ruine. Als der alte Huffel von seinen Kindern hier weggeholt wurde – wann wird das gewesen sein, vor ein paar Jahren – erwartete man jeden Moment die Planierraupen; Bruchbuden gibt es ja mehr als genug in der ehemaligen DDR.

Ihr habt hart gearbeitet, sagen die Besucher bewundernd. Was sie tatsächlich denken, verraten sie, wenn sie freundlich hinzusetzen: *Man könnte was draus machen.* Mit roten Betondachpfannen, meinen sie, mit einem Neuanstrich der Türen und Fenster, mit einer modernen Heizung, mit Küchen, Badezimmern, mit abgezirkelten Beeten, einem glattgeschorenen Rasen. Es könnte ein richtiger Erholungsort werden.

Ich gehe durch den Obstgarten und versuche mir ins Gedächtnis zu rufen, wie es Mitte der neunziger Jahre hier aussah, als meine Freunde aus Ostberlin das Vorwerk Blankow gerade gekauft hatten. Ich war zu Besuch und half, einen Anfang zu machen, auch wenn es mir wie eine Sisyphusarbeit vorkam. Als erstes befreiten wir das Haus mit Äxten und Sägen von dem Urwald, der es vom Garten aus überwucherte. Es war dunkel, feucht, verschimmelt. Zwei große Blautannen nahmen das Licht, Holunder und Eschen drängten sich, Wurzeln krochen in Ritzen und Spalten, Brennnesseln, Disteln und Dornen von Hundsrosen und Brombeeren machten das Grün undurchdringlich. Erst nach tagelangem Roden kam die Terrasse mit der breiten Treppe ramponiert zum Vorschein. Ich erlebte die Natur, wie ich sie selten von nahem erlebt hatte: nichts als blinder Lebenstrieb, aus Ritzen und Spalten sprießend, sich zum Licht hin windend und schlingend, ein Wuchern, das kein Mitleid, kein Gegenüber kennt.

In den darauf folgenden Jahren sah ich, wie das Haus weiter dem Verfall trotzte. Zum ersten Mal erhielt es Dachrinnen, damit das Regenwasser nicht mehr an den Mauern herabfloss. Unterdessen nagte die Zeit immer sichtbarer an den Ställen und Scheunen, der große Kuhstall war schon fast verloren. Holunderbäume hatten das Asbestdach durchlöchert, es regnete herein. Um den Verfall des Stalls zu stoppen, mussten Wind und Wetter ausgesperrt werden.

Das Dach durfte nicht zu viel wiegen, denn der Dachstuhl war leicht gebaut. Also Wellblechplatten, fast sechshundert Quadratmeter, in der Farbe rot oder anthrazit – wie Dachpfannen – oder blechfarben. Wir entschieden uns für Blech. Die Dachdecker kniffen die Augen zu. Während sie das Dach erneuerten, trennten wir hinten im Stall eine Wohnung ab.

Wenn ich ins Freie gehe, schaue ich immer kurz auf das Dach, das sich mit dem Wetter verändert. Im grauen Himmel löst es sich auf, vor einem blauen Himmel gleißt es so, dass es den Augen weh tut, und in hellen Nächten fängt es das Mondlicht seidenweich auf. Aber das wissen die Leute, die vorbeikommen, nicht, sie tun so, als bemerkten sie das Blechdach nicht.

Auf Blankow gibt es jede Menge preiswerter Lösungen, unbeholfener Basteleien, mittendrin abgebrochener Vorhaben, Narben aus vielen Zeitabschnitten. Alle Türen des Kuhstalls sind mit groben grauen Betonsteinen und tropfendem Mörtel zugemauert, bis auf eine, die Tür aus rostigem Eisen. Ich habe keine Ahnung, warum. Kein Bauer käme auf die Idee, Türen zuzumauern, denn das bedeutet nur mehr Geschleppe mit Viehfutter und Mist.

Ständig entdecke ich irgendwelche Notlösungen. Gerade bin ich hinterm Schweinestall vorbeigegangen, der – etwas nach hinten versetzt – zwischen Kuhstall und Gesindehaus steht. Über der Tür ist die Jahreszahl 1856 eingemeißelt. Das Dach ist eingestürzt, aber die robusten Feldsteinmauern stehen noch. Und da fällt mir auf, dass die Rückwand zur Hälfte aus roten Backsteinen besteht. Das kann nichts mit Verfall zu tun haben, so ein Loch in einer massiven Feldsteinwand, es muss durch massive Gewalteinwirkung entstanden sein. Doch was dort geschehen ist, kann mir niemand sagen.

An einem trüben Vormittag, die Stallwände strahlen nur Kälte ab und drinnen will es einfach nicht hell werden, gehen plötzlich die Lampen aus. Klack. Der Kühlschrank zittert auf seinen Füßen und schweigt. Ein Kurzschluss. Ich schaue in den Zählerkasten draußen an der Stallmauer und schraube neue Sicherungen ein. Nichts. Ich gehe ins Bauernhaus und tausche dort die Sicherungen aus. Nichts. Ich gehe wieder zum Zählerkasten und starre noch eine Weile eindringlich auf ihn. Keine Ahnung, was ich jetzt machen soll. Der Hund weicht nicht von meiner Seite und sieht mich erwartungsvoll an.

Denk mal mit, raunze ich ihn an. An dir habe ich überhaupt nichts, wenn's drauf ankommt. Du kannst nur fressen, du Schnorrer. Oder was ausfressen. Alles muss ich allein machen.

Der Hund duckt sich, zieht den Schwanz ein, sein flehender Blick klebt an mir fest. Diese Unterwürfigkeit, diese Hundetreue, ekelhaft. Mensch, tu doch was, schreie ich ihn an. Er macht sich noch kleiner.

Denk nach, ermahne ich mich. Wozu brauche ich überhaupt Strom? Der Kühlschrank ist überflüssig, an kalten Plätzen mangelt es hier nicht. Lampen brauche ich auch nicht unbedingt; im Vorratsschrank stehen Schachteln voller Kerzen.

Musik höre ich kaum, das kann ich mir nicht gestatten, es würde nur empfindliche Saiten in mir berühren. Nur das Radio, das wird mir fehlen, die Nachrichten zweimal am Tag; draußen, im Nahen Osten, herrscht Krieg. Aber was tut es eigentlich zur Sache, wenn die Weltereignisse an mir vorübergehen. Früher wussten die Leute auch nicht, dass auf anderen Kontinenten Krieg war oder dass der Kaiser hier oder dort dies oder das gesagt hatte. Und auf die Wettervorhersagen, für die ich das Radio sonst anstelle, kann ich auch verzichten, das Wetter kommt von alleine angeweht.

Der Computer! Au! Ich könnte natürlich mit der Hand schreiben. Doch wenn man mit der Hand schreibt, muss man erst im Kopf formulieren, mein Gehirn hat sich an den Computer gewöhnt, ich formuliere beim Schreiben auf dem Bildschirm. Das läuft im Kopf ganz anders ab – schon fange ich an, mir Argumente zusammenzubasteln –, und außerdem muss die Elektrik ohnehin repariert werden.

Ich gehe wieder ins Bauernhaus, in der Diele steht ein Telefon. Ich suche die Nummer aus dem Telefonbuch und rufe einen Elektriker an. Frau Finke wird ihren Mann in der Mittagspause fragen, ob er vorbeikommen kann. Um mich zu trösten, hole ich die Kartons mit alten Schriftstücken vom Dachboden und bringe sie mit der Schubkarre in den Kuhstall. Sobald ich wieder Strom habe, darf ich damit anfangen.

Am nächsten Nachmittag geht Herr Finke mit seinem Spannungsmesser zwischen Kuhstall und Bauernhaus hin und her. Unterdessen blicke ich auf seine Füße, die in schwarzen Arbeitsschuhen stecken. Ich habe noch nie einen Mann mit so kleinen Füßen gesehen. Eine Kindergröße. Es verleiht ihm etwas Unschuldiges. Finke verfolgt die Leitungen und stößt auf zwei kleine Kästen an der Außenwand des Hauses.

Was ist das?, fragt er.

Reste des alten Stromnetzes?, rate ich.

Mit einem großen Schraubendreher öffnet er einen der Kästen. Sieh an, da ist der Übeltäter. Verkohlte Kabel, Asche. Ein Wunder, dass Sie überhaupt noch Strom hatten, sagt er. Der Kasten ist alt und porös, Regen und Schnee sind hineingesickert.

Warum hängt der Kasten denn auch draußen?, klage ich.

Tja, sagt Herr Finke, zu unserer Zeit – dann stockt sein Satz und er fährt fort –, zu DDR-Zeiten hat man sich mit dem beholfen, was vorhanden war.

Eines der Kabel ist noch nicht völlig durchgebrannt, sagt Finke, er kann versuchen, vorläufig den ganzen Strom darüber laufen zu lassen. Das kann für einen Tag gut gehen, aber auch für ein paar Monate. Die Alternative wäre, neue Leitungen zu ziehen und einen neuen Verteilerkasten anzubringen, doch dazu hat er jetzt keine Zeit.

Gut, sage ich. Unsicherer Strom ist besser als gar kein Strom. Plötzlich fühle ich mich wie ein Bürger dieses aufgelösten Landes.

Ich schaue Herrn Finke zu, wie er rasch ein paar Kabel umlegt, und kann mir die Frage nicht verkneifen: Bekommen Sie oft einen Stromschlag?

Er antwortet mit dem ebenso üblichen Handwerkerhumor: Na klar, aber der Vorteil ist, dass ich nie für Elektroschocks in die Klinik muss.

Ich vergesse zu lachen, bemerke auf einmal überall dicke alte Leitungen und Verteilerkästen. Kraftstrom, sagt Herr Finke, für den Stall.

Die nach dem Krieg gegründeten Landwirtschaftlichen Produktionsgenossenschaften, kurz LPGs, waren Großbetriebe. Sie benötigten viel Strom.

Kann das alte Stromnetz keinen Schaden anrichten? Na ja, schon möglich. Er wird später irgendwann alles überprüfen und die nicht mehr benutzten Leitungen abklemmen.

Den Rest des Tages empfinde ich es als Luxus: Licht, Strom. Das Brummen des alten Kühlschranks stört mich gar nicht mehr. Am Abend schalte ich das Licht aus, ohne erst die Ohren zu spitzen. Der Mann an der Tür ist nicht mehr da. Ich beginne mich ans Alleinsein zu gewöhnen.

Ich schrecke aus dem ersten Schlaf auf, weil der Hund in der Wohnung herumläuft. Ich höre seine Krallen immer wütender über die Holzdielen kratzen. Er hechelt, schnaubt, fiept. Ich habe dem Geräusch unter den Dielen längst einen Namen gegeben, um es zu verharmlosen, es ist die Ratte Henkie.

Geh schlafen, rufe ich vom Bett aus, es ist nur Henkie. Doch der Hund wittert Gefahr, er wird immer aufgeregter. Oder muss er vielleicht noch mal nach draußen? Ich stehe seufzend auf und öffne die Tür. In wildem Lauf stiebt der Hund über den Hügel, aus weiter Ferne höre ich ihn kläffen. War ein Reh ums Haus gelaufen? Aber das passiert fast jeden Tag. Die Nacht ist klar, der Himmel mit Sternen übersät, ich kann alles ringsum erkennen. Nach einer Weile kommt der Hund atemlos zurückgerannt. Hinein. Sofort fängt er wieder an, hysterisch zu schnüffeln. Ich kümmere mich nicht mehr darum und schlüpfe ins Bett. Kurz bevor ich einschlafe, fällt mir ein, dass ich allein draußen im Dunkeln stand und vergaß, Angst zu haben.

Liebesbriefe

Erst wische ich die Tischplatte mit einem Lappen ab und werfe einen dicken Holzklotz in den Ofen, dann stelle ich die zwei Schachteln mit alten Schriftstücken auf den Tisch. Vor mir steht ein Schatz, ich bin Archäologin.

Die Schachteln enthalten hauptsächlich Schulbücher und Hefte. Ich puste den Staub und den Mäusedreck weg. Die Bücher schiebe ich beiseite, für später. Die Hefte durchblättere ich schnell, auf der Suche nach dem Kind, das sie vollgeschrieben hat. Die Handschrift ist regelmäßig und gestochen scharf, eine Jungenhandschrift, die Sätze enthalten wenig Fehler, die Rechenaufgaben stehen ordentlich in Reih und Glied. Es muss ein lerneifriger Junge gewesen sein. In einem Heft mit Grammatikübungen finde ich einen Brief:

Seeberg, d. 7.II.1949
Sehr geehrte Damen,
Der Schüler Walter Spienkos benötigt einen Mantel, da ich keinen habe.
Der Schüler Walter Spienkos benötigt ein Paar Schuhe Größe 40.

Walter Spienkos. Geboren am 27. Februar 1932 in Friedrichshof, schreibt er, einem kleinen Dorf in Ostpreußen. Fast siebzehn ist er jetzt, und seit 1948 besucht er in Seeberg wieder die Oberschule.

In Mappen aus mürbe gewordenem Papier finde ich einen Stapel Briefe. Was kann man sich mehr wünschen bei einer Exkursion in die Vergangenheit. Ich beherrsche mich und lege sie beiseite.

Zwischen den anderen Schriftstücken finde ich noch ein paar lose Briefe. Die lese ich sofort, wie den von der politisch-satirischen Zeitschrift *Frischer Wind* aus Berlin. Er datiert vom 28. April 1952 und ist an Walter adressiert, der inzwischen in einem Oberschulinternat in der Kreisstadt ist. Aus dem Kontext schließe ich, dass Walter der Redaktion ein Foto von einem Bonbon geschickt hat, in dem sich ein Metallstäbchen befand. Die Redaktion antwortet ihm, sie sei der Sache nachgegangen; eine Maschine, die den Fehler verursacht habe, sei stillgelegt worden, sodass keine *Fakirbonbons* mehr fabriziert würden. Einige Monate später schickt Walter der Zeitschrift ein Foto des baufälligen Hauses der Familie Skrypczak in Neufeld, dem Dorf, in dem seine Eltern wohnen. Wieder antwortet die Redaktion, dass sie die Angelegenheit mit Erfolg zur Sprache gebracht habe: Die Leitung des volkseigenen Gutes habe der Zeitschrift mitgeteilt, dass der Familie Skrypczak eine andere Wohnung zugewiesen würde.

So steht der junge Mann Walter im Leben: Wenn er auf Missstände stößt, wendet er sich an die Organe der neuen Zeit. Krieg und Flucht sind vorbei. Die Deutsche Demokratische Republik ist drei Jahre alt. Eine junge Republik und ein junges Leben passen gut zusammen. Walter liest nicht nur die Zeitschrift *Frischer Wind*, in den Schachteln finde ich auch noch Exemplare von *Urania*, einer *Monatszeitschrift über Natur und Gesellschaft*, *Junge Welt*, Zentralorgan der *Freien Deutschen Ju-*

gend, und *Wissenschaft und Fortschritt*, gleichfalls eine Zeitschrift der FDJ.

Ich finde zwei gerahmte Kinderfotos, wie sie bei allen Großmüttern der Welt auf Kaminsimsen und Wohnzimmerbüfetts stehen. Und braune Briefkuverts mit Negativen. Ich halte sie vor die Lampe und sehe junge Frauen mit hellen Badeanzügen und schwarzen Bademützen im See baden, einen jungen Soldaten vor dem Bauernhaus, einen blonden Knirps auf einem Motorrad.

Zerstreut wische ich mir die Hände an der Hose ab. Sie sind inzwischen so trocken und muffig wie die Schriftstücke. Ich versuche den Staub abzustreifen, aber er ist mir in die Haut gekrochen, als hätte ich mit bloßen Händen in einen Sack Kalk gefasst. Ich halte sie unter den Wasserhahn, doch davon werden sie nur noch runzliger. Sie sind so ausgetrocknet, dass ich sie pausenlos spüre, ein Gefühl, als gehörten sie nicht zu meinem Körper. Sie unterstreichen das Doppeldeutige, vielleicht sogar Schmuddelige meiner Nachforschungen: Was gehen mich diese Leben überhaupt an?

Ich finde eine Kondolenzkarte vom 1. Juni 1981, an Tante Anna Spienkos gerichtet. Margot aus Westdeutschland schreibt: *Ich konnte dem Onkel noch nicht einmal einen letzten Gruß senden, weil die Anzeige erst nach der Beerdigung ankam.* Ein merkwürdiger Satz: Als ihr Onkel noch aufgebahrt war, hätte sie ihm natürlich auch keinen Gruß mehr senden können, aber was sie meint, ist deutlich: Der Briefverkehr zwischen Ost und West funktioniert nur stockend. Und sie fragt ihre Tante Anna besorgt: *Was wirst Du jetzt dort so allein tun? Wirst Du dort bleiben?*

Dichter Nebel. Komm, Hund, hinaus, dort ist die Welt heute ganz still und einfach. Ins Nichts hinein laufen, fast tastend.

Der Hund ist mit drei Sprüngen aus der Sicht verschwunden. Ohne Hund bin ich viel alleiner. Der Unterschied ist nicht graduell, sondern absolut. Ich rede mit dem Hund, er spitzt die Ohren und hört zu, auch wenn ich Sätze sage, mit denen er nichts anfangen kann. Es ist der Ton, auf den er reagiert. Ich rede Niederländisch mit ihm, aber vielleicht könnte ich ebenso gut Deutsch reden.

Schamlos quassele ich auf den Hund ein, es ist niemand da, der es hört, ich merke, dass ich das gleiche Vokabular benutze wie alle anderen Leute, die einen Hund haben. Hundesprache. Hundebesitzer übernehmen sie voneinander, teilen sie miteinander. Der Mensch hat eine Welt von Worten für den Hund geschaffen, für ihn und den Hund. Ich nehme automatisch Zuflucht dazu. Die so oft gehörten Wörter kommen wie von selbst aus meinem Mund. Ich bin die Herrin – oder das Frauchen, was noch alberner klingt. Der Hund ist brav oder ungehorsam. Ich sage: warte, hierher, pfui, nein, komm, aus. Ich sage Platz und Sitz und Such, doch er ignoriert es. Ich rede in einfachen, nachlässigen Sätzen.

Ohne Hund würde ich laute Selbstgespräche führen. Dann würde ich mich viel sonderbarer fühlen als jetzt, auch wenn der Hund nichts von dem, was ich sage, begreift. Ich rede nur zum Vergnügen, um nicht bis ins Innerste zu verstummen. Um die Monotonie zu durchbrechen, führe ich Dialoge, in denen ich beide Parteien bin, der Hund und ich. Der Hund beklagt sich über mich: Immer muss er auf mich warten, ich bin langweilig, sitze nur auf dem Sofa oder am Tisch, habe nur Augen für ein und dieselbe Sache, ich soll mal voranmachen. Ich beklage mich über den Hund: er rührt keine Pfote, überlässt alles mir. Ich meckere wie die Mutter eines renitenten Jugendlichen: undankbarer Hund. Ich will Aufmerksamkeit, Anerkennung und Mitgefühl. Aber das ist nicht drin. Dem

Hund ist es schnuppe, wenn ich mir weh tue. Ich halte ihm meine Finger hin: Sieh doch, an einem Nagel hängengeblieben. Tränen springen mir in die Augen. Jetzt sieh doch mal, Blut. Der Hund wedelt mit dem Schwanz. Ich stupse ihm den blutigen Finger an die Nase: Riech doch, Blut, jammere ich. Der Hund wedelt noch mehr.

Er kommt kurz aus dem Nebel zum Vorschein, schaut nach, wo ich bleibe, alles in Ordnung, er schnüffelt und rennt erneut seiner Nase hinterher. Nachdem wir eine Stunde durch den Kokon aus Dunst gelaufen sind, finden wir uns unerwartet auf dem Gehöft wieder. Dort sehe ich erst, dass sein Fell tropfnass ist. Und ich bin völlig durchgefroren.

Drinnen knipse ich die Lampen an und schiebe meine Skrupel beiseite. Zwischen den Schriftstücken finde ich einen Briefumschlag mit Banknoten. Sie stammen nicht aus einem Sparstrumpf, dafür sind es zu wenige. Geld als Kuriosität aufbewahren, das machen manche Leute, auch ich: Riel-Scheine aus Kambodscha, Aluminiummünzen aus der DDR, niederländische »dubbeltjes«, Münzen von zehn Guldencent; Souvenirs von Auslandsreisen, Andenken an vergangene Zeiten. Ich habe sie eben einfach aufbewahrt, zum Wegwerfen gehört ein Entschluss, Aufbewahren ist einfacher. So wird es dem Besitzer des Briefumschlags auch ergangen sein.

Währungen folgten einander rasend schnell in dem chaotischen Deutschland der ersten Hälfte des vorigen Jahrhunderts. Vorsichtig betasten meine Finger das brüchige dünne Papier. Die älteste Banknote ist ein *Reichskassenschein* von 1906 im Wert von zehn Mark, herausgegeben von der *Reichsschuldenverwaltung*. Die nächsten Banknoten stammen aus den dreißiger Jahren, *Rentenbankscheine* in Stückelungen von einer und zwei *Rentenmark*. Dann eine *Reichsbanknote* von 1942 über fünf *Reichsmark* und *Kronen* des »Protektorats Böhmen und Mähren«, gedruckt 1944, vermutlich durch Zufall unter die wichtigen Dokumente geraten, die auf der Flucht mitgenommen wurden. In den entlegenen Winkeln des Deutschen Reiches gingen diese Stücke Papier von Hand zu Hand. Womit wurden sie wohl verdient, was wurde dafür gekauft, was werden sie wert gewesen sein? Und wie schnell durchliefen sie den Weg vom gesetzlichen Zahlungsmittel zum wertlosen Papierfetzen? Es muss viel Kopfzerbrechen gekostet haben, den Blick auf den Wert von Dingen nicht zu verlieren. Ich brauche nur an die Einführung des Euro zu denken. In jenen Jahren nach dem Ersten Weltkrieg fand immer wieder so eine Umstellung statt. Dazu kam – anders als beim Euro – die ständige Angst, dass Geldbesitz von heute auf morgen wertlos sein könnte. Das Papiergeld verlor seinen Wert, schon während es herausgegeben wurde – das war die tägliche Realität der zwanziger und dreißiger Jahre. Dieses kleine Briefkuvert mit Banknoten stammt aus einer Zeit mit jojoartigen Kursen. Von einem Tag auf den anderen konnte man Millionär sein. Für die meisten Menschen galt jedoch: den einen Tag konnte man arm sein, den nächsten bettelarm.

Und dann finde ich ein Dokument mit lauter biografischen Daten, einen Aufnahmeantrag für die Ingenieurschule für Kraft- und Arbeitsmaschinenbau in Meißen. Es stammt vom Ministerium für Maschinenbau und wurde von Walter Spienkos am 16. Juni 1957 ausgefüllt. Ich rufe dem Hund einen Freudenschrei zu, er hebt kurz ein Ohr in seinem Schlummer.

Meine Augen fliegen über das Formular. Walter ist inzwischen fünfundzwanzig. Eine Anstellung hat er immer noch nicht. Die Flucht aus Ostpreußen 1945 und das Chaos der Nachkriegsjahre haben ihn offenbar um Jahre zurückgeworfen. Erst mit einundzwanzig schloss er die Schule ab. Danach war er im Militärdienst, ein Jahr bei der *Kasernierten Volkspolizei*, und absolvierte anschließend bei den Luftstreitkräften in Dessau eine Ausbildung zum Flugzeugtechniker.

Das Fragenformular ist ein typisches Dokument des Kalten Krieges, und man könnte fast vergessen, dass der Zweite Weltkrieg zu diesem Zeitpunkt bereits ein gutes Jahrzehnt vorbei war, so gegenwärtig scheint er noch. Eine der Fragen lautet: *In welcher Kriegsgefangenschaft waren Sie nach 1939?* 1939 war Walter Spienkos erst sieben, und bei Kriegsende war er dreizehn; die meisten Bewerber werden nicht viel älter gewesen sein. Das Formular muss aus den ersten Tagen der DDR stammen, was jedoch nicht bedeutet, dass es zu reiner Formalität geworden ist. Im Hintergrund schaut die Sowjetunion zu, entschlossen, ihren neuen Vasallenstaat unter Kontrolle zu halten: Ein geteiltes Volk birgt zusätzliche Risiken.

Mit einer langen Fragenliste versucht das Ministerium die Kriegsvergangenheit, den politischen Hintergrund und die Gesinnung des Kandidaten auszuforschen, zuweilen mit Fangfragen, deren Zweck kaum verhüllt ist. Fragen nach Orden und Ehrenzeichen, körperlichen Behinderungen und Invalidität sollen ein Licht darauf werfen, was jemand im Krieg gemacht hat, ob er ein überzeugter Nazi war, in der Wehrmacht gedient hat, verwundet wurde und falls ja, wo und wann.

Walter hat wenig zu verbergen. Er war nie im Ausland und seit der Gründung der DDR 1949 brav Mitglied der *Freien Deutschen Jugend*. Er hat das *Sportleistungsabzeichen* in Gold und das Abzeichen *Für Gutes Wissen* in Silber erworben.

Das Ministerium ist jedoch nicht nur an dem Studienbewerber für Maschinenbau interessiert. Seine ganze Familie wird unter die Lupe genommen. Fehler aus der Vergangenheit lassen sich nicht einfach unter den Tisch kehren, denn die Zeit ist raffiniert in fünf politische Perioden unterteilt: vor 1933, von 1933 bis 1939, von 1939 bis 1941, seit 1945 und »gegenwärtig«. So enthüllen sich politische Lebensläufe, und es kommt schnell ans Licht, wer ein Staatsfeind ist. Es dauert ein Weilchen, ehe mir an der unübersichtlichen Auflistung von Jahreszahlen auffällt, dass der Zeitraum 1941-1945 außer Acht gelassen wurde. Ich kann es kaum glauben, das waren ja die schrecklichsten Kriegsjahre. 1941 fiel Hitler in die Sowjetunion ein und erklärte den USA den Krieg, 1941/1942 begannen in den Vernichtungslagern die Massentötungen. Aber vielleicht ist gerade die Allgegenwärtigkeit des Krieges ein Grund, diesen Zeitraum später im Fragenformular auszusparen: Es gab nur wenig Menschen mit wirklich sauberen Händen. Also überprüften die Behörden hauptsächlich die persönlichen Daten in der Zeit des Anfangs und nach dem Ende des Naziregimes. Es mussten ja noch genügend Leute übrigbleiben, um das antifaschistische Deutschland, das Deutschland der sowjetischen Besatzungszone, aufzubauen.

Mir kommen die detaillierten, von Misstrauen geprägten Fragen des jungen Staates sehr gelegen. Ich erhalte ein Bild der Familie Spienkos. Vater Bruno war in den ersten drei Zeiträumen selbstständiger Bauer. Er besaß in Ostpreußen fünfzig Hektar Land. Anna Spienkos, die Tante, an die ihre Nichte Margot aus dem Westen die Kondolenzkarte schickte, ist Walters Mutter, sie war immer Hausfrau. Beide Eltern hatten nur die Volksschule besucht. Walter hat einen Bruder, Norbert, der zwei Jahre jünger ist und von Beruf Agronom. Und Walter ist inzwischen verheiratet. Seine Frau Eva ist medizinisch-technische Assistentin.

Auch mit dieser Information geben sich die Behörden nicht zufrieden. Sie begegnen dem Bauernstand mit Vorbehalten, auch wenn sich die DDR als *Arbeiter- und Bauernstaat* bezeichnete. Also werden Bewerber mit agrarischem Hintergrund weiter durchleuchtet. Ist der Vater Mitglied einer LPG oder wirtschaftet er selbstständig auf Land, das er 1945 durch die Bodenreform zugeteilt bekam, ist er also ein *Neubauer*? Oder ist er *Altbauer*, was bedeutet, dass er seinen eigenen Betrieb aus der Vorkriegszeit weiterführt? Der Staat bevorzugt LPG-Mitglieder, das heißt: überzeugte DDR-Bürger oder jedenfalls Menschen, die sich dem neuen Regime gebeugt haben. Neubauern sind tendenziell unbotmäßig, werden jedoch geduldet, denn sie sind nur Kleinbauern mit höchstens zehn Hektar Land. Altbauern sind besonders suspekt, sie widersetzen sich der Kollektivierung der Landwirtschaft. Immer häufiger werden sie als *Großbauern* bezeichnet, ein Begriff, der Großgrundbesitz suggeriert. Aber der war schon 1945 mit harter Hand abgeschafft worden: Jeder Grundbesitz über hundert Hektar wurde damals enteignet. Vater Spienkos ist ein Neubauer, obgleich er früher in Ostpreußen Großbauer war.

Es geht gut, stelle ich beim Lesen fest, Walter bleibt aus der Gefahrenzone.

Dann will das Ministerium wissen, ob Angehörige des Bewerbers Unternehmen besitzen oder ob sie zur *schaffenden Intelligenz* gehören, zwei weitere dubiose Kategorien.

Auch bei dieser Frage kommt Walter ungeschoren davon. Und dann, am Ende, kommt der Hammerschlag: *Haben Sie Verwandte im Ausland (auch Westdeutschland oder -berlin)?*

Die hat er. Einen Onkel in Westberlin, einen Onkel und zwei Tanten in Westdeutschland. Die Onkel haben zwar nichtssagende Berufe – beide sind *Sekretär* – und die Tanten sind Rentnerinnen, ein gravierender Minuspunkt ist es dennoch. Jetzt begreife ich, warum Walters Ausbildung zum Flugzeugtechniker zu nichts geführt hat: Fliegerei und *Westverwandte*, das ist nun mal nicht vereinbar. Aber Maschinenbauer, das wird doch sicher gehen, oder?

Wir sind am Ende des Formulars. Abschicken und warten, würde man denken. Aus dem Kleingedruckten erfährt man jedoch, dass Walter erst noch einen ganzen Stapel Bescheinigungen besorgen muss: Von der Polizei muss er sich ein Führungszeugnis ausstellen lassen; vom Arzt ein Attest, dass er frei von ansteckenden Krankheiten ist; von den demokratischen Partei- oder Massenorganisationen, bei denen er Mitglied ist, und von den volkseigenen oder gleichgestellten Betrieben, bei denen er gearbeitet hat, Kaderbeurteilungen; außerdem einen *Nachweis über Zugehörigkeit zu einem bevorzugt zuzulassenden Personenkreis.* Was letzteres bedeutet, ist mir ein Rätsel. Ich schlage alle Wörter nach, wieder und wieder, aber begreife es immer noch nicht. Ich benötige mehr Kontext, einen Schlüssel zum DDR-Jargon, der mich mit seinen verschleiernden Formulierungen an orwellsches *Neusprech* denken lässt. Sogar Ostdeutsche, denen ich den Satz später vorlege, müssen kurz in ihrem Gedächtnis schürfen. Dann kommt die Bedeutung zum Vorschein: Es geht um positive Diskriminierung. Arbeiterkinder und andere Lieblingsgruppen des Sozialismus haben Vorrang. Walter nicht.

Das Formular ist durch und durch beklemmend. Im Prinzip war jeder verdächtig, musste jedem misstraut werden. Die DDR war ein Staat im Aufbau und die Feinde lauerten überall, vor allem in der eigenen Bevölkerung. Die musste mit allen erdenklichen Mitteln in die sozialistischen Reihen gezwungen werden. Es sollte nur noch drei Jahre dauern, bis der Sozialistische Frühling anbrechen würde, der die Kollektivierung der Landwirtschaft ohne Pardon im ganzen Land erzwang.

Das Wühlen, Schnüffeln und Nachforschen geht auch draußen weiter. Im Lehm des Feldwegs und der Traktorspuren folge ich den Abdrücken von Reh- und Damwild, Wildschweinen und hin und wieder von einem Hasen, Fuchs oder Marder. Sie sind hart wie Reliefs aus gebranntem Ton. Mein Blick fällt auf den dreizehigen Abdruck eines Rehs. Kann das überhaupt sein, ein Reh mit einem Huf, der in drei Teile gespalten ist, es sind doch immer zwei Hälften? Vielleicht ist sein Hinterlauf fast genau auf dem Abdruck des Vorderlaufs gelandet, nur um eine der beiden Schalen verschoben. Aber das ist unwahrscheinlich, dann hätte das Tier rein zufällig jedes Mal bis auf den Millimeter genau den Abdruck seines Vorderlaufs getroffen. Das kann nicht hinhauen. Es gibt zu viele dreizehige Spuren, und außerdem liegen sie direkt hintereinander. Auch an den folgenden Tagen studiere ich die Abdrücke, ich zweifle an meiner Wahrnehmung, an meinen Naturkenntnissen und schließlich an meinem Verstand. Doch tatsächlich, es kann nicht anders sein, beschließe ich endlich, es muss ein Reh mit außergewöhnlichen Schalen herumlaufen, so wie es Menschen mit Schwimmhäuten zwischen den Zehen gibt. Was ist das schon, ein Huf mit drei Zehen. Eine Laune der Natur.

Wie die weiße Hirschkuh. Schon vor Jahren wurde erzählt, dass im Jagdrevier um Blankow eine weiße Hirschkuh gesichtet worden sei. Polnische Bauarbeiter sprachen davon. Immer wieder tauchte die Geschichte auf. Wir haben die weiße Hirschkuh gesehen, erzählten meine Berliner Freunde, und ich war gelb vor Neid. Und gestern sagte die junge Frau aus dem Weiler unten triumphierend: Die weiße Hirschkuh ist hinter unserm Haus vorbeigelaufen. Das ist ja noch schöner, sie brauchte sich nicht einmal Mühe zu geben – manchmal macht sie einen kleinen Spaziergang, aber durch die Landschaft wandern, das tun nur Stadtmenschen –, das Tier läuft ihr einfach zu. Und ich, obwohl ich Tag für Tag umherstreife, die Augen offen halte, die Hirschkuh fast beschwöre, habe sie noch nie gesehen.

Ich habe es sicher nicht verdient, wer weiß, was ich vorher noch tun oder lassen muss. Ich weiß schon: Ich darf nicht heimlich darüber empört sein, dass ich das Tier noch nie gesehen habe. Ich werde die weiße Hirschkuh erst zu sehen bekommen, wenn ich sie nicht mehr mit meinen Gedanken zu zwingen versuche, sich mir zu zeigen.

Ich merke es gleich morgens beim Aufstehen: Es ist einer dieser Tage ohne Farbe. Ich kenne solche Tage schon von früher, sie sind erfüllt von einer unentrinnbaren Entfremdung und können nicht schnell genug vorbeigehen. Es sind Tage, an denen ich schon froh bin, wenn ich mich ablenken kann. Es ist ein guter Tag, alten Krempel zu verbrennen.

Neben der Feuerstelle liegt das Untergestell eines Leiterwagens bereit, ich fand es vorigen Sommer im Gebüsch, als ich mit Säge und Axt den grünen Kordon um den Weidenpfuhl lichtete. Noch nie ist mir aufgefallen, wie ingeniös so ein Karren zusammengesetzt ist. Das sehe ich jetzt, als ich ihn in Schutt und Asche lege. Ein Gebilde aus schweren Stangen, Eisenreifen und -ringen, hölzernen Klötzen und Speichen ist noch übrig. Das Feuer frisst das Holz langsam weg, die Eisenteile zerfallen in einzelne Elemente. Eigentlich schade. Plötzlich bedaure ich es, die Wagenteile ins Feuer geworfen zu haben. Aber ich kann nicht alles aufbewahren, Blankow ist kein Museum für alte Gerätschaften. Manchmal sehe ich sie unterwegs auf dem Weideland bei einer alten Scheune stehen, mit einem selbst fabrizierten Schild *Museum*. Verrostete, unbrauchbare Geräte, einst Wunder des Erfindungsgeistes, stehen heute in ihrer ganzen Hinfälligkeit auf dem Präsentierteller. Nein, dann doch lieber in Brand stecken. Dicke Teertropfen sickern aus den Achsen, es riecht nach frischem Asphalt.

Dieser Geruch und diese Hitze. Ich schnuppere, schließe kurz die Augen, dann weiß ich es wieder: Wir kamen aus dem Schwimmbad und radelten nach Hause, das Nachbarmädchen und ich. Es war ein flirrend heißer Tag. Wir kamen an den Straßenarbeitern vorbei, der schwere Teergeruch verschlug mir den Atem, die Reifen knisterten auf den kleinen Steinchen. Wir unterhielten uns lebhaft, ich geriet ins Schleudern, blieb mit meinem Lenker in ihrem hängen und flog durch die Luft. Die Sonne blitzte, die Welt kreiste um mich, unten und oben, links und rechts. Als sie zum Stillstand gekommen war und wieder aufrecht stand, zog ein brennender Schmerz über mein Gesicht. An meinen Knien klebten scharfe Steinchen mit glänzendem Teer. Vorsichtig schlug ich mit der Hand darüber, einige lösten sich, den Rest ließ ich. Das Nachbarmädchen war im weichen Gras am Straßenrand gelandet und schwieg. Wir fuhren weiter nach Hause, ein bisschen schneller als vorher.

Ich öffnete die Pforte, mein Vater stand im Garten, als er sich zu mir umwandte, las ich Entsetzen in seinem Gesicht. Erst dann sah ich mein lädiertes Gesicht, gespiegelt in seinem Gesichtsausdruck, spürte wieder den Schmerz und begann zu weinen.

Ich blicke auf die herabsickernden Teertropfen, die Feuer fangen, und plötzlich fehlt mir mein Vater. Die Luft ist bleiern, ich stehe breitbeinig, couragiert in meinen Stiefeln da, mein Rücken in der alten Joppe fühlt sich steif an. Meine Hände sind schwarz vom Ruß an dem Stock, mit dem ich im Feuer gestochert habe. Ich atme den Teergeruch noch einmal ein, inhaliere den Rauch mit grimmigem Vergnügen.

Es ist nicht das erste Mal, dass ich hier Gerümpel verbrenne. Vor drei Jahren habe ich das Dach eines Trabants, das auf der Jauchegrube lag, ins Feuer geworfen. Die Stichflamme, die hindurchschoss, überraschte mich und versengte mir den Pony und die Augenbrauen. Ich zitterte vor Schreck in meinen Stiefeln. Noch nach Tagen glühte mein Gesicht, als hätte ich mir einen Sonnenbrand geholt. Ich lachte darüber. Wenn ich Courage habe, fühle ich mich gut, eine Tochter meines Vaters, so wie er in jungen Jahren war. Er machte in der Gasse hinter unserem Haus Feuer, auch mit einem Stock in der Hand, mit dem er in den Flammen stocherte.

An einem dieser Feuertage taten meine Eltern ein bisschen geheimnisvoll, sie tuschelten und kicherten, als ob sie einen Streich planten. Vom Dachboden holten sie eine große Schachtel und verbrannten zusammen den Inhalt. Wir mussten uns vom Feuer fern halten.

Beim Abendessen erzählten sie, es seien ihre Liebesbriefe gewesen, sechs Jahrgänge. Sie sagten auch, warum sie sie verbrannt hatten: Kinder von Bekannten hätten vor kurzem die Liebesbriefe ihrer Eltern aufgestöbert und damit Postbote gespielt. Im ganzen Dorf hätten sie die Briefe von Haus zu Haus ausgetragen.

So schade ich es auch finde, dass meine Eltern ihre Briefe vernichtet haben, noch trauriger ist es, wenn sie achtlos irgendwo im Müll landen und jeder sie finden kann. Drinnen nehme ich die Mappe mit Briefen, die ich in den Schachteln gefunden habe. Fast wäre sie in einem Container verschwunden, als meine Freunde das Bauernhaus ausräumten. Was darin noch vorhanden war, hatten Neugierige und Abenteurer bereits durchsucht, zerstört, es war von Tieren angenagt, mit Spinnweben, Kot und Staub bedeckt – und wertlos, das vor allem.

Während die neuen Bewohner einige Kubikmeter ausrangierte Vergangenheit in den Container warfen, steckten sie auf gut Glück ein paar Kleinigkeiten in die beiden Schachteln. So wie die Mappe mit den Briefen an Walter Spienkos.

Und nun sind mir die Briefe an Walter in die Hände gefallen. Ich zögere, drehe und wende die Kuverts, die meisten sind von E. Barthel. Die Handschrift ist groß und rund, die Tinte hellblau, alles deutet darauf hin, dass der Absender eine Frau ist. E., das ist bestimmt Eva, seine spätere Frau, wie ich auf dem Aufnahmeantrag der Ingenieurschule gelesen hatte. Die Umschläge sind alle geschlossen, als hätte Walter die Briefe nie gelesen. Doch das glaube ich nicht; der Leim hatte fast ein halbes Jahrhundert Zeit, das Papier erneut zusammenzukleben.

Öffnen oder nicht, ich bin hin- und hergerissen. Auf einmal finde ich meine Skrupel übertrieben. Die Spienkosens haben die Briefe selbst zurückgelassen. Wenn sie so achtlos damit umgegangen sind, warum soll dann ich so gewissenhaft sein, die Briefe nicht zu öffnen? Ich kenne die Leute nicht einmal. Ich setze einen Kessel mit Wasser auf den Ofen, und sobald Dampf aus der Tülle kommt, halte ich die Briefe darüber. Der Leim löst sich. Dicht beschriebene Blätter. *Lieber Wally*. Oder: *Mein geliebtes Herzel*. Und darunter: *Deine Eva*. Ich lese und lese und verschwinde in der Vergangenheit.

Es ist 1957, Eva sitzt abends allein in ihrem Zimmer in der kleinen Provinzstadt, wo sie in einem Medizinlabor arbeitet, und schreibt Briefe an Walter. Sie handeln von Sehnsucht und Vermissen, Wiedersehen und Abschied, dem Alltagsleben und der Zukunft. Manchmal kommt der einzige Streitpunkt zwischen ihnen zur Sprache: der Glaube. Ende Januar schreibt sie: *Ich bin so froh, daß wir kirchlich getraut werden. Sei bitte nicht gleichgültig, das ist furchtbar.* Religion war, als Opium des Volkes, natürlich nicht populär im neuen Arbeiter- und

Bauernstaat, aber für viele ist sie in diesen Jahren der Entbehrung Trost und Zuflucht. Manchmal malt Eva einen bunten Blumenstrauß über ihren Brief, und einmal zeichnet sie für ihren Verlobten eine glänzende Limousine.

Bald werden sie heiraten, und sosehr sie sich auch freut, sie macht sich zugleich Sorgen: *Deine Eltern haben, so empfinde ich es, noch die Vorstellung, daß es bei uns zu Hause wirtschaftlich so gehen müsse wie bei Euch, als Ihr noch in Ostpreußen wart. Und wie anders sieht es aus! Mir tut das manchmal weh, nichts können sie sich leisten, und ich bin so froh und dankbar, daß ich das Geld für meine Hochzeit geben kann. Bitte, bitte, Wally, behalte das für Dich, sag's nicht zu Hause, Mutti wäre dann sehr traurig.*

Offenbar besaßen Evas Eltern schon vor dem Krieg einen eigenen Bauernhof in Mecklenburg, ihr Vater war also Altbauer, doch sein Betrieb stellte nicht viel dar. Er arbeite zusammen mit einem Onkel den ganzen Tag hart auf den Feldern, schreibt sie, aber: *Was haben sie schon davon?*

Und im Frühjahr: *Weißt du, meine größte Sorge ist Mutti und was aus Deinem Zuhause werden soll. Was will denn Papa nun anfangen?*

Ein andermal berichtet sie: *Es war auch ein Brief von zu Hause da. Mutti schrieb mir. Du wärest am Sonntag dort gewesen, sie hätte sich sehr gefreut. Dann schrieb sie, daß sie einen Antrag gestellt hätten, um in die LPG zu gehen. Traurig ist sie darüber. Ja, das bin ich auch. All das, was sie sich erarbeitet haben, müssen sie nun weggeben und sehen's doch noch immer.*

Und am Ende des Sommers: *Das mit der LPG will mir nicht behagen. Das halten meine Eltern seelisch und nervlich nicht aus, ich kenne sie doch. Beide sind den Anpöbelungen nicht gewachsen. Was soll da werden?*

Unterdessen hat Eva ihre Stelle gekündigt, das letzte Gehalt bekommen und ist nun mit Packen für den Umzug nach Meißen beschäftigt. Walter wurde also auf der Ingenieurschule angenommen. Sie haben kürzlich geheiratet, wann genau, geht aus den Briefen nicht hervor, und Eva hat sich im Krankenhaus an ihrem neuen Wohnort beworben, aber noch keine Antwort erhalten. Frohgemut schreibt sie: *Wir sind ja bald eine kleine Familie, wir beide.*

Er könnte ein Spienkos-Nachfahre gewesen sein, der Mann mit Frau und kleiner Tochter, den ich im Sommer vor zwei Jahren fast vom Hof gejagt hätte. Er nannte zwar seinen Namen, doch der war mir damals so fremd, dass ich ihn mir nicht merken konnte.

Es war an einem warmen Tag um die Mittagszeit und das erste Mal, dass ich einen Tag allein auf Blankow verbrachte. Stundenlang hatte ich im Gemüsegarten Unkraut gejätet. Rings um mich herrschte Stille, nur das Surren der Hummeln und das Zwitschern der Schwalben drang mir in die Ohren. Ich richtete mich auf, um mir den brennenden Schweiß aus den Augen zu wischen und zu den Kumuluswolken am Himmel zu schauen, und sah, dass unten über den Pfad Leute kamen, die Fahrräder schoben. Mein erster Impuls war, schnell zu verschwinden, ich wollte keine Menschen sehen. Mein zweiter Impuls war: Stehenbleiben, nicht bewegen, hingucken, sie rustikal und nachdrücklich mit Blicken vertreiben. Es war im Grunde genommen nicht mal Absicht, es überkam mich einfach: Was haben die Leute hier zu suchen.

Der Mann lehnte sein Rad an den jungen Ahorn mitten auf dem Hof. Das ist ja wohl die Höhe, die wollen hier picknicken. Wenn man sein Anwesen nicht umzäunt, denken alle Leute, es sei öffentlich. Ich trat ein paar Schritte vor und rief: Entschuldigen Sie bitte, aber das ist ein Privatgrundstück.

Ich war selbst von meiner unangenehm schrillen Stimme betroffen. Der Mann erschrak, das Mädchen wich ein Stück zurück, und sofort tat es mir leid. Ich ging auf sie zu. Der Mann entschuldigte sich: Seine Großmutter habe hier gewohnt, rechts im Haus. Als Kind habe er die Sommerferien immer auf Blankow verbracht, und nun wolle er es seiner Tochter gern zeigen. Er habe so schöne Erinnerungen daran, sie hätten tun können, was sie wollten, überall seien sie herumgestromert. Er sei in einem Ostberliner Plattenbau aufgewachsen.

Die Getreidescheune stand damals noch, erzählte er. Es gab nur einen Ort, den zu betreten ihm die Großmutter streng verboten habe: die Giftkammer. Er sah sich suchend um. Dort müsse es gewesen sein, er deutete auf die Ruine des Gesindehauses. Tatsächlich, sagte er, als wir hineingingen, hier war es. Wir standen in dem kleinsten Raum mitten im Haus, einem Schlauch mit nur einem kleinen Fenster, vor dem auch noch ein Baum stand. Es war dunkel und feucht. Sogar im Sommer bekam man dort eine Gänsehaut.

Hier stand alles voll mit Gift, sagte der Mann. Was für Gift? Er zuckte mit den Schultern, er komme aus der Stadt und habe keine Ahnung. Es seien wohl Pestizide für die Landwirtschaft gewesen. Agrargift aus den sechziger Jahren, noch dazu aus der sozialistischen Planwirtschaft, bestimmt kein harmloses Zeug.

Als sie wegfuhren, kamen die Fragen auf, die ich hätte stellen können. Zum Beispiel, wer sein Vater gewesen war, ob er noch lebte und wo sie wohnten. Der Mann, Enkel einer ehemaligen Bewohnerin von Blankow, verschwand über den Feldweg radelnd aus meinem Blickfeld, und ich würde ihn nicht wiederfinden können dank der trägen, argwöhnischen, ungehobelten Haltung, die von mir Besitz ergriffen hatte. Es ist schon erstaunlich, was das Landleben mit einem macht. Primitiver Reviertrieb, den ich so oft von der anderen Seite erlebt habe, wenn ich über Zäune und Stacheldraht und Mauern geklettert bin. Erboste Bauern. Ich bekam immer einen Schreck, aber es war mir egal. Und nun benehme ich mich selber wie so ein Bauer.

Vielleicht war Anna Spienkos seine Großmutter, sage ich mir jetzt über den Schachteln voller Schriftstücke. Der Mann muss Anfang vierzig gewesen sein, dann wäre er möglicherweise ein Sohn von Walter oder Norbert. Vielleicht stammten die Schulbücher und Hefte von seinem Vater, und die Liebesbriefe waren an seinen Vater gerichtet – oder an seinen Onkel.

In der Schachtel finde ich auch einige Dokumente einer anderen Familie. Zwei Reisepässe der DDR, *gültig für alle Staaten und Westberlin*, von Jakob Huffel und seiner Frau Emilie. Ich blicke auf die Fotos und versuche, in ihnen etwas zu lesen. Bei dem Mann fällt mir der Anflug eines schiefen Lächelns auf, die Frau blickt ernst und freundlich durch ihre Brillengläser. Zwei nicht mehr junge Menschen. Den Angaben zufolge sind beide mittelgroß, haben blaugraue Augen und keine besonderen Kennzeichen. Nach der Haarfarbe wird nicht gefragt. Dass das früher in niederländischen Pässen stand, hat mich schon immer gewundert, Haare lassen sich im Handumdrehen färben.

Jakob Huffel wurde 1898 in Bukowitz geboren, von Beruf ist er Bauer. Emilies Geburtsjahr ist 1906, sie stammt aus Brachlin und hat keinen Beruf. Die Orte sind nur in Atlanten aus der Vorkriegszeit zu finden, heute haben sie polnische Namen

– Bukowiec und Zbrachlin. Auch in der Zeit zwischen den Kriegen gehörten sie zu Polen.

Die Pässe wurden Anfang der siebziger Jahre ausgestellt. Jakob erhielt 1971 und 1972 ein Visum für Westdeutschland, seine Frau 1975 und 1977. Sie fuhren mit der Eisenbahn über den Grenzübergang bei Herrnburg in der Nähe von Lübeck. Getrennt, denn zusammen wären sie ja vielleicht im Westen geblieben. Es war eine große Reise in jenen Tagen, durch den Eisernen Vorhang von Ost nach West; die Erlaubnis wurde längst nicht jedem Bürger erteilt. Aber ältere Leute durften normalerweise fahren, denn für den Staat der Arbeiter und Bauern waren sie wirtschaftlich nicht mehr von Bedeutung.

Bei den Pässen finde ich einen Kalender für Soldaten der Nationalen Volksarmee von 1976. Er gehörte dem Sohn Frank, der die Tage seiner Wehrpflicht abzählt: An Neujahr sind es noch dreihundertzwei. Im Laufe des Jahres muss er mehrmals vor Gericht erscheinen, und ab und zu landet er im Militärgefängnis, seine Beziehung geht in die Brüche, seine Eltern feiern goldene Hochzeit. Am 13. August schreibt er mit großen Ziffern und Buchstaben *1961 Teilung Deutschlands – Mauerbau.* In Druckschrift steht auf dieser Seite: *Sicherung der Staatsgrenze der DDR.* Er notiert Gitarrenakkorde und zeichnet einen Mercedes-Stern, obwohl er das Friedenssymbol gemeint haben muss, das ich auf der anderen Seite der ideologischen Trennungslinie auch überall hingemalt habe. Am 28. Oktober, als er seine Wehrpflicht hinter sich gebracht hat, schreibt er *Freiheit!* und schmückt die Tage mit Seiten voller fliegender Vögel.

Der Hund ist in den dichten Schlehdornhecken zwischen den Feldern verschwunden, ich höre dürre Blätter knistern, Zweige knacken, ich höre ihn schnüffeln und hecheln. Plötzlich werden die Geräusche lauter, etwas gerät abrupt in Bewegung. Ein Tier erhebt sich, und im Hund erwacht der Wolf. Es dauert nur den Bruchteil einer Sekunde, dann ist er entfesselt und verfolgt das fliehende Tier. Auf dem offenen Feld wird er schon sehen, was es ist: Reh, Damwild, Hase oder Wildschwein. Vielleicht hat er das ja auch längst gerochen. Pfeilschnell schießt er hinterher, dicht überm Boden, die Ohren flach angelegt. Es ist ein Reh, es sind sogar mehrere. Sie fliehen zum Froschteich, straucheln das Ufer hinunter, ich sehe eines mitten durch das Wasser stieben, auf der anderen Seite hektisch das Ufer hochkraxeln und in einer Wolke von Wassertropfen weiterrennen. Um sein Leben. Der Hund ist außer Rand und Band, er bellt euphorisch, für ihn ist das Leben ein Fest. Ich pfeife und rufe und schreie, aber ich bin jetzt nicht weiter wichtig. Ich existiere nicht.

Nach einer Weile taucht er wieder aus dem Gebüsch auf, er ist tropfnass, keucht und rennt in weitem Bogen um mich herum. Er achtet darauf, außer Reichweite zu bleiben. Ich drohe und rufe und kommandiere – meine Stimme ist in kurzer Zeit schon viel kräftiger geworden. Der Hund verkleinert die Kreise, zögert, springt weg, knickt die Vorderpfoten ein, kläfft mich an. Rebellisch, so klingt es in den Ohren eines Menschen, er widersetzt sich, denke ich, er pubertiert – manchmal kann ich es nicht lassen, dem Hund menschliches Verhalten anzudichten. Erst als ich aufhöre zu schimpfen und ihm schmeichle, kommt er vorsichtig näher. Er vertraut noch nicht so richtig darauf, dass ich ihn nicht schlage. Dann legt er sich hin, ergibt sich und lässt sich anleinen. Ich sage ihm noch ein paar mahnende Worte. Wie ein alter Schulmeister fühle ich mich, ein Mannweib. Ich bin froh, dass niemand hört, wie ich den Hund runterputze, ich weiß, was ich denken würde, wenn ich jemanden so sähe: Ha, sieh mal, was für eine verhohlene Machtgier. Ich rucke noch einmal an der Leine; der Hund ist schuld daran, dass ich mich jetzt so fühle.

Ich könnte auch der Natur ihren Lauf lassen, den Hund als natürlichen Feind des Wildes betrachten. Füchse sehe ich hier auch kaum noch. Und Dam- und Rehwild gibt es zur Genüge, die Tiere fressen die Pflanzen von den Feldern, knabbern die Rinde junger Bäume an, was macht es schon, wenn er einmal ein Hirschkälbchen totbeißt, ich muss nur meine Gefühle in den Griff bekommen. Ich will doch keinen vegetarischen Hund, einen, der die Tierrechte respektiert … Ich sehe nicht ein, warum der Wildbestand nur von Jägern unter Kontrolle gehalten werden darf. Diese ganze Reglementierungssucht.

Im nächsten Moment finde ich, dass das nur Sprüche sind. Ich will nicht, dass der Hund hinter allem herjagt, was sich bewegt, dass er verwildert und alle Tiere zu Tode erschreckt. Dass das Wild mit hohen, eleganten Sprüngen das Weite sucht, wenn es uns sieht, finde ich nicht weiter schlimm. Aber dass es in blinder Panik flieht, geht mir zu weit. Und außerdem ist *Schonzeit.* Dem Wild wird nun, am Ende des Winters, Ruhe gegönnt. Und demnächst werden die Jungen geboren. Ich will nicht, dass der Hund mit einem halb toten Hirschkälbchen im Maul aus dem Gebüsch kommt. Nein, dann bin ich eben sentimental und ein Mannweib, die Dressur hat begonnen.

Am frühen Morgen sitze ich auf der kleinen Treppe vor dem Bauernhaus und warte auf den Bäcker. Dreimal die Woche kommt er in den Weiler, und wenn ich draußen auf dem Hof bin, kann ich seine Hupe hören. Die Sonne ist schon angenehm, ich döse mit geschlossenen Augen vor mich hin, die Schläfrigkeit ist noch nicht ganz aus meinem Kopf verschwunden. Da, die Hupe. Schnell renne ich hinunter. Der Hund benimmt sich wie ein gestandener Hofhund: Er bleibt oben am

Pfad sitzen, aufrecht wie eine Statue, und wartet, bis ich wiederkomme.

Am Bäckerwagen begegne ich Frau Neumann. Sie wohnt schon seit Mitte der fünfziger Jahre in einem der ehemaligen Tagelöhnerhäuser und besuchte regelmäßig den alten Huffel, den letzten Bewohner des Bauernhauses, bevor meine Freunde es kauften. Er hat dort all die Jahre gewohnt, sagt Frau Neumann, oder nein, Moment mal, als sie nach Blankow kam, wohnte da noch Bauer Grensling mit seiner Familie. Aber mit ihm hatte sie nichts zu tun. Er wollte, so meint sie, seinen Betrieb nicht der LPG überlassen und ist fortgegangen. Und dann ist Huffel mit seiner Frau und seinen jüngsten Kindern in die große Wohnung im Bauernhaus eingezogen.

Opa Huffel ist fast hundert geworden, sagt Frau Neumann, die selbst um die siebzig ist. 1995 haben seine Kinder ihn von Blankow weggeholt. Sein jüngster Sohn Frank besitzt ein Hotel am Damm im Mürzinsee.

So nah. Huffels Sohn ist der erste noch lebende ehemalige Bewohner von Blankow, der auftaucht. Und er wohnt nur wenige Kilometer weiter. Ich sollte ihn besuchen. Ihn über Blankow ausfragen, über seinen Vater, über andere Bewohner des Hofes. Plötzlich sehe ich mich wie ein Eichhörnchen, das Vorräte sammelt: die Gegenstände, die ich in den Ruinen und im Erdboden finde, die Schriftstücke, die Geschichten. Alles, was von Blankow handelt, will ich hierher bringen. Aufbewahren, für später, aus einem Impuls heraus, aus Unrast, aus Gewohnheit. Aus einem unbeholfenen Gefühl heraus, irgendetwas tun zu müssen – und nicht so dahinzuleben.

Das Gesindehaus

Ich werkele auf dem Hof herum. Der Tag begann mit einer morgendlichen Runde, aber es kommt immer mehr hinzu: Küchenabfälle zum Komposthaufen am Rand des Grundstücks bringen, kurz in den Obstgarten, um Vögel zu beobachten, neu aufgeworfene Maulwurfshügel flachtreten, nachsehen, ob der Rhabarber im Gemüsegarten hinter dem Bauernhaus schon aus der Erde kommt, stehen bleiben, in den Himmel schauen und versuchen, das Wetter für heute zu erahnen. Wenn ich drinnen bin, stehe ich oft, ehe es mir bewusst ist, wieder draußen, laufe über den Hof, gehe in die Gebäude und Ruinen. Ich spähe umher, präge mir ein, forsche nach dem, was sich vor meinen Augen verändert, und suche nach Spuren der Vergangenheit. Nach einem Halt.

Wie oft gehe ich am Stall entlang und nehme den vagen Geruch des kleinen Restes vom Misthaufen wahr. Ich empfinde intensiv die Wiederholung. Meine Schritte, der Hund, der vor mir her läuft, das Schweigen, die innere Stille. Unbelauscht, unbeobachtet verlebe ich die Tage. Daran gewöhnt man sich, daran hängt man irgendwann. Ich gehe über den Hof und denke an Jakob Huffel. Sein jüngster Sohn, der Hotelier, und die mittlere Tochter haben mir von ihm erzählt. Nun ist er überall auf Blankow, er war der letzte Bewohner, in allem entdecke ich seine Hand. Es ist, als ginge er in einer Parallelwelt neben mir her. Ganz nah, die Zeit zwischen uns dickt ein. Sein Schweigen war stark, viel stärker noch als meines, denn es hatte viel mehr Jahresringe. Ich bin erst eine Anfängerin.

Im Laufe der Jahre war es allmählich stiller geworden auf Blankow. Anfang der sechziger Jahre wurde die Melkmaschine eingeführt, und die Kühe verschwanden in die LPG-Zentrale in Dornhain. Mitte der siebziger Jahre zog der jüngste Sohn der Huffels, der Nachzügler Frank, der spätere Hotelier, von Blankow weg. Damals wohnten nur noch zwei alte Ehepaare im Bauernhaus, die Huffels links und die Spienkosens rechts, beide aus Ostpreußen stammend. Anfang der achtziger Jahre verschwand das letzte Mastvieh aus dem Kuhstall. 1981 starb Bruno Spienkos und 1986 Emilie Huffel, sechs Tage vor ihrer diamantenen Hochzeit. 1989 zog Anna Spienkos in ein Altenwohnheim in Seeberg. Acht Jahre ist sie also noch auf Blankow geblieben, nachdem ihr Mann gestorben war und ihre Nichte aus dem Westen schrieb: Was wirst Du jetzt dort so allein tun? Neunundzwanzig Jahre hat sie auf Blankow gelebt, zuletzt fiel es ihr immer schwerer, die Schlepperei mit den Kohlen, das Heizen, die Einsamkeit. Nachdem sie weggezogen war, wohnte Jakob Huffel ganz allein auf dem großen Vorwerk, das um ihn herum verfiel und zuwucherte.

Weil sich die Eisentür nicht mehr aufschließen lässt, gehe ich schon vom ersten Tag an durch den Wintergarten hinaus, einen nachlässig errichteten kleinen Anbau an der Seite des Stalles. Das Dach ist aus Wellasbest. Die Platten sind noch intakt, ich tue so, als seien sie nicht krebserregend, das habe ich von den Ostdeutschen gelernt. Um dieses Gefühl zu verstärken, heißt der Anbau jetzt sehr sonnig und gesund Wintergarten. Manchmal halte ich den Atem an, aus Angst, eine falsche

Faser einzuatmen. Aber dann denke ich an Huffel, der unter Asbestdächern fast hundert geworden ist, und an all die anderen, die auch keinen Asbestkrebs bekommen haben.

Die Tür des Wintergartens hängt schwer in den Angeln. Ich schwenke sie gern auf. Sie quietscht so schön von tief nach hoch, als würde sie sich wehren, dann unwillig nachgeben und sich schließlich der schwungvollen Bewegung ergeben. Von außen ist es eine normale Stalltür aus alten Brettern, doch von innen ein Flickwerk aus angestrichenen Holzstücken, und dazwischen steckt ein dicker Packen Stroh. Das muss das Werk von Jakob Huffel sein. Die Tür wurde immer wieder bearbeitet, geflickt, verstärkt, isoliert.

Der Wintergarten war ein dunkles Loch voller Holzställe mit staubigem Heu, alten Köteln und dem Geruch von Ammoniak. Der alte Huffel hielt dort seine Kaninchen, um sich etwas zur spärlichen DDR-Rente hinzuzuverdienen. Für Kaninchen bekam man in jener Zeit gutes Geld. Ich sehe ihn vor mir, er versetzt dem Tier einen harten Schlag hinter die Ohren und es ist tot. Mit der Spitze eines Messers, das er gerade gewetzt hat, sticht er in das Kaninchenfell und setzt zu einem raschen Schnitt an. Die Membran zwischen Haut und Fleisch spannt sich bläulich. Aber vielleicht hat er die Kaninchen gar nicht selbst geschlachtet und gehäutet.

Lange Zeit hatte er auch einen oder zwei Mastbullen. Der alte Huffel konnte nicht still sitzen, erzählte mir Günter Viertz, der Bauer aus Falkenhof, der nun das Land um Blankow gepachtet und der vor der *Wende* bei der LPG gearbeitet hat. Mit achtzig kaufte Huffel sogar noch ein junges Pferd, das er eigenhändig vor den Wagen spannte. Viertz sprach davon mit Respekt, schwieg kurz und erinnerte sich dann grinsend: Und wenn er eine junge Frau sah, dachte er, dass er selber auch noch jung sei. Der alte Huffel kam immer zu einem kleinen

Schwatz, wenn sie auf dem Land arbeiteten. Und er warf immer einen Blick in die Kabine, ob die Traktorfahrer ein Pornoblättchen bei sich hatten, das er sich ausleihen konnte.

Das Gelände rings um das Vorwerk war grün genug, um die Tiere zu mästen. Eine Sense, einen Rechen und eine Schubkarre, mehr brauchte Huffel nicht. Und er sammelte Brennholz für den Kachelofen. Kohlen waren ihm zu teuer, und nachdem die große Getreidescheune eingestürzt war, gab es Holz in Hülle und Fülle. Er las sein Tageblatt, *Freie Erde*, das nach der Wende *Nordkurier* hieß, und sah fern. Die Antenne hatte er im Wohnzimmer einfach durch die Zimmerdecke und das Dach gesteckt. Am liebsten sah er Revuen und Ballette mit schönen Frauen. Er klebte fast mit der Nase am Bildschirm und lachte dann: Sie kitzeln mich mit den Zehen. Seinem jüngsten Sohn schwärmte er von Paris vor und von den Pariserinnen. Vor dem Krieg war er dort als Soldat gewesen.

Was er, der ostpreußische Bauer, in jener Zeit als Soldat in Paris zu suchen hatte, wusste sein Sohn nicht. Ich rekonstruiere später: Hitler hatte 1936 mit der neuen Wehrmacht das entmilitarisierte Rheinland besetzt und so den Versailler Vertrag verletzt. Zur allgemeinen Verwunderung reagierte Frankreich nicht. Wahrscheinlich war Huffel zu diesem Militäreinsatz eingezogen worden und an der Westgrenze des Deutschen Reiches stationiert gewesen. Von dort aus war es nicht weit bis Paris. Die Pariserinnen sind jedenfalls nie mehr aus seinen Tagträumen verschwunden. Auch alt und allein auf Blankow dachte er noch an sie. Und manchmal ging er sonntags mit Frau Neumann aus dem Weiler unten zur Kirche.

Blankow war Huffels Paradies, hier war er frei. Und auf Plattdeutsch sagte er zu jedem, der es hören wollte: *Dat is al mien.* An dem Tag, an dem er Blankow den Rücken kehren würde, wäre es mit ihm zu Ende, das muss er gewusst haben.

Seine Kinder wollten, dass er wegzog. Das Haus war verfallen, die Mauern waren voller Risse, die Giebelwand wölbte sich bedenklich vor, in der Küche konnte jeden Augenblick die Decke herabstürzen, der Verputz bröckelte, Stroh und Latten hingen heraus. Doch alles Bitten und Betteln half nicht, ihr Vater wollte nicht von Blankow weg. Jakob Huffel sagte: Das Haus ist schon so alt, es hält schon so lange. Da wird es jetzt nicht einstürzen.

Es brauchte nur noch den letzten Rest seines Lebens zu halten.

Wenn es stürmte, lag seine mittlere Tochter Jana nachts in ihrer Wohnung vierzig Kilometer weiter wach. Und am nächsten Tag fuhr sie schleunigst zu ihrem Vater.

Die LPG, der das Vorwerk Blankow gehörte, weigerte sich, noch etwas an dem Haus zu tun. Es sei unbewohnbar, erklärte sie, und Miete brauche Huffel nicht mehr zu zahlen. Aber auch die LPG bekam den alten preußischen Bauern dort nicht weg. Früher hatte Huffel hier die erste LPG mit dem Namen *Neues Deutschland* gegründet und geleitet. Nein, Jakob Huffel ließ sich nicht einfach abschieben. Also stützten seine Kinder die einstürzende Decke in der Küche mit Balken.

Huffels Welt wurde immer kleiner. Zuletzt lebte er in einem einzigen Zimmer, die Fenster waren mit Weinranken und Kletterrosen überwachsen. Sein Bett hatte er neben den Kachelofen geschoben. Nachts ließ er eine Kerze brennen, die in einer kleinen Schüssel mit Wasser stand. Das tat er seit dem Tod seiner Frau, als hätte er Ängste, die er vertreiben müsse. Und tagaus, tagein trottete er vom Haus zum Stall und zurück, um seine Kaninchen zu füttern. Als er einen Schlaganfall erlitt, war ihm klar, dass er nicht länger auf Blankow bleiben konnte. Es war vorbei, er willigte ein, zu seinem Sohn zu ziehen. Als er das letzte Mal zu seinen Kaninchen ging, wusste er da, dass es das letzte Mal war? Hat er sie selbst noch verkauft?

Das letzte Mal, was bedeutet das. Der letzte Blick. Hilflose Wahrnehmung, während die Zeit weitertickt, und dann ist es vorbei. Übergänge sind nur in einem fast stumpfsinnigen Sich-treiben-lassen zu bewältigen. Das Bewusstsein versagt, du bist das Tier in dir. Wehrlos ausgeliefert.

Fünf Jahre nach Huffels Auszug stand ich im Wintergarten und stemmte die Kaninchenställe mit einem Brecheisen los, zertrümmerte die niedrigen Mauern mit einem Vorschlaghammer, riss sein Kaninchenreich ab, um einen Nebenraum für die Wohnung daraus zu machen. Ich hätte das nie so unbekümmert tun können, wenn ich schon von seinem Leben gewusst, schon mit seinem Schatten gelebt hätte.

Als junger Mann hatte Jakob Huffel mit seiner Frau Emilie Westpreußen verlassen, weil es nach dem Ersten Weltkrieg Polen zugesprochen wurde. Aus dem »Polnischen Korridor« gingen sie nach Ostpreußen. In der weiten Ebene Masurens erwarben sie Land und ein Gehöft in der Nähe des Bauernweilers Gregersdorf. Dort lebten sie noch keine zwanzig Jahre, als das Dritte Reich zusammenbrach. Der Weiler wurde in Grzegórzki umbenannt, und seitdem ist auch die zweite Heimat der Huffels polnisch.

Einer von Huffels Söhnen hat den Bauernhof später gemalt, als Vorlage diente ihm ein altes Foto. Dieses Bild zeigte Jakob Huffel den Rest seines Lebens jedem Besucher. Sein ganzes Heimweh lag in diesem Bild. Heute hängt es in ihrem Wohnzimmer, erzählt Tochter Jana. Ein weißes Gehöft in einem Karree mit einer großen Scheune, die ihr Vater selbst hatte errichten lassen, und zwei Ställen. Daneben ein Teich für Enten und Gänse. Das Land ringsum war leer und grün und eben, der Horizont weit weg. Janas Beschreibung klingt wie die eines holländischen Polders.

An einen Abend ihrer Kindheit in Ostpreußen kann Jana Huffel sich noch genau erinnern. Es muss 1944 gewesen sein, sie war etwa acht. Die Familie Huffel saß unter dem flackernden Licht einer Öllampe beim Essen. Strom gab es nicht, das Radio lief mit Batterie. Ihr Vater hörte Nachrichten. So erinnert Jana sich an ihn, immer hatte er das Ohr am Radio. Schrecklich fand sie es, immer hieß es: Pssst! Die neuesten Nachrichten, Meldungen von der Front. An diesem Abend piesackten ihre älteren Brüder sie beim Essen, sie kitzelten sie, bis sie es nicht mehr aushalten konnte und kicherte, lachte, kreischte. Der Vater verpasste ihr eine gnadenlose Tracht Prügel, warf sie raus und sperrte sie in die Waschküche. Kalt war es dort und stockfinster. Sie hatte furchtbare Angst. Und die Jungs hatten natürlich wieder überhaupt nichts getan.

Der Mann am Radio, das ist ihre einzige Erinnerung an ihren Vater in Gregersdorf. Nie hat er mit seinen Kindern geredet, sie nie in den Arm genommen, und sie brachte vor lauter Schüchternheit ohnehin kein Wort heraus.

Kurz darauf muss ihr Vater in den Krieg gezogen sein, aber daran kann sie sich nicht erinnern. Vielleicht liegt es an der Flucht, an der ganzen Angst, die sie hatte. Vielleicht hat das die Zeit davor verdrängt. Sie kann sich an kaum etwas erinnern. Sie hofft, dass es noch zurückkommt, später. Allerdings schrumpft das Später immer mehr ein, sie geht auch schon auf die siebzig zu. Doch sie hofft es so.

Sie ist nie nach Gregersdorf zurückgekehrt, ihre Eltern auch nicht – keine Zeit, nannten sie als Grund. Sie haben sich aber die Fotos angesehen, die der älteste Bruder bei einem Besuch in der alten Heimat gemacht hatte. Von dem Landwirtschaftsbetrieb ist nichts mehr übrig, die Ställe und Nebengebäude wurden abgerissen, kein Huhn, keine Gans, keine Ziege läuft dort mehr herum.

Jakob Huffel blieb zwar immer ein Bauer, besaß allerdings nie mehr einen eigenen Hof. Er wurde zum Volkssturm eingezogen: Alle Jungen und Männer zwischen sechzehn und sechzig, die ein Gewehr halten konnten, wurden von September 1944 an rekrutiert, eine letzte verzweifelte Anstrengung, das Tausendjährige Reich vor dem Untergang zu retten. Die Rote Armee stand vor den Toren. Als Jakob ging, verabredete er mit seiner Frau Emilie, dass sie – wenn sie es überlebten – nach Mecklenburg gehen würden, wo eine Schwester von Emilie wohnte. Dort wollten sie aufeinander warten.

Und so geschah es auch. Emilie floh Mitte Januar 1945 mit fünf Kindern zwischen drei und sechzehn unter Tausenden und Abertausenden anderen vor der Roten Armee nach Westen. Die Rote Armee überrollte sie. Doch das erfahre ich erst später.

Als Jakob zwei Jahre danach aus russischer Kriegsgefangenschaft heimkehrte, fand er seine Familie in dem mecklenburgischen Dörfchen Eberholz bei Seeberg wieder. Zumindest seine Frau, drei Töchter und einen Sohn. Der älteste Sohn, inzwischen zwanzig, war in britischer Kriegsgefangenschaft, der dritte Sohn war mit dreizehn in Eberholz in einem Tümpel ertrunken; der Nachzügler Frank musste noch geboren werden.

In Mecklenburg herrschten Angst und Chaos. Die sowjetische Besatzungsmacht hatte sofort angefangen, den Besitz von aktiven Nazis und Kriegsverbrechern zu beschlagnahmen und alle Landgüter mit mehr als hundert Hektar zu enteignen. Die Gutsbesitzer, die ihre Haut nicht retten konnten, wurden in Lagern interniert, aus denen nur wenige lebend herauskamen.

Vertriebene, Tagelöhner und andere Besitzlose erhielten jeweils ein Stückchen Grund von fünf bis zehn Hektar. Insgesamt wurden während der Bodenreform vom September 1945 – *Junkerland in Bauernhand* – gut zwei Millionen Hektar Land verteilt.

Ein Land voller Kleinbauern, das entsprach eigentlich nicht den sozialistischen Ideen von Landwirtschaft. Freilich gab es kaum eine andere Möglichkeit: Millionen Flüchtlinge und Vertriebene mussten ernährt werden; durch die Bodenreform konnten sie auf begrenzten Anbauflächen wenigstens den Eigenbedarf decken. Ein eigenes Fleckchen Erde, das barg überdies das Versprechen einer neuen Heimat in sich. Sie würden freie Bauern auf freier Scholle sein, hieß es anfangs, doch es war nur ein erster Schritt zur sozialistischen Landwirtschaft.

Auch Emilie Huffel hatte in Eberholz ein paar Hektar Land erhalten. Als alleinstehende Frau war sie mit einem unfruchtbaren Streifen Sandboden am Rand eines Waldes abgespeist worden, der zudem von Wildschweinen umgepflügt worden war. Sie konnte nichts damit anfangen und verschenkte das Land, denn verkaufen oder verpachten war verboten. Wäre Jakob da gewesen, wäre es dazu nie gekommen: Ein Bauer verschenkt kein Land. Bei seiner Rückkehr war Jakob Huffel also ein freier Bauer ohne Land. Er arbeitete, wo immer es etwas zu verdienen gab.

Die Huffels teilten ihr Schicksal mit fünfzig Millionen Europäern, die der Zweite Weltkrieg entwurzelt hatte. Darunter zwölf Millionen Deutsche, viele auf der Flucht vor der Roten Armee, die versuchten, so weit wie möglich nach Westen zu gelangen. Oder sie wurden von der Front überrannt und später aus ihren Häusern oder zufälligen Unterkünften von Russen, Polen oder Tschechen vertrieben. Sie ließen alles zurück in Ostpreußen, Pommern, Schlesien, im Sudetenland. Oder sie wurden in den Monaten nach der Potsdamer Konferenz ausgewiesen, Vereinbarungen zufolge, die die Briten, Russen und Amerikaner bereits in den Jahren zuvor über die Grenzen in der Nachkriegszeit getroffen hatten. Die Flüchtlingskolonnen bestanden hauptsächlich aus Frauen, Kindern und Alten – viele Männer waren tot oder vermisst oder in Kriegsgefangenschaft.

Die Vertriebenen bezahlten die Zeche der deutschen Ostpolitik, die Hitler mit aller Macht hatte vollenden wollen: Gewaltsame Eroberungen und »Säuberung« von Juden und Bolschewiken sollten im Osten deutschen *Lebensraum* schaffen. Hitlers germanisiertes Reich sollte sich bis an die Linie von Leningrad zur Krim erstrecken. Mehr als dreißig Millionen Russen, Polen, Tschechen und Ukrainer sollten nach Sibirien deportiert werden. Als *Untermenschen* hatten sie kein Selbstbestimmungsrecht.

Und nun war dieser deutsche Traum vorbei, Hitler hatte am 30. April Selbstmord begangen, und die Polen, Tschechen und Russen nahmen sich ihre Gebiete zurück und noch mehr, mit ebensowenig Skrupeln wie zuvor die Deutschen.

Morgens höre ich im Radio Nachrichten. Im Nahen Osten wütet ein Krieg, der die Welt im Bann hält, ein Krieg, der kurz und sauber sein sollte, jedoch lang und schmutzig wird. Abends, wenn die Fensterläden geschlossen sind, sitze ich am Ofen und lese *Krieg und Frieden* von Tolstoi, das mich in den Napoleonischen Krieg hineinreißt, auf die blutigen Schlachtfelder in Russland zu Beginn des neunzehnten Jahrhunderts.

Immer öfter schaue ich auf den Pfad, der zum Weiler hinabführt und über den die Flüchtlinge aus diesem anderen Krieg 1945 auf Blankow ankamen. Mein Blick wird vom Hoftor angezogen. Von dort kamen sie, sie waren fast am Ziel. Waren sie erleichtert, endlich angekommen zu sein, wo auch immer? Oder hatten sie Angst vor dem, was sie erwartete? Waren sie froh oder enttäuscht, als sie Blankow zum ersten Mal sahen? Oder waren sie nur noch zermürbt, von dem überstürzten Aufbruch, den Strapazen des Trecks, von Hunger, Angst, Trauer und dem Unheil in ihrer Seele?

Zu dieser Zeit gehörte das Vorwerk der frommen Familie Grensling, die vier Jahre zuvor, aus der Gegend von Lüneburg gekommen, Blankow gekauft hatte. Als junger Pachtbauer hatte Hermann Grensling zusammen mit seiner Mutter Brunhilde gut verdient, und Blankow war sein erster Besitz. Eigentlich hatte er sich weiter östlich niederlassen wollen, im »Reichsgau Wartheland«, einem Gebiet, das in der Zwischenkriegszeit zu Polen gehört hatte – oder besser gesagt, das wollte Hitler, darum waren Land und Gehöfte dort billig –, aber Blankow war nicht so weit weg und eine einmalige Gelegenheit: Der vorige Besitzer hatte sich eine Kugel in den Kopf geschossen, und seine Witwe wollte möglichst schnell fort. Für hundertfünfzigtausend Mark erwarb Grensling fünfundsiebzig Hektar Ackerland, Weiden und einen Streifen Wald, ein großes Gehöft mit Ställen, Scheunen und einem Gesindehaus und dazu im Weiler ein Tagelöhnerhaus.

Das Vorwerk war nicht mehr der einzige landwirtschaftliche Betrieb von Blankow. In den dreißiger Jahren war ein Teil des Landes verkauft worden. Im Weiler und in dessen Nähe gab es inzwischen fünf neue Höfe. Besitzlose Bauern wie die Droschlers und die Urfelts hatten sich im Rahmen der Landwirtschaftspolitik der Nazis als selbstständige Landwirte hier niedergelassen. *Aufsiedler* wurden sie genannt.

Der einundvierzigjährige Grensling bezog das alte Vorwerk mit seiner Frau, seinen Kindern und seiner Mutter und begann den heruntergekommenen Betrieb aufzubauen. Vom

Vorbesitzer hatte er vier polnische Zwangsarbeiter und das Ehepaar Hornwath übernommen. Grenslings jüngerer Bruder Bernhard arbeitete auch mit, nachdem er als Berufssoldat aus dem Krieg zurückgekehrt war.

Und dann, im Frühjahr 1945, musste jeder so viele Vertriebene bei sich aufnehmen, wie er nur unterbringen konnte. Noch nie hatte das Vorwerk Blankow so viele Menschen beherbergt. Vierzig Kinder drängten sich irgendwann in einem einzigen Zimmer des Bauernhauses, also vierzig Münder mehr, die gestopft werden mussten.

Die meisten Flüchtlinge blieben nur kurz und nahmen auch ihre Namen mit. Vielleicht erinnern sie sich nicht einmal mehr an den Namen des Ortes. Sie zogen weiter nach Westen, hinter die Linien der Amerikaner, Briten und Franzosen, auf der Suche nach Vätern, Männern, Brüdern, Söhnen und anderen Angehörigen, auf der Suche nach einem Obdach, bis die Hölle ein wenig zur Ruhe kommen würde.

Der Strom riss aber nicht ab, und schon bald kamen die Flüchtlinge, die länger blieben. Im Herbst 1946 hatte sich die Bevölkerung des heutigen Bundeslandes Mecklenburg-Vorpommern nahezu verdoppelt, die Hälfte der gut zwei Millionen Einwohner bestand aus Vertriebenen. In der gesamten sowjetischen Besatzungszone kam ein Fünftel der Bevölkerung von anderswo. Die einheimische Bevölkerung empfing diese vollkommen mittellosen Landsleute, die ihr Land und ihre Häuser überfluteten, nicht gerade mit offenen Armen.

Es ist still auf Blankow. Bauern leben hier schon lange nicht mehr. Gepflügt, gesät, geerntet wird nicht mehr vom Vorwerk aus. Gemolken und gemästet auch nicht. Von den vielen Generationen, die hier gelebt haben, ist kaum etwas übrig geblieben. Es gibt nur noch Spuren, in den Gebäuden, im Obstgarten, im Boden, im Raum zwischen all diesen Dingen. Aber ich habe keinen Zugang dazu, meine Wahrnehmung ist begrenzt. Nur wenn ich still bin, fange ich ein Echo aus der Vergangenheit auf. Ich weiß, dass alles hier von Vergangenheit durchtränkt ist, darum haben die Dinge ein so starkes Eigenleben. Ich versuche mich anzunähern, eine Form dafür zu finden. Darum gehe ich auf die Suche nach den Geschichten von früher. Auch wenn es nur Bruchstücke sind, beschädigt, verformt. Alle Geschichten, die in Blankow ihren Ursprung haben oder hier hingehörten und hierher zurückkehren, füllen die Stätte wieder an, machen sie zu einem Ort, der noch immer besteht, der, mit der Vergangenheit verbunden, seine ganze Geschichte auf irgendeine Weise in sich birgt. Ich möchte das Gerüst mit den Resten seiner eigenen Vergangenheit bekleiden, damit das Vorwerk wieder heiler wird, damit das Echo in den Geräuschen von heute wieder hörbar mitklingt.

Einige der Flüchtlinge, die es nach Blankow verschlug, wohnen noch immer in der Gegend. Ich besuche sie. Einfach so, ohne mich anzumelden, das ist hier üblich. Wenn man sich nach jemandem erkundigt, erhält man keine Telefonnummer, sondern eine Beschreibung der Straße und des Hauses. Es ist gar nicht so lange her, da besaß nur einer von zehn Leuten hier ein Telefon, lieber redeten sie direkt miteinander, denn das Telefon war eine unsichtbare Leitung nach draußen, und man wusste nie, wer mithörte. Mir kommt das sehr gelegen, wenn ich bei den Leuten vorbeigehe, können sie mich nicht so leicht abwimmeln und werden weniger von meinem Akzent abgeschreckt, den sie nicht einordnen können.

Frieda Krüger lebt in dem benachbarten Falkenhof, direkt gegenüber den Kuhställen des Landwirtschaftsbetriebes von Günter Viertz. Sie wohnt in einem der typischen DDR-Plattenbauten, die an den Dorfrändern für Landarbeiter hingepflanzt wurden und nach der Wende eine Wärmedämmung und einen farbenfrohen Anstrich erhielten. Frieda ist in ihrem Gemüsegarten, sagt die Nachbarin, die draußen auf der Gemeinschafts-Wäscheleine ihre geblümten Schürzen aufhängt, oder bei den Garagen. Sie deutet auf die Reihe Garagen, auch sie charakteristisch für die DDR. Eine davon steht offen, ein Dackel liegt an der Leine. Drinnen poliert ein Mann sein Auto, eine kleine Frau mit weißem Haar schaut zu. Frieda Oschlitzki, geborene Krüger.

Ach, sagt sie, ich weiß nicht viel über Blankow.

Aber immer noch mehr als ich, sage ich. Das wird mein Standardsatz. Frieda Krüger zögert, sie sei nicht gut im Erzählen, sagt sie. Erst als sich ihr Mann zu uns stellt und beginnt, Witze über früher zu machen, taut sie etwas auf. Ich berichte ihr, dass ich schon mit anderen geredet habe, und nenne Namen. Gut, sagt Frieda, sie kommen vorbei.

Nach der Kapitulation Deutschlands waren die polnischen Zwangsarbeiter nach Hause zurückgekehrt, rekonstruiere ich aus den bereits zusammengetragenen Geschichten. Bauer Grensling war auf sich allein gestellt. Er musste Flüchtlinge aufnehmen, und er brauchte Landarbeiter. Doch er konnte sie sich nicht aussuchen, und zudem konnte er ihnen nicht viel bieten, kein Fleckchen Erde, keinen Lohn. Für ihre Arbeit erhielten sie nur Kost und Unterkunft.

Die ersten Flüchtlinge brachten die Grenslings in den Räumen im Obergeschoss des Bauernhauses unter: das alte Bäckerehepaar Voß und die Kriegswitwe Böttcher mit ihren fünf Kindern. Dann war da noch Paul Laskowski mit Mutter, Schwiegermutter und Tante; sie wurden zwischen Seeberg und Dornhain hin und her geschickt, weil niemand sie haben wollte. Die Grenslings bekamen sie zugewiesen, aber was sollten sie mit einem Mann und drei alten Witwen? Sie schickten sie zurück. Schließlich zwang der russische Kommandant sie, Laskowski und seine Damen doch aufzunehmen. Die Schwiegermutter, Frau Wegner, konnte, wie sich dann herausstellte, gut kochen und sorgte zusammen mit Oma Grensling für das Mittagessen, während die jüngeren Frauen auf dem Feld arbeiteten.

Eines Tages begegnete Bauer Grensling auf der Chaussee drei Männern, die auf der Suche nach einer Bleibe waren: Thomas Wilke und die Brüder Stein. Drei starke Männer – die nahm er gern auf. Im ersten Stock hatte er noch ein kleines Zimmer. Friedel Stein blieb sein Leben lang als Knecht bei den Grenslings, und Schuster Wilke war Grenslings Glückstreffer: Er konnte fabrizieren oder reparieren, was seine Augen sahen, nicht nur Schuhe aus Baumrinde, sondern auch Elektroleitungen und Dreschmaschinen. Und obendrein war er ein sympathischer Mensch. Sosehr die ehemaligen Bewohner von Blankow auch übereinander herziehen, über Schuster Wilke fällt nie ein böses Wort.

Später kamen auch Wilkes Mutter und Schwester aus Westpreußen nach Blankow. Die drei bezogen einen Raum im Gesindehaus. Auch das war bald voll. Und der Strom der Heimatlosen war noch nicht versiegt. Im Bauernhaus rückten die Grenslings weiter zusammen, sie teilten das Erdgeschoss auf: Die große Wohnung links behielten sie selbst, die Räume rechts erhielten die Krügers, die im Herbst aus dem »Warthegau« gekommen waren, das jetzt im neuen Polen lag. Frieda Krüger bewohnte mit ihrer Mutter, zwei Brüdern und ihrer Großmutter ein Zimmer, ihre Tante mit Mann und Tochter bekamen ein Zimmer, eine kleine Küche und eine Abstellkammer.

Ein Dreivierteljahr später, am 31. August 1946, stand Hermann Grensling wieder mit Pferd und Wagen auf dem Bahnhof von Seeberg. Er wartete auf den Zug aus Berlin, in dem ausgewiesene Sudetendeutsche saßen, die er aufnehmen musste. Es war schon dunkel, als der Zug ankam. Erika Michailek stieg aus mit ihrem Sohn Bernd, mit dem Großvater ihres gefallenen Mannes und mit Klaus Otto, einem Dorfnachbarn. Grensling half ihnen, ein paar Kisten mit Gepäck auf den Wagen zu laden; den alten Mann setzten sie ganz hinten auf die Ladefläche, mit den Beinen über dem Rand. Er war so krank und schwach, dass er kaum noch sitzen konnte, aber die Reise hatte er überstanden. Er war der letzte erwachsene Mann in der Familie, sein Sohn war im Ersten Weltkrieg durch einen Sturz vom Pferd umgekommen, sein Enkel fiel Ende 1942 bei Stalingrad durch einen Kopfschuss. Der alte Michailek wollte unbedingt sehen, wo die Witwe seines Enkels mit ihrem Jungen untergebracht wurde.

Im Dunkeln fuhren sie über die Chaussee. Im Buchenwald hielt Bauer Grensling an und bog rechts nach Blankow ab. Der Wagen holperte und ratterte über das Kopfsteinpflaster. Wie immer wurden die Pferde hier schneller, denn die schmale Straße zum Weiler war abschüssig, und der Wagen schoss voran. Darauf war der alte Mann nicht gefasst, und er stürzte vom Wagen. Sie hoben ihn auf und fuhren langsam das letzte Stück bis zum Hof. Grensling brachte die Neuankömmlinge zum Gesindehaus. In der Nacht starb der alte Michailek.

Am nächsten Morgen schickte Erika ihren siebenjährigen Sohn mit den anderen Blankower Kindern in die Schule nach Dornhain. Es war der 1. September, der erste Schultag nach den Sommerferien, und das normale Leben sollte so schnell wie möglich wieder beginnen. Erika und auch ihr Dorfnachbar Klaus Otto konnten sofort auf Grenslings Feldern arbeiten. So hatten sie wenigstens etwas zu essen.

Die tägliche Mahlzeit, die sie für ihre Arbeit bei den Grenslings bekamen, vertrieb den Hunger der Flüchtlinge jedoch nicht. Wässrige Kohlsuppe war es, oder Bohnen, mit den Hülsen gekocht, erinnern sich die Flüchtlingskinder. Der Bauer selber und seine Familie haben das bestimmt nicht gegessen, höhnen sie noch heute.

Erika Michailek war manchmal so verzweifelt, dass sie in der Umgebung um Essen bettelte. Zum Beispiel bei Bauer Droschler unten im Weiler. Die Bäuerin, Minna Droschler, konnte das Gejammer nicht mehr hören und herrschte sie an: Weißt du, wo du essen kannst? Hier neben dem Haus auf der Wiese. Und sie knallte die Tür zu.

Erika gab nicht auf. Die Sachen, die sie aus dem Sudetenland mitgebracht hatte, versuchte sie gegen etwas Essbares zu tauschen. Bernd musste sie begleiten, als sie mit zwei guten Anzügen seines toten Vaters die Dörfer abklapperte. Stundenlang liefen sie, bis ihnen schließlich in Kölnitz der Verkauf glückte und sie ein wenig Getreide und Mehl bekamen.

Später hütete Bernd für Bauer Droschler die Kühe, bis das Vieh im Herbst eingestallt wurde. Wenn die Schule aus war, musste er auf den Weiden zwischen Dornhain und Blankow sofort an die Arbeit, seine Schultasche hatte er noch bei sich. Als Lohn erhielt er ein Mittagessen, Butterbrote für die Arbeitszeit und abends Essen für zu Hause. Manchmal bekam er Wolle von Droschlers Schafen, davon strickte seine Mutter Socken.

In der Schachtel mit Schriftstücken habe ich ein weiteres Foto des Gesindehauses gefunden. Vor dem Haus steht ein altes Ehepaar mit einem kleinen Mädchen. Mir wurde gesagt, es seien Mecklenburger Tagelöhner, Sina Hornwath mit ihrem Mann Friedrich und ihrer Enkeltochter. Frau Hornwath hat die Haare am Hinterkopf zusammengesteckt, ihr Mund ist eingefallen. Das dunkle Kleid hat sie hoch auf dem Bauch eingeschnürt. Ihre Arme hängen unbehaglich am Körper herab, als wolle sie sie jeden Moment heben und an die Arbeit gehen. Ihr Mann steht leicht gebeugt, er neigt den Kopf mit dem schwungvollen grauen Schnurrbart etwas nach links. Vor ihm, fast an ihn geschmiegt, steht das Mädchen, kerzengerade, die Arme steif an der Seite. Nur an ihrem weißen Kleid mit den kurzen Ärmeln und an ihren bloßen Beinen ist zu erkennen, dass es Sommer ist. Das Mädchen hält den Kopf auch schräg, wie der alte Mann. Hinter ihnen die Hausmauer aus Feldsteinen, zwei Holztüren, die schief in den Angeln hängen, und ein offenstehendes Fenster. Auf dem Haus liegt ein schnurgerades Ziegeldach, das muss neu sein. Nur an den zwei Schornsteinen, die über den First ragen, ist zu sehen, dass Wohnungen in dem Haus sind.

Ich nehme das Foto mit nach draußen und blicke auf die Feldsteinmauer der Ruine, dann wieder auf das Bild. Letzten Sommer haben wir die Mauer ausgebessert, Löcher mit Steinen und Mörtel gefüllt, ich kenne jeden Quadratmeter. Ich weiß, dass es dieselbe Mauer ist, ich erkenne das Muster, die dicken Steine unten, die kleineren oben, den Rand aus Ziegelsteinen, und trotzdem – wenn ich mir das Foto ansehe, muss ich mir jedes Mal sagen, dass es wirklich dasselbe Haus ist.

Drinnen suche ich zwischen meinen Unterlagen nach einem anderen Foto des Gesindehauses. Es stammt aus dem Sommer 1996. So kenne ich es noch, das Dach halb eingestürzt, genau der Teil, vor dem das Ehepaar mit dem Mädchen stand. Kurz nachdem die Aufnahme entstanden war, fiel auch der Rest des

Daches ein: Die breite Holztreppe zum früheren Getreidespeicher führte plötzlich in den Himmel.

Heute beherbergt das Gesindehaus eine Werkstatt. Nur auf den mittleren Teil haben wir ein Dach aus Wellplatten gelegt und an der Frontseite eine Reihe von Oberlichtern eingebaut. Die Werkstatt erhebt sich mitten aus einer Ruine. Noch einmal hat das Gesindehaus ein neues Leben bekommen, es sieht ramponiert, aber freundlich aus.

Ich schaue erneut auf das Foto der Tagelöhnerfamilie, es muss vor 1945 aufgenommen worden sein, denn Friedrich Hornwath starb in der Kriegszeit. Er hatte sich beim Hechtangeln im Mürzinsee erkältet und war einer Lungenentzündung erlegen. Die Bäuerin, Auguste Grensling, hatte ihn in einem kleinen Zimmer im Haus aufgebahrt und Blumen aus dem Garten neben seinen Sarg gestellt. Wie das Mädchen in dem weißen Kleid heißt und ob sie noch lebt, konnte mir bisher niemand sagen.

Immer, wenn ich in das ehemalige Gesindehaus gehe, um mir Werkzeug zu holen, versuche ich mir vorzustellen, wie es hier in der Nachkriegszeit aussah. Durch die linke Eingangstür gelangte man in die Kornkammer, auf dem Dachboden darüber befand sich die Mühle für Brotgetreide und Hühnerfutter. Die rechte Eingangstür führte in einen schmalen Flur, von dem rechts und links eine Gesindewohnung abging. In der linken befindet sich jetzt die Werkstatt. Im Krieg wohnten hier die polnischen Zwangsarbeiter. Danach bekamen Bernd Michailek und seine Mutter den Raum zugewiesen, zusammen mit dem ehemaligen Dorfnachbarn Klaus Otto. Eines Tages heirateten Bernds Mutter und Otto.

Der Fußboden hier war noch nicht aus Beton, sondern aus gestampftem Lehm. Geheizt wurde mit einem großen Lehmofen. Auf der rechten Seite des Flures wohnte in zwei winzigen

Zimmern die Witwe Hornwath mit ihrem Enkel Harry. Sie hatte die Hälfte ihrer kleinen Wohnung an Schuster Wilke, dessen Mutter und dessen Schwester Lotte abtreten müssen. Die alte Frau Wilke konnte nichts mehr, hörte ich von Jana Huffel, aber wenn man nassgeregnet vom Feld kam, war sie die einzige, die sagte: Oh je, Kind, was bist du nass geworden.

Lotte Wilke hatte ihren Mann an der Front verloren; trotzdem war sie ein fröhlicher Mensch, und sie fing immer Spatzen und briet sie in der Pfanne. Erst Mitte der fünfziger Jahre waren Wilkes Frau und die vier Kinder aus Hinterpommern gekommen. Sie hatten 1945 eine Erklärung unterzeichnet, dass sie in Polen bleiben wollten, und die musste erst zurückgenommen werden. Als die Familie Wilke wieder vereint war, bezog sie eine Tagelöhnerwohnung im Weiler.

Ein Zimmerchen war noch übrig im Gesindehaus, dort hatten Marie Krüger und ihre Familie eine kleine Küche mit Abstellkammer, aus der später die Giftkammer der LPG wurde. Die Krügers wohnten und schliefen in einem Raum im Bauernhaus, durch Wind und Wetter liefen sie hin und her, um Essen zuzubereiten, Tee zu kochen, das Geschirr abzuwaschen.

Frieda Krüger steht stocksteif da, als sie durch meine Wohnung den Kuhstall betritt: Hier haben wir die erste Nacht verbracht, ruft sie, im November 1945. Ich war neun. Wir lagen in den Futtertrögen im Stroh. Kühe standen hier keine, die hatten die Russen mitgenommen.

Vom Stall gehen wir zur Ruine des Gesindehauses. Frieda geht zielstrebig hinein und sagt: Hier hatten wir eine kleine Küche. Ich erinnere mich noch gut, dass ich morgens Wasser holen wollte und gegen die Türklinke geknallt bin, sehen Sie, hier – sie zeigt auf die Narbe über ihrem linken Auge. Wir stehen im alten Flur, dessen eine Wand nicht mehr da ist. Der

Flur war früher ganz schmal, sagt Frieda, wir sind mit den Händen und Füßen an den Wänden durchgeklettert, die Kunst dabei war, den Boden nicht zu berühren. Sie macht es halb vor und zieht Grimassen wie ein Lausbub.

Ein Badezimmer oder eine Toilette hatten die Flüchtlinge nicht. Auf dem Hof standen neben der Jauchegrube und dem Misthaufen zwei Bretterhäuschen mit *Plumpsklos*, »Tönnchen-Klosetts« sagt das niederländische Wörterbuch manierlich, »Kackhäuschen« hießen sie früher in meinem Dorf. Dort draußen, in einem der beiden Verschläge, durch deren Ritzen der Wind pfiff, mussten alle Bewohner ihre Notdurft verrichten. Nur der Bauer besaß eine Innentoilette, sogar eine mit Wasserspülung, erzählt Frieda.

Vom Gesindehaus geht Frieda zum Bauernhaus; als orientiere sie sich an einer Duftspur, folgt sie ihren Erinnerungen. Wir mussten immer durch den Haupteingang zu unserem Zimmer, sagt sie, während sie die Haustür öffnet, für einen Moment ist es wieder ihre Tür, sie geht vor. Wir stehen in der Diele von Bauer Grenslings Haus.

Hier sah es immer picobello aus, sagt Frieda, sobald eine Kuh gekalbt hatte, wurde der Fußboden mit Biestmilch eingerieben. Mit einem Schauder sagt sie: Als Oma Grensling gestorben war, lag sie hier aufgebahrt. Ein Dragoner, die Alte, und dann lag sie hier tot, und wir mussten immer an ihr vorbei. Wir haben sogar direkt daneben geschlafen!

Rasch geht sie rechts in das Zimmer und zeigt mir, wie alles war: Hier stand die Kommode, hier das große Bett, hier lag Peter, mein ältester Bruder. Ach, Peter, er hat uns nichts gesagt, er schämte sich so. Er hatte Hodenkrebs und ist nicht rechtzeitig zum Arzt gegangen. In einer Klinik in Greifswald ist er gestorben, mit zwanzig. Er war der Liebling und die große Stütze meiner Mutter. Ach, ach, ich träume so oft von diesem

Zimmer. Hier haben wir alle geschlafen, zu zweit in einem Bett. Oma war zuerst auch noch da. Auf der Flucht nicht, sie haben sie erst später zu uns gebracht, völlig verlaust, mit ihr war nichts mehr los. Tante Hanna und meine Cousine Gudrun haben in dem Zimmer neben uns gewohnt.

Durch die Diele geht Frieda zur Treppe, sie fährt mit den Händen über das Holzgeländer und sagt: die schöne alte Treppe. Wie oft bin ich die wohl rauf und runter gelaufen. Als die Huffels die Wohnung bekommen haben, nachdem Bauer Grensling gegangen war, sind wir nach oben gezogen. Das Ehepaar Spienkos bekam die kleine Parterrewohnung.

Mit ein paar großen Schritten ist sie oben. Links von der Treppe trennte eine dünne Wand ihre Wohnung ab, und im Flur oben war eine kleine Küche. Die Giebelwand hat sich damals auch schon so gewölbt, sagt Frieda, und sie hatte Einschusslöcher. Wir hatten immer Angst, dass sie einstürzen würde, wenn Mutter die Fenster putzte. In der Abstellkammer unter den Dachpfannen wurde später eine kleine Toilette eingebaut, denn Mutter konnte fast nicht mehr gehen und ihre Augen wurden auch immer schlechter. Ach ja, hier saß sie manchmal und weinte, weil es so kalt war und weil sie ganz allein war. Frau Spienkos kam manchmal hinauf und brachte ihr etwas zu essen oder holte für sie ein. Die Huffels ließen sich nie sehen.

Viele Flüchtlinge hatten Heimweh. Ihre Mutter nicht, sagt Frieda, die wollte nicht zurück in ihr Dorf in Polen, das spielte gar keine Rolle. Sie war hier zu Hause, aber konnte das alles nicht mehr verkraften. Sie hatte es mit den Nerven, Angstgefühle bedrückten sie immer mehr, manchmal hielt sie es kaum noch aus. Sie spürte das Unheil durch ihren Körper jagen, fürchtete sich vor der Beklemmung im Brustkorb. Dann rieb sie sich mit unruhiger Hand in kleinen Kreisen über die Brust und sagte immer wieder: Wenn das hier kommt, wenn das hier kommt.

Marie Krüger hatte in ihrem Leben alle Entbehrungen durchgestanden, und nun war sie alt und mittellos und wusste sich keinen Rat mehr. Frieda schweigt bedrückt und sagt dann: Ich kenne das, die letzten Jahre habe ich es auch, dieses Nervenrasen. Sie tritt an das Ochsenaugenfenster an der Rückseite und blickt hinaus: Armes Mütterchen, hier stand sie immer und hat die Wäsche gewaschen.

Wir schauen aus dem Fenster, aus dem Marie Krüger geschaut hat, und ich sehe, dass die alten Kirschbäume im Garten schon Knospen treiben.

Ein paar Tage später höre ich Friedas jüngerem Bruder Wolfgang zu und durchblättere das Familienalbum, kleinformatige Schwarz-Weiß-Fotos mit weißen Zackenrändern. Eines davon lässt mich nicht los, eine Aufnahme der Familie Krüger im Krieg: Vater, Mutter und drei kleine Kinder in Sonntagskleidern in der guten Stube am Tisch.

Von unserem Vater hatten wir nicht viel, hatte Frieda gesagt.

Vater Krüger arbeitete überall, wo es Arbeit gab, bei den Bauern, in der Zuckerfabrik, und als Soldat in der Armee, erst bei der polnischen, dann bei der deutschen. Er war ein guter Mensch, sagt Wolfgang, der 1940 geboren wurde und nur eine einzige Erinnerung an seinen Vater hat: Ich war ungefähr vier, Vater hatte Urlaub, und er beschmierte mein ganzes Gesicht mit Pudding und leckte es ab, bis ich vor Vergnügen gequietscht habe.

Nach dem Krieg hat Marie Krüger ihren Mann noch eine Zeit lang gesucht. Als sie hörte, er sei in Rumänien in Kriegsgefangenschaft, wusste sie genug. Von dort kehrte keiner zurück. Marie Krüger schwankte lange, bis sie sich dazu durchrang, ihren Mann für tot erklären zu lassen. Danach erhielt sie für ihre Kinder eine kleine Halbwaisenrente, Geld, auf das sie dringend angewiesen war.

Wolfgang hat sein Geburtsdorf in Polen vor einigen Jahren besucht. Unser Haus stand noch, erzählt er, und der Nachbar war auch noch derselbe, ein Pole, er war sehr nett, obwohl die Polen uns hassten. Über meinen Vater haben sie offenbar immer gesagt: Wenn er von der Front zurückkehrt, bringen wir ihn nachträglich um.

Wolfgang macht einen bekümmerten Eindruck, und als ich ihn frage, warum sie seinen Vater so gehasst haben, sagt er: Was früher gewesen ist, weiß ich nicht.

Ich schweige. Nachzubohren wäre sinnlos. Entweder hat er nie erfahren, was geschehen ist, oder er will sich nicht mehr erinnern. Oder er will es mir nicht erzählen. Und ich will ihn nicht bedrängen.

Über ihre Verwandten, die neben ihnen im Bauernhaus wohnten, hatte mir Frieda Krüger wenig erzählt. Als ich danach fragte, sagte sie unwillig: Das ist eine verzwickte Geschichte. Meine Tante Hanna, die jüngere Schwester meiner Mutter, war die zweite Frau von Ludwig Krüger. Meine Mutter hat einen Sohn aus Ludwigs erster Ehe geheiratet. Mein Onkel Ludwig war also auch mein Großvater, meine Tante Hanna war auch meine Stiefoma und meine Cousine Gudrun auch meine Tante. Meine Mutter hat spät geheiratet, als ihr Ältester, unser Peter, 1935 geboren wurde, war sie schon neununddreißig, mein Vater war fünfundzwanzig.

Großvater Ludwig Krüger hatte es nach dem Krieg auch nach Blankow verschlagen. Als Maurer verdiente er gutes Geld, damals mussten viele Häuser ausgebessert und umgebaut werden. Ludwig war ein Schacherer, gewieft im Tauschen und

Handeln. Für seine Frau Hanna, die Näherin war, hatte er eine Singer-Nähmaschine aufgetrieben, sodass sie nicht bei Bauer Grensling zu arbeiten brauchte.

Ein richtiger Großvater war Ludwig nicht, sagt Wolfgang. Er brachte immer alles Mögliche mit nach Hause, Speck und was weiß ich, und dann legte er den Arm um seinen Teller, und wir guckten uns vor Neid die Augen aus dem Kopf. Er nahm sich auch einfach die Eier von unseren Hühnern. Großvater trank gern ein Gläschen. Tante Hanna musste immer Schnaps brennen, von Brennspiritus und Essenzen. Dann sagte mein Großvater: Wolfgang, komm mal her, trink auch was von dem *Bombka*. Lass doch den Jungen in Ruhe, sagte meine Tante, aber Großvater hat immer seinen Willen durchgesetzt. Zu seiner Frau und seiner Tochter Gudrun war er freundlich, zu allen anderen konnte er unmöglich sein – und Enkelkinder zählten schon gar nicht.

Die Bauern von hier mochten uns auch nicht, sagt Wolfgang Krüger. Sie wollten uns weg haben, aber wo sollten wir hin? Wir konnten doch auch nichts dafür, dass wir hier gelandet sind. Der Scheißkrieg. Wenn Vater aus der Kriegsgefangenschaft zurückgekommen wäre, hätten wir vielleicht auch irgendwo Bodenreformland und ein eigenes Haus bekommen.

Dass seine Mutter Marie so spät heiratete, kam durch den Krieg von 14-18, sagt er. Es gab nicht viele junge Männer, sie waren in den Schützengräben in Belgien oder Nordfrankreich oder an der Front in Russland. Maries Brüder und ihre ersten Freunde kehrten vom Schlachtfeld nicht zurück. Ludwig Krüger konnte es nie verwinden, dass sein Sohn Marie geheiratet hatte, er fand sie viel zu alt. Marie und er gingen sich bis zuletzt aus dem Weg. Ludwig starb 1955, im selben Jahr, in dem sein Enkel Peter an Hodenkrebs starb.

Auf dem Friedhof von Dornhain suche ich das Grab von Marie Krüger. Ein seltsamer Anblick: Schräg hinter ihrem Grab liegt das Grab ihrer Schwester. Auf beiden die Namen Krüger-Rosenbusch. Marie und Hanna. Marie liegt, wie ich weiß, in dem geräumten Grab ihrer Mutter und ihres Sohnes Peter. Hanna liegt zusammen mit ihrem Mann im Grab. Ludwig Krüger war fast dreiundzwanzig Jahre älter als seine Frau, sehe ich jetzt. Und plötzlich wird mir bewusst, dass er schon siebzig war, als er nach Blankow kam.

In der Mappe mit Reproduktionen alter Fotos schaue ich mir oft die Bilder von Marie Krüger an. Ich hoffe, noch einmal etwas Neues darin zu entdecken. Ich sehe eine kleine Frau mit weißem Kopftuch, die sich auf eine Heugabel stützt. Ein durchschnittliches, gutmütiges Gesicht. Ihre Tochter Frieda sieht ihr täuschend ähnlich.

Marie Krüger wohnte bis 1971 in ihrer Wohnung im Obergeschoss des Blankower Bauernhauses, dann zog sie zu ihrem Sohn Wolfgang in den Nachbarort Kölnitz.

Sie hätten sie hierlassen sollen, sagte Frieda in scharfem Ton, als ich sie nach dem Umzug ihrer Mutter fragte, aber mein Bruder wollte unbedingt, dass sie bei ihm einzog. Was hatte sie dort? Mein Bruder und seine Frau arbeiteten beide den ganzen Tag. Wäre sie nur hiergeblieben. Am 14. November 1973 hat sie sich im Schuppen meines Bruders erhängt. Armes Mütterchen, wenn sie auf Blankow geblieben wäre, hätte sie wenigstens hier in ihrer Heimat sterben können.

Die Familie Spienkos

Vor dem Gehölz hinter dem Rapsfeld stelzt ein Kranich hin und her. Ich sehe ihn oft über dem kleinen Tümpel aufsteigen, der in einer Senke des Feldes liegt. Man hört ihn nie, er ist allein. Kraniche sollten nicht allein sein, sie leben ein Leben lang zu zweit. Mit ihren krächzenden Grru-Grru-Rufen führen sie lebhafte Gespräche. Hin und wieder sehe ich auch Kraniche, die zu dritt sind, sie leben in der Nähe und sind unzertrennlich; offenbar hat ein Kranichpaar eine Witwe oder einen Witwer aufgenommen, oder es hat ein übriggebliebenes Junges am Hals.

Bleibt ein Kranich, der allein ist, immer allein? Oder findet er noch einen Artgenossen, der auch zurückgeblieben ist? Der einsame Kranich schreitet langsam an den Bäumen entlang.

Eine Woge von Sehnsucht durchflutet mich, und plötzlich stimmt mich das Vermissen so missmutig, dass mir übel wird. Wir müssten zwei Leben haben, denke ich manchmal, eines allein und eines gemeinsam. Ich bin nicht der hin und her stelzende Kranich, mein Freund auch nicht, der Vogel ist das Sinnbild meines Verlangens, allein zu sein. Daneben gibt es das beruhigende Wir. Einen Moment lang hilft dieser Gedanke, dann verflüchtigt er sich wieder.

Wenn man allein ist, bekommt das Dasein etwas Mechanisches, etwas Undefinierbares. Ich jäte den Gemüsegarten, stutze die Holundertriebe, die unermüdlich aus dem Boden sprießen, grabe Feldsteine aus, raufe mit dem Hund und kaue auf einem alten Butterbrot mit Tilsiter Käse herum. Warum kann es nicht immer so weitergehen? Was umfasst ein Menschenleben eigentlich und was ein Hundeleben?

Der Hund hat keine Fragen – oder jedenfalls kein Bewusstsein seiner Fragen. Der Hund hat Hunger, der Hund hat immer Hunger, und er fragt sich, wann er nun endlich sein Futter bekommt. Dann und wann rennt er zum Vorratsschrank hinten im Wintergarten, wo seine Dosen auf einem Bord stehen. Sehnsüchtig blickt er hoch, kommt zu mir, drückt die Nase in meinen Schoß und rennt wieder zu den Dosen. Er muss noch zwei Stunden warten, aber wie sagt man das einem Hund. Nein, Hund, nein. Enttäuscht sieht er mich an. Er will fressen.

Manchmal verschwindet er spurlos, reagiert nicht auf meine Pfiffe. Doch ich weiß, wo ich ihn finde. Nur ein kleines Stück außerhalb des Hofes, hinter der Ruine der Getreidescheune, steht eine Katzenhütte. Dort stellt der Schwiegersohn der alten Frau Neumann aus dem Weiler Futter hin für die sich ständig vergrößernde, halb verwilderte Katzenfamilie. Mit krummem Rücken leckt der Hund die leeren Näpfe aus. Als ich mich ihm nähere, bewegt sich seine Zunge immer schneller, jedes Lecken kann das letzte sein, da kommt sie, jetzt! Er springt weg und schleicht geduckt und schuldbewusst vor mir her. Zurück nach Hause, in den Wintergarten, wo er hinter den Fahrrädern in eine Ecke kriecht. Strafe.

Er weiß es, aber er kann es nicht lassen, er hat nicht umsonst Anfechtungen, einen Instinkt. Er ist schon so folgsam, so domestiziert. Manchmal leben die Triebe seiner Urahnen auf, dagegen kommt er nicht an.

Ich beobachte den Hund, belauere ihn, führe ihn in die Irre, um zu sehen, wie er reagiert. Ich suche die Parallelen zwischen uns, die Unterschiede. Mir geht ein Satz im Kopf herum: *Die Natur schlägt im Menschen ihre Augen auf und bemerkt, dass sie da ist.* Ich nehme den Hund wahr, den einsamen Kranich, die Natur ringsum, die Wirklichkeit, ich bin ein Teil davon, ich bin Natur, in mir erwacht die Natur zum Bewusstsein. Das ist alles. Aber was besagt dieser Satz eigentlich über die Menschen, über den Hund, über die weiße Hirschkuh in dem Rudel am Waldrand, über Vorwerk Blankow und die zwei Jahrhunderte Leben hier?

Die Menschen tragen die Last der Natur, dank ihres Bewusstseins wissen sie, worauf jeder Lebenstrieb, jedes Streben hinausläuft. Und sie wissen, dass ihr Bewusstsein ihnen letztendlich nicht helfen wird. Das ist ihre Tragik. Sie wälzen den Stein den Berg hinauf und wissen, wo er landen wird. Manchmal wünschte ich mir, ich wäre ein Hund.

Ich wiederhole den Satz noch einmal, *Die Natur schlägt im Menschen ihre Augen auf und bemerkt, dass sie da ist,* und bleibe daran hängen, mein Verstand kommt zum Stillstand. Er ist schwindelerregend, dieser Satz von Friedrich Schelling. Ich mag das Schwindelgefühl, habe es schon immer gemocht.

Ich habe noch zwischen zwei Zipfel eines grau-weiß karierten Geschirrtuchs gepasst. Mees, unser alter Nachbar, der früher Rektor der Jungenschule gewesen war, drehte die beiden Enden so zusammen, dass eine Schaukel entstand, in der ich sitzen konnte, und schwenkte mich herum. Die Welt kreiste, ich kreischte und konnte davon nicht genug bekommen.

Später dachte ich mir selbst ein Spiel aus, bei dem mir schwindlig wurde. In meinem Schlafzimmer stellte ich mich mit dem Gesicht ganz nah vor den Spiegel. Ich schaute mein Spiegelbild an, das starr zurückblickte, und dachte: Warum bin ich eigentlich ich? Ich wiederholte die Frage immer wieder und taumelte in meine eigene Tiefe, es gab kein Entrinnen. Ich kann nicht heraus, ich stecke in mir selbst fest, es gibt nichts anderes, nichts außerhalb von mir, ich kann nicht aus mir heraus. Mir ist schwindlig. Und diese Frage stellt sich jeder Mensch: Warum bin ich eigentlich ich. Eingeschlossen im eigenen Kopf, im eigenen Körper. Immer in sich gefangen, bis man stirbt. Und niemand weiß, wo sein Tod sich verbirgt und wann er kommt.

Die Natur zögert, der Frühling hält sich zurück. Auf den Feldern färbt sich der Winterweizen an den Wurzeln schon gelb. Frühe Pflanzen hat der Frost für ihren Eifer bestraft, die Blätter des wilden Meerrettichs liegen schwarz und beschmutzt auf der Erde. Es nieselt, aber das reicht nicht für die drei jungen Kirschbäume, die ich diese Woche vor der Ruine der Getreidescheune gepflanzt habe. Ich tauche die Gießkanne in die halbvolle Regentonne. Am Rand krabbelt etwas nach oben. Ich schrecke zurück: eine Fledermaus. Dann luge ich noch mal über den Rand. Sie bewegt sich nicht.

Bei Fledermäusen gruselt es mich immer, weil sie so schnell und unberechenbar durch die Luft sausen; weil es sonderbare Tiere sind, fliegende Mäuse, Relikte aus Urzeiten, im Grunde stimmt mit ihnen etwas nicht; weil sie aufgeboten werden, um den Gruselgehalt von Märchen und Thrillern und Spukgeschichten zu erhöhen.

Ich hole eine Schaumkelle aus der Küche, und mit einem Widerwillen, den ich kaum unterdrücken kann, schöpfe ich die Fledermaus aus der Tonne und werfe sie ins Gras. Sie ist tropfnass, ich sehe nicht einmal, dass sie behaart ist. Ich muss genau hinschauen, um den kleinen Körper zwischen den Flughäuten zu entdecken. Nach Luft ringend, bewegt er sich auf und ab. Sie hat winzige Ohren und eine niedliche Schnauze. Ich stülpe einen Eimer über die Fledermaus und lege an einer Seite einen Stein unter den Rand, damit sie hinaus kann. Kurz darauf hat sie schon einen Flügel ausgestreckt, dazwischen Finger wie dünne Zweige. Ihr Fell ist zum Teil wieder ein Pelz mit weichen Härchen. Als ich später nachsehe, ist sie schon weg. In der Dämmerung wird sie von neuem an mir vorbeischießen, flatternd fast meine Haare berühren.

Am nächsten Tag finde ich sie erneut in der Regentonne. Sie treibt tot im Wasser. Vielleicht war ihre Antenne defekt, vielleicht war ihre Zeit gekommen. Ich zweifle keinen Augenblick daran, dass es dieselbe Fledermaus ist, aber ich weiß es nicht. Der Tod ist etwas Häufiges am Ende des Winters. Der Frühling bringt neues Leben, aber auch viel Tod, Leben, das es um ein Haar nicht geschafft hat. Wieder hole ich eine Schaumkelle, lege das nasse tote Häufchen auf eine Untertasse und stelle es im Wintergarten ganz nach oben. Wenn sie trocken ist, darf sie in der Vitrine im Haus liegen, neben der halb mumifizierten Katze, die ich im hohen Gras gefunden habe, nachdem ich sie mit der Sense fast zerteilt hätte, neben den Schädeln von Wildschweinen und Rehen, die der Hund gefunden hat, der Stachelhaut eines Igels und der hauchdünnen Hülle einer Ringelnatter.

Für einen Moment bin ich aufgelebt dank der toten Fledermaus, doch schon bald spüre ich wieder das Gefühl des Abwesend-Seins. Mir wird bewusst, dass ich tagelang so gut wie nicht vorhanden war. Ich weiß kaum noch, was ich getan und wo ich mich aufgehalten habe.

Ich erinnere mich an keinen bestimmten Ort. Das Ich der Frage ist sehr weit weg, verdünnt zu einer flüchtigen Substanz.

Sogar dem Hund gegenüber verhalte ich mich mechanisch. Es verschüchtert ihn, er trottet dicht hinter mir her. Ich bin ein Schemen mit einem Schatten. Es ist nicht so, dass ich nichts wahrnehme, nichts registriere, nur ist alles ohne jede Bedeutung, und deshalb bleibt nichts im Gedächtnis haften. Ich bin ein hohles Gefäß, durch das das Leben hindurchströmt.

Ist das etwa der begnadete Zustand des Loslassens, dieses matte, abwesende Dahinleben? Die Zeit verrinnt ohne Sinn, alles ist einerlei, Morgen, Mittag, Abend, Nacht. Ich registriere, dass die Sonne nun langsam richtig warm wird, aber es lässt mich kalt.

Ich spüre, dass mein Gesicht grimmig zerfurcht ist, und versuche es glatt zu streichen. Es hilft, ein glatt gestrichenes Gesicht hilft. Manchmal habe ich Angst, dass der Ingrimm tief in die Falten meiner Haut dringt und nicht mehr verschwindet. Ich blicke in den Spiegel, versuche mich zu ertappen: Jetzt nicht das Gesicht verändern, halte es so und schau. Alte Furchen, hängende Falten, ein grauer Teint, farblose Augen und ein sparsamer Blick. Das bin ich im Rasierspiegel über der Spüle. Meist klappe ich ihn so um, dass mein Blick nicht darauf fällt. Ich schaue hinein, wenn ich meine eigene Hässlichkeit und Desillusionierung suche. Und ich finde, was ich suche.

Anfangs wollte ich hier überhaupt keine Spiegel haben. Bis ich mir zweimal eine Borrelieninfektion einfing, weil ich Zeckenbisse nicht bemerkt hatte. Ich befestigte einen Ankleidespiegel an der Innenseite der Schranktür und suche im Sommer meinen Körper nach Zecken ab. Oder versuche es zumindest. Ich mag es nicht, meinen Körper zu mustern, mein Blick ist kalt und hart.

Auf der Toilette hängt noch ein dritter Spiegel, eine Fundsache mit verwittertem Spiegelglas. In den schaue ich meist nur beiläufig: Ach, da ist sie wieder.

Ich bin gern erlöst von meinem Spiegelbild, von der Frage, wie ich aussehe. Auch ohne Spiegel weiß ich, wie es mir geht, ich brauche diesen Umweg nicht. Es ist mir unangenehm: mich ständig einem Urteil unterwerfen, mit einem Idealbild vergleichen, mit früheren Fotos, mit dem Bild, das andere – wie ich glaube – von mir haben.

Die Leute, die hier früher gelebt haben, schauten nicht so oft in den Spiegel wie wir. Im Plumpsklo auf dem Hof gab es bestimmt keinen, und ein Badezimmer besaßen sie nicht. Sie hatten höchstens eine Waschküche und waren immer zu mehreren; kaum Gelegenheit, sich in sein Spiegelbild zu vertiefen, schon gar nicht nackt. Weil sie ihr Spiegelbild seltener sahen, nahmen sie es vermutlich auch anders wahr. Mit mehr Verwunderung: Das bin ich?

Viele Fotos von sich hatten sie auch nicht. Vor nicht mal fünfzig Jahren wussten die Menschen kaum, wie sie ausgesehen hatten, als sie jünger waren, sie besaßen vielleicht ein Schulfoto, ein paar Hochzeitsfotos und eine Handvoll anderer Aufnahmen. Gnädiger Mangel.

Meine Hände sind steif vom Wasser, das noch eiskalt aus der Tiefe der Erde kommt. Ich wasche meine Sachen, tauche sie immer wieder in die emaillierte Wanne. Das Waschwasser ist schlammig. Kleider, Handtücher, Bettwäsche kommen erst in den Wäschesack, wenn sie unangenehm riechen. Und obwohl ich bei der Arbeit hier fast täglich ins Schwitzen gerate, müffle ich weniger als in der Stadt. Arbeitsschweiß statt Sitzschweiß. Ich wasche erst, wenn alle Sachen schmutzig sind.

Die Wanne ist voll mit klatschnassen Lappen, ich wringe sie aus, bis meine Hände rot werden, kribbeln, schmerzen. Stundenlang haben sich die Frauen hier früher über die Wäsche gebeugt. Sie wuschen gründlicher, kochten die Kleidung erst in dampfenden Bottichen. Wie meine Mutter. Ich erledige die Arbeit nachlässiger, mit einem Kessel vom Ofen und wringenden Händen.

Die Frauen auf Blankow müssen gestöhnt haben bei all den Kleidern, die steif von Lehm, Kuhdung und Schmieröl waren. Da half ein bisschen Eintauchen nicht, da hieß es scheuern und schrubben, aber nicht zu viel, denn sonst zerschlissen die Sachen und mussten wieder neu gekauft werden. Plötzlich schnuppere ich den Geruch der Kleider an den Bauerngarderoben von früher, am Ende der Diele, manchmal in einem schmalen Flur, neben der Küchentür. Es roch dort säuerlich, nach einem Gemisch aus Stroh, Pressfutter, Misthaufen und Milch. Die Kleider hatten unbestimmte dunkle Farben, fahl gewaschenes Braun, Blau und Grün. Mein Vater trug einen weißen Kittel, einen Tierarztkittel. Jeden Tag einen sauberen.

Ich gehe hinaus und schaue prüfend in die Luft, der Nieselregen hat aufgehört, der Wind hat aufgefrischt, die Sonne strahlt. Heute ist ein guter Waschtag, dicke Wolken stürmen über den blauen Himmel. Ich brauche die Wäsche also nicht im Stall zu trocknen, das dauert Tage, denn Auswringen ist längst nicht so effektiv wie Mangeln oder Schleudern, und die Wäsche bleibt feucht und riecht nach Waschpulver. Mit der Wanne nasser Wäsche auf der Hüfte gehe ich zur Wäscheleine, hänge die Sachen tropfnass auf. Sie wehen und flattern und werden in wenigen Stunden trocken sein. Frisch, weich und warm, mit dem Duft des Windes in den Fasern. Sauber – oder sauber genug. Ich werde sie gleich wieder anziehen: immer dieselben Kleider, bis es Putzlumpen sind. Und sogar das ist Luxus.

Ich lese das Tagebuch des russischen Offiziers Wladimir Gelfand, der mit der 1. Weißrussischen Front nach Berlin vorstieß. Am 16. Februar 1945 schreibt er: *Die Wäsche habe ich seit Dezember '44 nicht mehr gewechselt. Sie ist ganz dreckig und reißt schon — die Läuse zernagen sie, und auf dem Körper bleibt nur klumpige Watte. […] Wir stehen in Quartier. Die Soldaten haben alle Wohnungen abgesucht und haben keine geeignete Wäsche zum Wechseln gefunden. Der Oberfeldwebel hatte für die ganze Kompanie Wäsche zugeteilt bekommen, doch als die »Wanjuschas« losfeuerten (er befand sich gerade beim Oderdeich), ließ er alles stehen und liegen, verdrückte sich, weitab vom Fuhrwerk — währenddessen wurde die ganze Wäsche geklaut.*

Bilder, die in Erinnerung bleiben, von Krieg, von Flucht, von Gräueln und Entbehrungen, von geliebten Orten und verlorenen Angehörigen. Jeder Mensch trägt seine eigenen Bilder im Kopf. Ich sitze auf dem Treppchen vor dem Bauernhaus, warte auf den Bäcker und denke an Bruno Spienkos, den Vater von Walter, dem lerneifrigen Jungen, dessen Schulhefte und Briefmappe ich gefunden habe.

Vater saß immer auf seinem Koffer, hatten seine Söhne gesagt. Und seitdem sehe ich Bruno Spienkos auf dem Treppchen vor dem Bauernhaus mit seinen Koffern sitzen, das Gesicht nach Osten gewandt, nach seiner Heimat in Masuren. Auf dem Friedhof in Seeberg habe ich das Grab von Bruno und seiner Frau Anna gefunden. In den Stein ist die Inschrift gemeißelt *Hier ruhen in Gott / fern der Heimat*.

Am 19. Januar 1945 hatten sie ihr Gehöft verlassen. Als der zwölfjährige Walter mit dem letzten Bummelzug aus Ortelsburg vom Gymnasium heimkam, standen zwei Fuhrwerke bereit. Sie waren mit Teppichen und Heu gepolstert, eines für die Familie Spienkos und eines für die Polen, die bei ihnen arbeiteten. Schnell, schnell, sagte seine Mutter, die Russen kommen. Er stieg ein, und sie fuhren los: Mutter, Walter, Norbert, das Baby Elisabeth und Tante Luise, die unverheiratete Schwester der Mutter, die bei ihnen wohnte, weil sie – so erzählte seine Mutter später – allein dem Leben nicht gewachsen war. Sein Vater war nicht dabei, man hatte ihn zum Volkssturm eingezogen, doch zum Glück war er irgendwo in der Gegend bei einer Nachschubeinheit. Im Wagen hatten sie Hafer für die Pferde, Stroh, Speckseiten, Proviant, Federbetten und Hausrat. Das Besteck hatte sich die Mutter um die Taille gebunden. Sie fuhren zur Großmutter, die sechzig Kilometer nordwestlich bei Bischofsburg – heute Biskupiec – wohnte.

Als Vater Spienkos kurz darauf auch bei der Großmutter eintraf, hörten sie an den Schüssen in der Ferne, dass sich die Front näherte. Die letzten deutschen Wehrmachtstruppen zogen durch das Dorf und rieten den Bewohnern dringend, weiter nach Westen zu fliehen; die Rote Armee würde unter der deutschen Bevölkerung schrecklich wüten. Bruno Spienkos weigerte sich, seine Heimat zu verlassen. Erst als die Soldaten drohten, seine acht Pferde mitzunehmen, brach er doch noch auf. Sie packten alles auf ein Fuhrwerk und zogen mit drei Pferden Richtung Danzig. Für die Jungs war es ein abenteuerlicher Ausflug. Dass sie vielleicht nie mehr nach Hause zurückkehren würden, kam ihnen nicht in den Sinn.

Anfang Februar gelangten sie ans Frische Haff, die Meeresbucht zwischen Königsberg und Danzig. Die Rote Armee war südlich von ihnen bereits weiter nach Westen vorgerückt, bis hinter Elbing, es galt also, sich möglichst weit nördlich zu halten. Das Haff war zugefroren, dahinter lag die Frische Nehrung, die schmale Landzunge, die das Haff von der Ostsee trennt. Da mussten sie hin, um über die Landzunge nach Danzig zu fliehen und von dort aus weiter nach Westen, den Briten, Franzosen und Amerikanern entgegen. Alles besser als die Russen, das hatten sie begriffen.

Sie fuhren über das Eis. Wehrmachtssoldaten hatten die Strecke markiert, eine dichte Flüchtlingskolonne zog zu der Landzunge. Das Eis des Haffs bekam Risse, überall entstanden Löcher.

Gegen Abend des zweiten Tages erreichten die Spienkosens die Landzunge. Sie übernachteten am Fuß des steilen Ufers auf dem Eis. Am nächsten Morgen standen die Pferde bis zu den Knien im Wasser. Um sie herum waren siebzig Wagen unter das Eis gerutscht und vom Wasser verschlungen worden. Wenn sie überleben wollten, mussten sie so schnell wie möglich auf die Landzunge hinauf. Mit ihren eigenen Pferden gelang es ihnen nicht, sie mussten vier Pferde einspannen, um den Wagen die steile Böschung hinaufzuziehen. Eines nach dem anderen gelangten die Fuhrwerke oben an, das von ihnen, das von Onkel Achim, dem Bruder der Mutter und dessen Familie, und das von Onkel Witold und seiner Frau, ihren Nachbarn. Auf der Straße, die über die Landzunge führte, wurde noch gekämpft, und so wichen sie zum Ostseestrand aus. Vom Meer aus beschossen deutsche Kriegsschiffe die Russen, die mit ihrer Artillerie von Elbing aus zurückschossen. Atemlos verfolgte Walter die Granaten, die pfeifend über sie hinweg flogen. Drei Sekunden später lag wieder ein Schiff in einer schwarzen Rauchwolke. Ein Volltreffer.

Im Gebiet der Weichselmündung stockte der Flüchtlingstreck. Vater Spienkos sondierte die Lage und kam mit der Nachricht zurück, dass in der Nähe ss-Leute kontrollierten; sie holten alle Männer aus den Wagen und erschossen sie auf der Stelle wegen Desertion. Die Spienkosens kehrten um und nahmen die Route weiter nördlich. Dort lag ein Ponton über die Weichsel. Ein Wehrmachtssoldat führte drei gefangene Russen mit. Am Straßenrand lag ein abgenagter Knochen. Walter Spienkos beobachtete, dass sich einer der Russen wie ein Hund auf den Knochen stürzte und noch etwas davon abzunagen versuchte.

Sie kamen fast bis Danzig, doch ein Stück weiter, in Hinterpommern, lag inzwischen die Front, hörten sie, dort sei kein Durchkommen mehr. Es kursierten hoffnungsvolle Gerüchte über Schiffe, die im Hafen von Danzig lägen und Flüchtlinge nach Westen transportierten. Bruno Spienkos beschloss, dass seine Frau und die Kinder eines dieser Schiffe nehmen sollten, er selbst wollte versuchen, das Fuhrwerk über Land zu bringen, denn die Pferde und den Wagen mochte er um keinen Preis der Welt zurücklassen. Aber Anna Spienkos sagte: Bruno, fahr weiter, dann überleben wir es eben alle nicht. Außerdem kann ich nicht schwimmen.

Norbert, damals zehn, erinnert sich an diese Episode anders als sein Bruder Walter: Sie sollten sich auf der Gustloff einschiffen, erzählt er, dem ehemaligen Kreuzfahrtschiff der Nazis, doch das war gerammelt voll, sie passten nicht mehr hinein. Mit der Gustloff ging es schlimm aus. Das Schiff mit zehntausend Flüchtlingen an Bord wurde versenkt, nur tausend konnten lebend aus dem eiskalten Wasser gerettet werden. Es ist die größte Schiffskatastrophe in der Geschichte, mit sechsmal mehr Opfern als beim Untergang der Titanic. Norbert war davon so im Bann, dass er die Fluchtgeschichte seiner Familie mit dem berühmtesten Flüchtlingsdrama jener Zeit verknüpfte. In Wirklichkeit war die Gustloff bereits untergegangen, als die Familie Spienkos noch durch Ostpreußen zog. Das russische U-Boot S13 hatte das Schiff am 30. Januar torpediert.

Die Spienkosens haben unterwegs sicher von der Gustloff gehört, dem berühmten Ferienschiff von *Kraft durch Freude*, der Nazi-Organisation, die auch einfachen Leuten schöne Ferienreisen ermöglichen sollte. Vielleicht hat ja der schreckliche Untergang der Gustloff die Eltern Spienkos zu der Schlussfolgerung veranlasst, dass die Flucht über die Ostsee gefährlicher sei als durch den Hexenkessel von Hinterpommern.

Inzwischen muss es Mitte Februar gewesen sein. In der Gegend von Lebork bekam die kleine Elisabeth hohes Fieber. Sie brachten sie ins Krankenhaus und warteten Tage in banger Spannung ab. Das Baby erholte sich und sie zogen weiter.

Vor Köslin – heute Koszalin – brach die Kriegsgewalt um sie herum los. Deutsche Junkers-Flugzeuge, die JU 87, flogen über die Stadt und warfen Bomben ab. Die JU 87 hatte eine Kabine und Knickflügel, ein starres Fahrgestell und eine Sirene, wusste Walter. Er war schon immer ein Flugzeugnarr gewesen, und nun konnte er diese Maschine mit eigenen Augen sehen. Aber er sah auch, wie gefährlich sie war: Auf einer Bank lag ein getroffener Zivilist und verblutete.

Weiterziehen hatte keinen Sinn: Vor dem Flüchtlingstreck, in Köslin, bildete die Rote Armee inzwischen eine geschlossene Front. Die Spienkosens bogen nach Norden ab, zu einem verlassenen Dörfchen direkt am Meer. Das Gehöft, auf dem sie Zuflucht suchten, hatte ein großes Tor und lag ein wenig versteckt. Es waren dort etwa fünfzehn Leute, alles Zivilisten. Die Bewohner hatten wie sie ihre Höfe Hals über Kopf verlassen, in den Kellern standen noch die vollen Einmachgläser auf den Regalen, draußen liefen Schweine und Federvieh herum.

Schon bald trafen die Russen ein und begannen zu plündern. Nach ein paar Tagen nahmen sie alle Männer fest und brachten sie nach Peenemünde auf Usedom, wo die v1 und v2 gebaut worden waren. Sie demontierten dort Raketen, die anschließend verpackt und nach Russland transportiert wurden. Bruno Spienkos und Onkel Achim mussten als Kriegsgefangene mit. Kurz darauf wurde Elisabeth wieder krank und starb. Die Flucht war zu viel für sie gewesen, manchmal hatte so grimmige Kälte geherrscht, dass ihre Windeln am Körper festgefroren waren. Anna Spienkos legte ihr kleines Mädchen in den Kinderwagen, fuhr damit zu einem Winkel hinten im Garten und begrub ihre Tochter. An dem Tag schneite es. Im Sommer kaufte sie einen Sarg, band sich ein Tuch vor Mund und Nase und grub Elisabeth aus, um sie im Sarg auf dem Friedhof zu begraben. Ohne Stein. Als sie Jahre später den Friedhof in Polen besuchte, fand sie die Stelle nicht wieder.

Die Plünderungen hielten an. Es kamen auch immer mehr Polen auf der Suche nach Häusern vorbei, in denen sie sich niederlassen konnten. Hinterpommern würde polnisch werden. Also brachen die Spienkosens nach einem Dreivierteljahr wieder auf. Aus zwei Milchkarren bastelten Mutter Spienkos und die Jungen einen kleinen Leiterwagen zusammen, nahmen ihre Sachen und machten sich auf den Weg. Sie zogen so viele Kleidungsstücke wie es nur ging übereinander an, und ihre Mutter hatte jedem einen Rucksack aufgesetzt und einen Beutel in die Hand gedrückt, in dem ein halbes Brot und ein Stück Speck steckten. Wenn wir uns verlieren sollten, sagte sie zu ihren Söhnen, habt ihr wenigstens etwas zu essen.

Auf dem Bahnhof von Stolp, heute Słupsk, konnten sie mit einem Güterzug nach Westen fahren. Die Russen würden den Transport begleiten, denn unterwegs trieben polnische Räuberbanden ihr Unwesen. Die Waggons wurden verriegelt, und der Zug fuhr los. An der Oder bei Stettin ging es nicht weiter. Sie hörten Schüsse, und der Waggon wurde geöffnet. In dieser

Nacht nahmen sowohl die Russen als auch die Polen den Flüchtlingen ihre letzte Habe ab, und in ihrer Raffgier schlugen sie sich noch gegenseitig die Köpfe ein. Es war grauenhaft, erinnert sich Norbert. Es ist die einzige Erinnerung, bei der er ein solches Wort in den Mund nimmt. Auf dem Bahnhof durchwühlten die Polen das kärgliche Gepäck, das die Flüchtlinge noch besaßen. Onkel Witold musste seine Stiefel abgeben und auf Socken weiterfahren.

In Stettin sah Walter zum ersten Mal deutsche Gefangene. Russische Gefangene und Männer anderer Nationalitäten hatte er schon eher gesehen, aber deutsche! Bis dahin hatten deutsche Soldaten tadellose Uniformen getragen, in denen sie tipptopp und imposant aussahen. Und nun liefen auch sie in Lumpen herum. Zum ersten Mal begriff er, dass die deutschen *Herrenmenschen* nicht immer das Kommando hatten. Jetzt mussten sie tun, was andere ihnen befahlen.

Am nächsten Tag gelang es den Spienkosens, dem Chaos zu entrinnen. Sie kletterten auf einen Kohlenzug und passierten so die neue Grenze Deutschlands. In einem kleinen Dorf nahe der Ostseeküste fanden sie ein Zimmer. Damals waren die Wege und Straßen voller Bettler. Es war den Bauern zu viel geworden, sie sperrten die Hoftore zu und ließen ihre Hunde auf die bettelnden Flüchtlinge los.

Mutter Spienkos organisierte nachts etwas zu essen. Bei einem Bauernhof hatte sie einen Vorrat eingemieteter Kartoffeln entdeckt; sie grub vorsichtig ein Loch hinein, holte Kartoffeln heraus und versteckte sie unter ihrem Bett. Als im Frühjahr der Boden taute, musste der Bauer entsetzt mit ansehen, wie die Kartoffelmiete einstürzte, weil sie völlig ausgehöhlt war.

Die Spienkos-Jungs fabrizierten Kuchenbleche, Suppenkellen und Reiben aus Aluminiumplatten, die sie auf dem Gelände einer Flugzeugfabrik in der Nähe fanden, und verkauften die Sachen. Und sie legten Schlingen, um Hasen zu fangen. Fleisch war knapp. In einer Abdeckerei in der Nähe stibitzten sie manchmal Fleisch von frisch verendeten Pferden und Kühen.

Im Frühjahr 1947 kam Bruno Spienkos aus der Kriegsgefangenschaft zurück. Er wollte um keinen Preis in dieser Waldgegend bleiben. Er war Landwirt. Und wieder brach die Familie auf. Sie landeten in Neufeld, etwas südlich von Blankow. Dort erhielten sie acht Hektar Bodenreformland und ein kleines Häuschen aus Lehm und gepresstem Stroh zugewiesen. Nichts im Vergleich zu ihrem ostpreußischen Hof.

Da Bruno Spienkos sich nicht mit den Nazis eingelassen hatte, wurde er zum Bürgermeister von Neufeld ernannt. Einmal in der Woche musste er dem russischen Kommandanten Rechenschaft ablegen. Das ging ihm enorm gegen den Strich, erzählte mir Walter. Den Russen war es völlig gleichgültig, dass viele Deutsche Flüchtlinge waren und alles hatten zurücklassen müssen, für sie zählte nur, dass sie am Krieg mitschuldig waren. Und so wurden sie auch behandelt.

Nach kurzer Zeit wurde Bruno Spienkos Betriebsleiter eines *Volkseigenen Guts*, eines verstaatlichen Landgutes, aber er hatte keine Freude mehr an seiner Arbeit; er hatte seine Tatkraft verloren.

Als junger Erwachsener verstand Walter Spienkos seinen Vater nicht. Der hätte in Mecklenburg durchaus noch etwas Neues anfangen können, meinte er, doch sein Vater trauerte um seinen Landwirtschaftsbetrieb in Friedrichshof. Beharrlich fragte er jeden Russen, der ihm über den Weg lief – und das waren nicht wenige – ob er denn irgendwann nach Ostpreußen zurückkehren könne. Na sicher, ihr kommt zurück nach Hause, sagten die Russen dann leichthin. Bruno Spienkos glaubte ihnen, zu Walters Verdruss, immer wieder.

Anfangs schien das nicht unmöglich zu sein: Die Ländereien im Osten waren unter polnische Verwaltung gestellt worden, das war ein Beschluss der Großmächte, warum sollte er nicht eines Tages rückgängig gemacht werden können? Aber nach einiger Zeit hatten sich die neuen Machtverhältnisse stabilisiert, und diese Hoffnung war dahin. Bruno Spienkos weigerte sich jedoch, sich damit abzufinden. Er wollte nur eines: zurück nach Hause.

Er hätte gehen können, freilich nicht ohne weiteres. Wer zurückkehren wollte, musste eine Erklärung unterschreiben, die nicht ohne war. Der Text lautete: *Nach Zerschlagung des Dritten Reichs möchte ich Polen als mein Vaterland annehmen. Ich bitte die polnischen Behörden, mir zu verzeihen und mich in die Familie des großpolnischen Volkes aufzunehmen. Ich verspreche, ein getreuer und gehorsamer Bürger der Polnischen Republik zu sein und mit den Deutschen und dem Deutschtum jegliche Verbindung für immer abzubrechen, Gefühle für das Deutschtum gründlich auszumerzen, die Kinder im polnischen Geiste zu erziehen und in ihrem Herzen die Liebe zu Polen – dem Vaterland meiner Ahnen – zu entflammen.*

Bruno und Anna Spienkos brachten es nicht übers Herz, diesen Text zu unterschreiben. Hinzu kam, dass sie, die Großbauern, im sozialistischen Polen ihren Betrieb natürlich nie zurückbekommen hätten.

1960, als der jüngste Sohn Norbert als frischgebackener Agronom für kurze Zeit Vorsitzender der neuen LPG *Rotes Banner* in Dornhain war, besorgte er seinen Eltern die kleine Wohnung im Bauernhaus auf Blankow, neben der Familie Huffel. Sein Vater arbeitete bei der LPG und ging dann bald in Rente. Für seine Mutter hatten sie einen kleinen Schuppen aus

Brettschindeln mit einem Dach aus Teerpappe gebaut; dort konnte sie Hühner, Gänse, Enten, Ziegen und ein Schwein halten. Hinten im Garten baute sie Gemüse und Kartoffeln an. Und Bruno saß auf seinen Koffern und versuchte sein Heimweh wegzutrinken.

Erst in den letzten Jahren kann Walter Spienkos seinen Vater besser verstehen. Im Ersten Weltkrieg hatten die Russen den Bauernhof der Familie in Schutt und Asche gelegt. Als Bruno Spienkos mit einundzwanzig aus den Schützengräben Flanderns zurückkehrte, stand er vor dem Nichts. Die politische Lage war unsicher. 1920 konnte sich die Bevölkerung Masurens in einer im Versailler Vertrag vorgesehenen Volksabstimmung entscheiden: deutsch bleiben oder polnisch werden. In Friedrichshof entschieden sich siebenundneunzig Prozent für die deutsche Nationalität.

Bruno Spienkos war jung, und er erfuhr das Leben als ein Gottesgeschenk: Den Ersten Weltkrieg hatte er überlebt, weil eine feindliche Kugel an dem Gesangbuch in seiner linken Brusttasche abgeprallt war. Dass seine beiden Oberschenkel von Kugeln durchbohrt waren, war dagegen fast nebensächlich, zudem heilten die Wunden schnell. Das Gesangbuch mit der Kugel darin hat er zeitlebens aufbewahrt, es war die Quelle seiner Frömmigkeit.

Zwischen 1920 und 1932 baute Bruno das Gehöft in Friedrichshof wieder neu auf, in der ersten Zeit zusammen mit seinem Vater, doch der starb Mitte der zwanziger Jahre an seinem schweren Herzen, sagen die Leute. 1930 heiratete Bruno, seine Frau Anna brachte als Mitgift eine Färse mit. Das Leben war noch primitiv. Sie hatten keinen Strom, das Korn wurde mit einer Pferdemühle gedroschen, Licht kam von einer Petroleumlampe. Das kleine Radio – eine *Goebbelsschnauze* – lief mit einer Batterie. Zuerst hatten Anna und Bruno ihre Söhne noch ermahnt, still zu sein, wenn Hitler oder Goebbels sprachen, doch das war am Anfang, als die Nazis den Menschen Arbeit und Brot verschafften.

1945 war der Betrieb der Spienkosens schuldenfrei, er war fünfundneunzigtausend Reichsmark wert. Sie besaßen fünfzig Hektar Land, acht Pferde, zwölf Kühe, acht Stück Jungvieh und vierzig Schweine. Es konnte nur noch aufwärts gehen. Und dann mussten sie Hals über Kopf fliehen und alles zurücklassen.

Bruno Spienkos starb mit vierundachtzig an einem Raucherbein. Er hätte noch länger leben können, sagt sein Sohn Norbert, der jahrelang als Tabakhändler die DDR bereiste, wenn er das Bein hätte amputieren lassen. Aber das wollte er nicht. Bruno Spienkos' Leben war schon seit sechsunddreißig Jahren amputiert, abgeschnitten von seiner Heimat. Es reichte ihm.

Was Heimat – diese lebenslange Bindung an eine Gegend – ist, werde ich nie wissen. Dazu bin ich zu oft umgezogen. Doch wenn ich um den Kuhstall herumgehe und über die Felder blicke, über denen sich das Himmelsgewölbe von Horizont zu Horizont spannt, mit den endlos wechselnden Wolken und dem sich ständig ändernden Licht, dann weiß ich, dass ich immer Heimweh nach diesem Ort haben werde.

Eines Nachmittags gehe ich auf dem Weg nach Carlshagen am Erlensee entlang. Die Karrenspur durch das Ödland ist umgepflügt. Einen Moment bin ich verwirrt, das geht doch nicht, ich dachte, sie sei schon immer dort verlaufen. Wie soll ich jetzt von Carlshagen zum Erlensee kommen?

So schnell geht das also, so schnell gewöhnt man sich an eine Landschaft, läuft man durch sie hindurch, als existiere sie für immer, als gehöre sie einem. Ich fühle mich plötzlich wie das Wild, das seine festen Pfade in die Landschaft tritt. In der Mitte liegt das Toteisloch mit dem Kastanienbaum verloren zwischen den glänzenden Erdschollen. Das Land gehört den Bauern, falls ich das einen Moment vergessen haben sollte. Und am Erlensee hat niemand aus Carlshagen etwas zu suchen, nirgendwo steht geschrieben, dass Seen für jeden zugänglich sein müssen. Ich muss warten, bis die Traktoren frische Spuren über das Feld ziehen und das Wild neue Wechsel ausgetreten hat. Dann weiß ich auch wieder, wie ich gehen muss, ohne die Pflanzen zu zertrampeln.

Jetzt stapfe ich mühsam über die Erdklumpen. Über mir kreisen Raubvögel. Von der Kuppe des ersten Hügels sehe ich unten fünf Störche, etwas weiter zwei Kraniche. Ein Schlaraffenland, so ein frisch gepflügtes Feld. Das Unterste ist zuoberst gekehrt, das ganze Bodenleben liegt offen da: Regenwürmer und anderes Gewimmel, und kleine Säugetiere, die von den Pflugscharen erfasst worden sind. Erst als ich näher komme, fliegen die Störche dicht über dem Boden weg, um sich hinter der Anhöhe wieder niederzulassen.

Auf einem Ausläufer des Ackers steht der Pflug des Bauern. Sieben glänzende Stahlscharen zähle ich an dem mächtigen Gerät, dahinter hängt eine Walze mit scharfen eisernen Ringen zum Zerkleinern der dicksten Erdschollen. Ich stiefele und stolpere eine Weile weiter, unter meinen Schuhen haften dicke Lehmplatten, mit jedem Schritt werde ich größer und schwerer. Hinter mir plagt sich der Hund ab. Komm, Hund, wir gehen ganz am Rand, am Schlehdornwäldchen entlang, da ist noch ein schmaler Streifen Grün. Von der nächsten Anhöhe aus sehe ich in der Senke zwischen dem goldenen Schilfrohr den Unkenpfuhl. Der ist zum Glück noch da, den bekommen nicht mal die großen Maschinen ohne weiteres weg. Wasser hat seine eigenen unterirdischen Wege.

Aus dem Pfuhl steigen langgezogene Laute auf, als verberge das Wasser Hörner verschiedener Tonhöhe, die ein tiefes, hallendes *uung* hervorbringen. Es erinnert noch am ehesten an das *Om, Om* buddhistischer Mönche, das ich zum ersten Mal in Zentralbirma hörte und dem ich stundenlang hätte lauschen können.

Es sind *Unken* – Rotbauchunken, sagen die Bücher. Ich höre sie oft abends und nachts auf dem Hof als Hintergrundchor zum Quaken der Frösche in dem Teich am Rand von Blankow. Hier jedoch, am Unkenpfuhl, wie ich den Teich nenne, klingt das *uung, uung* in die Stille hinein, und deshalb hallt das Geräusch in meinem Körper wider. Schwarzseher, steht im Wörterbuch als zweite Bedeutung von *Unke*, Pessimist. Das Verb *unken* bedeutet: Unheil prophezeien, schwarzmalen, düstere Töne anschlagen. Es kommt eben darauf an, wie man einen Ton hört. Für mich singen die Unken ein Urlied. Siehst du, denke ich, Friedrich Schelling hat recht, die Natur ist beseelt.

Rhabarber

Es ist Sonntag, aber das sehe ich nur in meinem Taschenkalender. Trotzdem versuche ich es Sonntag sein zu lassen. Zum Frühstück esse ich ein Ei, und ich höre mir Cellosonaten von Bach an, um halb zwei schenke ich mir ein Glas Wein ein und zünde mir einen Zigarillo an. So, Sonntag.

Der Tag liegt mir im Magen. Es ist noch stiller und verlassener als sonst. Mein Kopf hat sich langsam mit den Leben aller Menschen gefüllt, die je auf Blankow gewohnt haben. Ich grüble über sie nach, stelle mir ihr Leben vor, sie sind mir nah, um mich herum. Doch dann verschwinden sie wieder in der Vergangenheit zwischen den namenlosen Millionen aus ihrer Zeit und lassen mich in Blankow allein im Kuhstall zurück. Was haben sie mit mir zu schaffen? Ich bin es, die sie an diesen Ort zurückzuholen versucht, sie haben mich nicht darum gebeten.

Die Bedeutungslosigkeit all dieser vergangenen Leben auf Blankow bedrückt mich. Auch meines gehört in diese Reihe: ein Wesen, das, in sich verschlossen, sich am Leben erhalten will. Was für einen Menschen alles ist, ist für die Ewigkeit nichts, sogar für ein einziges dürftiges Jahrhundert ist es nichts. In der Einsamkeit zwischen den Dingen und der stets wieder aufblühenden und absterbenden Natur ist das Leben nicht mehr als der Wille, weiterzuleben, so lange es währt, ohne höheres Ziel oder näher bestimmten Sinn.

Ich gehe in die Küche und sehe durchs Fenster ein riesenhaftes Geflatter, auf einer Esche landet ein von Windböen und Hagel wüst zerrupftes Geschöpf. Als es auf einem kräftigen Ast sitzt und sein Gleichgewicht wiedergefunden hat, plustert es das Gefieder auf. So groß? Einen Moment lang hielt ich es für einen Reiher, doch es hat den großen gelblichen Krummschnabel, den kurzen Hals und das braunweißschwarze Federkleid eines Raubvogels. Ich schlage in drei Vogelbüchern nach, aber keines gibt mir Auskunft. Ich beschließe, dass die Größe und der Schnabel den Ausschlag geben: Es ist ein Seeadler. Der Vogel erholt sich und schwebt auf einem Windstoß über das Feld hinweg zum Wald.

Niemand wird mir glauben, alle werden denken, dass ich fantasiere – und das kann ich nicht ausstehen. Und dass ich mich darüber im Voraus aufrege, stört mich noch mehr. Und so geht es immer weiter, ich ärgere mich, dass ich mich ärgere, eine Endlosspirale des Grübelns.

Immer wieder schaue ich in die Vogelbücher, um eine Bestätigung zu finden. Am nächsten Tag sitzt der Vogel in der Nähe der Küchentür auf dem Hof im Gras. Er ist wirklich so groß, und er ist jetzt so gleichmäßig braun wie auf den Abbildungen. Das Weiß verbirgt sich unter seinen Deckfedern, die er gestern ausgespreizt hatte, um die warme Luft dazwischen festzuhalten. Ich triumphiere, es ist ein Seeadler.

Wieder einen Tag später spaziert ein altes Ehepaar über den Hof. Sie sprechen mich an, und ich plappere drauflos und erzähle ihnen von dem Vogel. Seeadler hätten sie in dieser Gegend auch schon gesehen, sagen sie. Siehst du, rufe ich innerlich. Es ist mir ein Rätsel, an wen sich das richtet, niemand hat meine Wahrnehmung in Zweifel gezogen. Ich kämpfe gegen Schatten.

Es gibt kein Entrinnen, dieses Leben allein auf Blankow lässt mir keinen Ausweg: Alles, was ich tue, tue ich für mich. Jeder Dezimeter Erde, den ich bearbeite, jede Brennnesselwurzel, die ich ausreiße, jeder Holzklotz, den ich zersäge, all die Male, die ich mich bis zur Erschöpfung abrackere, jede Mahlzeit, die ich zubereite, all das Lesen und Schreiben und Geschichten sammeln, es nützt niemandem sonst. Es ist vollkommen überflüssig, das ist das Bestürzende.

Wenn ich so ein Dasein nicht will, kann ich es aufgeben, in die Stadt zurückkehren. Meinen Platz wieder einnehmen, Sinn konstruieren, meine Handlungen wichtig nehmen. Und dazu gegen meinen eigenen Widerwillen ankämpfen.

Ich weiß, dass ich es nicht tun werde, jetzt nicht, diese Monate nicht. Von hier fortzugehen, das passiert nicht einfach so. Einfach so passiert das Weitermachen, den Tag von Anfang bis Ende durchlaufen und den nächsten und den nächsten, auch an Tagen, an denen ich nicht bei der Sache bin. Einfach so passiert es, dass ich lebe wie ein Organismus, der sich selbst instand hält. Ich bin hier nun mal. Das ist eine nacktere Einsicht als der ganze Sinn und die Gescheitheit der Stadt.

All die Menschen, die geboren wurden, lebten und starben. Schon allein die Menschen, die *Krieg und Frieden* bevölkern. Ich sitze am Ofen und habe mein Leben gegen ihres getauscht. Ich lebe im Kopf von Pierre Besuchow und lasse mich erheben: *In der Gefangenschaft, im Schuppen, hatte Pierre weniger mit seinem Verstande als mit seinem ganzen Wesen, seinem ganzen Leben erfaßt, daß der Mensch geschaffen ist, glücklich zu sein, daß sein Glück in ihm selbst liegt, in der Befriedigung sei-*

ner natürlichen menschlichen Bedürfnisse, und daß alles Unglück nicht dem Mangel, sondern dem Überfluß entspringt. Aber jetzt, in diesen drei letzten, auf dem Marsch verbrachten Wochen, war ihm noch eine neue, tröstliche Wahrheit aufgegangen: Er hatte erkannt, daß es auf der Welt nichts Furchtbares gibt. Er hatte erkannt, daß, wenn es auf der Welt keinen Zustand gibt, in welchem der Mensch glücklich und vollkommen frei ist, es ebensowenig einen Zustand gibt, in welchem er unglücklich und unfrei ist. Er hatte erkannt, daß es eine Grenze der Leiden und eine Grenze der Freiheit gibt und daß diese Grenzen sehr nahe beieinanderliegen, daß der Mensch, der darunter leidet, wenn in seinem Rosenbeet ein einziges Blättchen nicht richtig liegt, genauso leidet, wie er jetzt litt, wenn er auf der nackten, feuchten Erde schlief oder am Feuer lag und eine Seite seines Körpers fror und die andere schwitzte, daß er früher beim Anziehen seiner engen Lackschuhe genauso gelitten hatte wie er jetzt beim Marschieren mit bloßen, wundenbedeckten Füßen litt – denn sein Schuhzeug war längst dahin.

Eine unumstößliche Erkenntnis, aber auch eine gewaltige Aufgabe, danach zu leben. Ich schnuppere, ich rieche etwas, und als ich aufblicke, sehe ich Rauch aus dem Ofen quellen, der Wind drückt ihn durch den Schornstein zurück. Der Ofen hat sich in eine Comic-Figur verwandelt, die gleich explodiert: Sie schnauft und bläht sich auf und scheint auf ihren Füßen zu tanzen, bis sie aus den kleinsten Ritzen Rauch erbricht. Binnen einer Minute ist die Luft im Raum blau, und der Hund wartet mit eingeklemmtem Schwanz an der Küchentür. Ich verfluche den Wind. Ich verfluche mich. Warum habe ich auch einen so großes Balken aus dem Schweinestall in den Ofen geschoben. Die Rauchgase nehmen mir die Luft, wer weiß, womit der Balken imprägniert war. Tränen kullern mir über die Wangen, Rotz läuft mir aus der Nase. Ich reiße alle Türen und

Fenster auf, der Hund saust hinaus, ich nehme einen Zinkeimer, öffne die Ofentür, das Feuer lodert auf. Ich bugsiere den brennenden Holzklotz aus dem Ofen in den Eimer, renne nach draußen und werfe ihn ins Gras.

Ich versuche die Windrichtung auszumachen, doch was nützt das, alles zwischen Süd und Nordwest kann den Ofen zum Qualmen bringen. Es ist nicht einmal die Windkraft, es ist ein unsichtbarer Wirbel. Es ist, sagte der Schornsteinfeger, als er den neuen Schornstein zum ersten Mal fegte, als ob man mit einem Trabant einen Lastwagen überholen wolle. Die einzige Lösung ist ein Schornstein, der über das Dach hinausragt. Aber der Schornsteinfegermeister ist unerbittlich: Der Abluftkanal darf nicht höher sein, es sei denn, dass … und dann folgt eine Aufzählung schier unmöglicher Bedingungen.

Nachdem die Luft in der Wohnung wieder klar ist, ziehe ich zwei Pullover an, nehme ein paar Decken und Kissen und kuschle mich aufs Sofa. Wir tun so, als sei es gemütlich. Komm her, Hund, mit deiner Körperwärme, ich klopfe auf die Sitzfläche. Hastig springt er aufs Sofa und schmiegt sich wohlig grunzend an mich. Mit vor Hundetreue schmelzendem Blick sieht er mich an.

Natürlich wird mir doch so kalt vom ganzen Stillsitzen, dass die Leben in *Krieg und Frieden* verblassen, die Kälte ist mir unter die Haut gekrochen. Ich muss mich warm arbeiten. Draußen ist es rau und nass. Ich gehe in den Stall und säge Holz. Was gibt es Nützlicheres, als Brennholz für den Ofen kleinzumachen, denke ich spöttisch. Ich habe schon Schubkarren voll hineingefahren von den Holzstapeln, die auf dem Hofgelände verstreut liegen. Baumdicke Äste, die nach einem Sturm herabgestürzt sind, Holz aus den Ruinen von Getreidescheune, Schweinestall und Gesindehaus. Bohlen, Balken, angenagte Stücke und Reste von neuem Bauholz. Ich brauche sie nur kurz durch die Kreissäge zu schieben.

Ich ziehe meine Arbeitsklamotten an, lasse die Säge laufen und fröstele. Der Stapel, der nun im Stall liegt, stammt aus dem Gesindehaus. Das Holz ist halb verrottet, von Würmern, Käfern und anderen Insekten zerfressen. Farbe, Einkerbungen, Nägel, Scharniere oder Dübel verraten etwas über den ehemaligen Gebrauch. Ein dunkelrotes Brett mit Riffeln war eine Zierleiste. Ich schwanke einen Moment, ob ich es wirklich verheizen soll. Jemand wollte damit seine Wohnung schmücken, denn Riffel sind zu nichts gut, nur etwas fürs Auge. *Wir machen's uns schön*. War es der Bauer, der Knecht, waren es die Flüchtlinge, die ihre beengten Unterkünfte damit wohnlicher machten?

Das Sägen geht schnell, ich komme mir wie eine Expertin vor und kann gar nicht mehr aufhören. Nur dieser kreischende Lärm – der Hund hat die Flucht ergriffen – und das ganze Sägemehl in meinem Mund, in den Augen und in der Kleidung. Sogar im BH pieksen kleine Späne. Auf der Zunge schmecke ich Holzschutzmittel aus Zeiten, in denen Umwelt und Gesundheit noch keine Rolle spielten. Und das ist hier im Osten Deutschlands so lange nicht her.

Weiter unten liegen Bretter auf dem Stapel, die bis auf ein paar Holzwurmlöcher intakt sind, zwei schmale, ein breites und ein etwas weniger breites. Leimholz mit dunkelbraunem Furnier, die Eisenbeschläge weisen einen Haken oder ein Loch auf. Sie gehörten zu einem Bett. Einem Doppelbett. Schon allein von diesem Wort brennen plötzlich Tränen in meinen Augen. Vielleicht sollte ich diese Bretter nicht zersägen. Wer hat alles zwischen ihnen gelegen? Welche Liebe, welches Leid wurde in diesem Bett geteilt? Wie müde und mutlos wurde darin geschlafen, wie freudig und freudlos nebeneinander gelegen? In seinem Bett ist ein Mensch am schutzlosesten, schlafend, dösend, träumend, erwachend, weinend, sich ekelnd, sich paarend, kichernd, sterbend. Ich nehme mich zusammen, packe das Fußende, zerkleinere es zu Brennholz und komme mir dabei roh vor. Die Entschuldigungen, die mir einfallen, kann keiner entgegennehmen. Ich lasse die Kreissäge in meinen Ohren gellen.

Es bleibt öde, drinnen und draußen, Tag für Tag. Die Weiden peitschen wüst, das Gebälk ächzt, die Scharniere der Läden quietschen, in der Ferne treibt eine hohe Wolke, aus der dunkle Schleier fallen, ihr oberer Rand ist von der Sonne grell erleuchtet. Ich muss blinzeln und an Gott denken. Seine Stimme kommt auch immer hinter so einer Wolke hervor. Aber nur in Geschichten und auf Bildern.

Ich schleppe mich durch das Grau des Tages. Irgendwann ist er vorbei, das hilft. In den alltäglichen Handlungen aufgehen, das hilft auch. Das Bewusstsein ist eine Bürde in diesem Alltag allein, ohne wäre es vielleicht besser. Oder mit einem Hundebewusstsein, das wäre auch gut, sich selbst nicht beachten. Über die Felder laufen und *Hava nagila hava* singen, weil du es der deutschen Landschaft nicht zugestehst, dass sie ihre Juden vergisst. Ohne darüber nachzugrübeln, ob das überhaupt in Ordnung ist. Einfach singen, was dir in den Sinn kommt. *Blasse Lena, wie gern würd ich dich spürn, doch du sagst nicht nein und nicht ja* und *Warum ist es am Rhein so schön*. Dich selber in Ruhe lassen.

Aus den Schachteln nehme ich einen Stapel Propagandabroschüren und -faltblätter. Das bekamen die Bewohner von Blankow nach dem Krieg zu lesen. Titel wie: *Die Kommunistische Partei – die lenkende und leitende Kraft des Sowjetvolkes*, *ABC des FDJlers* und das illustrierte Filmblatt *Progress*. In einem Exemplar wird der Film *Die Unbesiegbaren* besprochen, mit Sätzen, die mich urplötzlich in den Kalten Krieg versetzen: *Die Unbesiegbarkeit der Arbeiterklasse trotz aller Ausnahmegesetze sollten besonders die Herren Adenauer, Lehr und ihresgleichen zur Kenntnis nehmen.*

Ein Faltblatt in Din-A3-Format agitiert gegen den *Generalvertrag,* den die BRD und die drei westlichen Besatzungsmächte 1952 schlossen, und bezeichnet ihn als *Generalkriegsvertrag*; stattdessen wird ein *Friedensvertrag* gefordert, wie ihn die Sowjetunion wünschte. *Frieden, Krieg: die Entscheidung liegt bei uns* steht auf der Vorderseite des Faltblattes. Auf dem oberen Foto wandert eine Gruppe junger Männer und Frauen über eine von Nadelwäldern umgebene Wiese, auf dem Foto unten liegen Soldaten in Schützengräben zwischen verkohlten Bäumen, zwei von ihnen schleifen einen verwundeten Kameraden weg.

Die Einleitung mit dem Titel *Pläne hinter verschlossenen Türen* wirkt, als sei sie aus der Feder eines zweitrangigen Thrillerautors geflossen: *Eine Wagenkolonne hält vor dem palastartigen Gebäude, auf dessen Dach die Flagge der USA weht. Wagentüren werden zugeschlagen. Mehrere Herren mit dicken Aktentaschen eilen an den lässig grüßenden amerikanischen Wachtposten vorbei und verschwinden hinter der hohen Glastüre. Drei dieser Herren kennen die Posten bereits sehr gut: Mister Adenauer, der 1918 das Rheinland an Frankreich verschachern wollte, jetzt das Saargebiet an Frankreich verschachert hat und ganz Westdeutschland an die USA verkaufen will. Dann den Polizeiminister Lehr und den Kriegsminister Blank, Stammgäste beim Hohen Kommissar McCloy. In letzter Zeit geht es besonders lebhaft her, und ängstlich hüten die Herren ihre dicken Aktentaschen.*

Auf der Rückseite des Faltblattes ist eine Fotocollage zu sehen. Von einem Generalstreik westdeutscher Arbeiter ist die Rede, um Adenauers Verrat am deutschen Volk zu verhindern. Eine Bildunterschrift skizziert die erträumte nahe Zukunft: *Es gibt keine Zonengrenzen, keine Schlagbäume und keine Interzonenpässe. Es gibt auch keine Sektorengrenzen in der Hauptstadt Berlin. Es gibt keine zerrissenen Familien, keine Trennung Deutscher von Deutschen. Frei ist Deutschland für die Deutschen! Frei ist auch der innerdeutsche Handel. Deutschland kann über seine Bodenschätze und seine Industrieerzeugnisse selbst verfügen und eine gesunde Friedenswirtschaft für ganz Deutschland aufbauen.*

In diesen Jahren – ich war noch im Kindergarten und stellte mir die Welt als riesige flache Scheibe vor – hörte ich meinen Großvater gegen Chruschtschow und die Kommunisten wettern und sah den Sowjetführer zum ersten Mal im Fernsehen. Eigentlich ähnelte er ein bisschen meinem Opa, fand ich, beide hatten eine spiegelnde Glatze. Und vor beiden hatte ich Angst. Bevor ich abends schlafen ging, beruhigte mich meine Mutter. Chruschtschow lebe am anderen Ende der Welt, sagte sie. Heimlich hoffte ich, dass er runterfliegen würde. Weg mit Chruschtschow. Den sind wir los. Mitleid mit ihm konnte ich mir sparen: Mein Opa sagte, Chruschtschow wolle die Niederlande erobern und es gebe wieder Krieg. Meine Eltern meinten, wir sollten den Soldaten, die manchmal in Kolonnen durch unser Dorf fuhren, freundlich zuwinken; dann würden sie sich vielleicht an uns erinnern, wenn es zum Krieg käme, und dafür sorgen, dass die Soldaten von Chruschtschow uns nicht töten würden. Ich winkte, als hinge mein Leben davon ab, bemühte mich, die Blicke der Soldaten aufzufangen, und wenn es mir gelang, winkte ich umso eifriger und warf Handküsse. Erst wenn sie mich wahrgenommen hatten und zurückwinkten, war ich beruhigt.

Und nun bin ich hier, auf der anderen Seite des Eisernen Vorhangs, in der ehemaligen »Ostzone«. Ich muss mich nicht einmal mehr von einem Bürger dieses Landes einladen lassen, ich muss mich nicht mehr bei der Polizei melden wie zu DDR-Zeiten. Diesmal habe ich sogar vergessen, meinen Pass mitzunehmen. Nur noch selten denke ich daran, dass ich in den achtziger Jahren für jeden Tag in der DDR fünfundzwanzig Ostmark eintauschen musste und nicht wusste, wie ich das Geld ausgeben sollte. Mark brauche ich mir ohnehin nicht mehr zu besorgen. Ich stecke meine niederländische Karte in einen deutschen Bankautomaten und werde auf Niederländisch gefragt, wie viel Euro ich abheben will. Alle Geschichten über Angst an der Grenze, die verbotenen Bücher, die in meiner Tasche brannten, obskure Typen, die einen auf der Straße oder im Lokal auszuhorchen versuchten, das sind Geschichten aus der Mottenkiste. Und in die will ich nicht zu oft greifen, denn Nostalgie ist hier fehl am Platz.

Ich stehe an der Anrichte und bereite Essen zu. Die Slogans aus dem Kalten Krieg schwirren mir noch im Kopf herum. Nie würde ich hier stehen und eine Knoblauchzehe zerschnippeln, wenn die Weltpolitik nicht so eine drastische Wendung genommen hätte. Hier zu Hause sein, hier für Monate wohnen, vor nicht mal einem Vierteljahrhundert wäre das pure Fantasie gewesen.

Aus dem Augenwinkel bemerke ich etwas Seltsames. Die Sonne ist gerade untergegangen, der Himmel strahlt den letzten Rest Licht ab. Aber das ist keine normale Dämmerung. Ich schaue aus dem Fenster, die Welt ist plötzlich in dichten Nebel gehüllt. Ich schaue noch einmal, es ist kein Nebel, es ist Schnee. Unversehens ist er im Norden – wo der Stall keine Fenster hat – aufgekommen, hinter meinem Rücken ist der Winter zurückgekehrt. Als ich am Abend mit dem Hund hinausgehe, strahlt mir eine weiße Nacht entgegen. Der Schnee glitzert.

Am nächsten Morgen ist es noch immer Winter, es wäre eine schöne weiße Weihnacht, nur haben wir Frühjahr. Mit einem Finger versuche ich das Eis in der Regentonne einzudrücken, ich rechne mit einer dünnen Schicht, doch die Oberfläche ist hart und fest. Vor dem Bauernhaus liegen die Köpfe der Narzissen im Schnee.

Ich gehe schnell wieder hinein, Tür zu, heize den Ofen hoch, zünde eine Kerze an und bin auf einmal von ganzem Herzen mit der Rückkehr des Winters zufrieden; sie gibt mir ein wenig zusätzliche Zeit, die ich drinnen verbringen kann. Ich setze mich mit *Krieg und Frieden* aufs Sofa. Die ungezügelte Kriegslust und die militärische Heroik machen mich fassungslos.

Nach einer Weile reiße ich mich vom Napoleonischen Krieg und dem Innenleben des russischen Adels los und gehe mit dem Hund hinaus. Wir laufen über das Feld mit dem Winterweizen. Die Luft ringsum ist schwer von den wirbelnden Flocken, der Wind frischt auf. Wir stecken in einem Schneesturm und sind allein auf der Welt, die märchenhaft schön ist, bedeutungsvoll und sicher. Der Hund hat ein weißes Fell und ich habe einen weißen Mantel; auch wir sind für eine Weile unser Grau los.

Drei Tage hält der Winter an, dann gewinnt der Frühling die Oberhand. Im Gras hüpfen Dutzende von Drosseln verschiedener Arten: Singdrosseln, Rotdrosseln, Wacholderdrosseln. Gefräßig picken sie die Regenwürmer aus der weichen, nassen Erde. Sie sammeln Kräfte für ihren Flug in den Norden. Singen hört man sie hier nicht, in diesen Landstrichen ist kein Anlass zum Singen, sie sind nur auf Durchreise.

Als ich eines Morgens aus der Wohnung in den Stall trete, um Holz für den Ofen zu holen, flattert ein Zaunkönig von einem Balken auf und fliegt mit dumpfem Schlag gegen eine Fensterscheibe. Nun reicht es, die Eisentür muss endlich wieder auf. Der Winter hängt noch im Stall, es ist wie im Kühlschrank, frostig und unangenehm. Ich will, dass die Frühlingsluft hereinströmt und dass die Vögel, die durch die kleinen Luftlöcher hereinkommen, durch eine offenstehende Tür, *ssst,* hinausfliegen können. Und wenn demnächst die Schwalben da sind, müssen sie Nester im Stall bauen können, dann beobachte ich sie durch die kleinen Fenster in der Wand zwischen Wohnung und Stall. Ich will ihr Gezwitscher und Geschnäbel nicht versäumen, will zuschauen, wenn sie hin- und herfliegen, um ihre Jungen zu füttern. Doch das Schloss lässt sich immer noch nicht bewegen, und ich traue mich nicht, Gewalt anzuwenden. Was, wenn ich es aufbekomme und es dann nicht mehr schließt? So ländlich bin ich nicht, dass ich es wage, nachts bei offener Tür zu schlafen.

Die Brüder Tietz in Kölnitz! Dass ich nicht eher daran gedacht habe. Die hatten eine Schmiede. 1990 bin ich häufig bei ihnen vorbeigegangen. Es war Februar, und ich wohnte einen Monat in einem Gutshaus in der Nähe, um eine Reportage über Kölnitz zu schreiben. Es war in jener turbulenten Zwischenzeit, als der Umbruch bereits im Gange war, die DDR aber noch existierte. Als man noch von einem Dritten Weg zwischen Kommunismus und Kapitalismus sprach.

Die Schmiede von Herbert und Volker Tietz befand sich in einer abgelegenen Gasse, in einer ehemaligen Baracke des *Reichsarbeitsdienstes,* wo in der Nazizeit der *Bund Deutscher*

Mädel untergebracht war. Die Familie Tietz kam aus Westpreußen und war katholisch. Nach dem Krieg entkam Vater Tietz aus amerikanischer Gefangenschaft und errichtete die Schmiede. Vierzehn Männer arbeiteten anfangs bei ihm, darunter viele Braunhemden, die damals nirgendwo anders Arbeit bekamen. Dort, am Rand der sozialistischen Gesellschaft, konnten sich die katholischen Tietzes mit knapper Not über Wasser halten. Volker, der jüngste, regte sich fürchterlich über die Dorfpolitik auf. Ich schaute oft auf einen Sprung hinein und ließ mir die letzten Neuigkeiten erzählen.

Die Baracke steht noch. Ich öffne die Tür und bin wieder im Jahr 1990 oder eigentlich in einer noch früheren Zeit, ich trete in das alte Mitteleuropa aus den Erzählungen von Bohumil Hrabal ein. Die Schmiede ist eine düstere Höhle voll mit altem Eisen. Der Boden aus gestampfter Erde ist mit Eisenplatten bedeckt. In einer Mulde neben dem Ofen liegt ein Stapel Holzscheite, dicke Eisenrohre laufen als Heizung durch den Raum. An den Wänden stehen kleine Werkbänke voller Schrott. Die Brüder haben sich nicht verändert, sie sind nicht mal älter geworden. Sie tragen noch die gleichen graublauen Arbeitsanzüge, und ihre kleinen Füße stecken in schwarzen Schuhen mit runden Kappen. Sie sprechen genauso schludrig wie damals. Ich versuche die Bedeutung ihrer Sätze zu erraten, indem ich die Wörter, die ich aufschnappe, selbst in einen Zusammenhang bringe, was gar nicht so einfach ist, denn die Tietzes haben ihre eigene Logik.

Volker steht mit einem Mann in Tarnkleidung an der Werkbank und versucht, eine Kurbelwelle auseinanderzunehmen. Herbert macht sich für mich auf die Suche nach einem Ersatzschloss; es muss ein DDR-Schloss sein, sonst passt es nicht in die Stalltür. Ich folge ihm. Aus seiner Jacke steigt Qualm auf. Ich mache ihn darauf aufmerksam. Er schaut kurz hin, klopft mit der Hand auf die Tasche und sucht weiter. Es riecht angesengt, seine Jacke qualmt noch immer.

Sie stehen in Brand, sage ich alarmiert. Ärgerlich klopft er erneut auf seine linke Tasche. Und kramt weiter zwischen dem Alteisen. Der Brandgeruch wird stärker.

Nichts für ungut, sage ich, aber Sie stehen immer noch in Brand.

Nun richtet sich sein Ärger auf mich, ich nerve ihn. Damit ich aufhöre zu quengeln, zieht er ein schwelendes weißes Tuch aus der Tasche, klopft es aus und stopft es zurück. Er findet ein Schloss und will es mir mitgeben.

Könnten Sie nicht vorbeikommen, frage ich, ich kriege die Tür nicht auf, wie soll ich dann das alte Schloss rauskriegen?

Ich habe viel zu tun, sagt er, ich war krank und ich muss regelmäßig in die Stadt und mir Spritzen geben lassen, und er listet auf, was sonst noch alles auf seinem Programm steht. Vielleicht morgen, sagt er vage.

Ich lasse nicht locker und er sagt halb zu. Aus seiner Jackentasche kräuselt sich nach wie vor ein dünner Rauchfaden, aber ich traue mich nicht mehr, davon zu sprechen. Volker Tietz tritt hinter seiner Werkbank hervor.

So, sage ich zu ihm, Sie sind stellvertretender Bürgermeister geworden, habe ich gehört – dass derjenige, der es mir erzählt hat, spöttisch hinzufügte, Kölnitz habe nun einen stellvertretenden Bürgermeister, der bei den Sitzungen am Daumen lutsche, verschweige ich.

Nicht mehr, murmelt er, nicht mehr. Die *Roten Socken* haben die Macht im Dorf wieder übernommen.

Auch das ist geblieben: »Rote Socken« als Bezeichnung für Kommunisten und ehemalige Kommunisten. Der Mann im Tarnanzug sagt unvermittelt etwas über die SS. Was genau, entgeht mir, es klingt jedoch provozierend. Er ist eine jüngere

Ausgabe des Mannes, der hier 1990 oft herumsaß und mir jedes Mal erzählte, er sei in der Waffen-ss gewesen. Um zu testen, wie ich reagierte. Er war ein angeheirateter Onkel der Tietzes, er trug auch Militärkleidung. Der Mann heute könnte sein Sohn sein.

Volker mustert mich von oben bis unten, schüttelt den Kopf und sagt: Sie trägt Filzstiefel. Er tritt zu dicht an mich heran, hebt das Kinn und fragt: Hattest du nicht schwarze Haare? Wo ist deine Lederjacke? Und deine Zigarettenspitze?

Ich war damals rothaarig, die Jacke ist zu Hause, und das Rauchen habe ich aufgegeben, antworte ich, verwirrt, weil meine alte Identität zur Sprache kommt.

Er grinst: Aber ab und zu einen trinken, das tust du doch noch?

Ja, das schon.

Für ihn komme ich direkt aus Sodom und Gomorrha. Seine Augen funkeln hinter den Brillengläsern. Nachdenklich schaut er mich noch einmal an. Entspreche ich dem Bild, das er von mir im Kopf hat? Ich muss mich beherrschen, um nicht zu sagen, dass auch ich Jahre älter geworden bin.

Die Tür wird geöffnet und ein paar Männer treten ein. Auch das ist wie früher, die Tietz'sche Schmiede ist ein Männerklub. Mit ein paar Sätzen flachsen sie über das, was ein Mann zwischen den Beinen hat, dass es auch weh tun kann (Volker), aber nur, wenn einer da auch wirklich was hat (ein Besucher zu Volker). Ha, ha, ha, unterdessen linsen sie zu mir hin, um die Wirkung ihrer Worte zu prüfen. Ich verziehe keine Miene. Doch auch das ist ihnen recht, ich bin nur das Tor, das sie brauchen, um ihren Ball hineinzuschießen: Wer wagt die anzüglichsten Sprüche in Gegenwart einer Frau, noch dazu einer aus Amsterdam. Ich geh dann mal wieder.

Am nächsten Tag parkt Herbert Tietz seinen dunkelblauen Kleinwagen, der noch am ehesten wie die westliche Ausführung eines Trabant aussieht, auf den knospenden Tulpen direkt vor dem Bauernhaus. Früher endete der Feldweg hier, jetzt nicht mehr; schon seit Jahren verläuft er ein paar Meter weiter, aber Herbert Tietz mag keine Veränderungen. Er steigt aus: Hier war ich bestimmt zwanzig Jahre nicht mehr, ruft er. Ach, was war das hier früher für ein Leben, vor allem in der Zeit von Bauer Grensling, viele Leute, viel Arbeit.

Grensling war hier in unseren Anfangsjahren, sagt Herbert Tietz, aber irgendwann kam die LPG, und dann war er weg. Da hinter der Ruine stand die Schmiede. Er zeigt auf die kleine Bodenerhebung hinter dem Gesindehaus. Ach so, das ist ein Schutthügel, mit Erde bedeckt. Eine Schmiede gab es früher auf jedem Hof, und hier sowieso, denn der Boden ist voller Feldsteine, an denen Pflugscharen und Eggen zerschellen. Wie oft habe ich es schon gehört, das geflügelte Wort in dieser Gegend: Wir sind steinreich. Und darauf folgt dann erwartungsvolles Schweigen, damit der Satz seine Wirkung entfalten kann.

So, sagt Herbert Tietz und schaut sich noch einmal um, wo ist die Tür?

Mit einem Hammer schlägt er so lange auf den Kreuzbartschlüssel, bis der ins Schloss geht und sich umdrehen lässt. Den Schlüssel kannst du wegschmeißen, sagt er, während er die Tür öffnet. Er baut das Schloss aus und versucht, ein gebrauchtes einzusetzen, Pech, er muss damit doch erst wieder in die Werkstatt; am späten Nachmittag kann ich das Schloss dort abholen.

Und so bearbeite ich gegen Abend den Schlosskasten mit einer Eisenfeile, das schrille Geräusch geht mir durch Mark und Bein, ich krümme mich zusammen und verfluche Herbert

Tietz. Schließlich passt das neue Schloss. Zur Sicherheit lasse ich die Tür offen, als ich den Schlüssel umdrehe. Der Riegel schiebt sich klickend vor. Abgeschlossen. Ich drehe wieder, der Riegel klickt zurück. Ich strahle, Schlösser austauschen kann ich nun auch. Ich probiere es noch einmal, doch diesmal lässt sich der Schlüssel nicht bewegen. Ein Schloss ist Millimeterarbeit, Tietz' Bastelei hat zu viel Spiel. Ich rufe ihn an, die Tür sei zwar offen, lasse sich jedoch nicht mehr abschließen. Genau das, was ich befürchtet und weswegen ich einen Fachmann hinzugezogen hätte. Tja, tut ihm leid, aber er kann nicht kommen, morgen auch nicht, na ja, wenn es mir so wichtig ist, vielleicht am Nachmittag. Warum so ängstlich wegen einer offenen Tür?

Dann fällt mir ein alter Trick ein, von dem jeder schon mal gehört hat und der im entscheidenden Moment oft in Vergessenheit gerät: einen Balken unter die Türklinke klemmen. Ich möchte den Mecklenburger sehen, der es dann noch schafft, einzudringen. Schön, ich muss also nachts nicht wach liegen wegen einer offenen Tür. Und da ich jetzt weiß, wie so ein Schloss zusammengesetzt ist, gehe ich einfach in den Eisenwarenladen und bestelle ein komplett neues DDR-Schloss.

Am nächsten Morgen rufe ich Herbert Tietz an und sage ihm freundlich, dass er nicht mehr zu kommen brauche. Ich hätte eine andere Lösung gefunden. Sein Schloss würde ich ihm demnächst vorbeibringen.

Dann kriegen Sie auch ein paar Pfennige wieder, brummelt er. Mit Eurocents hat er nichts am Hut.

Eine Woche später habe ich das Schloss im Haus und baue es im Handumdrehen ein, ein reibungslos funktionierendes, stabiles neues Schloss. Ich habe messingfarbene Klinken und Beschläge dazu gekauft, die einzigen, die sie hatten. Es sieht unmöglich aus. Arme, rostige DDR-Tür.

Der Kuhstall steht offen, bereit für den Frühling, doch der kommt nur langsam in Gang. Die Bäume bleiben länger kahl als in den Niederlanden. Wie viel Sonne braucht die Mecklenburger Natur, ehe sie erwacht? Die Vögel tschilpen, zwitschern und tirilieren schon. In der Ferne, aus dem Wald jenseits der Chaussee, ertönt Geklapper eines Storchs. Es ist der schwarze, seltene, scheue, der tief im Buchenwald ein Nest hat.

Scharbockskraut, Taubnessel und Buschwindröschen beginnen gelb, violett und weiß zu blühen. Der Gemüsegarten ist in wenigen Wochen von kriechenden, wuchernden Pflänzchen bedeckt worden. Ich reiße sie aus. Was für eine Verschwendung. Die Minze hat unterirdisch ein dichtes Netz saftiger, violetter Wurzeln ausgebreitet. Ich stecke Dachpfannen in die Erde, um sie einzudämmen. Die jungen Gemüse- und Kräuterpflänzchen, die überall aus Saatkörnern und Wurzeln vom letzten Jahr aus dem Boden sprießen, verpflanze ich an den Rand des Hofes; es wird sich zeigen, ob ihre Lebenskraft stark genug ist. Der Kampf, die Natur nach meinen Vorstellungen zu gestalten, hat wieder angefangen.

Bei meiner täglichen Wanderung laufe ich über die an einer Seite von Kastanien gesäumte Straße, die von Blankow zum Landgut Dornhain führt – Kirch- und Schulsteig heißt sie auf alten Karten. Links liegt der Fuchsberg, der höchste Punkt in der Umgebung, und rechts die alte *Landwehr*, ein mit Bäumen bestandener Doppelwall mit einem Graben dazwischen, der Viehdieben den Durchgang versperren sollte.

Die südwestlichste Kastanie ist noch kahl, die Knospen der nordöstlichsten beginnen schon auszutreiben. Daran erkennt man die *Wetterseite*. Von jenseits der Kastanienreihe kommt mir der Frühling aus dem Osten entgegen. Ich kann den Blick nicht von den ersten, klebrig aufspringenden Knospen wenden, Kastanienknospen sind die wollüstigsten, die ich kenne.

Neben den Kastanienbäumen liegt das Feld brach, wie so viel Land rund um Blankow. Ödes und leeres Land, voll mit verdorrtem Unkraut vom letzten Sommer: Disteln, Beifußstrünke und die verblühten Dolden der Wilden Möhre, die sich wie kleine Vogelnester auf ihren Stängeln wiegen. Die Frühlingsschauer bleiben aus, es ist trocken und staubig, Insekten summen. Die Sonne wärmt mein Gesicht.

Ich überquere das Feld und will zur Eiche am Froschteich. Zwischen den Halmen hindurch erblicke ich neben der Eiche plötzlich einen kahlen Schädel. Ich erstarre, dort sitzt jemand. Der kahle Kopf beugt sich vor. Hastig mache ich kehrt, nichts wie weg, ich zischle dem Hund zu: Komm, abhauen. Erst aus sicherer Entfernung denke ich darüber nach, was ich gesehen habe. Einen jungen Mann, neben ihm lag eine hellblaue Jacke. Er hatte zwar einen kahl geschorenen Kopf, aber er war weder ein Neonazi noch ein Jäger, die tragen kein Hellblau. Von irgend etwas völlig beansprucht blickte er nach unten. Wie jemand, der sich einen Schuss setzt. Ob er mich gesehen hat? Demnächst geistert er vielleicht auf meinem Hof herum. Verborgene Winkel, Höhlen und Schuppen gibt es genug.

Ich gehe in einem Bogen um das Wildschweinwäldchen unten am Teich und krieche mitten durch die *Landwehr*. Ich rufe den Hund mit lauter Stimme, ärgere mich, dass ich wie ein Angsthase davongelaufen bin, dass ich den uralten Ängsten, die tief in mir stecken, die Oberhand überlassen habe. Ich will es korrigieren, ich will, dass der Mann mich hört und weiß, dass ich mich nicht fürchte.

Warum sollte ich davon ausgehen, dass mir jemand etwas Böses antun will?

Auf dem Hof beginnt der Hund die Kletterrose neben der Haustür anzukläffen. Seine Nackenhaare sind gesträubt, die

Ohren gespitzt, er zittert am ganzen Körper, ist aufs Äußerste angespannt, zur Flucht bereit. Aber er läuft nicht weg. Wild scharrt er mit den Pfoten über den Boden, schnappt nach etwas. Er kommt auf mich zugerannt, um mich zu holen, komm mit, Gefahr, nun komm schon! Ich schaue hin, entdecke nichts, was ihn so aus der Fassung bringen könnte. Doch dann schießt etwas weg: eine Ringelnatter. Schon so früh im Jahr. Ich sehe noch eine, sie verteidigt sich zischend. Ich lache, der Hund sieht mich verständnislos an. Ist er denn der einzige, der die Gefahr erkennt? Auf einmal sehe ich überall Ringelnattern und Blindschleichen, metallene graubraune Eidechsen, die vorgeben, Schlangen zu sein, weil sie keine Beine haben und fast einen halben Meter lang sind, sich aber verraten, weil sie mit den Augenlidern zwinkern können.

Auf einem morschen Baumstamm liegen mehrere Ringelnattern eng beisammen und sonnen sich. Sie sind dünner als Besenstiele und einen Dreiviertelmeter lang. Als sie uns hören, schlängeln sie sich blitzschnell weg, durchs Gras, durch das verdorrte Schilf im ausgetrockneten Teich hinter dem Schuppen, überall raschelt es von ihren flinken Bewegungen. Der Hund ist außer sich. Wie ein Don Quijote stürzt er sich in die Gefahr, kläffend schlägt er Krawall, er wird eins mit seiner Angst.

Ich schaffe es nicht, ihn zu beruhigen, und mache mich daran, ein Stückchen Land umzugraben für den Rhabarber, den ich im Gemüsegarten hinter dem Bauernhaus abgestochen habe. Der Spaten gleitet in die Erde, die lehmigen Klumpen fallen leicht auseinander. Manchmal stoße ich auf ein zähes Geflecht von Wurzeln, vor allem Brennnesselwurzeln lassen sich meterlang aus der Erde ziehen. Nach eineinhalb Stunden habe ich zwei Quadratmeter umgegraben, und drei fast obszön rote Rhabarberknospen ragen aus der Erde.

Rhabarber. Wie froh war Hans Graf von Lehndorff im Frühjahr 1945, als er in einem verlassenen Schrebergarten im Inferno von Königsberg die ersten Rhabarberstängel fand: Vitamine! Größere Überlebenschancen. Er schlang die Stängel auf der Stelle hinunter. Schon bei dem Gedanken an die herbe Säure zieht sich mein Mund zusammen. Ich pflanze Rhabarber an, weil ich gern einmal sehen möchte, wie das geht und weil er mir schmeckt, jedenfalls mit ausreichend Zucker. Nicht, um zu überleben, eher aus Überfluss.

In seinem Ostpreußischen Tagebuch las ich, wie von Lehndorff als Chirurg in einem Lazarett arbeitete, als die Rote Armee die Stadt einnahm. Der Strom verwundeter, hungernder, dahinsiechender und todkranker Menschen riss nicht ab. Er versuchte zu retten, wen er retten konnte, oft ohne chirurgische Instrumente, Verbandsmaterial oder Medikamente. Neben seiner grässlichen Arbeit unternahm er Streifzüge durch die abgeerntete und ausgeplünderte Umgebung. So fand er den Rhabarber. Es dauerte zwei Jahre, bevor von Lehndorff die Grenze nach Westdeutschland überschritt, und in diesen zwei Jahren arbeitete er überall, wurde verhaftet, floh, arbeitete, floh – und zeichnet das mit erschütternder Präzision ohne jeden Anflug von Selbstmitleid auf. Was Menschen nicht alles ertragen können, was sie überleben können, wie bestialisch sie sind, wie selbstlos und wie erbärmlich. Ich lese das Tagebuch immer wieder.

Im Herbst 1945 schreibt von Lehndorff: *Die Menschen, die man uns bringt, befinden sich fast alle in dem gleichen Zustand. Oben sind sie zu Skeletten abgemagert, unten schwere Wassersäcke. Auf unförmig geschwollenen Beinen kommen sie zum Teil noch selbst gegangen und lassen sich vor der Tür nieder, wo auf behelfsmäßigen Tragen oder auf dem Fußboden schon eine Menge ähnlicher Gestalten liegen. Wenn sie an der Reihe sind, nennen sie oft irgendeine Lappalie, etwa einen schlimmen Finger, als den Grund ihres Kommens, denn das Hauptübel, ihre Beine, spüren sie schon gar nicht mehr. Das zeigt sich, wenn wir sie auf den Tisch legen und ihnen mit einem Messer von oben herunter die speckige glasige Haut aufschlitzen, ohne daß sie irgendwie darauf reagieren. Jedesmal fragen wir uns dann, ob es noch Sinn hat, die Beine zu amputieren, oder ob man die Leute lieber so sterben lassen soll. Und meistens lassen wir es dann bei letzterem bewenden.*

Ein merkwürdiges Sterben ist dieser Hungertod. Nichts von Revolte. Die Menschen machen den Eindruck, als hätten sie den eigentlichen Tod schon hinter sich. Sie gehen noch aufrecht, man kann sie noch ansprechen, sie greifen nach einem Zigarettenstummel – eher übrigens als nach einem Stück Brot, mit dem sie nichts mehr anzufangen wissen –, und dann sinken sie auf einmal zusammen, wie ein Tisch, der unter einem Höchstmaß an Belastung so lange noch standhält, bis das zusätzliche Gewicht einer Fliege ihn zusammenbrechen läßt.

[…] Seit einiger Zeit wird hier und da Menschenfleisch gegessen. Man kann sich darüber weder wundern noch aufregen. Wie entsetzt waren wir noch vor kurzem, als wir das gleiche aus russischen Gefangenenlagern in unserem Lande hörten. Wir bildeten uns ein, das bekämen nur Asiaten fertig. Jetzt regen sich die Russen ihrerseits über uns auf.

Ich friede das Rhabarberbeet mit kleinen Pfosten und einer Sisalschnur ein und hänge düsteren Gedanken über das schreckliche Schicksal von Menschen nach. Gebückt ziehe ich die Schnur fest und fühle mich alt und verloren mit diesen grauenvollen Bildern in meinem Kopf. Ich richte mich auf und schaue umher. Wo ist der Hund? Erst jetzt wird mir bewusst, dass ich ihn bereits seit einer Weile nur in der Ferne dann und wann habe kläffen hören. Ich finde ihn bei dem morschen Stamm, in dem die Schlangen ihre Höhle haben. Als er mich sieht, rennt er zur Kletterrose und entdeckt dort noch eine Ringelnatter. Er ist mutiger geworden, schnappt nach dem Tier. Als er sie gepackt hat, versucht er mit einer einzigen heftigen Kopfbewegung der Gefahr das Genick zu brechen, lässt dann schnell wieder los, um nicht selbst gebissen zu werden. Dass Ringelnattern ungefährlich sind, kann ich ihm nicht deutlich machen. Die Schlange schießt davon. Ich verjage den Hund.

Als ich am nächsten Tag die Tür öffne, rennt er sofort zu den Stellen, wo er die Schlangen gesehen hat. Er sucht auch im Schatten und im Dunkeln, aber sie kommen nur bei Sonne und Wärme aus Höhlen und Löchern gekrochen. Ich kann das hysterische Kläffen nicht mehr hören, und zum Glück hilft mir die Natur. Die Schlangen werden einfach zu zahlreich, es ist für den Hund aussichtslos. Nach einer Woche interessieren sie ihn nicht mehr, er hat sich an sie gewöhnt. Auch für den Hund gilt, dass Gewöhnung die Angst nimmt.

Der Holländer

Hier gibt es keine Vergangenheit, nach der man sich zurücksehnen könnte. Eine Zukunft gibt es auch nicht. Kein Mensch hat sein ganzes Leben auf Blankow zugebracht, niemand ist hier geboren und gestorben, in den ganzen zwei Jahrhunderten nicht. Für niemanden war Blankow die erste oder innigste Heimat. Es hat nur Durchreisende aufgenommen, Menschen, die Zuflucht suchten, die hofften, ein Zuhause zu finden, die so schnell wie möglich wieder fort wollten, die von hier vertrieben wurden – kaum jemand verbrachte hier seine letzten Lebensjahre. Nach und nach begreife ich, wie verwaist Blankow ist.

Der letzte Bewohner, Jakob Huffel, hat am längsten im Bauernhaus gelebt, fast vierzig Jahre. Zwar betrachtete er das Vorwerk auf die Dauer als *al mien*, aber der Besitzer war er nicht. Also hat er benutzt, was er gebrauchen konnte, und den Rest seinem Schicksal überlassen.

Als Huffel 1995 den Hof verließ, blieb nur alter Hausrat der Nachkriegsbewohner zurück, den niemand mehr haben wollte. Eisenbetten, wacklige Schränke, Stühle, ein bleischweres Sofa und gleich sieben defekte Fernseher. Die Vorratskammer von Anna Spienkos war noch voller Weckgläser mit Gemüse und Obst. Auf dem Dachboden lagen vergessene Sachen unter dem Staub von Jahrzehnten, Bücher, Kinderwagen und Schuhe, abgetretene alte Schuhe. Alle Zimmer waren mit Gegenständen übersät, es war geplündert, zerstört und gewütet worden. Die letzten Eindringlinge hatten gehofft, zwischen dem Krempel noch etwas Wertvolles zu finden, doch zu viele waren ihnen zuvorgekommen. Vor Wut warfen sie einen Schrank um, schlitzten einen Sessel auf, zertrümmerten die Kacheln der Öfen. Was zurückblieb, war nur Gerümpel, Müll einer vergangenen Epoche. Plastik, Linoleum, Furnier. Das Dasein der Dinge hatte jede menschliche Ordnung verloren. Mäuse, Ratten, Marder, Bockkäfer und Holzwürmer nagten das Bauernhaus an.

Der Krieg und – als Nachspiel – der Kalte Krieg führten zu Blankows Verfall. Niemand fühlte sich für das Vorwerk verantwortlich, seit Land und Gut dem Volk des neuen Deutschland gehörten und deshalb niemandem im Besonderen. Das Vorwerk war zu groß für Privatbesitz, es wurde unterteilt und vermietet. Selbst mit gutem Willen hätten die Mieter es nicht instand halten können, sie hatten weder Geld noch Baumaterial.

Nur zweimal hatte das Vorwerk einen Besitzer, der selbst auf dem Hof lebte und wirtschaftete, wie aus dem Grundbuch hervorgeht: von 1939 bis 1941 Adelbert Zeschke, der Bauer, der Selbstmord beging, und von 1941 bis 1957 Hermann Grensling. Vor dieser Zeit war Blankow nur ein Anhängsel des Landgutes Dornhain und wurde verpachtet. An wen, ist im Grundbuch nicht verzeichnet.

Blankows Vergangenheit beginnt sich nach und nach zu erschließen. Ich gehe in die Bibliothek in Seeberg, schreibe die Archive an, es muss noch mehr zu finden sein, auch über Blankows erstes Jahrhundert, über das mir keine Menschenseele mehr etwas erzählen kann.

Eines Tages kommt mir zu Ohren, dass eine Gruppe Arbeitsloser aus der Gemeinde Falkenhof, zu der Dornhain und Blankow nach dem Zweiten Weltkrieg gehörten, Material für eine Chronik zusammengetragen hat. Ich gehe in die wöchentliche Sprechstunde des Bürgermeisters. Er empfängt die Bürger auf dem Dachboden des kleinen Amtsgebäudes. Er bildet das Verbindungsglied zur Gemeinde Seeberg, in der die kleineren Nachbargemeinden aufgegangen sind, und arbeitet ehrenamtlich. Hinter ihm hängt ein Bord mit Aktenordnern, zwei davon mit Unterlagen über Blankow. Die darf ich mir ausleihen, er freut sich, dass sich jemand dafür interessiert, sagt er und zieht an seiner Pfeife. Hastig schleppe ich die Beute mit in meinen Kuhstall.

Die Ordner haben etwas von einer Mappe mit Hausarbeiten, die noch korrigiert werden müssen. Schon an den ungelenken Handschriften ist zu sehen, dass die Chronisten Arbeit verrichteten, die ihnen fremd war. Die mehr oder weniger zusammengewürfelte Geschichte ist voller Lücken. Nichts über den Ersten Weltkrieg, nichts über das Dritte Reich und den Zweiten Weltkrieg, nichts über den Sozialistischen Frühling, die erzwungene Kollektivierung der Landwirtschaft 1960. Nicht aus bösem Willen, denke ich, sondern weil die meisten Dokumente aus diesen Zeiten vernichtet wurden – und wegen der von Kindheit an eingeschliffenen Gewohnheit, heiklen Themen aus dem Weg zu gehen.

Hier und da picke ich mir einige Fakten aus den Ordnern heraus, die ich später mit anderen Informationen ergänzen will. Endlich finde ich genaue Angaben, wann Blankow angelegt und errichtet wurde: zwischen 1822 und 1827. Fast alle Landgüter östlich der Elbe hatten Vorwerke. Der Adel besaß so große Ländereien, dass er sie unmöglich vom Hauptgut aus bewirtschaften konnte. Deshalb wurden Nebengüter errichtet und das umgebende Land von dort aus bestellt. Und für diese Vorwerke wurden meist nur kurzfristige Pachtverträge abgeschlossen.

1829 gelangte Dornhain in den Besitz der großbürgerlichen Familie Vonnauer. Seit Beginn des Industriezeitalters erwarben immer mehr bürgerliche Familien Landgüter und gerierten sich auch zunehmend wie ostelbische *Junker*. Sie *verjunkerten*, hieß das. Die Familie Vonnauer sollte das Landgut Dornhain hundert Jahre behalten.

Hin und wieder finde ich zwischen den Aufzeichnungen ein Originaldokument. Wie die Beschreibung von Blankow durch den Gutsherrn Gustav Vonnauer, datiert *Cantate den* 17. *Mai* 1840, den vierten Sonntag nach Ostern. Das Vorwerk existiert zu diesem Zeitpunkt dreißig Jahre, Vonnauer nennt es eine »Meyerey«, einen Milchviehhof. Es war an Bauer Gaede verpachtet und umfasste: *ein gutes Pächter Haus, eine große Scheune, einen Schafstall, ein Viehhaus, ein Torfen- u. Milchen-Haus worüber der Korn Boden und ein Schweine- und Hünerstall.*

Das Gesindehaus hatte also anfangs als Molkerei gedient und auf seinem Dachboden wurde Getreide gelagert. Aus der Beschreibung geht auch hervor, wie der Weiler unten entstanden ist. Dort wohnten die Tagelöhner, in zwei Häusern mit jeweils sechs Wohnungen, zu denen noch Ställe gehörten.

Vonnauer listet auch die lebende Habe auf: *In Blankow hat der Pächter* 12 *Baupferde, ein Reit Pferd, einige Füllen,* 22 *Kühe und* 400 *fein wollige Schafe so wie das nöthige Feder- und Schweine-Vieh.*

Nach einer Volkszählung, die 1839 auf Anordnung der Regierung des Großherzogtums Mecklenburg-Strelitz stattfand, lebten in Blankow achtundvierzig Personen. Unter ihnen war auch der damals einjährige Hans Gaede. Seine Eltern hatten als jung verheiratetes Paar Blankow 1835 gepachtet, mit achthundert Morgen Land, das sind zweihundert Hektar. Am Ende seines Lebens, 1910, schrieb Gaede seine Jugenderinnerungen auf. Der handgeschriebene Text liegt vor mir auf dem Tisch. Über eine Enkeltochter sind die Erinnerungen nun nach mehr als eineinhalb Jahrhunderten an den Ort ihres Ursprungs zurückgekehrt.

Hans Gaede beschreibt seine Kindheit als eine brave Idylle – *Wir ältesten Kinder erlebten hier unsere schönste Kinderzeit* – und nach drei Seiten enden die Memoiren abrupt, gerade als es spannend wird: *Die Pachtzeit war Johannis* 1845 *zu Ende und der Besitzer Vonnauer in Dornhain übernahm von da an die Bewirtschaftung des Gutes.*

Nach zehn Jahren räumten die Gaedes das Feld. Was war schiefgegangen? Erst nach einer Weile wird mir klar, dass das die falsche Frage ist.

Ich finde eine Nachfahrin der Familie Vonnauer in Bremen, eine Enkeltochter der letzten Generation Vonnauers, die in Dornhain lebte, der Generation, die um 1900 erwachsen war. Sie ist im Besitz der Archive von Dornhain, zumindest der Archive bis 1929, als die Vonnauers das Landgut verkauften. Wir korrespondieren. Sie berichtet mir, dass schon früher ein *Holländer* auf Blankow gewohnt habe, sein Name sei Helmuth Riechert gewesen und er habe den Hof von 1845 bis 1851 gepachtet. Ein Holländer? In der Zeit? Dann hätte sich der Kreis geschlossen, was für ein bizarrer Zufall.

Meine Begeisterung währt nicht lange. Seit Anfang des sechzehnten Jahrhunderts siedelten sich viele niederländische Bauern in Norddeutschland an, sie waren willkommen, denn sie wussten, wie man Milch weiterverarbeitete. Meiereien wurden oft *Holländereien* genannt. Dass dieser Riechert selbst aus Holland gekommen war, scheint eher ein romantischer Wunsch als Wirklichkeit zu sein, obgleich die Vonnauer-Enkelin es durchaus für möglich hält. Ich nicht. Der Name Helmuth Riechert klingt nicht holländisch. Und es gibt eine Parallele: Ich hatte mich schon einmal über die vielen Schweizer in der DDR gewundert und über die Herablassung, mit der über sie gesprochen wurde, bis ich dahinterkam, dass das Wort *Schweizer* auch die Bedeutung Melker angenommen hat.

Die Nachfahrin schickt mir den Vertrag zwischen Riechert und Vonnauer. Sie hat ihn auf grünes Papier kopiert. Er läuft nur über ein Jahr, von Johannis 1845 bis Johannis 1846 – Johannis, das ist der längste Tag, der Tag der Sommersonnenwende. So wie der erste Pächter für Bauer Gaede das Feld räumen musste, so musste Gaede wiederum für Riechert Platz machen; das war damals östlich der Elbe der normale Gang der Dinge. Pächter mussten ständig damit rechnen, an die Luft gesetzt zu werden.

Die bürgerlichen Vonnauers waren nur kleine Krauter unter den Gutsherren im Osten, doch bei der Verwaltung des Hofes gab es keinen Unterschied. Sie verpachteten die Meierei Blankow mit zwanzig *nicht zu alten Kühen* gegen eine Summe von zweihundertvierzig Reichstalern Gold auf Jahresbasis. Daneben trat Riechert als *Lohn-Schäfer* in Vonnauers Dienste, und er musste die Kühe der Holländerei zusammen mit den sechs Kühen der sechs Tagelöhnerfamilien weiden und füttern. Ihm gingen zwei Pferdeknechte, ein Kuhknecht und ein Schäferknecht zur Hand, denen er Kost und Logis gewähren musste, die jedoch im Dienst des Landgutes standen. Viel Freiheit, den Betrieb nach eigenem Ermessen zu führen, hatte Riechert nicht. Wie machtlos Pächter waren, zeigt sich auch daran, welche Instanz bei Rechtsstreitigkeiten zuständig war: der Gutsherr.

Fünf Mal verlängerten Riechert und Vonnauer ihren Vertrag. Dann gab Riechert auf und übernahm ein Gasthaus in einem Dorf in der Umgebung. Befreit von der Unsicherheit der jährlichen Pachtverträge konnte er sich endlich eine Zukunft aufbauen. Nach ihm würde noch siebzig Jahre lang ein Pächter nach dem anderen auf Vorwerk Blankow wohnen.

Allmählich dämmert mir, dass die Elbe, die im Südwesten Mecklenburgs die Grenze bildet, schon seit Jahrhunderten eine Trennlinie zwischen zwei Systemen war. Auf dieser Seite herrschte der Adelsherr wie ein Gott, auf der Westseite zog er sich aus der Landwirtschaft zurück und überließ den Bauern das Land in Erbpacht. Im Osten hatten die Gutsherren auch im Alltag das Sagen, im Westen verwalteten die Großgrundbesitzer ihre Landgüter aus der Ferne. Und bei Licht besehen wurde es nach 1945 nicht viel anders, wenn man *Gutsherren* durch *die Partei* ersetzt. Das Vorwerk Blankow folgte diesen Entwicklungen fast beispielhaft: Nur zwischen 1939 und 1957 befand es sich in den Händen seiner Bewohner.

Bereits seit dem fünfzehnten Jahrhundert war es mit den Bauern östlich der Elbe abwärts gegangen. Sie mussten immer mehr Stunden für den Adel arbeiten, und ihre Rechte schrumpften. Die Junker konnten sich viel erlauben, denn die Fürsten waren für ihre Kriegsführung von ihnen abhängig. Zwei Jahrhunderte später, nach dem Dreißigjährigen Krieg, bekamen sie völlig freie Hand, sie eigneten sich immer mehr Land an und machten die Bauern zu Leibeigenen. Es gibt sogar einen Begriff dafür: *Bauernlegen*. Diktatorisch herrschten die Junker über ihre Untergebenen und versuchten maximalen Profit aus dem Wachstum der Städte zu ziehen, die ständig mehr Nahrungsmittel benötigten.

Erst 1821 – ein Jahr vor dem Beginn der Anlage Blankows – wurde in Mecklenburg die Leibeigenschaft abgeschafft. Doch wider Erwarten verbesserten sich dadurch die Lebensumstände der Landarbeiter nicht. Die Junker behielten die politische, juristische und wirtschaftliche Macht fest in der Hand. Dass sie keine Leibeigenen mehr haben durften, kam ihnen im Nachhinein nur gelegen: Sie konnten sich nun nach Belieben ihrer Untergebenen entledigen.

Für die Landarbeiter stand die neue Freiheit nur auf dem Papier, denn sie ging nicht mit einem Heimat- und Niederlassungsrecht einher, der Gutsherr konnte noch immer Recht sprechen, und auch für eine Eheschließung war seine Erlaubnis nötig. Außerdem blockierte der Adel jahrelang die Anlage befestigter Straßen, nur um die Landarbeiter daran zu hindern, sich anderswo auf die Suche nach einem besseren Leben zu machen. Aus den gleichen Gründen hintertrieb er das Aufkommen der Industrie.

Und dann begannen sich die Besitzlosen zu wehren – mit dem einzigen Mittel, das ihnen zur Verfügung stand: Sie gingen fort. Zwischen 1846 und 1893 verließen rund hundertsiebzigtausend Menschen Mecklenburg, mehr als ein Viertel der Bevölkerung. Vorwiegend Tagelöhner und Handwerker von den Landgütern wanderten in großer Zahl nach Amerika aus. Das Scheitern der Revolution von 1848 hatte ihre letzte Hoffnung zerstört – in Mecklenburg würden sie nie ihr eigener Herr werden, nie selbst von ihrer Arbeit profitieren können. Die meisten Mecklenburger ließen sich in Wisconsin, Iowa, Illinois und Michigan nieder.

Unter ihnen war die Tochter eines Blankower Tagelöhners, Maria Zastrow, die jahrelang als Köchin auf dem Gut gearbeitet hatte. Am 11. Mai 1861 war sie zusammen mit Olaf Grusdat, einem Kutscher aus dem benachbarten Rimstedt, im Hamburger Hafen angekommen, um sich nach Nordamerika einzuschiffen. In Hamburg strandete sie, da sie die erforderlichen Papiere nicht besaß. Kurz darauf erreichte den Gutsherrn Gustav Vonnauer die Bitte, so schnell wie möglich dem Spediteur zu telegrafieren, dass alles seine Ordnung habe. Dieser Brief vom 28. Mai liegt vor mir.

Vonnauer schreibt, dass sich die etwa siebenundzwanzigjährige Frau erst Anfang Mai entschlossen habe, mit dem Kutscher Grusdat nach Amerika auszuwandern. Die Zeit sei zu kurz gewesen, um einen *Landesherrlichen Auswanderungsconsens* zu erwirken. Auf ihren ausdrücklichen Wunsch habe er ihr deshalb einen Pass ausgestellt. Die offizielle Auswanderungserlaubnis würde so bald wie möglich nachgesandt, schreibt er, und außerdem, dass nach seiner Ansicht *der Abreise der Zastrow nichts im Wege stehe […], als es sich hier um die keineswegs sinnlose Auswanderung eines sonst unbescholtenen Frauenzimmers, sowie um das Wohl und Weh zweier braver, aber armer Menschen handelt.*

Der Entlassung der unverehelichten Maria Zastrow aus dem diesseitigen Unterthanenverbande steht an und für sich nichts entgegen, da sie volljährig ist, sich schon seit vielen Jahren ihren Lebensunterhalt selbständig erworben hat, und ihre beiden Eltern überdies in ihre Auswanderung nach Amerika mit Grusdat eingewilligt haben.

Vonnauers Brief ist zwar in einem wohlwollenden Ton abgefasst, zeigt freilich auch, dass er nach Gutdünken über das Schicksal seiner Untertanin Maria Zastrow entscheiden konnte. Ich finde es nach wie vor frappierend, wie lange sich Mecklenburg noch in der Epoche des Feudalismus befand.

Alte Dornhainer kennen noch immer solche Geschichten – auch über ihre Eltern konnte die Familie Vonnauer so landesherrlich entscheiden wie über Maria Zastrow –, über die Familie Wolff zum Beispiel, ein junges Ehepaar mit vier Kindern, die vierzig Jahre nach Marias Auswanderung in einem der Blankower Tagelöhnerhäuser wohnten.

Eines Abends im April 1900 hatten die Tagelöhner Säcke mit Getreide auf ein Fuhrwerk geladen, um sie zu einem anderen Lagerplatz zu schaffen. Es ging bergab, und der Wagen blieb an einem Feldstein hängen. Als Wolff ihn wieder flott machen wollte, schoss ihm die Deichsel in den Bauch. Er arbeitete einfach weiter, wurde jedoch ein paar Tage später krank. Der herbeigerufene Arzt schnitt ihm den Bauch auf, aus dem fast ein ganzer Eimer Eiter herauskam. Wolff, erst einunddreißig, war nicht mehr zu helfen. Im Oktober desselben Jahres brachte seine Witwe das fünfte Kind zur Welt.

Nach dem Tod ihres Mannes erhielt die junge Frau Wolff keinerlei Unterstützung, im Gegenteil, sie musste das Haus verlassen. Die Wohnungen in Blankow waren für die Arbeiter des Gutes bestimmt, nicht für eine Witwe mit fünf kleinen Kindern. In Dornhain gab es ein leerstehendes Häuschen, dort zog sie damals ein. Um ein bisschen Geld zu verdienen, machte sie sich auf dem Landgut bei allen möglichen Arbeiten nützlich und bekam dafür fünfzig Pfennig am Tag. Ihre älteste Tochter, Luise – sie muss etwa zwölf gewesen sein –, stand jeden Morgen um fünf Uhr auf, um die Kühe des Gutes zu melken, bevor sie zur Schule ging. Sie erledigte auch Botengänge für die Familie Vonnauer, es gab noch kein Telefon auf dem Gut.

Eines Abends musste sie dem Pfarrer von Triepshagen eine Einladung für eine Jagdpartie am folgenden Tag überbringen. Sie machte sich auf den Weg, lief Kilometer im Dunkeln über die Felder. Der Pfarrer war schockiert, dass das junge Mädchen abends allein losgeschickt wurde, und ließ eine Kutsche anspannen, um sie zurück nach Hause zu bringen. An der Jagd nahm er dieses Mal nicht teil.

Ich gehe den Vonnauer-Stammbaum durch, es muss Fritz, der Sohn von Gustav, gewesen sein, der die Familie Wolff aus dem Haus gesetzt und das Mädchen nach Triepshagen geschickt hat. Fritz, der Urgroßvater der Nachfahrin aus Bremen. Derselbe Fritz und dessen Frau Elfriede, von denen sie mir am Telefon in den höchsten Tönen vorgeschwärmt hatte: Ein wunderbares Paar seien sie gewesen, ihre Urgroßeltern, und so gastfreundlich. Im Sommer hätten sie immer viel Besuch empfangen, vor allem von jungen Leuten, das zeige auch das Gästebuch.

Ich kenne den Weg, den das Mädchen gegangen ist. Zu ihrer Zeit waren die Felder und Wiesen noch nicht so weiträumig, sie hatten noch nicht das Maß des John-Deere-Traktors, der tagelang einen *Multidrill* über die Äcker zieht und dessen Reifen mir bis zum Kopf reichen, sie hatten noch keine fahrenden Fabriken, um mit Scheinwerfern zu ernten, die das Feld in taghelles Licht tauchen. Das Land hatte das Maß von Sense und Kartoffelgabel, gebeugten Rücken und Zugpferden. Es gab mehr Pfade, und vielleicht betrug die Entfernung, die das Mädchen laufen musste, nicht viel mehr als mein Bandmaß auf der Karte zwischen Dornhain und Triepshagen als Luftlinie anzeigt: fünfeinhalb Kilometer. Mindestens elf musste sie also laufen. Allein, am Abend, und kein Erwachsener, der sich um sie kümmerte.

Ich stoße an die Barriere der Zeit, der langen Jahre, die die Sicht auf die Ereignisse verschleiern. War es für das Mädchen so schlimm, wie es heute in unserer Vorstellung ist? Das lässt sich schwer entscheiden.

Ich laufe über die Felder und sehe das Mädchen vor mir. Nicht mit guten wasserdichten Schuhen oder Gummistiefeln. Und nicht nur, wenn es trocken ist oder schön weht oder angenehm regnet. Und nicht nach Lust und Laune, so weit sie wollte, so wie ich. Selbst wenn ich zu weit laufe, mache ich das, um mich vor vollendete Tatsachen zu stellen, mich zu einem zu langen Rückweg mit müden Gliedern, schmerzenden Fußsohlen, einem leeren Magen und trockener Kehle zu zwingen. Und das mit der Belohnung vor Augen: dem Sofa, einem vollen Kühlschrank, dem Ofen und den letzten Kapiteln von *Krieg und Frieden*. Luise Wolff liegt nun schon wieder fast vierzig Jahre auf dem Friedhof von Dornhain. Einmal in der Woche kümmert sich ihre betagte Tochter um das Grab.

Als Luise Wolff jung war, brach der Weltkrieg aus, der Erste, von dem es hier in Mecklenburg fast keine Spur gibt. Nur eine endlose Reihe von Ehrenmalen für die gefallenen Soldaten auf Stadt- und Dorfplätzen zeugt noch davon. Stein, der niemanden mehr anrührt. Dieser Krieg wurde vor langer Zeit geführt und weit weg, größtenteils jenseits von Deutschlands Grenzen. Nur noch selten und eher beiläufig taucht er in den Geschichten über Väter auf, die in jungen Jahren im Schützengraben lagen, Väter von Kindern, die inzwischen auch schon alt und grau sind.

Der Zweite Weltkrieg hat den Ersten mit beschleunigtem Tempo in die vollendete Vergangenheit gestoßen, zu einem bloßen Vorläufer gemacht, Verursacher der Krisenjahre und deren Folgen. In den meisten Büchern über Mecklenburg, die ich gelesen habe, wird der Erste Weltkrieg mehr oder weniger ausgespart: Vom Ende des neunzehnten Jahrhunderts macht die Geschichte einen Riesensprung zur Weimarer Republik.

Dennoch brachte der Erste Weltkrieg großes Unheil über das Land.

Am 1. August 1914 wurde in ganz Deutschland die Generalmobilmachung angeordnet. Die Kirchen arbeiteten auf Hochtouren, um Nottrauungen zu vollziehen, noch nie wurden in so kurzer Zeit so viele Kriegerwitwen in spe gesegnet. Am 2. August zogen die ersten Mecklenburger Truppen an die Westfront. Zahllose junge Männer meldeten sich als Freiwillige. Das Volk jubelte, ungeachtet der sozialen Schicht und politischen Gesinnung standen alle wie ein Mann bereit, das Vaterland bis zum Äußersten zu verteidigen. Sogar der verbissene Kampf gegen die rückständige mecklenburgische Verfassung wurde auf Eis gelegt. Der Krieg würde kurz und ruhmreich sein.

Schon bald folgte die Ernüchterung. Das gesamte Leben musste sich dem Krieg unterordnen. Das *Kriegsernährungsamt* stellte die Lebensmittelversorgung der Armee sicher, Wirtschaft und Landwirtschaft standen völlig im Dienst des Krieges. Es herrschte großer Mangel an Arbeitskräften, Arbeitsmitteln und Rohstoffen. Die gut dreißigtausend Wanderarbeiter aus Polen und Russland wurden faktisch zu Zwangsarbeitern, da ihnen wegen der Befürchtung, dass sie nicht zurückkämen, der Urlaub gesperrt wurde. Maschinen standen still, weil der Treibstoff fehlte, Zugpferde wurden massenhaft für die Armee requiriert, es wurde so viel Jung- und Zuchtvieh geschlachtet, dass die Nachzucht gefährdet war. 1915 wurden auf Befehl der Reichsregierung ein gutes Drittel des Schweinebestandes getötet, weil die Landwirte Kartoffeln an sie verfütterten und sie deshalb als wichtigste Nahrungskonkurrenz des Menschen galten. Auch dieser »Schweinemord« erwies sich als katastrophal: Ende 1916 kämpfte die Bevölkerung mit dem ersten Hungerwinter, dem »Steckrübenwinter«.

Im folgenden Winter brachen Hungeraufstände aus. Frauen, Kinder, alte Leute und Kriegsinvaliden wurden in der Kriegsindustrie eingesetzt. Metalle wurden eingesammelt, Kupferdächer, Orgelpfeifen und Kirchenglocken eingeschmolzen. Im Laufe des Jahres 1917 nahm die soziale Unruhe zu, Lebensmittelläden wurden geplündert, und in der Rüstungsindustrie kam es zu ersten Streiks. Das Ende des Weltkrieges wurde aus äußeren und inneren Gründen unvermeidlich.

Die Vonnauer-Nachfahrin teilt mir mit, dass im Familienarchiv absolut nichts über die Zeit 1914-1918 zu finden sei. Sie kann es selbst kaum glauben. Entweder ist alles aus jener Zeit verlorengegangen oder ihr Großonkel Rudolf hat während des Ersten Weltkrieges keine Aufzeichnungen gemacht. Das nächstfolgende Dokument, das sie findet, ist ein Brief, den Rudolf Vonnauer Anfang 1919 an einen Bekannten schrieb: *Auch hier bei uns in Mecklenburg hat die Zeit ein Trauerkleid angelegt. Nach sozialem Muster verlangen die Arbeiter auch hier den 8 Stundentag und Geld über Geld, so daß es jetzt aussichtslos erscheinen muß bei den heutigen Preisen der Produktion den Betrieb aufrecht erhalten zu können. Das Jahr* 1919 *wird uns hier wohl noch mancherlei unliebsame Überraschungen bringen.«*

Die beiden mecklenburgischen Großherzogtümer waren als Freistaaten in die labile Weimarer Republik aufgenommen worden, die Novemberrevolution von 1918 war gerade vorbei. Sie hatte die Allmacht der ostelbischen Großgrundbesitzer für immer gebrochen. Die Zeitpacht wurde zugunsten der Erbpacht abgeschafft, und die Praxis der *Abmeierung*, der willkürlichen Aufkündigung der Pacht, wurde verboten. Endlich konnten auch mecklenburgische Bauernfamilien die Früchte ihrer Arbeit selbst ernten.

Die Reformen gingen weiter, trotz der massiven konservativen Gegenkräfte, die in der Demokratie die Macht der Masse fürchteten. Nach dem *Reichssiedlungsgesetz* von 1919 musste ein Drittel der landwirtschaftlichen Nutzfläche großer Güter zur Ansiedlung selbstständiger Bauern bereitgestellt werden. So konnten neue Bauerngemeinschaften entstehen, die die Landwirtschaft stärken sollten.

Viel wurde nicht daraus. Schon Anfang der zwanziger Jahre zog die Wirtschaftskrise herauf – auch durch die enorme Belastung der Reparationszahlungen –, und der Börsenkrach von 1929 stellte das Land vollends auf den Kopf. Die Inflation war nicht zu bändigen. Land- und Industriearbeiter streikten. Viele Gutsherren standen am Rand des Konkurses, nur wer geschickt zu spekulieren wusste, erlebte goldene Zeiten.

Das Landgut Dornhain musste immer höhere Kredite aufnehmen. Die Nachfahrin aus Bremen führt das wie ihr Großonkel auf die Änderung der Entlohnungspraxis zurück: Früher entlohnten Gutsherren ihre Untergebenen in Naturalien, Bargeld spielte kaum eine Rolle. Als die Tagelöhner Geld für ihre Arbeit forderten, führte das zu einer dramatischen Verarmung der Gutsherren – was vor allem verdeutlicht, wie die Landarbeiter geknechtet wurden.

Gutsherr Rudolf Vonnauer habe sich in jungen Jahren kaum um den Hof gekümmert, heißt es. In der Nähe von Berlin, irgendwo an der Havel oder Spree, betrieb er ein Ausflugslokal, wissen die alten Dornhainer von ihren Eltern, und er sei als Lebemann und Schürzenjäger bekannt gewesen. Er war kein Mann vom Land. Aber er ging auf die fünfzig zu und musste an Nachkommen denken. 1921 heiratete er Antonia, eine Witwe aus Schlesien, und ließ sich auf Dornhain nieder; bis dahin hatte er das Gut dem Verwalter und seiner Schwester

Grethe überlassen. Auch sein älterer Bruder Johannes wohnte noch dort.

Johannes war etwas sonderbar, erzählen alte Dornhainer. Als Kind war er an einer Hirnhautentzündung erkrankt und fast daran gestorben. Er war nicht verrückt oder geistig behindert, halt einfach etwas sonderbar. Darum konnte er Dornhain nicht erben; nach dem Tod ihres Vaters Fritz 1905 war das Gut auf seinen jüngeren Bruder Rudolf übergegangen. Als Rudolf mit seiner Braut zurückkehrte, mussten Johannes und Grethe weichen. Blankow war die Lösung, es lag weit genug entfernt von dem jungen Paar in Dornhain und war, auch wenn es recht ländlich anmutete, ein ganz passabler Wohnsitz. Der Pächter von Blankow siedelte nach Dornhain über, und Johannes und Grethe bezogen das Vorwerk.

Im selben Jahr 1921 wurde unten in einem der Tagelöhnerhäuser Helga Ribitzki geboren. Mit ihrer Mutter wohnte sie bei ihren Großeltern, sie war ein uneheliches Kind. Da Tagelöhner nur mit Zustimmung des Gutsherrn heiraten durften, war es ganz normal, dass ledige Frauen ein Kind bekamen.

Bis zum zehnten Lebensjahr lebte Helga Ribitzki in Blankow. Sie kam manchmal auf den Hof, erzählt sie, hinter dem Bauernhaus war ein großer glatter Rasen, ein Gemüse- und ein Obstgarten. Und ein alter, schief gewachsener Walnussbaum stand dort. Noch weiter hinten im Garten war das große Bienenhaus von Herrn Johannes; er hatte die besten Bienen in ganz Deutschland.

Vorn im großen Stall standen die Pferde, der hintere Bereich war voll mit Milchkühen. Der Milchwagen fuhr von Dornhain über Blankow zur Molkerei in Seeberg. Hin und wieder durften sie mitfahren. Herr Johannes fuhr auch oft mit. Im Herbst 1933 wurde ihm während so einer Fahrt auf dem Milchwagen unwohl, und im nächsten Moment war er tot.

Fräulein Grethe und Herr Johannes waren liebe Menschen, sagt Helga Ribitzki. Sie hatte allerdings ein bisschen Angst vor ihnen, sie waren fein und vornehm, nicht adelig, aber doch beinahe.

Ich habe ein paar Fotos aus den Blankower Jahren von Johannes und Grethe Vonnauer. Eines davon zeigt, wie die gute Stube eingerichtet war: schwere Möbel, ein Klavier mit gedrechselten Beinen, darüber ein Ahnenporträt. Am liebsten sehe ich mir Fotos der beiden Geschwister an. Johannes sitzt im Bienenhaus, ein Greis mit weißem Bart. Er muss Anfang sechzig sein, sieht jedoch viel älter aus. Er trägt eine runde Nickelbrille, der Kragen des Tweedjacketts ist hochgestellt. Vorgebeugt und die Arme aufgestützt, bläst er in eine lange Imkerpfeife, deren Ende nicht mehr im Bild ist. Seine Schwester Grethe steht, die Arme hinter dem Rücken verschränkt, an einem Pfeiler der damals noch überdachten Terrasse. Ihr Kleid mit den breiten Falten hat einen weißen Spitzenkragen. Auf ihrem Gesicht spielt ein leicht verlegenes, amüsiertes Lächeln.

Ihr Bruder Rudolf konnte sein Leben auf dem Gut Dornhain nicht lange genießen. Er starb 1926 und ließ seine Frau Antonia mit zwei kleinen Kindern zurück. Erbe war der vierjährige Dietrich. Antonia führte das Gut zusammen mit dem Verwalter, mit dem sie ein Verhältnis einging. Die Dornhainer sagen, Rudolfs Witwe und ihr Verwalter hätten das Gut heruntergewirtschaftet, denn die Vonnauers schonen sie noch immer: Sie waren zwar Gutsherren, aber eben die eigenen.

Ich gehe auf Reisen. Zwei Monate lang habe ich das Anwesen höchstens für ein paar Stunden verlassen. Nun fahre ich zum Landeshauptarchiv in Schwerin, der Hauptstadt von Mecklenburg-Vorpommern. Und ich übernachte dort sogar. Den Hund bringe ich zu Frau Neumann im Weiler.

Der Morgennebel hängt über den Feldern, als ich aufbreche, ich kontrolliere, ob alle Türen abgeschlossen sind, sehe mich noch einmal und noch einmal um. Als würde ich Blankow im Stich lassen. Ein wenig unsicher gehe ich in meiner städtischen Kleidung über den Hof und fühle mich angemalt wie ein Clown. Ich starte den Wagen und fahre auf die Chaussee. Nach eineinhalb Stunden Landstraße werde ich über die Autobahn preschen, und danach muss ich in einer fremden Stadt das Archiv finden und ein Hotel suchen. Im Auto versuche ich, das Frühstück in mich hineinzustopfen, doch mein Magen will nicht.

Um das Landleben von mir abzuschütteln, trete ich kräftig aufs Gaspedal. Die Rapsfelder schießen an mir vorbei, sie werden schon gelb, der Frühling ist endgültig durchgebrochen, aber ich habe kaum Augen dafür. Ich umklammere das Steuer, meine Hände schwitzen. Schneller, jetzt durchhalten, sonst traust du dich demnächst nichts mehr.

Unterdessen verteidige ich mich: Es ist doch selbstverständlich, dass ich umschalten muss, ich bin es nicht mehr gewohnt. Aber eigentlich wundert es mich, wie schnell diese Entwöhnung vonstatten geht. Wenn ich schon jetzt, nach zwei Monaten auf dem Land, so aus dem Gleichgewicht gerate, trotz der Jahre des Großstadtlebens und des Reisens davor, wie muss sich dann jemand fühlen, der sein ganzes Leben auf dem Land verbracht hat? Der nicht auf Erfahrungen zurückgreifen kann, wenn ihn plötzlich ein Wirrwarr von Autos, Straßen und fremden Menschen umgibt. Der keine Erinnerung daran hat, wie er sich früher in einer solchen Umgebung behauptet hat, der nichts hat als seine Vorstellungskraft.

Aber was nützt die Vorstellungskraft, sie ist Freiheit und zugleich Fessel. Wenn man Angst hat, wird sie die Angst noch verstärken. Und es braucht nicht viel, um diese Angst dann im

Alltagsleben regieren zu lassen. Sich nicht trauen, also etwas bleiben lassen. Wer seine Ängste nicht bezähmt, schließt sich in einem schrumpfenden Dasein ein. Und dieses Schrumpfen nimmt kein Ende, die Angst bleibt und heftet sich an immer kleinere Gefahren und Risiken.

Ich parke den Wagen vor dem Archiv und komme mir wie eine wahre Großstädterin vor.

Drinnen herrscht das alte Mitteleuropa. Ich stehe in einer riesigen Vorhalle, die einer fürstlichen Treppe jede Menge Platz bietet. Der Lesesaal befindet sich links hinter hohen Holztüren. Zwischen den dunklen Vertäfelungen und den großen Fenstern herrscht eine Stille, die nur gedämpfte Geräusche kennt. Verstreut beugen sich Menschen über alte Bücher und Dokumente. Auf einem Tisch liegen Stapel von Lesezeichen – Schmierpapier, das in Streifen geschnitten wurde –, daneben steht ein Kästchen mit roten Bleistiften. An die Tischplatte ist ein graugrüner, gusseiserner Bleistiftspitzer geschraubt. Ein Mann dreht an der Kurbel. So habe ich Bleistifte seit meiner Grundschulzeit nicht mehr angespitzt. Ich spüre in den Fingern die Bewegung, mit der man zwei Klemmen zusammendrücken muss, um den Bleistift in die Öffnung stecken zu können. Frauen in blauen Kitteln schieben Wägelchen mit Unterlagen aus dem Magazin in den Lesesaal. Die Mappen sind mit Sisalschnur zusammengebunden.

Die Archivarinnen (wie im Magazin arbeiten auch hier nur Frauen), flüstern eindringlich, sie sind es gewohnt, sich nur ihrem Gesprächspartner verständlich zu machen. Die Archivarin, die für meine schriftlich eingereichten Fragen zuständig ist, hat schon am Vormittag einige Mappen für mich bereitgelegt; sie macht mir jedoch wenig Hoffnung, dass ich finde, was ich suche, auch nicht im Kreis- oder im Bundesarchiv. Die

Auswirkungen des Krieges waren sehr heftig in Ihrem Gebiet, sagt sie, dort befand sich die zweite Front.

Die Nazis und die Rote Armee haben vieles zerstört, die Vertriebenen haben, weil es an Brennstoff mangelte, vieles verbrannt, die sowjetische Besatzungsmacht hat vieles nach Moskau mitgenommen. Auch aus der Zeit der *Sowjetischen Militäradministration in Deutschland* ist deshalb sehr wenig übriggeblieben, das meiste davon zudem in russischer Sprache. Das Material, welches das Chaos und den politischen Reißwolf überlebt hat, ist oft unbrauchbar: Die Erschließung der Archive wird noch Jahre beanspruchen. Nach der Wende war kaum Zeit dazu, die Archivare waren vollauf damit beschäftigt, den Ansturm von Anfragen zur Rückübertragung von enteignetem Familienbesitz zu bewältigen. Inzwischen sind diese Nachforschungen fast abgeschlossen.

Mir bleibt nichts anderes übrig, meint die Archivarin, als mehr oder weniger aufs Geratewohl zu suchen. Wenn ich etwas finde, kann ich froh sein. Ich erkundige mich, wo der Kopierer steht.

Sie wollen selbst fotokopieren? Sie macht große Augen. Das geht nicht, das machen sie, dafür haben sie eine Spezialabteilung. Binnen drei Wochen werden mir die Kopien mit der Post zugesandt, fünfzig Cent pro Stück.

Es ist kein niederländisches Archiv, sondern ein deutsches. Und kopieren darf man hier nirgendwo selbst, nicht mal im Laden in Seeberg. Kopieren ist im Osten ohnehin erst seit der Wende erlaubt.

Abends streife ich durch die dunkle Innenstadt von Schwerin. Die alten Gassen sind ausgestorben und regennass.

Am nächsten Nachmittag verlasse ich das Archiv mit leeren Händen, nun muss ich auf die Post warten. Zwischen den

Häusern hängt dichtes Grau. Ich steige in den Kokon des Autos und fahre durch das deutsche Land, fort von allem. Das Land ist mir fremd, es hat etwas Feindliches. Was hast du hier zu schaffen, was suchst du hier? Wir leben unser Leben, und du gehörst nicht hierher. Sagt die Landschaft, sagen die entgegenkommenden Wagen, sagen die vereinzelten Menschen in den Dörfern, die ich passiere. Mit einem Mal bin ich froh, dass ich ohne Zwischenstopp nach Blankow fahren kann.

Ich fahre über Landstraßen, durch peinlich akkurat geharkte Dörfer, ich bin in einem verlassenen Filmset, von dem nichts Gutes zu erwarten ist. Ich denke an das einundzwanzigste Jahrhundert. Hier kann man daran denken, als ob es noch Zukunft wäre. Die Gegend wirkt so verlassen, dass vom Zeitgeist kaum etwas zu spüren ist. In Mecklenburg-Vorpommern leben fünfundsiebzig Menschen auf einem Quadratkilometer, es ist das am dünnsten besiedelte Bundesland von ganz Deutschland. Was das heißt, fünfundsiebzig, wird mir erst richtig bewusst, als ich mir ausrechne, dass es in den Niederlanden vierhundertfünfundsiebzig sind.

In der Vergangenheit war Mecklenburg noch menschenleerer, so leer, dass es zu manchen Zeiten fast entvölkert war. Im vierzehnten Jahrhundert dezimierte die Pest die Bevölkerung, dreihundert Jahre später war es der Dreißigjährige Krieg. Nachdem er ausgewütet hatte, zählte Mecklenburg nicht mehr dreihunderttausend, sondern nur noch fünfzigtausend Bewohner. Ein großer Teil hatte den Krieg nicht überlebt, der Rest war geflohen, um das bloße Leben zu retten. Und zwei Jahrhunderte später – seit dem Revolutionsjahr 1848 – wanderten so viele Mecklenburger nach Amerika aus, dass auf einem Quadratkilometer nur noch einundzwanzig Menschen lebten. Wieder ein Jahrhundert später folgten massenhafte Entwurzelung und Bevölkerungsverschiebungen durch den

Zusammenbruch des Dritten Reichs. Und keine fünfzig Jahre später, als die ostdeutsche Planwirtschaft implodiert und Deutschland wiedervereinigt war, siedelten viele Menschen auf der Suche nach Arbeit und einem neuen Leben in den Westen über.

Die Koffer packen, Abschied nehmen, alle Brücken hinter sich abbrechen. Ich versuche es mir vorzustellen: die Heimat verlassen, obwohl man vielleicht noch nie länger als einen Tag an einem anderen Ort war. Buchstäblich kein Bild davon haben, was sich hinter dem Horizont befindet, höchstens einmal eine Zeichnung oder ein Gemälde davon gesehen haben. Keinen Schimmer von dem Leben haben, das einen erwartet. Die Familie nie wiedersehen, es gab noch keine Flugzeuge, Telefonverbindungen oder Internet. Die Post, das war alles. Doch schreiben hatten die meisten kaum gelernt.

So fortgehen, unwiderruflich, für immer, das gibt es kaum noch. Aber was es noch immer gibt, ist: alles zurücklassen, fliehen, vertrieben oder ausgewiesen werden, fortgehen, obgleich man um alles in der Welt bleiben möchte, obgleich man innerlich schreit, dass man nicht gehen will. Aber man geht, zum eigenen Entsetzen, nicht aus Abenteuerlust, nicht aus Lebenslust, sondern von Todesangst getrieben, Angst um das nackte Leben.

Fortgehen, ob aus Lebenslust oder Todesangst und allem dazwischen, das ist in diesen Landstrichen seit Jahrhunderten etwas Alltägliches. Und Heimweh auch. Manchmal stelle ich mir vor, dass all das auf Blankow erlittene Heimweh hier noch immer in der Luft schwebt.

Hitlers Landwirtschaftspolitik

Von fern grummelt es schon eine Weile, aber ich habe mir abgewöhnt, das als ein Versprechen zu sehen. Die Regenwolken werden bestimmt wieder weitergeweht. Der Hund folgt mir auf dem Fuß, geduckt, die Ohren angelegt. Stell dich nicht so an, wir laufen jetzt eine Runde um den Dornhainer See. Er trabt vor mir her, weg von der Bedrohung. Als wir am See angelangt sind, hat uns das Gewitter eingeholt. Der Himmel ist nachtschwarz. Ich nehme den Hund an die Leine, weil er in seiner Angst nicht mehr gehorcht.

Und dann reißt der Himmel ohrenbetäubend auf, für den Bruchteil einer Sekunde ist es so blendend hell, dass das Licht aus einer Welt hinter der unseren zu leuchten scheint. Aus dem Wolkenriss prasselt dichter Hagel auf uns herab, wie Peitschenschläge. Ich versuche meinen Kopf mit einem Arm zu bedecken. Der Hund zerrt so stark an der Leine, dass er winseln muss. Ich folge ihm. Er flüchtet sich in den Wald, kriecht unter den Stamm eines umgestürzten Baums, hechelt mit weit heraushängender Zunge. Ich versuche ihn zu beruhigen, rede ihm gut zu, mit so zuckersüßer Stimme, dass mir davon fast schlecht wird, doch er reagiert nicht. Ich hole ein Bröckchen Trockenfutter aus der Jackentasche und halte es ihm hin. Keine Spur von seiner normalen Gier, er sieht oder riecht es nicht mal. Alle seine Sinne sind im Bann des Unheils. Er hört nicht auf zu hecheln, der Speichel tropft ihm von der Zunge. Ich lasse meine spartanische Einstellung sausen. Gegen so viel Angst kommt selbst die nicht an.

Wir sind durchnässt, das junge Laub der Bäume bietet noch nicht viel Schutz. Ich fröstele, wir müssen weiter, aus dem Hagel ist Regen geworden, wenn wir nun nach Hause gehen, entfernen wir uns vom Gewitter. Das will auch der Hund. Er erwürgt sich fast. Ich wage es nicht, ihn loszulassen, wer weiß, wohin er dann rennt. Die Instinkte beherrschen ihn nun so, dass sie alles verdrängen, was er an Haustierverhalten gelernt hat.

Als wir auf dem Hof ankommen, bricht die Sonne durch. Die Zweige der Wildkirsche hängen schwer von Nässe herab. Die Farne unter den Weiden beim Tümpel sprießen mit kleinen Röllchen aus der Erde. In der Ferne leuchten die gelben Flächen der Rapsfelder, das reinste Gelb, die Spiegelung des Sonnenlichts. Es macht das Graugrün der Kornfelder noch strenger und wetteifert mit dem warmen Gelb des Löwenzahns, mit dem die Wiesen gefleckt sind. Mit Natur haben die Rapsfelder nichts zu tun, mit industrieller Produktion umso mehr.

Der Kohlgeruch ist nach dem Regen noch aufdringlicher. Raps wächst wie Kohl und riecht wie Kohl. Es ist Kohl – auch wenn der deutsche Name *Raps,* im Gegensatz zum niederländischen Namen *koolzaad,* es nicht verrät –, es verbreitet den Geruch von Armut und osteuropäischer Küche. Ich atme flüchtig ein, in dieser Jahreszeit überlasse ich meinen Augen die Aufgabe der Sinne, nicht meiner Nase. Obwohl – unter den knospenden Obstbäumen blühen violette Veilchen, und wenn ich jetzt tief inhaliere, bin ich von ihrer Süße beinahe betäubt.

Was mag der Hund nun alles riechen, sein Geruchsorgan ist fünfzig bis hundert Mal besser als meines. Aber etwas zu riechen besagt nichts darüber, was dieser Geruch bei dem Lebewesen bewirkt, das ihn wahrnimmt. Wenn es anders wäre, würde der Hund nun in höchster Verzückung zwischen den Veilchen auf dem Rücken liegen und den Obstgarten nicht mehr verlassen wollen. Doch nur, wenn dort ein Reh oder ein Hase oder eine Katze herumgelaufen sind, flitzt er mit der Nase dicht am Boden zwischen den Bäumen umher. Das versetzt ihn in Erregung, diese Tiere gehören nicht auf sein Terrain, und dass sie trotzdem dort waren, erkennt er untrüglich an ihren Geruchsspuren. Aber Blümchen – er ist kein Herbivore.

Immer wieder überrascht er mich mit seiner Nase. Wie jeden Morgen gingen wir gestern in aller Frühe zu dem Hochsitz, der sich auf halber Strecke zum Erlensee befindet. Nebel hing über den Feldern, milchig brach die Sonne hindurch. Ich blickte auf die Silhouetten der Bäume in der Ferne. Einen Moment später war der Hund, der immer vor mir über den Feldweg läuft, verschwunden. Ich rief und rief und ging über das Ödland. Erst jenseits des Feldes fand ich ihn hinter einem kleinen Hügel. Vor ihm lag ein totes Tier. Ein junges Wildschwein, jedoch nicht das ganze Tier, nur sein Fell, mit Löchern, wo die Augen gesessen hatten, und gelben Fetträndern an der Kopfhaut. Es war nicht hier gehäutet worden, denn ich sah kein Blut, keine Reste. Jemand musste es an dieser Stelle abgelegt haben, warum, war mir ein Rätsel. Es konnte noch nicht lange daliegen, ich hatte keine Raubvögel über dem Ödland kreisen sehen. Komm, Hund, schnell weg, hier stimmt was nicht. Das schien er auch zu vermuten, denn er hatte nicht gleich angefangen, auf der Beute herumzukauen, wie er es mit

Knochen macht. Vor allem aber wunderte es mich, dass er dieses Aas aus so großer Entfernung gerochen hatte.

Der Hund lebt durch seine Nase, seine Augen helfen ihm nicht viel, seine Ohren etwas mehr, sie sind immerhin etwa sieben Mal besser als unsere, doch auf die Nase verlässt er sich. Und ich beobachte ihn dann gern. Ich sitze auf der Schaukel, die am Kastanienbaum hängt, und sehe, dass der Hund mich aus den Augen verloren hat. Schnüffelnd rennt er über den Hof, gezielt, als folge er einer Spur, blickt jedoch nicht auf und schaut sich nicht um. Erst läuft er zur Werkstatt, dann zum Teich auf dem Hof, dann zum Wintergarten, und schließlich kommt er zur Schaukel. Heureka. Er ist meinen Wegen genau gefolgt, in der richtigen Reihenfolge.

Ich kann mir nicht vorstellen, wie es ist, die Welt ringsum vor allem mit dem Geruchsorgan wahrzunehmen. Nehmen wir die Augen, meinen starken Punkt. Ich weiß, dass das, was ich sehe, ein willkürlicher Ausschnitt der Realität ist. Aber wenn ich mir das veranschaulichen will, indem ich mich frage, was der Hund sieht, bin ich hilflos. Für ihn sieht die Welt ganz anders aus. Ich mache die Probe aufs Exempel, knie nieder, lege die Hände auf den Boden, bringe meine Augen auf seine Augenhöhe. Meine Sicht ist auf einmal viel begrenzter, ich verliere den Überblick, fühle mich sofort unsicher. Rasch stehe ich wieder auf. So muss die Welt aussehen. Aber nicht für den Hund. Außerdem besagt Augenhöhe nicht alles. Auch auf Hundeaugenhöhe sehe ich nicht dasselbe wie der Hund. Man kann die Sicht nicht als ein für sich stehendes Sinnesorgan betrachten, immer kommen noch das Riechen und Hören und Fühlen hinzu, und der Instinkt und die Triebe; erst dieses unendliche Gemisch macht eine Spezies zu dem, was sie ist. Und dann ist da noch dieses eine Exemplar des Menschen und dieses eine Exemplar des Hundes, jedes mit einer völlig eigenen, auf nichts zurückführbaren Zusammensetzung. Wenn ich ein einziges Mal in die Haut des Hundes schlüpfen könnte, würde das meinen Blick auf die Welt für immer verändern.

Dem Hund zu meinen Füßen neben der Schaukel wird es schnuppe sein. Sein schwarzes Fell ist warm von den letzten Sonnenstrahlen, und er schnauft vor Wohlbehagen.

Ich schwinge auf der Schaukel hin und her. Die Erde dampft von all dem Wasser, das plötzlich auf sie herabgestürzt ist. Hinter mir und links bis an den Horizont die Rapsfelder. Vor mir das Bauernhaus im glühenden Abendlicht. Beinahe zwei Jahrhunderte steht es nun schon da. Nur der Himmel ist derselbe, obwohl jetzt schwarze Stromkabel hindurchlaufen und ihn die weißen Kondensstreifen von Flugzeugen oft durchschneiden. Allmählich wird Blankow in allen Abschnitten seiner Existenz bevölkert und koloriert, doch aus jedem Faktum, jeder Geschichte und jedem Bild erwächst neue Unwissenheit wie eine Wucherung.

Das gelbe Postauto fährt auf den Hof. Es kommt selten hierher, es wird also die Post vom Archiv bringen, schneller als erwartet. Drinnen reiße ich das braune Packpapier hastig auf, erst jetzt kann ich mir in Ruhe ansehen, was ich gefunden habe: Behördenbriefe, notarielle Urkunden, Bauzeichnungen, alles aus der ersten Hälfte des zwanzigsten Jahrhunderts, die Deutschland für immer verändert hat.

Zuerst die Spätphase der Familie Vonnauer, über die im Archiv unverhofft doch noch etwas vorhanden war. Die Nachfahrin hatte gesagt, die Familie habe das Gut aus Geldnot verkauft, es sei aber nicht – wie alte Dornhainer behaupteten – versteigert worden. Vor mir auf dem Tisch liegen die Kopien des Kaufvertrages. Zwei Jahre nach dem Tod des Gutsherren Rudolf Vonnauer 1926 saß der Vormund seines kleinen Sohnes

Dietrich beim Notar, um das bis zum Dachfirst verschuldete Landgut zu verkaufen. Einer der Gläubiger war Rudolfs eigene Schwester, *Fräulein Margarethe Vonnauer in Blankow*, die ihm fast dreizehntausend Reichsmark geliehen hatte. Der Verkauf kam wider Erwarten nicht zustande, und das Amtsgericht in Seeberg hatte bereits die Zwangsversteigerung eingeleitet, als in letzter Sekunde ein neuer Interessent auftauchte, der Kaufmann Franz Nagel aus Berlin.

Nagel erwarb das Gut für fünfhundertfünfundsiebzigtausend Reichsmark und übernahm die Verpflichtungen aus den zugunsten der Geschwister Johannes und Margarethe Vonnauer im Grundbuch eingetragenen *Realrechten und persönlichen Dienstbarkeiten.* Rudolfs Witwe Antonia kehrte in ihre schlesische Heimat zurück. Franz Nagel, dessen Frau im Wochenbett gestorben war, zog als neuer Gutsherr mit seinem kleinen Sohn nach Dornhain.

Damals verkauften viele Gutsbesitzer ihre Höfe an die kapitalkräftige Klasse jener Jahre, lese ich in einem DDR-Buch über die Geschichte Mecklenburgs seit dem zwölften Jahrhundert. Diese Klasse bestand aus: *Bergwerks-, Industrie-, Bank-, Zeitungs-, Zigaretten-, Holz-, Margarine-, Strickwolle- und Petroleummagnaten.* Von Landwirtschaft hatten sie keine Ahnung, doch das kümmerte sie nicht, sie wollten *Schloss- und Jagdherren sein und ihr überschüssiges Kapital in Landbesitz anlegen.* In der Erinnerung der Dornhainer lebt Franz Nagel nicht als Kaufmann, sondern als Fabrikant weiter, als Margarinefabrikant. So passt er gut in die Reihe. Das Buch fährt fort: *Diese Großkapitalisten waren hernach die Hauptstützen für den Nationalsozialismus in Mecklenburg, während die alteingesessenen adligen und bürgerlichen Gutsbesitzer zum großen Teil zunächst noch deutschnational orientiert waren.*

Auf Franz Nagel traf das nicht zu, weder war er als Nazi bekannt, noch schwamm er im Geld. Im Sommer 1935 stand auch er vor dem Problem, einen drohenden Bankrott Dornhains abzuwenden. Die einzige Möglichkeit, das Gut zu retten, war der Verkauf des Vorwerks Blankow an eine *Aufsiedlungsgesellschaft.* In den dreißiger Jahren errichteten diese »Gesellschaften zur innern Kolonisation« überall auf dem flachen Land neue Gehöfte. Die Nazis machten Ernst mit dem Reichssiedlungsgesetz von 1919, in dem stand, dass ein Drittel des Großgrundbesitzes zugunsten von Aufsiedlern enteignet oder erworben werden solle. Sie bedachten die Gutsherren anfangs mit großzügigen Entschädigungen.

Der Kaufvertrag zwischen Nagel und der Berliner Siedlungsgesellschaft Nordsiedlung GmbH liegt vor mir. Das Vorwerk Blankow wurde mit zweihundertvierundsiebzig Hektar Land für hundertfünfundsiebzigtausend Reichsmark verkauft.

Grethe Vonnauer lebte seit dem Tod ihres Bruders Johannes allein auf dem großen Hof. Nagel hatte ihr zugesichert, dass sie bis zu ihrem Lebensende dort wohnen bleiben dürfe, brachte sie jedoch dazu, auf dieses Wohnrecht zu verzichten. Stattdessen bot er ihr das Verwalterhaus in Dornhain an, und so kehrte sie nach vierzehn Jahren Blankow auf das Familiengut zurück.

Auch für die sieben Landarbeiterfamilien in Blankow musste eine Lösung gefunden werden. Nur eine davon wurde zu Aufsiedlern, die anderen wurden von der Nord-Siedlung GmbH nicht akzeptiert oder fühlten sich dem Abenteuer nicht gewachsen. Von zwei Familien ist bekannt, dass sie als Landarbeiter nach Dornhain zogen. Eine davon war die Familie Tokarnowitz.

Tokarnowitz! In Dornhain lebt noch ein Sohn, Wladimir. Er muss um die zehn, fünfzehn Jahre gewesen sein, als sie Blankow verließen. Er hat die Aufsiedlung also miterlebt.

Vor einigen Wochen saß ich in Tokarnowitz' Küche, vielleicht sogar auf seinem Stuhl. Ich war auf der Suche nach Ella Jurczyk, da ich gehört hatte, dass ihre Familie in den dreißiger und vierziger Jahren unten im Weiler Blankow wohnte. Überall in Dornhain hatte ich mich erkundigt, wo ich sie finden könne, bis mir jemand das Haus zeigte. Im Garten hatte ich schon einmal einen rüstigen Greis zwischen den Hühnern und Enten herumwerkeln sehen.

Ich klopfte an die Tür, eine Klingel gab es nicht, ich klopfte ein bisschen fester, bis ich mich nicht traute, noch lauter anzuklopfen. Niemand zeigte sich. Dann ging ich zu dem Haus, in dem ihre Tochter wohnen sollte. Die Tür wurde einen Spalt geöffnet, dahinter stand eine Frau. War sie die Tochter von Ella Jurczyk? Die Frau bejahte schüchtern; ich kannte sie vom Sehen, ihre feinen, dunklen Gesichtszüge waren mir in Erinnerung geblieben. Ihre Mutter müsse zu Hause sein, sagte sie. Sie heiße nun Tokarnowitz. Schon seit ihrer Hochzeit vor sechzig Jahren, fällt mir ein, deshalb wusste fast niemand, wen ich gesucht hatte.

Etwas später sitze ich bei Ella Jurczyk am Küchentisch, auf dem Herd köchelt Suppe. Ihr Mann und ihr Sohn sind an diesem Vormittag nach Polen zum Einkaufen gefahren. Blankow, ach ja, in den dreißiger Jahren kannte sie es nur als den fernen Ort, wo ihre Eltern wohnten, die als Tagelöhner auf dem Vorwerk arbeiteten. Ihre Familie stammt aus dem Bergbaugebiet Oberschlesien, erzählt sie, aus Hindenburg, heute Zabrze, eine Vorstadt von Katowice. Dort wurde sie 1922 als uneheliches Kind geboren. Ihr Vater war ein arbeitsloser Bergmann. Kurz nach ihrer Geburt machten sich ihre Eltern auf der Suche nach Arbeit in Richtung Nordwesten auf. Ein Baby konnten sie dabei nicht gebrauchen, deshalb blieb sie bei ihren Großeltern zurück. Die Familie war deutsch, und Ella besuchte eine deutsche Schule. Sie hatte eine schöne Kindheit, meint sie, sie bekam viel Zuwendung, denn sie war überall immer die Jüngste.

Erst als ihre Eltern im Krieg heirateten, bekam Ella den Namen ihres Vaters: Jurczyk. Vorher hieß sie wie ihre Großeltern Zloty, nach der polnischen Währung.

Als sie siebzehn war, trat Ella als Dienstmädchen bei einer Familie in Sachsen in Stellung. Am Ende des Krieges wollte sie zurück nach Hause, doch es ging nicht mehr, Oberschlesien gehörte inzwischen wieder zu Polen. Ihre Verwandten dort hat sie nie wiedergesehen, auch nie mehr etwas von ihnen gehört.

Da sie nicht wusste, wohin, ging sie nach Blankow. Sie hatte diese Reise vorher schon einmal unternommen, 1942, um ihre Eltern und ihre zwei Schwestern und drei Brüder kennenzulernen. Auf dem Bahnhof in Seeberg war sie zweimal an ihrer Mutter vorbeigegangen, weil sie nicht wusste, wie diese aussah. Ihr Vater war nicht da, er war an der Ostfront; sie lernte ihn erst 1947 kennen, als er aus russischer Kriegsgefangenschaft zurückkehrte.

Als sie im Herbst 1945 bei ihrer Mutter in Blankow ankam, war sie seit ein paar Monaten von einem französischen Zwangsarbeiter schwanger. Sie war also das Mädchen, bei dem, so hatte man mir von verschiedenen Seiten zugeflüstert, ein Franzose im Krieg etwas hinterlassen habe. Sie selbst macht daraus kein Geheimnis. Ihr Franzose war in Sachsen zur Arbeit eingesetzt. Als ich sie frage, ob sie in ihn verliebt gewesen sei, antwortet sie schelmisch: Er war ein schöner Mann, und er sprach sehr gut Deutsch. Ihre Augen leuchten. Sie wollten heiraten, doch Kontakte zwischen Zwangsarbeitern und Deutschen waren streng verboten.

Angst habe sie nicht gehabt, sagt sie, sie habe kein Verbrechen begangen und sie sei keine Jüdin gewesen. Aber wenn es mit Hitler noch weitergegangen wäre, dann wäre sie sicher im Gefängnis gelandet, und ihr Franzose hätte die Beziehung zu ihr vielleicht mit dem Tod bezahlt. Als der Krieg vorbei war, fuhr er nach Hause. Ella sollte nachkommen, hatte letztlich aber nicht den Mut, allein nach Frankreich überzusiedeln. Zuerst schrieben sie sich noch, doch die Korrespondenz schlief schnell ein. Im September bekam Ella Zwillinge, das eine Mädchen starb nach acht Tagen wegen Unterernährung, das andere schaffte es mit knapper Not – es ist die Frau, die mir vorhin an der spaltbreit geöffneten Tür Rede und Antwort stand.

Mit Ella und ihrer Familie in Blankow wurde es nichts. Sie bekam schon bald Streit mit ihrer Schwester, die alles stibitzte, was Ella auf ihrer Flucht aus Sachsen hatte mitnehmen können, und die obendrein die Mutter auf ihrer Seite hatte. Ella verließ Blankow und fand eine neue Bleibe bei Bäuerin Albers am Dornhainer See. In jener Zeit kamen zwei ihrer Brüder auf dem Fuchsberg um, sie traten auf eine Mine. Sie erzählt es mit unbewegtem Gesicht. Kurz darauf zog die Mutter mit den anderen Kindern fort, Ella hat nie wieder etwas von ihnen gehört. Sie lernte Wladimir Tokarnowitz kennen und ging ihr Leben lang nicht mehr aus Dornhain fort.

Genug, meint sie. Sie möchte nun etwas über Blankow hören. Plötzlich schlägt sie erschrocken die Hand vor den Mund und kichert wie ein Schulmädchen.

Entschuldigen Sie bitte, sagt sie.

Was denn?

Was ich gerade gesagt habe.

Sie traut sich nicht, es zu wiederholen. Sie hatte mich mehrmals geduzt, das gehört sich nun gar nicht. Nicht nur, weil es gegen die Regeln der Höflichkeit verstößt, anscheinend lebte auch ein kleiner Rest des alten deutschen Standesgefühls auf, das die klassenlose Gesellschaft überlebt hat.

Ich muss lachen, sie schaut mich verschmitzt an. Dann blickt sie auf die Uhr und erschrickt: Sie müsse sich um das Essen kümmern, Mann und Sohn könnten jede Minute zurückkommen.

Ich fahre zum Vorwerk zurück. Dass ihr Mann als Tagelöhnersohn in Blankow aufgewachsen war, hat Ella mir nicht erzählt. Das entdecke ich erst später in dem Kaufvertrag zwischen dem Gutsherrn und der Aufsiedlungsgesellschaft.

Die Briefe der Nord-Siedlung GmbH sind mit *Heil Hitler!* unterzeichnet. Ich erschrecke darüber, als wäre ich, fast siebzig Jahre später, mit diesem Gruß einverstanden, indem ich ihn lese.

Ich finde auch Briefe ohne *Heil Hitler!*, grußlos unterzeichnet. Ein anderer Gruß hätte als Widerstand gegen das Naziregime aufgefasst werden können, über einen fehlenden Gruß konnte man jedoch hinwegsehen; vielleicht war er nur vergessen worden, das war kein Kapitalverbrechen.

Für uns ist es leicht, die Wege des Bösen in die Vergangenheit hinein zu verfolgen. Aber wenn ich zurückschaue, die alten Dokumente lese, die Geschichten höre, versuche ich mir eine Zukunft vorzustellen, die noch genauso offen ist, wie sie es für die Menschen damals war. Die finstersten Jahre des Naziregimes standen noch bevor, es fällt schwer, sie kurz auszublenden, doch anders kann man den Menschen keine Gerechtigkeit widerfahren lassen. Sie wussten nicht, auf welche

Schreckensherrschaft ihre Zeit hinauslaufen würde. Nicht, dass sie das freispricht von den Rollen, die sie spielten, aber ich will nicht die Richterrobe anziehen. Als Außenstehende finde ich es bereits schwierig genug, mir ein genaues Bild von den Verhältnissen zu machen, die eine so massenhafte Entgleisung ermöglicht haben.

Das Dritte Reich wird ein Bauernreich sein oder es wird vergehen wie die Reiche der Hohenstaufen und Hohenzollern, erklärte Adolf Hitler. Und Richard Walther Darré, der Nazi-Ideologe des Bauernstandes, bestimmte mit seinem Text *Neuadel aus Blut und Boden* den Kurs. Ursache der Wirtschaftskrise waren, wie konnte es anders sein, die jüdisch-kapitalistischen und jüdisch-bolschewistischen Machenschaften der Weimarer Republik. Die Lösung lag bei den Bauern. Deutschland müsse sich auf seinen Bauernstand verlassen. Rein ökonomisch gesehen mochte dieser in der modernen Zeit vielleicht unrentabel sein, doch ein Volk erneuere sich nur über seinen Bauernstand, orakelte Darré, und der müsse deshalb als genetische Quelle des deutschen Volkes erhalten bleiben.

1933 wurde Darré *Reichsbauernführer* und *Reichsminister für Ernährung und Landwirtschaft.* Er verschaffte sich zwei machtvolle Instrumente, um seine Landwirtschaftspolitik umzusetzen: das *Reichserbhofgesetz* und den *Reichsnährstand.* Nur »Arier« konnten von dem neuen Gesetz profitieren, nur sie hatten das Recht auf den Titel Bauer: *Bauer kann nur sein, wer deutschen oder stammesgleichen Blutes ist. Deutschen oder stammesgleichen Blutes ist nicht, wer unter seinen Vorfahren väterlicher- oder mütterlicherseits jüdisches oder farbiges Blut hat.* Die Reinheit der Abstammung musste bis ins Jahr 1800 zurückgehen. Wer das nicht nachweisen konnte, durfte sich auch nicht Bauer nennen. *Bauer ist, wer in erblicher Verwurzelung seines Geschlechtes mit Grund und Boden sein Land bestellt und seine Tätigkeit als eine Aufgabe an seinem Geschlecht und Volk betrachtet. Landwirt ist, wer ohne erbliche Verwurzelung [...] sein Land bestellt und in dieser Tätigkeit nur eine rein wirtschaftliche Aufgabe des Geldverdienens erblickt.*

Der Bauernstand sollte gestärkt werden, das war der Zweck dieses Gesetzes. Um Großgrundbesitz entgegenzusteuern, durften Erbhöfe nicht größer als hundertfünfundzwanzig Hektar sein. Um eine Zersplitterung zu verhindern, mussten sie ungeteilt auf einen einzigen Erben übergehen, und um eine Verschuldung zu begrenzen, war die Aufnahme von Darlehen bei Banken verboten. Darré setzte anschließend alles daran, die Schuldenlast der Bauern zu verringern.

Das zweite Instrument, der *Reichsnährstand*, legte die Preise fest, regelte den Absatz und bestimmte, was jeder Bauer produzieren musste. Jeder, der mit der Landwirtschaft und Lebensmittelversorgung zu tun hatte, und sei es auch nur indirekt, war verpflichtet, dieser Organisation beizutreten, die schon bald siebzehn Millionen Mitglieder zählte.

In Blankow bekam das Aufsiedlungsprogramm der Nazis freie Bahn, nachdem Gutsherr Franz Nagel das Vorwerk verkauft hatte. Die Nord-Siedlung GmbH errichtete fünf neue Gehöfte für Aufsiedler: zwei im Weiler und drei an der Chaussee, Bauernhöfe mit durchschnittlich fünfundzwanzig Hektar Land. Das alte Vorwerk behielt fünfundsiebzig Hektar. Der lang gehegte Traum der landlosen Bauern und Tagelöhner sollte Wirklichkeit werden: Endlich wäre die Macht der Gutsherren gebrochen und die Ära des Feudalismus beendet.

Im Dezember 1935 hatte der Berliner Architekt die ersten Entwürfe fertiggestellt. Es sind solide Gehöfte, sehe ich auf den Zeichnungen vor mir auf dem Tisch. Und das Vorwerk sollte grundlegend umgebaut werden.

Stephan Droschler war einer der Aufsiedler. Er kam aus Carlshagen und war auf einem benachbarten Gut bereits vom Landarbeiter zum Betriebsleiter aufgestiegen. Seine Frau, die in Blankow als Tochter eines Tagelöhners aufgewachsen war, hatte noch bei Grethe und Johannes Vonnauer als Dienstmädchen gearbeitet. 1936 bezogen die Droschlers ihr neues Gehöft, Vater, Mutter und sieben Kinder zwischen sechs und einundzwanzig Jahren.

Eines der Droschler-Kinder lebt noch, das mittlere, Käthe, die damals zwölf war. Sie wohnt über einem Laden in dem Städtchen Luppow in der Nähe von Neustrelitz. Als ich sie eines Abends besuche, thront sie in ihrem Wohnzimmer, das aussieht wie ein Boudoir, inmitten von Kissen, Puppen und Nippes. Obwohl sie schon über achtzig ist und feine weiße Locken hat, wirkt sie wie eine junge Frau, vital und kaum vom Leben gezeichnet. Ohne zu ermüden, erzählt sie mir stundenlang von ihren Erinnerungen. Zuerst die von der Aufsiedlung.

Erst mussten wir alle noch zu einer Untersuchung, sagt sie, ob wir geeignet waren, ob wir alle gesund waren, medizinisch und so.

Ich lasse das Wort »Ariernachweis« fallen, und sie sagt ungeduldig: Ja, ja, das meine ich. Vater war Bauer, kein Landwirt.

Um mir weitere Klarheit zu verschaffen, frage ich: Sie hatten also einen *Reichserbhof* nach dem Gesetz?

Sie nickt schweigend und sagt: Am Anfang war es schwer, meine Eltern hatten kein Kapital, sie mussten einen Kredit aufnehmen, und die Raten mussten immer ganz pünktlich bezahlt werden. Aber in den ersten Jahren hatten wir auch Glück. Das Vieh war gesund – wir besaßen Kühe, Schweine, Schafe, Pferde, Hühner, Enten und Gänse – und die Felder brachten so gute Ernten, dass wir sogar Saat- und Pflanzgut für Kartoffeln, Gerste, Weizen und Luzerne anbauen konnten. Das brachte gutes Geld.

Doch die Landwirtschaftspolitik stagnierte. Bereits von 1936 an büßte Darré an Macht ein, seine fast mystischen Auffassungen über den Bauernstand vertrugen sich nicht mit den Kriegsvorbereitungen, denen alles andere untergeordnet war. Die Aufsiedlungspolitik wurde eingestellt, da Großgrundbesitz mehr abwarf als kleine Höfe. Die Siedlungsgesellschaften wurden aufgelöst – auch die Nord-Siedlung GmbH; 1939 übertrug die Gesellschaft den Rest des alten Vorwerks Blankow unrenoviert einem Mann namens Adelbert Zeschke. Immer mehr Bauernsöhne wurden zum Militär eingezogen. 1942 wurde Reichsbauernführer Darré entlassen. Das deutsche Bauernland, wie er es in romantischen Visionen vor sich sah, schrumpfte zusammen.

Auch auf Vorwerk Blankow sah es düster aus. Nach knapp drei Jahren schoss sich Adelbert Zeschke an seinem Schreibtisch in der guten Stube eine Kugel in den Kopf, weil der Bankrott drohte. Käthe Droschler hat gehört, dass Zeschkes Frau, die immer mit Reitstiefeln über den Hof stolzierte, auf zu großem Fuß gelebt habe.

Nach dem Selbstmord ihres Mannes verkaufte die Witwe Zeschke das Vorwerk so schnell wie möglich und zog mit ihren drei halbwüchsigen Kindern fort. Adelbert Zeschke hat in Blankow kaum eine Spur hinterlassen. Wenn er nicht im Grundbuch gestanden hätte, wäre ich nicht auf ihn aufmerksam geworden. Fast niemand erinnert sich an ihn.

Der Name Zeschke ist in Deutschland relativ selten, deshalb entschließe ich mich, ein Wagnis einzugehen. Ich rufe ein paar Zeschkes an und frage sie, ob sie vielleicht mit der Familie von Blankow verwandt sind. Mitten in meinen ersten Sätzen werde ich unterbrochen: O nein, damit wolle sie nichts zu tun haben, sagt die Frau am anderen Ende der Leitung schnippisch, nachdem sie sich sehr freundlich gemeldet hatte, und wirft den Hörer auf die Gabel. Beim nächsten Versuch, es ist ein Mann, komme ich gar nicht erst so weit, Verbindung abgebrochen. Es sind unschöne, entmutigende Telefonate. Wenn der Name Adelbert Zeschke ihnen nichts sagt, besteht kein Anlass, mich so grob abzufertigen, und falls sie doch etwas von ihm wissen, dann ist das heute, gut sechzig Jahre später, offenbar noch immer eine schmerzhafte, unverarbeitete Geschichte. Ich lasse Zeschke und die Seinen wohl besser in Ruhe; für ihn ist Blankow zur Hölle geworden. Er ist ihr entronnen.

An der Chaussee steht ein unbewohntes Gehöft, eine Narbe der nationalsozialistischen Aufsiedlungspolitik. Die Türen und Fenster sind dunkle Löcher, aber die Mauern und das Dach sind noch fest und stabil. Ich komme dort immer vorbei, wenn ich meine Runde um den Dornhainer See laufe. Jedes Mal nehme ich mir vor, hineinzugehen, und kann mich dann doch nicht dazu durchringen, weil es so unheimlich aussieht. Ein rot angestrichener Backsteinbogen, der von außen zu sehen ist, lässt mich an ein abgetakeltes Bordell denken. Aber heute scheint die Sonne, und plötzlich bin ich durch ein Loch im Maschendrahtzaun gekrochen. Komm, Hund, bleib in der Nähe.

Drinnen ist der Boden mit Glasscherben übersät. Die alte Diele, die ich auf den Bauzeichnungen gesehen hatte, ist einem Labyrinth von fröhlich angestrichenen Zimmern und Zimmerchen gewichen, gelb, hellgrün. In der Mitte befindet sich ein großer Raum mit den Resten einer Bar, dorthin führt auch der angestrichene Backsteinbogen. In einem der Zimmer steht ein intakter hellbrauner Kachelofen. Sonst gibt es nichts, selbst der Hund findet kaum etwas zum Beschnüffeln.

Als das Gehöft nagelneu war, ließ sich hier die Tagelöhnerfamilie Urfelt aus Dornhain nieder, ein Ehepaar mit fünf Kindern. Um als Aufsiedler in Betracht zu kommen, hatte Alfred Urfelt erst eine Ausbildung absolvieren müssen, er wurde Hufschmied. Nach dem Krieg mussten die Urfelts mit ihrem Land und ihrem Vieh der LPG von Blankow beitreten; nur das Haus und den Garten durften sie behalten. Ihr Sohn Holger war in der LPG für die Pferde zuständig. Ende der sechziger Jahre gaben die Urfelts auf und verkauften das Haus an eine LPG an der polnischen Grenze. Die machte daraus ein Ferienheim – und das steht nun schon wieder seit Jahren leer. Leblos ist der Ort, beklemmend. Schnell krieche ich durch den Zaun hinaus.

Ich überquere die Kreuzung und laufe an den langen Betonwänden entlang, zwischen denen Viehfutter gelagert wird und auf denen immer irgendeine Herzensbotschaft steht: *Ich brauche dich!* Der Aufsiedlungshof, der hier stand, brannte 1945 aus, ebenso einer der Höfe im Weiler.

In Blankow wurde nichts aus Darrés Bauerngemeinschaft. Nicht ein einziger Landwirtschaftsbetrieb blieb übrig. Der Hof der Droschlers sieht nicht mal mehr wie ein Bauernhof aus. Ende der siebziger Jahre verkauften sie ihn an die Nationale Front – die Organisation, die die politischen Parteien und die Massenorganisationen unter der Fuchtel der Sozialistischen Einheitspartei Deutschlands halten sollte. Die Nationale Front setzte noch ein Stockwerk auf das Haus, strich es weiß an und errichtete im Garten ein paar Ferienbungalows. Hier, in angenehm ländlicher Umgebung, wurden die Schulungen entspannt angegangen. Bewohner des Weilers fanden Arbeit in der Küche und in der Verwaltung. Heute ist es eine hinfällige Ferienstätte, eine Art Landschulheim, in das manchmal Schüler zu Projektwochen kommen.

Der einzige Aufsiedlerhof, der noch den Bauzeichnungen von 1935 ähnelt, ist der an der Chaussee nach Wusterlitz. Ich komme daran vorbei, wenn ich zum Mürzinsee laufe. Verfallen wie der Hof von Hufschmied Urfelt ist er nicht. Im Gegenteil, der junge Besitzer, ein Berliner, möchte daraus einen modernen, ja luxuriösen Erholungsort machen und arbeitet seit Jahren an seinem Traum. Er geht dabei so gründlich vor, dass dieser Hof die anderen Gebäude von Blankow lange überleben wird.

Bei meiner Runde um den Dornhainer See komme ich durch das Dorf und kehre dann über den Friedhof zurück. Ich gehe gern über den Friedhof: Hier begegne ich manchmal alten Dornhainern, vor allem Frauen in geblümten, ärmellosen Kitteln. Nur der Hund stört dann, ein Hund gehört nicht auf einen Friedhof. Ich halte ihn dicht bei Fuß an der Leine.

Auf einem gesonderten Platz unter hohen Buchen liegen die Vonnauers. Am Fuß eines meterhohen Findlings mit den eingravierten Worten *Ruhestätten der Familie Vonnauer Dornhain* reihen sich zwölf Gräber, jedes mit einem Feldstein und einem Beet mit Efeu und Farnkraut. Sie sehen alle gleich alt aus. 2002 wurde die Urne von Dietrich Vonnauer seinem letzten Willen entsprechend im Grab seines Vaters Rudolf beigesetzt; auf diesem Grab stehen zwei Feldsteine innig nebeneinander, es sind also dreizehn Steine auf zwölf Gräbern. Dietrich als der dreizehnte, Dietrich, der die Ordnung stört, Dietrich, der mit vier Jahren das fast bankrotte Gut seines Vaters erbte.

Die alten Dornhainer pflegen die Gräber der Vonnauers wie die ihrer eigenen Familien. Hier auf dem Friedhof ist ihre Vergangenheit zusammengeballt, sie harken jahrein, jahraus, zupfen jedes Hälmchen Unkraut, stecken Blumenzwiebeln und pflanzen Veilchen, später im Jahr Petunien und Begonien, und im Winter bedecken sie die Gräber mit Tannenzweigen.

Auf einem der Efeubeete wachsen zwei rote Tulpen mit spitzen Blütenblättern. Es ist das Grab des Imkers Johannes, der auf Blankow wohnte. Die Tulpen blühen wie eine besondere Ehrenbezeigung. Insgeheim hoffe ich, dass es jemanden gibt, der noch immer an Johannes Vonnauer denkt.

Grethe Vonnauer wurde als letzte der Familie hier beigesetzt; sie ist fünfundachtzig geworden. Ihr Leben lang hat sie hier gewohnt, als einzige der Familie ist sie zurückgeblieben. Aufgewachsen im Deutschen Kaiserreich, erlebte sie die Weimarer Republik und das Dritte Reich mit und wurde in der jungen DDR alt. Sie kümmerte sich um das Gut, bis ihr Bruder Rudolf heiratete, und sorgte bis zu ihrem fünfundsechzigsten Lebensjahr für ihren ältesten Bruder Johannes. Danach lebte sie allein unter den Landarbeitern, floh mit ihnen vor der Roten Armee und wurde von ihnen in ihren letzten Jahren betreut, als sie von heftigen Gürtelrose-Schüben geplagt wurde. Manchmal bedeckten die Bläschen fast den ganzen Körper. Nur auf dem Rücken blieben fünf Zentimeter verschont; wenn der Kreis geschlossen war, würde sie sterben. Dreimal am Tag kam Frau Jerke zu ihr, die Hellseherin aus dem Dorf, um die Gürtelrose zu besprechen, damit sich der Kreis nicht schlösse. Doch im Winter 1954 endete auch Margarethe Vonnauers Leben.

Ein paar Tage später sehe ich von weitem ein Grüppchen dicht beisammen um ein Grab stehen, auf einem frischen Erdhügel häufen sich gelbe und violette Blumen. Schnell kehre ich um, komm Hund, weg hier, wir gehen über die Chaussee zurück. Während wir über den Asphalt laufen, frage ich mich, wer gestorben ist; in Dornhain sind viele in dem Alter, in dem der Tod nahe liegt.

Zwei Tage später stehe ich vor dem frischen Grab. Es liegt im selben Abschnitt wie das des Ehepaares Tokarnowitz. Auf einer Schleife am Fußende steht: *Deine Ella*. Oh nein, Wladimir Tokarnowitz. Noch vor kurzem habe ich in seiner Küche gesessen, und seine Ella hat mir aus ihrem Leben erzählt, bis sie aufsprang, um sich um das Essen zu kümmern, weil ihr Mann und ihr Sohn jede Minute nach Hause kommen konnten.

Nun kommt er nie mehr. Sie muss ihn auf dem Friedhof besuchen.

Und ich bin zu spät. Während ich darüber nachdachte, wann ich noch einmal zu den Tokarnowitzens ginge, um Wladimir nach der Aufsiedlungszeit in Blankow zu fragen, lag er auf dem Sterbebett oder war gerade zusammengebrochen oder nicht mehr aus dem Schlaf erwacht. Er hat seine Erinnerungen mit ins Grab genommen.

Plötzlich verspüre ich Eile. Helga Ribitzki, die ein Jahr vor Wladimir Tokarnowitz auf Blankow geboren wurde, lebt noch, auch sie muss etwas über die dreißiger Jahre berichten können. Es ist schon wieder Wochen her, dass ich sie auf dem Friedhof traf. Sie äußerte, dass sie die Heimat aus ihren frühen Kinderjahren gern noch einmal sehen würde, aber nicht wisse, wie sie hinkommen solle. Ich bot ihr an, sie mit dem Auto abzuholen, da ich sie gern auf Blankow empfangen würde. Als ich sie später anrief, um mich mit ihr zu verabreden, fühlte sie sich nicht wohl und wimmelte mich ab.

Am Freitagmorgen radle ich nach Dornhain, weil ein Grüppchen Frauen an diesem Tag immer die Gräber und Pfade pflegt, darunter auch Helga Ribitzki. Wenn ich sie treffe, kann ich sie vielleicht überreden.

Sie begrüßt mich wie eine alte Bekannte, doch als ich von einem Besuch auf Blankow anfange, setzt sie eine abweisende Miene auf. Ach nein, sagt sie, während sie sich über das Grab ihres Mannes beugt, um einen Unkrauthalm auszurupfen, mir wird in letzter Zeit so oft schwindlig. Ich hab so ein schwummriges Gefühl im Kopf. Vielleicht später mal.

Ihre anfängliche Unbefangenheit ist verschwunden. Die Töchter, fährt es mir durch den Kopf, sie hat ihren Töchtern von mir erzählt, und die haben gesagt: Mutti, halt dich da raus. Du hast nichts davon. Das bringt nur Scherereien.

Im Nachhinein wundere ich mich eigentlich darüber, dass sie sich ihre Unbefangenheit bewahrt hat nach einem Leben im Dritten Reich und in der DDR. Aber vielleicht hat sie sie auch wiedergewonnen: Was macht es schon aus, die DDR existiert nicht mehr, und sie steht am Ende ihres Lebens, wo man alles nicht mehr so wichtig nimmt. Oder es ist ein Zeichen von Enthemmtheit, ein erster Schritt zu einem kindhafteren Verhalten. Schade, denke ich, dass gerade die Jahre des Alters mit einer größeren Abhängigkeit einhergehen und die Kinder zunehmend das Sagen bekommen. Die Rollen sind vertauscht: Was Kinder meinen, raten, wird wohl das Beste sein. Die verstehen die Zeit.

Ich dränge nicht weiter. Helga Ribitzki ordnet noch etwas am Grab ihres Mannes. Heute hätte er Geburtstag gehabt, sagt sie und zeigt auf sein Geburtsdatum. Eine Weile bekommt ihre Offenheit die Oberhand, als sie von ihm erzählt, aber ich unterdrücke die Versuchung, sie noch einmal einzuladen. Plötzlich sehe ich sie in Blankow auf der Terrasse sitzen, und ich höre sie rufen: Ach und oh, und oh ja, und der Apfelbaum da und der Nussbaum und der Teich hinterm Kuhstall, auf dem sind wir im Winter immer Schlittschuh gelaufen, und wie nett war der alte Herr Johannes und wie lieb Fräulein Grethe, und ja, die Heimat ist ein schöner Fleck, *man könnte was draus machen*. Und ich würde meine Fragen eher beiläufig stellen, mich vorsichtig herantasten, ihr nicht zusetzen, ganz in Ruhe, alles nur, um ihr Einzelheiten zu entlocken und zu erreichen, dass sie nicht stecken bleibt in dem Seufzer, sie könnte ein ganzes Buch darüber schreiben, denn das ist zu groß und allgemein, das käme über Stimmung, Gefühl und Nostalgie nicht hinaus.

Während ich über die Chaussee zurück radle, frage ich mich, ob es überhaupt möglich ist, die Geschichten, die hier ihren Ursprung hatten, nach Blankow zurückzubringen, und ob es überhaupt einen Sinn ergibt, diese Lebensläufe auszugraben. Vielleicht ist es nur romantische Spinnerei, dass das den Ort heiler machen würde. Vielleicht bin ich ja schon von deutscher Gefühlsseligkeit angehaucht. Ich verrenne mich, was für ein sinnloses Unterfangen. Immer schneller trete ich in die Pedale, will nur endlos über den Asphalt rauschen, bergab, den Lenker in die Kurve werfen, die Linden vorbeisausen sehen wie in der Eisenbahn, den Wind in den Haaren, Tempo gewinnen und strampeln, bergauf, mich vorbeugen, strampeln, und *sssst*, wieder bergab, all meine Gedanken als Schleppe hinter mir, sie abzuschütteln versuchen, mich frei fahren.

Die Russen kommen

Mitte April 1945 überquert die Rote Armee Oder und Neiße. Die Front rückt rasend schnell näher. Auf Blankow gräbt die Familie Grensling – die dem glücklosen Adelbert Zeschke nachgefolgt war – in der Getreidescheune heimlich ein tiefes Loch im Boden und verstaut darin alle Wertgegenstände. Die Leinenwäsche verschwindet auf dem Dachboden unter dicken Strohballen, der selbst gemachte Wein wird im Garten vergraben.

Im Laufe des Monats April beziehen Wehrmachtssoldaten im Aufsiedlungshof der Familie Droschler unten im Weiler Quartier. Auf dem Vorwerk beschlagnahmen Soldaten der Waffen-ss das Haus der Grenslings. Als Grenslings Frau Auguste noch ein paar Sachen holen will, liegt schon ein ss-Mann mit Stiefeln in ihrem Bett. Es sind alles junge Burschen von siebzehn, achtzehn, noch in der Ausbildung; sie stehen unter dem Kommando eines einarmigen Unteroffiziers.

Die Grenslings suchen bei den polnischen Zwangsarbeitern im Gesindehaus Zuflucht, zusammen mit den zwei Familien aus Angermünde, die sie aufgenommen haben – Glaubensgenossen aus der strengen Selbständigen Evangelisch-Lutherischen Kirche. Zu zwanzigst hausen sie dort, wo heute unsere Werkstatt ist, in einem Raum von vier mal vier Metern. Daneben, bei der Witwe Sina Hornwath, hat sich die Familie Droschler verschanzt. Wie Schweine im Koben sind sie zusammengepfercht, abends legen sie ihre Strohmatratzen aus.

Die Soldaten stapeln ihre Munition an der Giebelwand des Bauernhauses auf. Auf den Feldern um Blankow heben sie Schützengräben aus. Auguste Grensling kocht für die ss-Leute, ihre Schwiegermutter Brunhilde debattiert mit ihnen. Einer der jungen Soldaten sagt niedergeschlagen zu seinem Anführer: Was soll das alles noch, wenn wir von vorn keinen draufkriegen, dann von hinten.

Amerikaner und Briten oder Russen, will er damit sagen, was macht es für einen Unterschied, wer uns in die Pfanne haut. Der Unteroffizier aber glaubt noch fest und unerschütterlich an den Endsieg.

Dem, was nun kommt, sehen alle mit Furcht entgegen. Was tun, fliehen oder ausharren? Zu Tausenden ziehen die Flüchtlinge in diesen Tagen durch Mecklenburg nach Westen, eine lange Kolonne von Fuhrwerken und Handkarren, hauptsächlich Frauen, Kinder und alte Leute, aus Ostpreußen, Westpreußen und dem »Warthegau«, aber auch zunehmend aus näheren Gegenden, aus der Uckermark, aus Prenzlau und Umgebung.

Bauer Grensling sagt zu dem Dornhainer Gutsherrn Franz Nagel, der zugleich Bürgermeister von Dornhain und Blankow ist: Franz, mach, dass du wegkommst nach Westen, die Kommunisten bringen dich um.

Nein, sagt Nagel, ich habe nichts verbrochen, sie werden mir nichts tun. Ich bleibe bei meinen Leuten.

Ein Gutsbesitzer aus dem Nachbardorf Wusterlitz wiederum sagt zu Grensling: Hermann, schirr die Pferde an und geh mit deiner Familie zurück in deine Heimat Lüneburg.

Hermann Grensling ist unschlüssig. Seine Kinder sind noch so klein, und aufzugeben, was er in den vier Jahren mit ganzer Kraft aufgebaut hat, fällt ihm schwer. Seine Mutter, die alte Brunhilde, trifft – wie gewöhnlich – die Entscheidung: Ihr könnt alle weggehen, aber ich bleibe hier. Ich will nicht bei der Verwandtschaft um Almosen betteln.

Dabei hegte sie keinerlei Hoffnungen, wie es ausgehen würde. Ihr ältester Enkel Hermann erinnert sich, wie sie Ende 1944 mit seinem Onkel Karl, dem Bruder seiner Mutter, lebhaft diskutierte. Karl saß auf der Eckbank in der Küche und sagte: Wenn wir die V1 und V2 einsetzen, können wir den Krieg noch gewinnen.

Oma antwortete von ihrem Platz hinterm Ofen: Jetzt hör mal gut zu, ich sag's dir noch einmal, wir gewinnen gar nichts mehr, die Russen werden uns überrollen. Basta.

Oma Grensling ließ sich nichts weismachen. Und da sie trotz der anstürmenden Roten Armee bleiben will, bleiben eben alle.

Die Grensling-Kinder können mir noch aus erster Hand von den letzten Kriegstagen auf Blankow berichten. Die drei ältesten habe ich aufgespürt, 1945 waren sie elf, zehn und neun Jahre – die Kleinen waren drei und zwei. Renate, Hermann jr. und Manfred schöpfen aus ihren Kindheitserinnerungen, einem Reservoir von Bildern und Geschichten. Wie ist es, klein zu sein und die Ängste und Sorgen der Erwachsenen zu spüren? Es ist, wie es ist, ein Kind weiß es nicht besser, etwas anderes gibt es nicht. Schon gar nicht in dieser Zeit.

Es fing damit an, dass der Vater eines Tages im Herbst 1944 plötzlich fort war und Bauer Droschler auch. Die beiden Männer sollten sich beim Volkssturm in Seeberg melden und machten sich aus dem Staub. Stephan Droschler soll zu Vater

Grensling gesagt haben: Hermann, wir sind doch nicht so bescheuert und melden uns als Kanonenfutter!

Und sie versteckten sich in den Wäldern.

Aber ob die Grensling-Kinder das damals schon wussten? Männer, die den Aufruf zum Volkssturm nicht befolgten, waren Deserteure, was viele von ihnen mit dem Tod bezahlen mussten. In Berlin hingen sie an Bäumen und Laternenmasten in den Straßen, mit einem Schild um den Hals: *Ich bin ein Vaterlandsverräter.* In solchen bangen Zeiten erzählt man seinen Kindern nicht zu viel.

Käthe Droschler weiß mehr, sie war gegen Kriegsende schon zwanzig. In ihrem Luppower Boudoir erzählt sie mir, ihr Vater und Hermann Grensling hätten sich nach der Einberufung zum Volkssturm in dem neuen Tannenwald zwischen Blankow und Wusterlitz versteckt. Sie hatten eine Grube ausgehoben, Stroh und Decken hineingelegt und das Loch abgedeckt. Als sie zehn Tage später wieder herauskamen, waren sie sehr geschwächt, doch die Gefahr schien vorbei. Im Deutschen Reich ging es inzwischen drunter und drüber, und so konnten sie mit gutem Grund hoffen, dass sie zu Hause in Blankow in Ruhe gelassen würden. Und sie sollten Recht behalten. Es wurde 1945, es wurde Frühling, es wurde Ende April.

Der Oberbefehlshaber der Heeresgruppe Weichsel, Generaloberst Gotthard Heinrici, schreibt in seinem Kriegstagebuch: *Es ist ein unablässiges Zurückfluten der Massen, die motorisiert oder bespannt, zu Fuß …, gehetzt von den Tieffliegern, den Weg nach Westen suchen … Man muß diese Elendszüge gesehen haben, um einen Begriff zu bekommen, wie grausig und alle Werte umstürzend die Ereignisse des letzten Aktes dieser Tragödie in das Schicksal Einzelner eingriffen, und wie in einem Massentrieb nichts anderes übrigblieb als die Parole: »Rette sich, wer kann!« Da sind alle Befehle zum Aushalten und Weiterkämpfen wirkungslos geworden.*

Am 25. April 1945 ist Berlin eingekesselt, die 2. Weißrussische Front bricht bei Stettin durch die deutschen Linien und setzt zum Sturm auf Prenzlau an.

Prenzlau. Wenn ich aus dem Kuhstall trete, das Rapsfeld überquere und die grasbewachsene Anhöhe dahinter erklimme, sehe ich am Horizont die Windräder von Prenzlau. So nah.

Am nächsten Tag, dem 26. April, erhält Kölnitz, das sieben Kilometer nordöstlich von Blankow liegt, den Befehl zur Evakuierung. Abends um neun bricht die erste Kolonne mit achtzehn Fuhrwerken in Richtung Dornhain auf. Auf der Chaussee zwischen Dornhain und der Abzweigung nach Blankow haben die deutschen Soldaten eine Panzersperre errichtet. Die Flüchtlinge suchen sich am Fuchsberg einen Durchgang nach Blankow über den Kirch- und Schulpfad und ziehen am Hof der Grenslings vorbei weiter westwärts.

Am Freitagmorgen, dem 27. April, halten die Befehlshaber der Heeresgruppe Weichsel fieberhaft Beratungen. Prenzlau ist gefallen, die 70. Armee unter dem Kommando von General Wasilij Stepanowitsch Popow stößt nun rasch nach Westen vor. Wie lässt sich der Durchbruch der Roten Armee aufhalten?

In seinem Kriegstagebuch schreibt der General der Infanterie Martin Gareis vom XLVI. Panzerkorps über die Lage um ein Uhr nachmittags: *Ein breiter Ausbruchskeil aus Prenzlau ist nach Westen erkennbar. Panzerspitzen stehen bei Gut Sehneweiden — Grimmitz, östlich von Grünewerder und bei Schalkow und Wolfsdorf. So ist es sicher, dass Panzer mit Begleitinfanterie zum Abend an den Seen-Engen bei Pirwitz – Seeberg – Falkenhagen – Kölnitz stehen werden, und nur kleine Splittergruppen mögen noch kämpfen und zu halten versuchen. Der Beginn der wirklichen Auflösung in einzelne kleinere und kleinste Kampfgruppen ist zu erkennen.*

Die Bewohner von Altgischow, sieben Kilometer östlich von Blankow, erhalten den Befehl, ihr Dorf zu verlassen. Sie schaffen es gerade noch, über den Damm im Mürzinsee zu gelangen, den die Wehrmacht hinter ihnen sprengt. Es ist früher Nachmittag. Die Tagelöhner von Dornhain fliehen Hals über Kopf mit ihrem Gutsherrn Franz Nagel über die Strecke nördlich des Sees. Die Blankower machen sich in die Wälder auf, um dort eine Zeitlang zu verharren.

Am späten Nachmittag verlegt General Gareis sein Hauptquartier nach Warzenow westlich von Seeberg. Und einige Stunden später konstatiert er: *Zum Abend stehen die zusammengeschmolzenen Kräfte des »Korps« in der Seen-Linie: Großer Silzesee, Mürzinsee, Kahlersee, Berkendamm. Die »Divisionen« – in mir sträubt sich alles, diese Reste mit dieser ganz bestimmte Vorstellungen erweckenden Truppenbezeichnung zu versehen – 1. Marine-Div., Ostsee-Verband sind erneut schwer angeschlagen. Was blieb, wird weiterem feindlichen Druck nicht mehr standhalten.*

Und dann, am Freitagabend, ist in Blankow aus der Ferne Artilleriefeuer zu hören. Russische Kampfflugzeuge jagen durch den Luftraum. Die Flüchtlinge lassen in Panik ihre voll beladenen Wagen zurück und fliehen mit den Blankowern in den Buchenwald jenseits der Chaussee. Die jungen Wehrmachtssoldaten, die bei Droschlers einquartiert sind, fassen Vater Droschler an den Arm: Sagen Sie, was sollen wir jetzt tun? Bleiben oder türmen?

Stephan Droschler, der selbst zwei Söhne an der Front verloren hat, sagt: Macht, dass ihr wegkommt.

Aber ihr Anführer haut mit dem Revolver auf den Tisch und brüllt: Alle ab auf den Fuchsberg! Und wenn einer von euch runterkommt, knalle ich ihn persönlich ab.

Die Soldaten kriechen in die Schützengräben.

Im Haus der Grenslings zeigt der einarmige Anführer der Waffen-ss seinen Soldaten noch einmal die Sektflaschen, die in seinem Büro in der guten Stube stehen: Die bekommen sie, wenn sie den *Iwan* besiegt haben. Die Soldaten nehmen so viel Munition wie nur möglich mit bei ihrem letzten Versuch, die Russen zurückzuschlagen. Unterdessen setzt sich ihr Anführer in sein Auto und verdrückt sich Richtung Westen.

Die Familie Droschler soll irgendwann an diesem Tag zum Mürzinsee gegangen sein, um gemeinsam aus dem Leben zu scheiden, habe ich von Renate Grensling gehört. Käthe Droschler hatte davon nichts erwähnt. Sie befanden sich schon im Wasser des sechzig Meter tiefen Sees, so die Legende, kehrten jedoch ans Ufer zurück. Was sich dort genau abgespielt hat, weiß Renate nicht, sie war damals erst elf.

In jenen Tagen begingen viele Deutsche Selbstmord, und nicht nur Nazis. 1990 las ich bereits etwas darüber im Kirchenregister von Kölnitz, in dem die Toten und die Todesursachen notiert sind: Hubert Lehmann, Justizinspektor a.D., öffnet sich am 24. April 1945 die Pulsadern. Am 27. April erhängt sich seine Frau Gerda Lehmann. Einen Tag später der Bauer Siegfried Holtz. Seine Frau Marta und die Kinder Anita, Helga und Hans-Joachim ertränken sich im See. Wieder einen Tag später, am 29. April, geht die Familie Radtke ins Wasser, Vater Ernst, Mutter Gerda und die Kinder Inge, Ursula, Erika und Dieter, vierundzwanzig, zwölf, sieben und vier Jahre alt. Insgesamt öffnen sich in den letzten Apriltagen fünf Menschen aus Kölnitz die Pulsadern, fünf erhängen sich und sechsundzwanzig gehen ins Wasser. Elf Menschen sterben an Schusswunden, meist durch einen Kopfschuss. Ob sie selbst oder andere den Abzug betätigten, geht aus dem Kirchenbuch nicht hervor.

General Hasso von Manteuffel, Oberbefehlshaber der 3. Panzerarmee, unternimmt am Abend des 27. April eine Inspektionsfahrt in die Umgebung von Seeberg und stattet dem Stab des XLVI. Panzerkorps einen Besuch ab. Um halb elf ruft er Generalmajor von Trotha vom Generalstab der Heeresgruppe Weichsel an und sagt: *Ich komme soeben von General Gareis zurück. Dieser meldet und habe selbst festgestellt: Völlige Auflösung; Polizei-Jägerbrigade in der Entwaffnung begriffen [...], tolle Bilder, schlimmer als* 1918; *vorne kämpfen nur noch die tapfersten Divisions-Kommandeure mit wenigen Offizieren [...]; Feind steht bereits in Altgischow und harrt ostwärts der Seen bei Seeberg.*

Das ist ganz in der Nähe von Blankow. Die russischen Panzer sind auf dem Fuchsberg angekommen. Um die Panzersperren zu umgehen, fahren sie über den Kirch- und Schulpfad die Anhöhe hinauf, zwischen den Feldern von Hufschmied Urfelt und Bauer Droschler. Dort liegen die jungen deutschen Soldaten in ihren Schützengräben. Sie schlagen die Russen zurück.

Die deutschen Truppen haben eine kurze Atempause, doch schon bald rücken mehr Russen an. Da der Damm im Mürzinsee gesprengt ist, müssen sie sich durch den Blankower Buchenwald am Nordostufer des Sees einen Weg nach Westen bahnen.

Die Familie Grensling liegt unter einem Bauernwagen mit Gummirädern im Wald. Sie haben alle Angst, dass ihre letzte Stunde gekommen ist. Ein Stück weiter halten sich die Droschlers in einer Grube verborgen. Die ganze Nacht wird über ihre

Köpfe hinweg geschossen. Eine Flüchtlingsfrau und ein Pferd werden durch herumfliegende Kugeln getötet.

Auf dem Fuchsberg liegen überall Tote, Russen und Deutsche. Auf dem Acker von Bauer Droschler stehen zwei zerschossene Sowjetpanzer. Zwei Aufsiedlungsgehöfte stehen in Flammen. Der Anführer der Wehrmachtssoldaten bei den Droschlers, der nachmittags gedroht hatte, seine Leute bei Desertion zu töten, hat einen Lungendurchschuss erlitten. Er fleht seine Jungs, die fliehen wollen, an, ihn nicht allein zurückzulassen. Auf dem Weg nach Seeberg stirbt er.

Am nächsten Morgen, es ist Samstag, der 28. April, schreibt General Martin Gareis in sein Kriegstagebuch: *Es wird ein schwerer Kampftag. Zwei sowjetische Panzer-Korps sind vor meinem Abschnitt festgestellt. Zwischen Seeberg und Kölnitz bricht der Bolschewik durch, Ziel Neubrandenburg. Der Kommandant von Seeberg erschießt sich, weil seine »Besatzung« zum Teil davon lief! Von der Marine-Division und dem Ostseeverbande kämpfen vielleicht noch 200 Mann! Die 281. Division wird im Norden in ihrer Bewegung auf Neubrandenburg fast abgeschnitten und völlig zersplittert. In der Lücke zwischen den Seen ostwärts Neustrelitz und dem Tollense-See werden neu die 7. Pz.-Division und die 25. Pz.-Grenadier-Division eingeschoben. So kann gehofft werden, daß diese Linie vielleicht noch einmal für 24 Stunden halten wird.*

Die Front beginnt Blankow hinter sich zu lassen. Es wird etwas ruhiger. Hermann und Auguste Grensling gehen nach Hause, um die Kühe zu melken, und lassen die Kinder bei der Großmutter im Wald zurück. Plötzlich umringen Russen den Wagen. *Uri, uri!* schreien sie nervös. Oma Grensling sagt, sie habe keine Uhren. Die Soldaten durchsuchen die Sachen und finden doch eine Uhr, Auguste hatte ihre auf dem Wagen zurückgelassen. Sie sind rasend vor Wut, einer von ihnen legt an, um Oma Grensling zu erschießen. Schreiend und jammernd klammern sich die Kinder an ihre Röcke. Der Soldat lässt das Gewehr sinken; noch der hartgesottenste Russe wird bei Kindern oft weich.

Auch bei der Grube der Droschlers ist höllisches Geschrei. Ein russischer Soldat will eine der Töchter packen, aber die alten Leute und die Kinder kreischen aus voller Kehle und schirmen die Mädchen ab. Mit Erfolg, lasse ich mir von Käthe Droschler berichten.

Wohin die Sieger auch kommen, hört man ihr *uri, uri!* und *Frau, komm!* Und alle Besiegten rufen ängstlich: *Hitler kaputt!* und überall wehen weiße Fähnchen.

Als Hermann und Auguste auf ihrem Hof ankommen, haben sich die Russen dort schon einquartiert. Die Bäuerin muss sofort für sie kochen. Im Stall muhen die Kühe mit ihren vollen Eutern kläglich. Der Schweinestall ist ein Trümmerhaufen, die rückwärtige Feldsteinwand wurde von einer Granate größtenteils zerstört – deshalb das spätere Flickwerk aus rotem Backstein. Auch die Giebelwand des Bauernhauses hat einen mächtigen Schlag abbekommen und wölbt sich vor. Grenslings Äcker zwischen dem Vorwerk und dem Erlensee sind mit Toten übersät. Später am Tag packen Hermann und sein Bruder Bernhard die Leichen von siebzehn deutschen Soldaten in Säcke und bringen sie zu einem Massengrab auf dem Friedhof von Dornhain. Auguste sammelt die Erkennungsmarken, damit die Eltern der Toten benachrichtigt werden können.

Die Russen wollen von den polnischen Zwangsarbeitern wissen, wie Bauer Grensling sie behandelt habe. Gut, sagen die Polen, und das ist Hermann Grenslings Rettung. Die Russen lassen ihn unbehelligt.

Arbeiten brauchen die Polen nicht mehr, die Rollen sind nun vertauscht, einer von ihnen setzt Grensling unter Druck: Gib mir zwei Pferde und einen Wagen, du bist sie sowieso los, also gib sie mir, dann kann ich nach Hause.

Der Pole spannt die Pferde an und fährt los. Doch am nächsten Tag ist er wieder zurück, allein, zu Fuß; die Russen haben ihm seine Beute abgenommen.

Im Weiler wird Stephan Droschler von den Russen zusammengeschlagen. Sie ziehen ihm die Stiefel von den Füßen und wollen die drei Pferde mitnehmen. Eines der Tiere lässt sich nicht von Fremden reiten. Die Russen prügeln erbarmungslos auf das Pferd ein und binden es an einem anderen fest.

Bei Grenslings schlagen sie mit einer Sense eine trächtige Sau tot. Dann treiben sie alle Kühe aus den Ställen von Blankow im Wald unten an der Chaussee zusammen. Schließlich holen sie die Frauen von Blankow, damit sie die Tiere erst noch melken. Und sie nehmen die Milchzentrifuge mit, um Sahne zu machen; die entrahmte Milch schütten sie in den Straßengraben. Nachdem die Euter leer sind, treiben die Russen die Kühe fort. Weit werden sie nicht gekommen sein, denn füttern und zweimal am Tag melken, dafür war das Soldatenleben zu chaotisch; wenn die Kühe nicht geschlachtet wurden, werden sie an Euterentzündungen, Fieber und Unterernährung eingegangen sein.

Da sich das Haus der Grenslings als zu klein für das Büro des russischen Kommandanten erweist, zieht er eine Woche später um. Es muss ein enormes Chaos auf dem Hof geherrscht haben, der Standardsatz lautet: Einen Schweinestall haben die Russen daraus gemacht. Doch Tochter Renate zufolge war es nicht ganz so schlimm; sie vermutet, dass ihre Mutter das Haus hinterher von oben bis unten geputzt und gewienert hat, aber die Russen haben nichts zerstört. Die polnischen Zwangsarbeiter haben in diesen Tagen allerdings einen Eichentisch samt Stühlen mitgenommen. Als sie die Möbel hinaustrugen, schlugen sie Renates Mutter, die sich ihnen in den Weg stellte, mit einem Stuhl auf den Rücken.

In den ersten Wochen tauchen die Russen zuweilen noch unerwartet auf, um zu plündern und Frauen zu bedrängen. Über der Badezimmertür hat Hermann Grensling einen Hängeboden eingezogen, in den vier, fünf Personen passen. Seine Frau verbirgt sich dort regelmäßig. Seine Mutter nicht, sie versteckt sich nie, nicht mal ein Russe wagt es, ihr zu nahe zu kommen. Auguste entgeht einmal knapp einer Vergewaltigung dank Hans-Georg, ihrem dreijährigen Sohn. Die Eheleute Grensling schlafen, als ein Russe ins Schlafzimmer eindringt: Wo ist Frau? Er setzt sich aufs Bett. Aber Hans-Georg, der bei ihnen schläft, beginnt so laut zu kreischen, dass der Mann sich verzieht.

Auf Renate haben die Russen es noch nicht abgesehen, sie ist mit ihren elf Jahren noch ein Kind, doch auch sie wird in Angst und Schrecken versetzt. Als sie eines Tages allein in der Küche ist und das Geschirr abwäscht, steht plötzlich ein Russe hinter ihr. Sie beginnt vor Angst zu zittern. Er nimmt alle Teller mit, packt sie auf seinen Wagen und verschwindet. Vom Hotel in Seeberg bekommen sie später neues Geschirr.

Die anderen Frauen von Blankow verstecken sich unterm Dach der Getreidescheune. Auf dem Dachboden ziehen sie die Leiter hoch, klettern weiter zum Spitzboden und ziehen auch dort die Leiter nach oben. Käthe Droschler hockt dort tagelang mit ihrer Schwester und ihrer Halbschwester; ihre Notdurft verrichten sie im Stroh. Bernhard Grensling, der jüngere Bruder des Bauers, leistet ihnen oft Gesellschaft. Er ruft schon von unten: Keine Angst, ich bin's nur, Bernhard. Er will die

Mädchen heiraten, sagt er immer zum Scherz. Er ist schon um die vierzig.

Es waren schlimme Zeiten, sagt Käthe Droschler. Doch zum Glück seien sie, ihre Schwestern und ihre Mutter, den Russen entkommen. Die Frauen bei Hufschmied Urfelt an der Chaussee nicht. Urfelts Tochter Dora wurde *gebraucht.* Und sogar Marianne, die Frau des Sohnes Holger, haben sich die Russen gegriffen, obwohl sie hochschwanger war. Völlig verzweifelt kam Holger zu Stephan Droschler und fragte: Vater Droschler, wo sind eure Mädchen eigentlich? Es ist schrecklich bei uns.

Seit diesem Abend versteckten sich auch die Urfelt-Frauen in der Getreidescheune, und die Männer hielten abwechselnd Wache. Ein paar Tage später gab es ein heftiges Gewitter. Die Russen, die in Zelten unten auf dem Hof des abgebrannten Gehöftes kampierten, wollten in der Getreidescheune übernachten. Grensling und Droschler mussten sich den Mund fusselig reden, um die Russen davon zu überzeugen, dass sie besser in Grenslings Haus auf dem Dachboden schliefen. Sie schafften es, und so entkamen die Frauen im letzten Moment. Vom nächsten Tag an versteckten sie sich woanders, Hermann Grensling fand, dass es zu riskant wurde.

Etwa sechs Wochen lang mussten sie sich verstecken, sagt Käthe Droschler. In der Gegend sei eine Frau nach der anderen den Russen in die Hände gefallen, auch die Schlesierin Ella Jurczyk, die erst Ende des Sommers hochschwanger in Blankow angekommen war. Dora Urfelt arbeitete im Büro des russischen Kommandanten in Seeberg, wie es hieß, als Putzfrau; sie wurde schwer krank, und keine zwei Jahre später war sie tot. Als wieder Ruhe einkehrte, mussten sich alle Frauen auf Geschlechtskrankheiten untersuchen lassen. Auch wenn sie, so wie sie, nicht *gebraucht* worden seien, sagt Käthe, aber das habe ihr nichts ausgemacht, das sei ihr die Sache wert gewesen.

Es sind immer die anderen Frauen, die den Rohlingen nicht entkommen sind, nie die Frauen der eigenen Familie. Und immer wurden sie *gebraucht, belästigt, gequält, nicht verschont.* Nur Ella Jurczyk nennt es Vergewaltigung. Und sie sagt: Auch Käthes Schwester ist von den Russen vergewaltigt worden, und sogar die alte Witwe auf Blankow, Sina Hornwath mit ihren zweiundachtzig Jahren, haben sie vergewaltigt. Ihre Enkelin hat ein Kind von den Russen bekommen, doch das ist gestorben.

Sinas Enkelin ist das kleine Mädchen auf dem alten Foto, das im weißen Kleid vor dem Gesindehaus steht.

Zögernd frage ich Ella Jurczyk, ob auch sie von den Russen belästigt worden sei. Sie antwortet ausweichend: Zum Zeitpunkt der Kapitulation arbeitete sie als Dienstmädchen in Sachsen und kam erst in Blankow an, als Stalin die Plünderungen und Vergewaltigungen verboten hatte. Es kam zwar noch zu Übergriffen, die jedoch bestraft wurden. Dass die schwangere Ella Jurczyk auch in Sachsen und auf dem Weg nach Blankow russischen Soldaten begegnet sein muss, spreche ich nicht mehr an. Welches Recht habe ich, ihre Geschichte in Frage zu stellen und vielleicht schlimme Erinnerungen aufzuwühlen?

Manche Frauen wählten den Tod, um den Schmerzen und der Besudelung durch eine Vergewaltigung zu entgehen. Die Frau von Paul Laskowski, einem der Flüchtlinge auf Blankow, wurde offenbar von einem Russen erschossen. Es wird erzählt, sie sei zusammen mit ihrem Mann zu dem Schluss gekommen, dass sie lieber tot sein als von den Russen vergewaltigt werden wollte. Und so geschah es. Wenn der Name Laskowski fällt, denke ich an seine Frau. Lieber tot als geschändet. Ist es Angst?

Ist diese Angst so groß, dass sie den Lebenstrieb unterdrückt? Ist es Mut? Oder ist es Mangel an Vorstellungskraft, dass das Leben weitergeht, auch nach einer Vergewaltigung? Fragen, die keine Antwort dulden.

Und dann gab es all die Menschen, die sahen, wie es geschah, und die es geschehen ließen. Wie der ostpreußische Arzt Hans Graf von Lehndorff. In seinem Tagebuch schreibt er: *Von allen Seiten hörte man verzweifelte Frauenstimmen schreien: »Schieß doch, schieß doch!« Aber die Quälgeister ließen sich lieber auf einen Ringkampf ein, als daß sie ernsthaft von ihrer Waffe Gebrauch machten.*

Bald hatte keine von den Frauen mehr Kraft zum Widerstand. Innerhalb weniger Stunden ging eine Veränderung mit ihnen vor sich, ihre Seele starb, man hörte hysterisches Gelächter, das die Russen nur noch wilder machte. Kann man überhaupt von diesen Dingen schreiben, den furchtbarsten, die es unter Menschen gibt? Ist nicht jedes Wort eine Anklage gegen mich selbst? Gab es nicht oft genug Gelegenheit, sich dazwischenzuwerfen und einen anständigen Tod zu finden? Ja, es ist Schuld, daß man noch lebt, und deshalb darf man dies alles auch nicht verschweigen.

Die Frauen sind allein mit ihrem geschundenen Körper, darum schweigen sie und deuten auf andere Frauen, denn die Rohlinge freisprechen, indem sie völlig verschweigen, was sie ihnen angetan haben, das wollen sie auch nicht. Was anderen Frauen widerfuhr, war schrecklich.

Anderen Frauen – ganz unwahr ist das nicht: der anderen in sich selbst, dem vergewaltigen Selbst als abgetrennter Identität.

Ich trete in die Ruine des Gesindehauses, an einer Wand sind noch alte Schichten Putz und Anstrich zu sehen, rotbraune Flächen, schwarze Sprenkel, bläuliches Weiß, wie von einem

Fresko. Hier wohnte die Witwe Sina Hornwath. War es hier, als sie vergewaltigt wurde? Sie muss sich sicher gefühlt haben mit ihren mehr als achtzig Jahren. Die alte Brunhilde Grensling bewegte sich auch ganz selbstverständlich auf dem Hof. War der Russe, der sich über Sina hermachte, betrunken, konnte er keine jüngeren Frauen finden? Wollte sie jemanden beschützen? Oder lief sie dem Wüstling, der sich irgendeine Frau schnappen wollte, rein zufällig über den Weg?

Ich nehme das Foto in die Hand, auf dem sie vor dem Gesindehaus steht, mit ihrem Mann und dem kleinen Mädchen. Das Mädchen heißt Ursula Hornwath. Sie lebte eine Zeitlang bei ihren Großeltern auf Blankow, erfuhr ich von Martha Jerke, einer alten Frau aus Dornhain. Auf dem Weg zur Schule, der über den Hof des Vorwerks führte, holten die Kinder von Dornhain Ursula immer ab. Normalerweise besuchten sie die einklassige Dorfschule in Dornhain, doch ihr Lehrer war 1940 zum Militär eingezogen worden. Es gab noch eine Schule in Carlshagen, dorthin gingen nun alle Kinder aus der Umgebung.

Ich sehe mir das alte Foto noch einmal an. Die Kleine im weißen Kleid wurde als aufblühendes junges Mädchen von den Russen vergewaltigt und geschwängert. Das Baby ist gestorben. Das höre ich des öfteren: »Russenkinder«, die schon bald nach der Geburt starben.

Die Leute, die sich an sie erinnern, lächeln, wenn sie den Namen nach langer Zeit wieder hören. Ursula Hornwath. Das war 'ne ulkige Nudel, so was von fidel. Sie lebt noch, erfahre ich, Martha Jerke hat sie für mich aufgespürt. Ursula wohnt bei ihrem Sohn in der Nähe von Neubrandenburg, einen Steinwurf entfernt von Fünfeichen, dem berüchtigten Straflager, das erst die Nazis betrieben und später die Sowjets.

Zusammen mit Martha habe ich Ursula Hornwath eines Tages besucht. Sie war noch immer ein fröhlicher Mensch, der Schalk blitzte ihr aus den Augen und sie konnte herzhaft lachen. 1927 wurde sie in Blankow in einem der Tagelöhnerhäuser geboren. Als sie zwei war, starb ihre Mutter. So kam sie zu ihren Großeltern auf das Vorwerk. Später kam ihr Cousin Harry dazu, den die Großeltern gleich nach seiner Geburt 1936 aufnahmen. Er war ein uneheliches Kind, seine Mutter hat sich nie um ihn gekümmert.

Nachdem Ursula 1941 die Volksschule beendet hatte, wurde sie bei einem Gutsbesitzer in Carlshagen in Stellung gegeben. Carlshagen war ein Dorf von Gutsherren, erzählte sie, und alle haben mindestens einen Sohn auf dem Schlachtfeld verloren, *ein Sohn für Großdeutschland* hieß das. Nach der Kapitulation verschwanden die Carlshagener Bauern in den Westen, sie waren fast alle nationalsozialistisch eingestellt. Ursula blieb und fand eine neue Anstellung. Eines Tages erhielt sie Post: Sie musste in Seeberg erscheinen und wurde dort gefragt, ob sie im BDM gewesen sei. Nein, sie war nirgends Mitglied gewesen. Und das war es dann.

Dass Ursula mit achtzehn ein »Russenkind« geboren haben sollte, wusste ich bei dem Besuch noch nicht. Und es hätte auch kaum einen Unterschied gemacht; die Vergangenheit ist eine abgeschlossene Geschichte, die seit Jahrzehnten erzählt wird. Warum sollten die Menschen auf einmal davon abweichen und mir ihre verborgene Geschichte preisgeben? Familiengeheimnisse behält man für sich. Es ist die Frage, ob sie überhaupt noch Zugang dazu haben und ob die immer wieder erzählte Geschichte nicht inzwischen so klingt, als wäre sie die einzig wahre. In diesem Land leben Menschen, die schon sechzig Jahre darin geübt sind, auf der Hut zu sein. Reden war immer etwas Gefährliches. Die Wahrheit, das ist vor allem die

Geschichte, derer man sich bedient, um zu überleben. Das ist die wichtigste Aufgabe, die das Leben einem stellt. Ursula, Martha, Käthe und die Grensling-Kinder haben es nie anders gelernt.

Der Selbsterhaltungstrieb ist der Motor des Schweigens, der Erfindungen, der Lügen. Wahrhaftigkeit ist Luxus. Das Leben wird nach vorn gelebt. Das Volk der Täter schweigt und arbeitet an der Zukunft. Ihre Kinder sollen es besser haben, darum geht es.

Hinter jeder Haustür verbergen sich Familiengeheimnisse, die unter der Oberfläche gären und schwelen. Niemand fragt weiter, es gehört zum alltäglichen Anstand, die Geschichte zu glauben, die man präsentiert bekommt. Es gibt eine stillschweigende Übereinkunft.

Ich habe niemanden nach ihr gefragt. Ich benötige keine Fakten über Gertrud Schultz von den Leuten, die sie gekannt haben, die Fakten lassen sich woanders finden. Ich war vor allem gespannt, ob ihr Name einmal von selbst fallen und was dann erzählt werden würde. Die Bewohner von Dornhain hätten es mittlerweile gründlich satt, hörte ich um drei Ecken; als nach der Wende die Grenze geöffnet wurde, seien Außenstehende nur an Gertrud Schultz interessiert gewesen. Als hätten die Dornhainer selbst kein Leben und keine Vergangenheit, als seien sie nur diejenigen, die diese Frau gekannt hatten, die *Hyäne von Auschwitz.*

Es war Martha Jerke, die den Namen zuerst nannte, als wir zusammen Ursula Hornwath besuchten. Ursula hatte aus der Kommode eine Mappe mit alten Fotos genommen. Die beiden Frauen beugten sich über ein Schulfoto, *Dornhain* 1938 stand in weißen Buchstaben darauf. Sie kannten noch alle Namen und versahen sie mit einem kurzen Kommentar: Der ist im Krieg geblieben und die hat in den Westen rübergemacht, und der, der ist nach der Wende nach Schweden ausgewandert, der ist bei Stalingrad gefallen. Zwei Brüder von Martha sind gefallen, einer ist vermisst.

Meine Mutter hoffte bis zu ihrem Tod, dass er zurückkehren würde, sagte sie.

Und der da war ein Cousin von mir, sagte Martha und zeigte auf einen kleinen Jungen, Udo Schultz. Seine Schwester war Gertrud Schultz, erklärt sie, die war Aufseherin in Auschwitz und ist in Nürnberg zum Tode verurteilt und gehenkt worden. Gertruds Mutter war eine Schwester meiner Mutter; sie hat sich schon vor dem Krieg vergiftet, Salzsäure getrunken. Von Gertrud hat damals keiner was gewusst, keiner hat darüber gesprochen. Ihr Vater, also mein Onkel, ist immer in seiner braunen Jacke herumstolziert, der war mir vielleicht ein Nazi.

Ach, lass doch, Martha, sagte Ursula, wir haben alle *Heil Hitler* gerufen.

Später sagt Käthe Droschler von sich aus: Ich kann mich auch noch an Gertrud Schultz erinnern, die KZ-Aufseherin. Wir waren in einer Klasse, sie war ein Jahr älter als ich. Als der Krieg anfing, habe ich noch einmal eine Ansichtskarte von ihr bekommen, sie schrieb etwas in der Art von: *Das störrische Volk wollte ja nicht mit uns gehen, dann haben wir kurzen Prozess gemacht.* Sie war damals irgendwo im Norden an der Ostsee.

Das Volk? Meinte sie die Juden?

Ja, die hat sie gemeint.

Auch Käthe erzählt, dass Gertruds Mutter sich mit Salzsäure das Leben genommen habe. Ich hatte bereits irgendwo gelesen, dass Vater Schultz getrunken und seine Frau misshandelt hatte. Und dass Gertrud immer wieder versucht hatte, nach der Volksschule eine Ausbildung machen zu können, dass sie vorwärtskommen wollte, aber jedes Mal abgewiesen wurde. Dass sie sich bei der ss gemeldet hatte und im Frauenlager Ravensbrück zur Aufseherin ausgebildet wurde. Dort begann ihre teuflische Karriere, die am Galgen endete.

Gertrud Schultz war in der Schule eine echte Kameradin, sagt Käthe Droschler. Wir haben uns alle sehr gewundert, dass sie dorthin gegangen ist. Wir haben nie etwas davon gemerkt.

Und dann: So welche werden immer noch gefunden, auch heute. Bei mir auf der Arbeit war auch so eine. Nach der Wende kamen zwei Polinnen, die haben sie gesucht. Sie haben sie gefunden, aber dann doch nicht angezeigt, weil sie schon so alt war.

Käthe Droschler erzählt dem Anschein nach ohne viel Scheu über die Nazizeit, doch sie wählt ihre Worte auffällig genau, nämlich immer vage. So dass ein aufmerksamer Zuhörer versteht, was sie andeutet und meint, aber niemand sie auf einzelne Wörter festlegen kann. Gertrud Schultz ging *dorthin*, keiner wusste etwas *davon*, *so welche* werden immer noch gefunden.

Die Leute hier benutzen oft allgemeine Begriffe, eine nichtssagende Sprache. Das lässt sich nicht nur durch Angst erklären, offenbar ist es auch der Widerwille, die Schrecknisse wieder ins Gedächtnis zu rufen und Schuld zu empfinden.

Die Worte von Ursula Hornwath echoen in meinem Kopf: Ach, lass doch, Martha, wir haben alle *Heil Hitler* gerufen.

Verwandte mit fragwürdiger Vergangenheit werden in den Geschichten, so weit es geht, unerwähnt gelassen. Solange man von jemandem nicht spricht, existiert er nicht. Das ist oft am bequemsten.

So gab es Onkel Bernhard, den jüngeren Bruder von Hermann Grensling; für mich bleibt er eine rätselhafte Gestalt. Während des Krieges zog er in Blankow ein. Er war Berufssoldat gewesen, erfuhr ich von Hermann jr.: Wer sich für zwölf Jahre verpflichtete, hatte später Anspruch auf einen schönen Beamtenposten; *Zwölfender* hießen diese Leute, nach den zwölf Enden eines Geweihs.

Und dann sagte Hermann jr.: Das mit den Juden, darunter hat Onkel Bernhard sehr gelitten.

Er saß bei mir am Tisch, schwieg und schaute blicklos vor sich hin. Ich erschrak. Es kommt selten vor, dass hier jemand das Wort *Juden* in den Mund nimmt; die Juden werden in der Regel totgeschwiegen. Später würde seine Schwester Renate einen Schritt weiter gehen: Onkel Bernhard musste als Soldat Juden erschießen. Wo das war, wusste sie nicht, sie war damals noch klein, sagt sie entschuldigend. Onkel Bernhard erlitt einen Nervenzusammenbruch und wurde in eine Anstalt in Lüneburg eingewiesen. Was für eine Anstalt, wusste sie auch nicht. Jedenfalls sei er aus der Wehrmacht entlassen worden. Ihr Vater habe es damals geschafft, ihn aus der Anstalt zu holen und nach Blankow mitzunehmen.

Über das, was ihnen widerfahren ist, berichten sie in Bruchstücken. Es war ihr Schicksal und ihr Verhängnis, sie waren Spielball, sie waren Kinder, sie wussten nichts anderes als das, was ihre Eltern ihnen beibrachten. Die Welt um sie herum war ein nahezu geschlossenes Universum. Die Machthaber ihrer Kindheit und Jugend waren die Nazis, es gab keine anderen. Ursula Hornwath war sechs, als Hitler 1933 Reichskanzler wurde, Martha Jerke zwei, Käthe Droschler neun; die Grensling-Kinder kamen alle fünf im Dritten Reich zur Welt. Ihre Väter waren nicht in der Partei. Sagen sie hinterher erleichtert und erst, als ich danach frage. Die Nazis, das waren die anderen. Über Loyalität oder Sympathie oder Glaube im Tausendjährigen Reich schweigen sie. In der Regel. Sie waren Kinder, ihre Welt war für sie selbstverständlich. Und später konnten sie es nach Belieben immer wieder betonen: Wir wissen es nicht, wir waren noch klein. Das macht jedes Nachhaken auch so unbarmherzig.

Wie es auch gewesen sein mag, die Erwachsenen hatten ihre Wahl getroffen und diesen Albtraum herbeigeführt. Schon 1932 stimmten so viele Mecklenburger für die Nationalsozialistische Deutsche Arbeiterpartei, dass sie zur Regierungspartei wurde; damit gehörte Mecklenburg zu den Vorreitern im Deutschen Reich. Und 1945 waren noch fünfzehn Prozent der Mecklenburger aktive Mitglieder der NSDAP.

In Blankow war keiner in der Partei, sagt Käthe Droschler. Von den Blankowern, die heute noch leben, war Käthe am ehesten in einem Alter reiferen Bewusstseins. Mitte der dreißiger Jahre, sie ging noch zur Schule, trat sie dem Bund Deutscher Mädel bei. Ihr blieb keine Wahl, sagt sie, ihr Vater hatte auf seinem Aufsiedlungshof eine Lehrstelle, und auf einen Lehrling konnte er bei der Arbeit nicht verzichten. Wäre sie nicht im BDM gewesen, hätte er keine jungen Leute mehr ausbilden dürfen. Ihre Brüder waren in der Hitlerjugend.

Ihr blieb keine Wahl erweist sich als ein leerer Satz. Etwas später sagt sie: Damals waren wir stolz auf die Uniformen, wir hatten Spaß, es gab Sportfeste, ich lernte Heinz kennen, einen Freund von meinem Bruder Ernst. Mit denen von Falkenhof und Dornhain waren wir eine dufte Truppe.

Es klingt so harmlos, fast könnte man die Ideologie hinter der nationalsozialistischen Jugendbewegung vergessen. In einer Enzyklopädie der deutschen Geschichte stoße ich auf einen Text von 1933, wo Adolf Hitler sein Erziehungsideal entfaltete, das auch als Basis für die *Ordensburgen* galt, die Schulungsstätten der NSDAP.

Meine Pädagogik ist hart. Das Schwache muß weggehämmert werden. In meinen Ordensburgen wird eine Jugend heranwachsen, vor der sich die Welt erschrecken wird. Eine gewalttätige, herrische, unerschrockene Jugend will ich. Jugend muß das alles sein. Schmerzen muß sie ertragen. Es darf nichts Schwaches und nichts Zärtliches an ihr sein. Das freie, herrliche Raubtier muß erst wieder aus ihren Augen blitzen. Stark und schön will ich meine Jugend. Ich werde sie in allen Leibesübungen ausbilden lassen. Ich will eine athletische Jugend. Das ist das erste und wichtigste. So merze ich die Tausende von Jahren der menschlichen Domestikation aus. So habe ich das reine, edle Material der Natur vor mir. So kann ich das Neue schaffen. Ich will keine intellektuelle Erziehung. Mit Wissen verderbe ich mir die Jugend.

Sie glaubten an die Politik, sagt Käthe – als hätte sie nicht selbst dazugehört, als wären es nur die Jungs gewesen –, sie glaubten an den Krieg. Sie haben sich von der Propaganda ködern lassen. Als der Krieg ausbrach, hat mein Vater gesagt: Das nimmt kein gutes Ende. Natürlich mussten sie die Grenzen verteidigen, aber in Polen einmarschieren, das nicht. Aber die Jungs waren begeistert von Hitlers Eroberungsplänen.

Ihr ältester Bruder Detlef wurde 1939 sofort eingezogen, Ernst ein paar Jahre später. Wieder verschleiert die Sprache: *Die Männer wurden zu den Soldaten eingezogen* ist eine feste Wendung, doch als ich einmal naiv nachfrage: Wie meinen Sie das, freiwillig oder unfreiwillig? bekomme ich zu meiner Verwunderung die Antwort: freiwillig. Das Wort *einziehen* scheint im Volksmund eine ganze Skala von Rekrutierungsweisen zu umfassen. In Martha Jerkes Familie kam der Betriebsleiter des Landguts morgens um sechs an die Tür und sagte zu ihrem ältesten Bruder: Aufstehen, mitkommen! Er wurde *eingezogen.* Erst musste er nach Holland, zwischendurch hatte er Urlaub und musste dann nach Russland. Vier Stunden nach seinem zweiten Aufbruch wurde er erschossen.

Ernst Droschler konnte es kaum erwarten, in den Kampf zu ziehen, ebenso sein Kumpel Heinz, Käthes Freund. Sobald sie alt genug waren – es muss schon 1943 gewesen sein –, meldeten sie sich zur Waffen-ss, der Elitetruppe, die Jungs mit den makellosen »Ariernachweisen«. Auch Ernst und Heinz, heißt es, seien *eingezogen* worden. Weil es sie unschuldiger macht?

Ernsts Bruder Detlef war damals schon seit zwei Jahren tot; er war kurz nach dem Überfall auf die Sowjetunion im Sommer 1941 gefallen. Zu dieser Zeit wurde eine Todesnachricht noch mit der Post an die Familie gesandt. Käthe öffnete den Brief, las ihn und warf sich schreiend auf den Boden. Ihre Mutter und ihre Halbschwester Julia rannten alarmiert herbei, sahen den Brief und wussten sofort, was geschehen war.

Mutter Droschler hatte im Ersten Weltkrieg ihren ersten Mann verloren – Julia stammte aus dieser Ehe –, und nun hatte ihr der Zweite Weltkrieg den ältesten Sohn genommen. Sie sagte immer: Den Mann zu verlieren, das ist schrecklich, aber ein Kind, das kann man nicht beschreiben. Und der Tod ihres ersten Mannes und ihres ersten Sohnes war nicht der letzte Schicksalsschlag. Der folgende gefallene Soldat in der Familie war Julias Mann. Während eines Urlaubs hatten sie geheiratet, und Julia war schwanger. Als sie erfuhr, dass ihr Mann gefallen war, geriet sie so außer sich, dass ihr Kind zu früh auf die Welt kam. Und gerade, als Mutter Droschler davon überzeugt war, sie hätten das Baby durchgebracht, starb es. Julia hat nie wieder geheiratet.

Der zweite Sohn, Ernst, fiel im Sommer 1944 bei Bombenangriffen in der Nähe von Caen. In jener Zeit hatte der Dornhainer *Ortsbauernführer* – nur stramme Nazis bekleideten dieses Amt – die Aufgabe, die Familien persönlich zu benachrichtigen. Er schlich etliche Male um den Hof der Droschlers herum, ehe er den Mut hatte, hineinzugehen.

Sie haben uns noch ein Foto von Ernst geschickt, erinnert sich Käthe, und mein Freund Heinz hat uns geschrieben: Wir haben die Überreste von Ernst zusammengesucht, aber ob er es im Ganzen war, konnten wir nicht mehr überprüfen.

Zwei Wochen später fiel auch Heinz.

Über die Toten wurde nur noch selten gesprochen, sagt Käthe, jeder zog sich mit seinem Kummer in sich zurück und hat sich alleine ausgeweint. Meine Mutter hat immer nur gejammert, dass es kein Grab gäbe, zu dem man hingehen und wo man Blumen niederlegen könnte.

Und dann, Ende April 1945, als der Zusammenbruch unübersehbar war und die Russen vor der Tür standen, sollen sie mit den Familienmitgliedern, die übrig waren, zum Mürzinsee gegangen sein, um sich zu ihren Toten zu gesellen: Vater Stephan, Mutter Minna, drei Töchter und die beiden jüngsten Söhne. Angeblich standen sie schon im Wasser, besannen sich jedoch und gingen wieder nach Hause.

Aber der Tod forderte weiteren Kriegstribut. Als die Gefahr vorüber war, als auch die Frauen kaum noch etwas von den Besatzern zu befürchten hatten und das Land wieder aufgebaut wurde, detonierte eine nicht geräumte Sprengfalle auf dem Fuchsberg, wo vier Jungen Zeltleinwand sammelten. Einer von ihnen war auf die Tellermine getreten, wahrscheinlich Siegfried, der Jüngste der Droschlers, denn an seinem Leichnam fehlte ein Bein, erzählt Käthe. Auch zwei Nachbarjungen, die kleinen Brüder von Ella Jurczyk, kamen um. Ein Neffe der Droschlers aus Berlin, der bei den Verwandten in Blankow in Sicherheit gebracht worden war, lebte zunächst noch. Mit aufgerissenem Bauch wurde er ins Krankenhaus der Stadt gefahren, wo auch er starb.

Wir durften die Jungs nicht mehr sehen, sagt Käthe. Meine Eltern haben gesagt: Erinnert euch lieber an sie, so wie sie waren.

Viele Male höre ich die Geschichte von den vier Jungen, die auf dem Fuchsberg verunglückt sind. Jede Familie hat ihre Kriegstoten, darüber wird nicht viel geredet, aber diese Heimsuchung des Schicksals wird immer wieder zur Sprache gebracht. Vor allem, weil ja die Gewalt beendet zu sein schien, und vielleicht auch, weil hier von Schuld keine Rede war; jeder konnte das Verhängnis, das die vier Jungen getroffen hatte, ohne politischen Beiklang bedauern.

Renate Grensling war an jenem Abend mit ihrem Vater im Kuhstall. Sie erschraken von einem furchtbar lauten Knall. Kurz darauf kam Stephan Droschler herein, er weinte: Hermann, Hermann, alle Kinder sind tot.

Das habe ich erlebt, sagt Renate, wie Bauer Droschler hereinkam und weinte. Dass die vier Jungs umgekommen sind, das ist das schrecklichste Ereignis, an das ich mich erinnere.

Die weiße Hirschkuh

Mit einer Gießkanne voll Regenwasser gehe ich an der Ruine der Getreidescheune vorbei zu den neu gepflanzten Kirschbäumen und trete in einen Kothaufen. Zerstreut streife ich meinen Stiefel am Gras ab, doch an den Halmen bleibt nichts hängen. Ich schaue noch einmal hin. Im Gras liegt eine Maus mit blutigem, zerquetschtem Kopf. Ein Schauer rieselt mir über die Haut, ich fluche. Weg hier. Dann reiße ich mich zusammen, tue so, als sei es ein Kothaufen und stoße die Mäuseleiche mit der Stiefelspitze weg. Ich will keinen Mäusekopf zertreten haben, auch keinen toten. Der Hund sieht mir mit eingezogenem Schwanz zu.

Zwischen einem Mäuerchen aus gestapelten Ziegelsteinen und einer jungen Esche liegt eine graue Katze. Sie bleibt träge liegen, als ich mit dem Hund vorbeigehe, behaglich eingerollt döst sie in der Sonne. Eigentlich müsste sie sich jetzt davonmachen. Ich sehe, wie sich ihr Bauch sanft auf und ab bewegt, sie atmet. Oder ist es der Wind, der mit den flauschigen weißen Bauchhaaren spielt? Das Fell an ihrer Unterseite ist struppig und ganz nass, nicht trocken und saubergeleckt, sehr unkätzisch. Ich fahre zurück, sehe noch mal genauer hin. Sie ist tot.

Ihr Körper ist unversehrt, kein Blut, keine Wunden, keine Abmagerung. Alt ist sie nicht geworden. Ich hebe eine Grube aus, präge mir das Bild der Katze aus Pietät gut ein, denn so ein Katzenbegräbnis geht sehr schnell – sie liegt malerisch da –, schließe dann mein inneres Auge und nehme die Katze auf die Schaufel. Sie ist schon steif wie ein Brett. Das ist gut, ich hatte befürchtet, dass ich sie mit der Schaufel beschädigen könnte oder, noch schlimmer, dass sie in Schleim und Fäulnis auseinanderfallen würde. Ich bette sie in die Grube, Erde drüber. Tschüs, Katze. Auch Katzen sterben. Dabei sah sie so jung und gesund aus. Gift ist das einzige, was mir als Erklärung in den Sinn kommt. Rattengift vielleicht, manchmal sterben Katzen durch vergiftete Ratten oder Mäuse. Und Menschen durch Kugeln und Sprengstoff, denke ich danach grimmig. Auch die Menschen, die auf dem Schlachtfeld umgebracht wurden, werden oft ohne viel Aufhebens verscharrt. Hopp, Erde drüber.

Thanatos kann heute nicht genug davon bekommen, mir seine Fratze zu zeigen. Als ob ein Kopf voll mit Krieg nicht reichen würde. Ich schütte den Aschekasten des Ofens in der Ruine aus und finde noch eine tote Katze. Auch sie ist nicht alt. Sie liegt verloren da, auf der Stelle tot umgefallen, ausgestreckt, in altem Stroh. Eine tote Katze, das ist möglich, aber zwei? Der Gedanke an Gift wird stärker.

Früher habe ich oft zugeschaut, wenn mein Vater eine Obduktion vornahm, weil ein Tier aus unerklärlichen Gründen eingegangen war. Meist handelte es sich um Ferkel, mitunter um einen Hund oder eine Katze. Mit seinem Skalpell setzte er entschlossen einen Schnitt über die ganze Länge des Bauches und zog die Haut mit den Händen auseinander. Als erstes sah er sich die Leber an: eine seltsame Färbung, Schrumpfung oder Schwellung konnte auf eine Vergiftung hinweisen. Dann schnitt er den Magen und die Därme auf, um zu überprüfen, ob sie etwas enthielten, was nicht hineingehörte. Die Därme hatten eine sehr dünne Haut, wie von frischer Wurst, und meist lief dünnflüssiger Kot heraus. Mein Vater schnitt an vielen Stellen hinein, stach in die Organe und erklärte dem Bauern oder Hundebesitzer, was er sah. Ich bekam alles mit; eine kleine Göre, die unerschütterlich jede Chance nutzte, ins Innere eines Tieres zu blicken.

Ich könnte die Katzen aufschneiden und obduzieren, vielleicht wüsste ich dann, ob sie vergiftet wurden. Ich erschrecke über meine Anwandlung. Das traue ich mich nicht, ich bin dafür zu städtisch geworden. Ach was, natürlich traue ich mich. Jedenfalls möchte ich mich trauen. Mein Vater hat auch irgendwann zum ersten Mal ein Messer in einen Kadaver gesetzt und sein Schaudern bezwungen. Emotionslos hinschauen: So ist die Natur, so ist ein Körper aufgebaut, so ungefähr siehst du selber auch von innen aus, sieh den Tatsachen ins Auge. Es gehört nicht viel dazu, einen Körper aufzuschneiden, ein Organ zu durchstechen, es gehört nicht viel dazu, Schmerzen zu empfinden, schrecklich zu leiden, zu sterben. Es ist auch nichts Außergewöhnliches.

Und trotzdem.

Es will einfach nichts Normales werden. Es ist das Ende der Zeiten, für jeden einzelnen Menschen, der nicht mehr besitzt als sein Leben. Es ist das Ehrfurchtgebietende, das mich so ängstigt.

Es kann geschehen, unvermittelt, von einem Moment zum andern. Tot. Das Herz steht still, das Gehirn erlischt. Vorbei. Ich würde hier im Kuhstall ein paar Tage tot liegen, eine Woche, höchstens zwei. Der Hund würde nagenden Hunger bekommen.

Ich frage mich, ob er mich anfressen würde, ob er mein Fleisch mögen und wo er dann wohl anfangen würde. An den Körperteilen, die bloß liegen? Am Gesicht und an den Händen? Am Gesicht, das kann ich mir nicht vorstellen; aber an den Händen, warum nicht. Die Hände, die ihn festhielten, durch sein Fell wuschelten, mit ihm balgten, die drohten und zeigten. Die Hände dann eben, irgendwo muss er ja anfangen. Nur schade, dass nicht viel Fleisch daran ist. Er wird mir doch schnell die Kleidung vom Körper reißen müssen. Macht ein Hund so etwas? Weiß er, dass ich tot bin und nicht schlafe? Wann hört er auf, mich als seine Herrin zu sehen?

Früher wussten die Menschen solche Dinge. Früher – und noch immer, jedoch weit weg von hier. Auf den Schlachtfeldern lagen Hunderte Leichen und dazwischen liefen Hunde und andere Ausgehungerte umher. Was dann geschieht, ist Wissen, das verschwindet. Es ist die Art Wissen, das uns abhanden kommt, und dennoch gehen wir davon aus, dass wir viel mehr vom Leben wissen als unsere Vorfahren oder als Nicht-Abendländer. Aber das ist Hochmut oder eine Sinnestäuschung; zumindest ist es sehr fraglich. Wenn es um die nackte Existenz geht, wenn es aufs Überleben ankommt, ziehen wir den Kürzeren.

Bei jeder Mühsal, jeder Verletzung, jedem Wehwehchen oder Mangel muss ich an die früheren Bewohner von Blankow denken, an das Verhängnis, die Angst, die Grausamkeit, das Leiden und die Schuld. Ich höre die Kriegsnachrichten im Radio und denke an die Menschen weit weg in den Wüsten des Nahen Ostens, ich lese bei Tolstoi von der grässlichen Schlacht bei Borodino, wo Napoleon und Zar Alexander an einem Tag achtzigtausend Soldaten verloren. Achtzigtausend Männer in der Blüte des Lebens; die russische Erde ist mit ihrem Blut getränkt.

Ich stelle das Radio ab, lege das Buch weg. Ich hänge düsteren Gedanken nach. Vor mir liegen die Stunden und Tage in ihrer ganzen Unbestimmtheit. Ich muss hinaus ins Freie, arbeiten, mich abrackern, auf andere Gedanken kommen. Doch ich sitze da, als würde ich nie mehr aufstehen. Immer wieder diese Übergänge. Das Buch weglegen, erwachen aus der Welt anderer, in der ich verschwunden war, unversehens wieder klein und frierend und allein in einem Kuhstall sitzen zwischen alten wurmstichigen Möbeln irgendwo in einem kahlen, fremden Land.

Die Übergänge sind die Ritzen im Tag, die sich leicht zu Abgründen von Verlorenheit erweitern können – ich gebe auf, ich versinke, ich greife zur Flasche und trinke mich von der Welt, kein Bewusstsein, nichts müssen, nichts wollen, keine Absicht, mich selbst aufheben, übergehen in die Welt der Dinge, *Schluss.*

Ich habe meine Jacke angezogen. Wie ich in Bewegung gekommen bin, weiß ich nicht, aber ich habe meine Jacke an, und der Hund hat sein Halsband um. Wir gehen hinaus. Laufen, laufen, laufen. Alles ist besser als Erstarrung.

Wir überqueren die Felder, kriechen durch Zäune und Hecken. Das Tageslicht schwankt, die Sonne geht an und aus, in immer schnellerem Tempo taucht sie alles ringsum in Farbe und unterliegt gleich darauf der grauen Wolkendecke, die alles leblos macht. Das Grau gewinnt, wie kann es heute anders sein.

Plötzlich flitzt der Hund weg, seiner Nase hinterher, etwas hat seinen Geruchssinn gereizt. Wieder bin ich zu spät, um ihn mit Pfeifen und Rufen daran zu hindern. In der Ferne sehe ich ihn einen Hasen über das Ödland jagen. Ich ertappe mich dabei, dass ich ihm mit Stolz hinterhersehe – er kann mit dem Hasen mithalten –, und auf einmal stehe ich verloren da. Das letzte Fünkchen Nach-vorn-leben, das ich mit Mühe angefacht hatte, ist dahin. Verschwunden mit dem Hund.

Ich pfeife immer nur mit dieser blöden schrillen Hundepfeife, ich muss endlich lernen, ordentlich auf den Fingern zu pfeifen. Ich klettere auf einen Hochsitz, von dort kann ich die Umgebung überblicken; mir wird schwindlig und ich halte mich ängstlich mit beiden Händen fest, Anfälle von Höhenangst, unerwartet wie immer. Vom Hund keine Spur.

Nicht mehr nach ihm ausschauen, nicht mehr aufpassen, dann wird er von alleine wieder auftauchen. Einfach ein bisschen die Umgebung genießen, das Schicksal auf eine falsche Fährte locken. Es ist wunderschön hier, die Wolken jagen über die grünen Getreidewogen, der Turm von Carlshagen ist das einzige Bauwerk, das ich sehe. Felder, Wiesen, Brachland, ich.

Na also, da ist er schon. Aus der Ferne nähert sich ein kleiner, schwarzer Punkt, macht hohe Sprünge über die vertrockneten Grasbüschel. Fröhlich und voller Vertrauen, allein auf Stromertour. Ein Hund wie im Comicstrip, die Fledermausohren tanzen auf seinem Kopf. Ein Stück von mir entfernt bleibt er stehen. Er kaut auf etwas herum. Ich klettere schnell vom Hochsitz, rufe, laufe auf ihn zu und schimpfe meine Angst weg, froh, dass er wieder da ist. Der Hund springt zur Seite, hechelt mit dicker Zunge, sein Zahnfleisch ist blutig, seine Zähne kommen mir mit einem Mal bedrohlich vor. Auf dem Boden liegt der Vorderlauf eines Rehs, abgerissen über dem Gelenk. Mit dem Stiefel drehe ich den Lauf mehrmals um. Es sind noch Haare daran, aber kein frisches Fleisch, kein Blut. Ich sehe mir die Schnauze des Hundes erneut an, es muss sein eigenes Blut sein, er hat sich offenbar beim Kauen verletzt.

Auf dem Rückweg gehe ich am Erlensee entlang. Auf dem Hügelkamm links vom Feldweg steht ein Rudel Damwild in Reih und Glied. Auch ich bleibe wie angewurzelt stehen und zische dem Hund beruhigend zu. Er blickt gleichgültig in Richtung des Wildes, als sei er vor einer Stunde nicht ausgebüxt. Die Köpfe der Tiere sind auf uns gerichtet, die Welt scheint kurz anzuhalten. Bis der Bock in Bewegung kommt. Die Tiere schauen noch einmal zu uns und folgen ihrem Anführer.

Und dann sehe ich die weiße Hirschkuh hinter den anderen auftauchen. Ihr Kopf sieht sonderbar aus, weil man bei dem schmutzig weißen Fell eher an eine große Ziege denkt. Die Ohren hat sie flach angelegt. Sie trottet seitlich des Rudels mit, als ob sie Mühe mit dem klumpigen Boden hätte und mit den anderen nicht Schritt halten könnte. Sie sieht bemitleidenswert aus, wie ein missglücktes Exemplar ihrer Art. Eigentlich kann sie froh sein, dass sie nicht verstoßen wird, denn sie lenkt schon von weitem die Aufmerksamkeit auf das ganze Rudel und bringt es damit in Gefahr.

Auch ich gehe weiter, mit großen Schritten wandere ich über die Felder. Es macht mir nichts aus, dass die weiße Hirschkuh so lächerlich aussah. Ich nehme es hin, dass das Bild eines Märchentiers in Scherben liegt. Ich habe sie gesehen! Das ist, so kindisch es sein mag, wichtiger.

Als ich am nächsten Tag mein Handtuch von der Wäscheleine hinter der Getreidescheune nehme, fällt mir unten bei einem trockengefallenen Ausläufer des Froschteichs ein weißer Fleck im Gras auf. Es scheint ein Schwan zu sein. Ich hole das Fernglas und sehe die weiße Damhirschkuh auf dem Boden liegen. Merkwürdig. Mit Kopf und Hals stößt sie immer wieder nach vorn, als versuche sie aufzustehen, aber mit meinem armseligen Fernglas kann ich die Bewegung nicht deutlich wahrnehmen. Merkwürdig, dass das Tier nicht einfach aufsteht. Hier stimmt was nicht. Ich muss etwas unternehmen. Zuerst den Hund einsperren, schnell und resolut scheuche ich ihn in den Wintergarten und verriegele die Tür. Was mache ich, wenn das Tier verletzt ist? Einen Tierarzt benachrichtigen oder den Jäger, zu dessen Revier das Gebiet gehört. Der weiß vielleicht Rat.Erst mal sehe ich selber nach.

Vorsichtig gehe ich am Rand des Rapsfeldes entlang bergab. Ich habe keine Ahnung, was ich tun soll, falls sich das Tier aufrappelt und verletzt davonläuft. Und da passiert es auch schon, die Hirschkuh steht langsam auf, hebt sich auffällig vor dem fast schwarzen Schlehdorndickicht ab und schaut sich bedächtig um. Alles in Ordnung. Die Hirschkuh hat mich zum Narren gehalten. Oder vielleicht ich mich selbst. Ich spähe noch einmal durchs Fernglas. Das Tier steht aufrecht und anmutig da, den schlanken Hals gestreckt, die Ohren gespitzt. Es ist eindeutig eine Sie, eine grazile Hinde, eine weiße Fee. Sie hat nichts mehr von der abgematteten Kreatur, die ich einen Tag vorher gesehen hatte. Wie konnte ich bei ihrem Anblick je an eine Ziege denken? Ein zweites Tier kommt zum Vorschein, und in aller Ruhe verschwinden sie zusammen durch eine Öffnung im Gehölz aus meiner Sicht. Als würden sie mich locken, eine Fata Morgana.

Unbeholfen stehe ich auf einmal im kniehohen Raps. Ich drehe mich um und gehe zurück. Es gibt nichts zu retten, es gibt kein Märchen.

Am Abend sehe ich die weiße Hirschkuh erneut. Gemächlich äst sie am Feldrain. Sie ist noch immer märchenhaft schön. Die anderen Tiere aus dem Rudel erblicke ich erst später, ihre Schutzfarbe macht sie unsichtbar, bis sie wegrennen und einem ihren Spiegel zukehren, der, noch mit Winterfell, fast obszön fahlweiß und flauschig ist. Bei der weißen Hirschkuh nicht, sie ist ein einziger großer Spiegel und dadurch leichte Beute. Aber ihre Schwäche ist auch ihre Stärke. Kein Jäger wagt sich an sie heran, lasse ich mir sagen, keiner riskiert es, sich die größte Trophäe weit und breit anzueignen. Es heißt, der Jäger, der es wage, die weiße Hirschkuh zu schießen, rufe das Unheil auf sich herab. Keiner will das Schicksal herausfordern.

Ich beobachte die weiße Hirschkuh noch eine Weile und gehe dann zögernd ins Haus, als beginge ich ein Sakrileg: Nun erscheint sie endlich, und ich wende mich ab.

Wenn sich die Sonne zum Horizont neigt, sitze ich oft beim Hund vor der Gartentür und schaue vor mich hin. Eines Tages zerstiebt plötzlich ein Feuerwerk aus rotem Licht in meinen Augen. Ich bewege den Kopf und ein grüner Stern explodiert, ich halte ihn eine Idee nach vorn, nach hinten, nach links und rechts und sehe alle Farben des Regenbogens ineinanderfließen. Sanft wiege ich den Kopf. Es sind die Lichtbündel des Prismas, das vor dem Stallfenster hängt und die ich von diesem Platz aus als Feuerwerk auffange. Offenbar befanden sich das Prisma, das Sonnenlicht und meine Augen noch nie in genau dieser Konstellation. Es kommt auf Millimeter an, je geringfügiger ich den Kopf bewege, desto mehr Farbschattierungen sehe ich. So viele Rottöne, Gelb, Grün, Blau. Blau ist am schwierigsten aufzufangen. Es ist ein Spiel, das ich von ganz früher her kenne.

Ich liege im Bett auf dem Bauch und drücke meine Augen fest auf die Handrücken. Ich sehe bunte Flecken tanzen. Es ist ein Wunder, dass ich etwas sehe, obwohl meine Augen geschlossen sind. Je fester ich die Augenlider auf meine Hände presse, desto schöner wird das Schauspiel. Die Flecken zerplatzen, fließen ineinander. Es ist mein eigenes Kaleidoskop, das ich immer bei mir habe. Ich kann es nicht lassen, wenn ich im Bett liege, muss ich es mir anschauen, vor allem, wenn ich mich mies oder einsam fühle. Die Farbflecken sind schön, weil sie sich ständig ändern. Die violetten Töne sehe ich am liebsten, manchmal muss ich lange drücken, um das Grün zu vertreiben. Und manchmal gelingt es nicht, dann denke ich, dass ich es mir nur einbilde, dass ich es nicht wirklich sehe, dass es nicht außerhalb von mir besteht. Ist innerhalb meiner Augen außerhalb von mir? Was ist wahr und wo fängt das Erdachte an?

Das Prisma befindet sich außerhalb von mir, ich weiß längst, wie es funktioniert, das habe ich in Physik gelernt. An sonnigen Tagen tanzen am späten Nachmittag die Regenbogenflecken durch den Raum. Aber ich kann nicht alle Erscheinungen physikalisch erklären. Nicht die explodierenden einfarbigen Sterne in einer unendlichen Reihe.

Die Sonne ist hinter den Wolken verschwunden, drinnen beginnt es schon dunkel zu werden, ich zünde eine Kerze an. Draußen beginnen zwei Flämmchen über der Feuerstelle zu tanzen. Der Hund wird unruhig, wenn die Dämmerung hereinbricht, sieht er draußen so viel Sonderbares. Er weiß nicht, dass es Spiegelungen sind, er kläfft alles an, was draußen plötzlich aufzutauchen scheint.

Früher hatten auch die Menschen keine Erklärung für so eine flackernde Verdopplung. Sie lebten voller Angst zwischen unverstandenen Erscheinungen. Oder sie verließen sich auf die Götter.

Wenn ich etwas nicht verstehe, weiß ich, dass andere Menschen es mir erklären können. Ich brauche nicht alles selbst zu wissen, ich weiß, dass es jemand weiß, und verlasse mich darauf. Auch wenn ich weiß, dass es ein armseliges Wissen ist, dass es immer Raum gibt für mehr und anderes Wissen, dass alle Erklärungen auch Beschwörungen sind: Ich brauche mich nicht zu fürchten. Kenntnisse als Beschwörung von Angst, das Wissen als Beschützer: Es kann nichts Seltsames geschehen, nichts Unerwartetes, alles ist unter Kontrolle. Hingabe an das Unbekannte ist nicht nötig. Über Kerzenschein in einer Fensterscheibe braucht man sich nicht zu wundern. Über zerfließende Farbflecken hinter den Augen auch nicht.

Ich sehe sie übrigens nicht mehr. Mitunter, ganz selten, versuche ich es noch einmal. Ich drücke auf meine Augen und sehe fast nichts, eine Art Schwärze, aber nicht ganz. Doch zum Glück gibt es manchmal noch etwas anderes – Flämmchen, die draußen über der Feuerstelle schweben, ein explodierendes Prisma –, physikalische Gesetze hin oder her.

Endlich kündigt der Wetterbericht Regen an. Zeit zu säen. Neben dem Rhabarber grabe ich ein neues Saatbeet um. Vor ein paar Wochen, als ich das Rhabarberbeet anlegte, glitt der Spaten noch leicht in die Erde. Jetzt ist der Boden hart und rissig. Mit meinem ganzen Gewicht springe ich auf den Spaten, doch der geht nicht einen Zentimeter in den Boden. Kein Wunder, dass die Leute früher aus Lehm Ziegel geformt und in der Sonne getrocknet haben, denke ich, als ich die Spitzhacke aus dem Gesindehaus hole. Ich sehe mir die Reste der Zwischenmauern noch einmal genau an, denn die sind aus Lehmziegeln. Sie fingen erst an zu bröckeln, als das Dach eingestürzt war und der Regen sie aufweichte.

Es ist fast wie im August. Frühmorgens, wenn das Gras betaut sein müsste, riecht es schon nach trockener, staubiger Erde. Der Gemüsegarten ist mit einer harten Kruste überzogen. In den Regentonnen steht ein kleiner Rest Wasser. Ich schaue wieder einmal zum Himmel. Der ist grau, aber das ist er schon seit Tagen. Die Wolken werden wohl auch diesmal weitertreiben. Auf Blankow trifft die Wettervorhersage oft nicht zu, sagen die Bauern, Blankow hat ein eigenartiges Mikroklima.

Nicht mal die Brennnesselwurzeln lassen sich noch ausreißen, bei der ersten Berührung brechen sie ab, *knack*. Die Pflanzen sind eingetrocknet und warten auf Wasser, um vollgesaugt überall hochzuschießen; dann könnte ich sie an den saftigen Stängeln aus dem Boden ziehen. Ich gieße das Saatbeet mit dem Rest Regenwasser aus den Tonnen und hoffe, dass die Erde morgen gefügiger ist. Mir ist warm geworden, ich fühle mich erschöpft und ich denke an die ganze Plackerei früher, als es noch keine Maschinen gab. Endlos das Land bearbeiten, endlos das Unkraut bekämpfen. Immer aufs Neue, ein aussichtsloses Unterfangen. *Wir müssen uns Sisyphos als einen glücklichen Menschen vorstellen*, fährt es mir wie ein Mantra durch den Kopf, ein Satz von Albert Camus, der in der Diele des Bauernhauses hängt und der hier so wunderbar passt. *Il faut s'imaginer Sisyphe heureux.*

Am Abend fällt hier und da ein dicker Regentropfen, der einen dunklen Fleck verursacht und sogleich verdunstet. Ich schnuppere den Duft von mit Wasser besprengter Sommererde. Nachts werde ich oft wach und warte auf das Prasseln des Wassers in den Regentonnen. Es bleibt still.

Am nächsten Morgen ist es noch immer grau und staubtrocken. Die Natur wartet, ich warte. Der Gemüsegarten liegt kümmerlich da. Am späten Nachmittag – der Himmel hängt tintenschwarz über dem roten Ziegeldach des Bauernhauses – gieße ich die Saatbeete und die jungen Kirschbäume, um den Regen herauszufordern. Eine magische Handlung: Wenn ich gieße, wird es regnen.

Am Boden einer Regentonne zappeln zwei Frösche, ein giftgrüner und ein dunkelgrüner, in der letzten Pfütze. Ich schöpfe sie heraus. Verstört kriechen sie am Fundament des Stalles hoch. Vielleicht habe ich ihnen vom Regen in die Traufe verholfen und sie vertrocknen jetzt. Ich mache halt irgendwas, von meinem begrenzten Menschenverstand aus, weil es für Menschen gut wäre. Oft habe ich keine Ahnung, ob das für Tiere und Pflanzen auch gilt.

Als ich meine Runde um den Dornhainer See laufe, sehe ich Helga Ribitzki, die ihren Gemüsegarten hackt. Sie hat sich ein weißes Tuch über den Kopf gelegt, denn hin und wieder fällt ein Regentropfen. Mit schweren, langen Zügen zieht sie die Hacke durch die Erde, den Rücken gerade vorgebeugt, über dem geblümten Kittel eine Strickjacke, die mageren Beine in weißen Söckchen. Ich beobachte ihre Bewegungen, die sich ein Leben lang eingeschliffen haben. Stark und kraftvoll ist sie, bis heute. Nie könnte ich so hacken, mit so selbstverständlichen Bewegungen. Nie werde ich so gut wie diese Bäuerin einschätzen können, wie es um meinen Gemüsegarten steht.

Ich bin zu alt, um mir noch alle Kenntnisse und Erfahrungen anzueignen, um die Bewegungen und Wahrnehmungen so in meinen Körper zu prägen, dass sie sich tief im Gedächtnis meiner Gliedmaße, meiner Augen und meiner Nase verankern. Wenn ich meinen Gemüsegarten hacke, ist das immer ein bisschen so, als würde ich eine Bäuerin nachahmen. So sehr ich das auch bedaure.

Abends blättere ich in den alten Büchern über Land- und Gartenbau, die ich in den Schachteln auf dem Dachboden des Bauernhauses gefunden habe. Einige haben auf dem Vorblatt einen lilafarbenen Stempel: *LPG Neues Deutschland*. In *Landarbeit leicht gemacht! – Praktische Winke aus dem Erfahrungsaustausch der »Mitteilungen für die Landwirtschaft«* steht mit Bleistift der Name Bruno Spienkos, das war der ostpreußische

Bauer, der an seinem Heimweh schließlich zugrunde ging. Es ist die sechste Auflage. Ganz unten, wo normalerweise Verlag und Erscheinungsjahr stehen, ist ein schwarzer Balken. Ich versuche, hindurchzulesen, will wissen, ob er von Hand angebracht wurde, doch nein, er sieht gedruckt aus.

Das Buch kommt gleich zur Sache, es beginnt mit dem Thema *Pflügen mit dem Einspänner*. Ich vermisse ein erbauliches Vorwort mit einer Erklärung des Untertitels. In der Inhaltsangabe wird seltsamerweise ein Vorwort angekündigt. Falls es herausgerissen wurde, hat das keine Spur hinterlassen. Wahrscheinlicher ist, dass diese Auflage direkt nach dem Krieg gedruckt wurde – ohne das bisherige kapitalistische oder vielleicht sogar nationalsozialistische Vorwort. Denn das Leben ging weiter, es mangelte an Nahrungsmitteln, und jeder, der nur konnte, musste auf dem Land an die Arbeit. Ein Handbuch war unentbehrlich, das wird auch die sowjetische Besatzungsmacht eingesehen haben. Über dem schwarzem Balken steht: *einundsechzigstes bis neunzigstes Tausend*, das würde bedeuten, dass diese Nachkriegsauflage dreißigtausend Exemplare zählte.

Wenn ich heute auf dem Land überleben müsste und nur ein Buch mitnehmen dürfte, wäre es dieses Handbuch unter der Redaktion von Dr. Ernst Schneider. Es umfasst die gesamte Palette der landwirtschaftlichen Tätigkeiten und erklärt, wie sie mit einfachen Mitteln bewältigt werden können. In dem Buch steht sogar, wie man bei einem Pferd wachen kann, das ein Fohlen bekommt: Lege einen Gurt um den Rumpf der Stute, befestige daran eine Schnur, die durch eine Laufrolle über ihrem Rücken führt, knüpfe die Schnur um dein Handgelenk und lege dich in der benachbarten Box auf ein paar Strohsäcken schlafen. Wenn die Stute zu fohlen beginnt, legt sie sich hin, und der Wächter wird geweckt. Der Mann auf der

Zeichnung hat unter der Nase einen kleinen schwarzen Fleck – es war die Zeit der Hitlerbärtchen.

Jeder Artikel ist namentlich gezeichnet. Die Ortsnamen beweisen, dass das Buch von vor 1945 ist, denn unter den Einsendern von Tipps sind Bauern aus ostpreußischen Orten, Sensburg zum Beispiel, heute das polnische Mrągowo, und Warglitten in Masuren – oder im Memelland, dort gab es auch einen Ort dieses Namens. Einige Namen gehören zu Landgütern, Baron Marschall von Bieberstein, von Samson-Himmelstjerna. Unter den Einsendern sind Aufsiedler aus den dreißiger Jahren und *Bauernführer*: eine Führungsposition, für die man aus dem besten nationalsozialistischen Holz geschnitzt sein musste, wie der *Bezirksbauernführer* Otto Lietz aus dem ostpreußischen Dwielen – heute Dvyliai in Litauen –, der erklärt, wie man einen Acker drillt, ohne nachzueggen.

Und dann sehe ich, dass das Buch nicht nur aus der Nazizeit stammt, sondern sogar aus den Kriegsjahren: hinter mehreren Namen steht *zur Zeit im Felde*. H. Stuht-Schluckmann, *zur Zeit bei der Wehrmacht*, verbindet seinen zivilen Beruf mit dem Militärleben: Er berät die Leser, wie sie ihre Viehställe während der vorgeschriebenen Zeiten verdunkeln können. Und dann ist da noch der Bauer O. Schmidt in Auschwitz. Er hat Tipps für das Lagern von Milchkannen und für eine Installation, um Walzen auf der Straße zu transportieren.

Auch unter dem Rauch der Vernichtungslager ging das Leben weiter. Nahrungsmittel für die Kriegswirtschaft zu produzieren, war eine patriotische Leistung, insbesondere, wenn es um Bauern ging, die sich in den besetzten Gebieten des Reiches niedergelassen hatten wie dieser O. Schmidt.

Ich wollte etwas über den Gemüseanbau lernen, und unversehens ist mir der Krieg wieder in den Nacken gesprungen. Auschwitz. Wie komme ich jetzt zum Gemüsegarten zurück, ohne mir gleichgültig vorzukommen, ohne eine leise Stimme, die höhnt, dass ich meine Betroffenheit nur heuchle. Der Gemüsegarten ist unwichtig, banal, zumal so ein Pseudogemüsegarten wie meiner. Man kann nicht auf Auschwitz stoßen und zur Tagesordnung übergehen.

Oder ist auch das zu einer flauen Konvention geworden, einem Automatismus?

Für meinen Gemüsegarten finde ich ein anderes Buch: *Erfolgreiche Gartenarbeit,* 1948 im Verlag *Volk und Wissen* in Berlin und Leipzig erschienen. Es kostete 1,10 Reichsmark, der Verfasser heißt Adolf Kaiser.

Es geht nicht, da ist der Krieg schon wieder. All die Männer, die Adolf hießen. Es müssen Abertausende gewesen sein. Wahrscheinlich haben nach dem Krieg viele einen anderen Rufnamen angenommen, doch bisweilen begegne ich noch einem Adolf. Zu etwas Normalem wird es nicht werden.

Ich nehme einen Stapel moderner Gartenbücher aus dem Schrank, umweltfreundlich, biologisch, ökologisch. Sie sind bunt, zeigen viele einladende Abbildungen von prachtvollen Gemüsegärten und wissenden Gärtnern. Sonst gibt es wenig Unterschiede zu *Erfolgreiche Gartenarbeit.*

Mir ist die Bücherweisheit ohnehin zu umständlich, ich kann sie mir nicht merken, mir fehlt die Erfahrung. Auf halbem Wege schlage ich die Ratschläge meist in den Wind. Ich wurstele einfach vor mich hin, der Blankower Boden ist mir bis jetzt gnädig.

Hermann Grensling, der einzige Bauer, der auf Blankow erfolgreich war, hätte bestimmt den Kopf geschüttelt, wenn er gesehen hätte, wie ich hier auf gut Glück Gartenbau betreibe. Als er 1941 seinen Betrieb begann, hatte er nicht nur Kühe, Pferde, Schweine, Kleinvieh und fünfundsiebzig Hektar Acker-

und Weideland, er pflanzte auch noch vierzig Obstbäume, brachte die Teiche in Ordnung und räumte das verwahrloste Grundstück auf. Alles, wie es sich gehörte. Natürlich hatte er Knechte und sogar vier polnische Zwangsarbeiter, doch sein Tatendrang und seine Energie waren grenzenlos. Arbeiten, das ist das, was die Grenslings konnten – ich höre es von jedem hier –, sich abrackern, schuften, die anvertrauten Talente nutzen, wie es das Evangelium predigt.

Schon nach kurzer Zeit bereute Hermann Grensling den Kauf des Vorwerks Blankow. Er war flaches Land gewohnt und mühte sich nun mit seinen Pferden und Ochsen hügelauf und hügelab. Bauer Droschler aus dem Weiler lachte Grensling mit seinen schlanken Hannoveranern aus und sagte zu Hause am Küchentisch: Das wird nichts, der Mann ist bald pleite.

Ein paar der Hannoveraner fielen schon bald dem hügeligen Gelände zum Opfer. Danach kaufte Grensling robuste Kaltblüter, die den Gegebenheiten in Blankow besser gewachsen waren.

Wie massiv der Boden hier ist und wie viele Steine er enthält, habe ich gesehen, als ein Bagger das Grundstück für eine neue Klärgrube metertief aufriss. Ringsherum lagen Berge Erde und Lehm und Ton und Feldsteine, die die Tiefe noch tiefer machten. Auf einmal war der Boden unter meinen Füßen nicht mehr als eine Schale, unter der sich eine ganze Welt verbarg. Die Erdarbeiter unten in der Grube waren klein wie Schachfiguren. Immer wieder musste ich hinunterblicken, die Erdschichten lagen frei wie auf einer Profilzeichnung in einem Geografiebuch, ein Marmorkuchen aus Braun-, Grün- und Gelbtönen. Nachdem das Loch zugeschüttet war, lagen mehrere Kubikmeter Feldsteine auf dem Hof, enorme Brocken, die der Bagger auf einen Haufen geworfen hatte.

Irgendwann wären diese Steine ohnehin nach oben gekommen. Der Wasserdruck schafft sie schließlich alle an die Oberfläche, wie schwer und unbeweglich sie auch sind, das Wasser – ob flüssig oder als Eis – ist stärker. Deshalb ist diese Gegend so eine Katastrophe für Bauern, immerzu Steine, auf denen die Pferde sich die Hufe ruinierten und an denen landwirtschaftliche Geräte in die Brüche gehen. Jahraus, jahrein Steine auflesen. Und dieser oft wiederholte Satz mit dem Anflug von Selbstmitleid: Anderswo ernten die Leute Getreide, wir ernten Steine.

Nicht nur der Boden enttäuschte Hermann Grensling, auch die Gebäude. Das Bauernhaus war, wie er feststellen musste, nicht im Entferntesten mit deutschem Ewigkeitsanspruch erbaut worden. Der Dielenboden liegt direkt auf dem Untergrund, und die Mauern sind einwandig. Damit das Bauernhaus vornehmer aussah, war das Fachwerk Anfang des vorigen Jahrhunderts mit einer Zementschicht verputzt worden. Seitdem kann das Haus nicht mehr atmen. Die ganze Feuchtigkeit bleibt im Mauerwerk, drinnen ist es ständig kalt und klamm, auch im Sommer. Um es zu verschönern, hat der Gutsherr dem Haus ein Totenhemd angezogen.

Eigentlich wollte Hermann Grensling Blankow nach kurzer Zeit wieder verkaufen und sich einen Betrieb in seiner Heimat suchen. Der Makler hatte ihm versprochen, das Vorwerk zum selben Preis zurückzunehmen, wenn es Grensling nicht gefiele. Aber Grenslings Mutter, die alte Brunhilde, weigerte sich: Wir bleiben hier.

Die Schlachtung

Eines Morgens stand die Kripo auf dem Hof von Blankow. Wann genau, weiß niemand mehr, aber es war noch in der Zeit der sowjetischen Besatzungsmacht, vor der Gründung der DDR. Gehen wir davon aus, dass es im Winter 47-48 passiert ist. Hermann Grensling wurde verhaftet und ins Gefängnis von Alt-Strelitz gebracht. In der Nacht war Flüchtlingen im Nachbardorf Hohenheim Vieh gestohlen worden; die Spur führte über die Hügel nach Blankow. Ein Drahtzaun war durchgeschnitten worden, und es klaffte ein Loch in der undurchdringlichen Wallhecke, die die alte Grenze zwischen Preußen und Mecklenburg markierte. Die Spur endete beim Maststall, da, wo heute der Wintergarten ist. Drinnen hingen die Eingeweide des Viehs noch an einem Balken.

Dokumente über das Verbrechen existieren nicht mehr. Aber viele Geschichten.

Es war morgens, an einem Wochentag, sagt Renate Grensling. Sie war in der Schule. Dort hörte sie, dass ihr Vater verhaftet worden sei. Als sie nach Hause kam, sagte sie zu ihrer Mutter: Ich weiß es schon, die Polizei hat Papa mitgenommen.

Es war an einem Sonntagmorgen, erzählt Gudrun Krüger. Sie arbeitete in einem Kinderheim in Seeberg und besuchte mit dem Fahrrad ihre Eltern – den hitzköpfigen alten Ludwig und seine junge Frau Hanna –, die neben den Grenslings wohnten. Als Gudrun beim Vorwerk ankam, sah sie zwei Flüchtlingsfrauen aus Hohenheim mit dem Blick am Boden eine Spur verfolgen. Die Spur endete bei Grensling, er lag betrunken im Bett und hatte noch Blut an den Händen.

Morgens in aller Frühe erschien die Polizei auf dem Hof, sie war der Spur von Hohenheim gefolgt, sagt Bernd Michailek, der mit seiner Mutter aus dem Sudetenland gekommen war.

Es war 1955, sagt Hermann Grensling jr. zu meiner Verwunderung. Er war nach Seeberg gefahren, um Milch zur Molkerei zu bringen. Als er zurückkam, war die Polizei auf dem Hof, und es herrschte großer Aufruhr. Er wusste nicht, was genau passiert war und wer dahintersteckte, aber irgendwelche Leute hätten einen Platz zum Schlachten gesucht, und sein Vater hätte zugestimmt: bei ihnen hinten würde niemand Wind davon bekommen.

Seine Frau sieht ihn ungläubig an und sagt: In der Zeit wurde schon lange nicht mehr schwarz geschlachtet. Hermann jr. schweigt. 1947 war er zwölf, 1955 zwanzig. Kann man sich so sehr irren?

Es war *Vieh* gestohlen und geschlachtet worden, so seine Schwester Renate.

Das deutet auf mehr als eine Kuh hin.

Die Flüchtlingsfrauen haben Zeter und Mordio geschrien, so Gudrun Krüger. Wer schlachtet denn auch eine trächtige Kuh!

Es ging um die beste Milchkuh des Kreises und um einen prämiierten Zuchtbullen, so ihr Cousin und Neffe Wolfgang, der Sohn von Marie Krüger.

Es waren eine Kuh und eine Färse, so Bernd Michailek. Die Polizei hat die Schlachtabfälle unter den Flüchtlingen auf dem

Hof verteilt. Seine Mutter hat eine leckere Fleischbrühe daraus gekocht.

Wir haben den Ochsenschwanz bekommen, erzählt Wolfgang Krüger, das war was Besonderes damals.

Ihr Vater sei nicht dabei gewesen, sagt Renate Grensling. Wie war das noch mal – sie denkt laut nach –, es hieß, er habe davon gewusst. Er soll den Platz zur Verfügung gestellt haben. Ob es wirklich so war, weiß sie nicht.

Meinen die Grensling-Kinder, Viehdiebe hätten es getan? Unmöglich, sagt Wolfgang Krüger, nicht im Stall des Bauern, abends wurde ja alles abgeschlossen. Unser Zimmer lag im Bauernhaus neben der Diele, und meine Mutter hat nachts im Haus gedämpfte Schritte gehört, es ging hin und her, aber sie dachte sich nichts dabei. Sie müssen Alkohol getrunken haben. Obwohl auch das wieder seltsam ist bei so frommen Leuten. Die Frau, der die Kuh gehörte, ist zusammengebrochen.

Angeblich war Grensling dabei, sagt Bernd Michailek. Es wird tatsächlich behauptet, er sei betrunken gewesen, dabei trank er doch nie.

Der Bauer hat – obwohl die Leute so fromm waren – bei Schiebergeschäften mitgemacht, sagt Wolfgang Krüger. Sie müssen einen heißen Draht nach Berlin gehabt haben. Der Mann, der die Geschäfte vermittelte, hatte sein Auto mit Anhänger auf der anderen Seite der Chaussee im Buchenwald geparkt. Das meiste Fleisch hatten sie schon dorthin geschafft.

Das Fleisch war runter zur Chaussee gebracht worden, sagt auch Bernd Michailek, da war ein Auto versteckt. Es wurde beladen und nach Berlin gefahren. Vielleicht hatten sie den Bauern bequatscht. Ich kann mir nicht vorstellen, dass er es nötig hatte, er hatte selbst genug Vieh im Stall. Er hat drei Jahre bekommen, seine Frau eineinhalb Jahre. Wegen guter Führung sind sie beide eher entlassen worden.

Die Kontakte liefen über Czarmak, einen Nazi aus Jahnshof, nicht weit von hier, sagt Renate Grensling später, das Fleisch ging nach Westberlin. Schwarzschlachtung war ein Wirtschaftsvergehen. Papa hatte zugegeben, dass Mama davon wusste, deshalb wurde auch Mama, als er nach zwei Jahren zurückkam, für neun Monate eingesperrt, als Mitwisserin. Außerdem mussten wir den Flüchtlingen in Hohenheim eine Kuh und ein Pferd geben. Wir hatten dann nur noch eine Kuh.

Er musste eine seiner Kühe als Ersatz geben, sagt Gudrun Krüger, na, er hat ein richtiges Gerippe ausgesucht. Meine Mutter hat gesagt: Siehst du, so sind sie, die Frommen, die immer nur beten und bei denen der Pfarrer die Türe einrennt.

Vater wollte nie mehr darüber reden, sagt Hermann jr. Und er blickt schweigend vor sich hin. Als ich ihm noch eine Frage stelle, wird er starr wie eine Schaufensterpuppe. Seine Augen blicken ins Leere, seine Ohren hören nichts. Er sitzt nur da. Das Schweigen seines Vaters ist wie ein unumstößliches Verbot in ihn gekrochen. Er kann nur beklommen ins Nichts starren, bis ich aufhöre zu fragen.

Einmal war Renate mit ihrer Mutter im Gefängnis von Alt-Strelitz. Ihr Vater hockte dort den ganzen Tag allein in einer Zelle. Er sagte zu ihrer Mutter: Auguste, wenn ich hier bleibe, überlebe ich nicht.

Schließlich wurde er in ein Gefängnis in dem Ort Dauer nördlich von Prenzlau verlegt, wo er auf dem Land arbeiten musste. Dort ging es ihm besser. Bei der Konfirmation seiner Söhne Hermann und Manfred war er noch in Haft, aber eines Vormittags, Anfang 1950, war er plötzlich wieder da. Er war abends spät mit dem Zug zurückgekommen.

Und dann musste Auguste Grensling neun Monate ihrer Strafe verbüßen. Es muss die Hölle gewesen sein. Später sagte sie manchmal zu ihrer einzigen Tochter Renate: Ich habe nicht gewusst, dass Frauen untereinander so niederträchtig sein können.

An dem Tag, als beide Eltern wieder zu Hause waren, dankten die Grensling-Kinder Gott auf den Knien. Endlich hatte die Großmutter nicht mehr so viel zu sagen, die in diesen drei Jahren ein hartes Regiment geführt hatte. Strenge, Arbeit, Pflicht und Beten – etwas anderes gab es nicht.

Als Auguste Grensling zurückkam, muss auch ihr Schwager Bernhard gejubelt haben: Endlich konnte er seine Pläne verwirklichen. Er machte sich aus dem Staub und floh in den Westen. Was war das doch für ein sympathischer Mann, der Bruder des Bauern, sagen alle. Die Flüchtlingskinder arbeiteten gern mit ihm auf dem Feld, denn er war der einzige, der seine Butterbrote mit ihnen teilte. Bernhard hielt auch Bienen, unten im Bienenhaus, das noch der alte Johannes Vonnauer hatte bauen lassen. Und nun war er in seine alte Heimat in der Nähe von Lüneburg gegangen. Dort kaufte er einen kleinen Bauernhof. In fortgeschrittenem Alter fand er seine Jugendliebe wieder und heiratete.

Ich sitze mit einem Buch in der Morgensonne und lasse meinen Blick über den leeren Hof schweifen. Das Vorwerk ist im *Ruhestand*. Sogar die Jauchegrube stinkt nicht mehr, und der Misthaufen ist ein kleiner Hügel unter dem Grün. Kühe höre ich nur noch bei Südwestwind in der Ferne auf den Hügeln von Carlshagen muhen. Über mir segeln Vögel in großen Bogen durch die Luft.

Endlich sind sie da, die Schwalben. Die erste erschien bereits vor ein paar Wochen, als Kundschafterin. Jetzt ist der Rest angekommen. Ich reiße die eiserne Stalltür auf. Ab und zu fliegt eine Schwalbe hinein. Sie probieren die Lüftungsschlitze aus

Keramik aus, sie üben, testen. An den alten Nestern, die drinnen an den weißgekalkten Balken hängen, sehen sie sicher, dass hier ein guter Platz für sie ist.

Der Hund rennt mit großen ungebärdigen Sprüngen über den Hof, kläfft begeistert: etwas zum Jagen, etwas anderes als die dicken, surrenden Hummeln und die ewigen Katzen, die immer vorsichtig am Rand des Anwesens bleiben. Mitunter gleiten die Schwalben dicht über dem Boden dahin, als wollten sie den Hund ärgern, um dann wieder in die Höhe zu schießen. Der Hund macht sich so groß wie möglich und springt hoch, hebt fast ab vor lauter Verlangen, die Vögel zu erwischen; es würde ihn nicht wundern, wenn er auf einmal fliegen könnte. Und mich auch nicht.

Alles, was sich bewegt, versetzt den Hund in Aufruhr. Die Schwalben haben seine Instinkte geweckt. Kurz darauf springt er wie ein Reh durch den größtenteils eingetrockneten Weidenpfuhl. Ein hoher Sprung und dann Stillstand, angespannte Wachsamkeit, der Schwanz nach oben, die Ohren gespitzt, zwei Sprünge, manchmal drei. Schnüffelnd steckt er die Schnauze zwischen die Halme. Plötzlich weiß ich, was los ist, ich kenne seine Bewegungen inzwischen, er hat eine Ringelnatter oder eine Blindschleiche entdeckt.

Nein, rufe ich und laufe zu ihm hin. Doch es ist schon zu spät, er schnappt nach einer Blindschleiche, die sich, starr vor Angst, totstellt. Er fasst das Reptil mit den Zähnen, schüttelt es, und es fällt in zwei Stücken ins Schilf, mit dunkelroten, blutigen Enden. Der vordere Teil bewegt sich noch, darin steckt die Blindschleiche. Sie richtet den Kopf auf, als wäre sie verwundert über das, was ihr zugestoßen ist. Es sind ihre letzten Zuckungen, eine halbe Blindschleiche kann mit Sicherheit nicht weiterleben. Mir graut, ich wende mich ab und muss mich beherrschen, um dem Hund keinen Tritt zu versetzen. Wir gehen zum Stall zurück. Die Schwalben bekommt er zum Glück nicht zu fassen.

Gegen Abend schließe ich die Stalltür und öffne eines der kleinen Fenster. Mit dem Hund in Alarmbereitschaft beobachte ich durch die Glasscheiben in der Zwischenwand, wie das Schwalbenpärchen im Stall einen Ausweg sucht. Die beiden flattern vor jedes Fenster, prallen dann und wann gegen eine Scheibe, nur an dem geöffneten Fenster fliegen sie jedes Mal vorbei. Als würde ich bei einem Computerspiel zuschauen: Und jetzt? Nein, wieder nicht getroffen. Stümper. Ich hatte geglaubt, sie würden sich nach der Zugluft richten, aber gerade die meiden sie. Nachdem sie eine Nacht eingesperrt waren, finden sie den Weg durch das Stallfenster. Und zurück. Aber zum Nisten ist es noch zu früh. Auf einem kleinen Mauervorsprung von nicht mal fünf Zentimetern hoch oben an der Stallwand paaren sie sich flatternd und zwitschernd.

Nun beginnen meine Vormittage draußen auf dem Hof. Meine Blicke folgen den hin- und herfliegenden Schwalben, so wie sie an Fernsehbildern haften bleiben. Bewegung, Wille, Leben. In den Nachkriegsjahren spielten hier, direkt vor mir, wo es heute immer still ist, die Kinder von Blankow Fußball. Es waren so viele, dass sie richtige *Mannschaften* aufstellen konnten. In Dornhain und Blankow zusammen lebten dreihundertdreiundvierzig Menschen, ungefähr doppelt so viele Einwohner wie vor dem Krieg.

Ich versuche, mir das Chaos vorzustellen, das damals hier herrschte, die Richtungslosigkeit, die Angst, den Opportunismus und die Hoffnung. Nichts wurde festgehalten, nichts blieb bewahrt. Die Geschichtsbücher und Gelegenheitswerke, die Archive und Lebensläufe springen meist schnell über diese Zeit hinweg, fast nahtlos, als sei sie nicht der Mühe wert, als sei damals nichts geschehen. Es war eine Zeit des Abwartens. Erst musste der Kampf um Deutschland und um die Welthegemonie auf internationaler Ebene geführt werden, und das mündete in den Kalten Krieg. Hier in der Besatzungszone der Sowjets gab es die Bodenreform 1945, und später kamen dann die LPGs, das aber war erst Anfang der fünfziger Jahre. Es gab die Kommunisten und die Sozialdemokraten, die in Berlin die Sozialistische Einheitspartei Deutschlands gründeten. Es gab die Gründung der DDR. Erst dann wird die Geschichte von Dörfern und Landstrichen wieder aufgenommen, im Jahr 1949.

Die Jahre von der Stunde Null bis zur Deutschen Demokratischen Republik waren außerhalb des Machtzentrums Berlin ein Niemandsland in der Zeit. Familien warteten in großer Unsicherheit auf die Heimkehr ihrer Männer aus der Kriegsgefangenschaft. Viele Flüchtlinge und Vertriebene führten eine provisorische Existenz und hofften, in ihre Heimat zurückkehren zu können. Oder sie waren von Zweifeln befallen: Dableiben oder abermals aufbrechen und weiterfliehen in die Westzonen?

Es war eine bizarre Umkehrung, nun musste das deutsche *Herrenvolk* hinter der Elbe nach der Pfeife der Slawen tanzen, Bolschewiken obendrein. Mehr als ein Jahrzehnt hatten sie sich als gute Bürger des Dritten Reiches erwiesen, indem sie diese *Untermenschen* verachteten, umbrachten, ausrotteten, und nun mussten sie vor ihnen kuschen, ihnen dienen und gehorchen. Der Held war fortan ein Schurke, die Schurken waren die neuen Helden, die Befreier.

Dennoch – so übel schien das Leben in der sowjetischen Zone anfangs nicht zu werden, als deutsche Kommunisten und Sozialdemokraten wieder zum Vorschein kamen und zusammen mit den Sowjets am Aufbau einer neuen antifaschistischen Gesellschaft arbeiteten. Und alle diejenigen, die desillusioniert nichts mehr von Politik wissen wollten, waren froh, dass sie nun wenigstens ein Stückchen Grund und Boden, eine Kuh und Kleinvieh besaßen. Der Anfang war gemacht, nun musste die Nahrungsmittelproduktion in Gang kommen. Schon bald wurden die Bauern verpflichtet, ein Plansoll zu erfüllen und ihre Erträge zu festen Preisen an den Staat zu verkaufen. Nur über das, was sie darüber hinaus produzierten, konnten sie selbst verfügen. Wer kein Land besaß, arbeitete bei den Bauern für seine tägliche Mahlzeit und ein Dach überm Kopf. Lebensmittel waren noch jahrelang nur gegen Marken erhältlich.

Der Viehbestand musste von Neuem aufgebaut werden, als Kriegsbeute war er fast gänzlich geschlachtet und verzehrt worden oder eingegangen. Hermann Grensling hatte sofort nach der Kapitulation etwas von seinem selbstgemachten Wein wieder aus dem Garten ausgegraben und einen seiner ehemaligen polnischen Zwangsarbeiter damit zu den Russen geschickt. Dem Polen gelang es, den Wein gegen eine Kuh einzutauschen. Nach einigem Betteln bekam Grensling für zwanzig Eier und ein paar Hühner auch noch ein Pferd, eine Schindmähre, die die Russen am nächsten Tag wieder zurückholten. Schließlich gelang es ihm, ein Pferd einzufangen, das frei auf der Chaussee herumlief, und etwas später trieb er ein zweites auf. Wenn sie nicht vor die Wagen gespannt waren, versteckte er sie im Keller unter der Getreidescheune; dort würde niemand nach Pferden suchen.

Es dauerte ein paar Jahre, bis die Ställe wieder voll waren. Als Grensling im Gefängnis saß, klapperten seine Frau Auguste und sein Bruder Bernhard die ganze Gegend ab, um Leute zu finden, die ihre Kuh verkaufen wollten.

Nicht nur der Boden, auch die Macht sollte verteilt werden. In den Ordnern mit Material für die Gemeindechronik von Dornhain und Blankow fand ich eine Liste von 1946 mit den Namen der Mitglieder des neuen Gemeinderates. Die meisten werden dort als Vertreter der SED aufgeführt: Hermann Grensling, der Landarbeiter und Schuster Thomas Wilke, der Hufschmied Urfelt an der Chaussee und dessen Schwiegertochter Marianne. Das kann einfach nicht stimmen, bekomme ich hinterher zu hören: der ultrafromme Grensling, die querköpfigen Urfelts und der sanftmütige Wilke – das ist so gut wie ausgeschlossen, selbst im Chaos des Anfangs. Und wer einmal Mitglied der SED war, kam außerdem nicht mehr ohne Probleme davon los.

Hermann Grensling war zwar für sehr kurze Zeit Bürgermeister von Blankow, doch das behagte ihm nicht. Bauer Droschler wurde sein Nachfolger, nach Droschler kam Holger Urfelt, der Sohn des Hufschmieds. Der Bürgermeister musste jede Woche ins Büro des russischen Kommandanten in der Stadt, um bis ins Kleinste Rechenschaft abzulegen. Die gesamte Besatzungszone war mit einem dichten Netz sowjetischer Kommandanturen überspannt.

Unterdessen räumten die Sowjets im Rahmen der Reparationsleistungen Deutschlands Osten aus. Daneben ging das Rauben und Plündern weiter, trotz strenger Strafen. Viehdiebstahl war eine Plage. Oft stahlen Russen oder ihre Handlanger, die dafür mit Alkohol bezahlt wurden, das Vieh von den Höfen. Aber die Deutschen unternahmen auch alles mögliche zu ihrer eigenen Selbsterhaltung: Schwarzschlachten und Wilderei waren ganz normal. Die Menschen hatten Hunger. Man riskierte zwar, ein, zwei Jahre ins Gefängnis zu kommen, doch was bedeutete das in einer Zeit, in der so viele Männer gefallen oder vermisst waren oder vielleicht nie aus der Kriegsgefangenschaft zurückkehren würden. Man konnte von Glück sagen, dass man noch lebte.

Es war auch eine schöne Zeit, sagen die Kinder von damals heute, wo sie alt sind; alle waren gleich. In anderen Momenten jedoch erinnern sich die ehemaligen Flüchtlingskinder daran, dass sie ständig Hunger hatten: Keines der Bauernkinder hatte einen so unterwürfigen Bettlerblick, keines einen so leeren Magen wie sie.

Die Erwachsenen waren froh, dass das größte Elend vorbei war und dass sie damit anfangen konnten, sich wieder eine Existenz aufzubauen. In Blankow haben sich die Bauern immer gegenseitig geholfen, sagt die achtzigjährige Käthe Droschler – aber auch das ist mehr ein nachträglicher Wunsch als die damalige Wirklichkeit. Vor allem sorgte jeder für sich. Auch auf Blankow haben sich die Leute gegenseitig bestohlen, betrogen und verraten. Jeder rannte zum russischen Kommandanten, um sich zu beschweren und andere anzuschwärzen, wie sollten sie sonst ihr Recht durchsetzen? Es war der wilde Osten.

So etwas passierte auch mit der Getreidemühle der Grenslings. Es war verboten, privat Korn zu mahlen, um von dem Mehl Brot zu backen, wie Auguste es gewohnt war. Alle erhielten Lebensmittelkarten, und das musste reichen, das Getreide musste bis aufs letzte Körnchen abgeliefert werden. Deshalb hatte Holger Urfelt, inzwischen Bürgermeister von Blankow, die Mühle der Grenslings beschlagnahmt. Es war in der Zeit, als Hermann Grensling im Gefängnis saß. Auguste, die nun kein eigenes Brot mehr backen konnte, spannte eines Morgens das Pferd an, lud fünfzig Kilo Roggen in die Kutsche und fuhr zur Chaussee, zu den Urfelts.

So, Holger, sagte sie, ich weiß, dass du meine Schrotmühle nicht verplombt hast, weil du sie selber benutzt, also mahl den Roggen für mich, sonst zeige ich dich an.

Aber es konnte auch anders kommen. Urfelt war ein Draufgänger, der vor nichts und niemandem Angst hatte. Eines Tages waren die Treibriemen des neuen Dreschkastens von Bauer Grensling verschwunden, und ganz Blankow war bestürzt, denn alle droschen mit dieser Maschine ihr Getreide. Holger Urfelt hatte so seine Vermutungen und auch den Mumm, das Auto eines Kreisfunktionärs anzuhalten. Er fand die Treibriemen.

Bei anderen Anlässen richteten sich seine Handlungen wiederum gegen die anderen Blankower. Es gab häufig Scherereien wegen des Plansolls. Als Urfelt das Holz von ganz Blankow bei der Kreisverwaltung ablieferte, soll er angeblich achthundert Mark, die den Grenslings zustanden, in die eigene Tasche gesteckt haben; Auguste Grensling fuhr nach Neustrelitz, um sich zu beschweren. Ende der vierziger Jahre hatte Urfelt sich so unmöglich gemacht, dass er fast im Gefängnis gelandet wäre.

Oder war es anders? Seine Tochter Gabi sagt, Holger Urfelt habe als Bürgermeister von Blankow Hausschlachtungen genehmigen müssen und dabei auch mal ein Auge zugedrückt. Das sei den Russen zu Ohren gekommen. Er wäre gerade wegen seiner Gutmütigkeit verfolgt worden.

Und dann gab es noch Stephan Droschler, den anderen Bauern aus dem Weiler. Droschler lieh sich bei den Grenslings regelmäßig Werkzeug und Material aus der Schmiede und riss es sich dann unter den Nagel. Was sich genau abgespielt habe, wüssten sie nicht, sagen die Kinder heute, doch als Stephan Droschler 1952 mit Lungenkrebs auf dem Sterbebett lag, hat er offenbar Hermann Grensling zu sich gerufen, um ihn zu bitten: Hermann, kannst du mir noch einmal verzeihen?

Hermann Grensling war der einzige echte Altbauer in Blankow, und mit seinen fünfundsiebzig Hektar bekam er schon bald das herabsetzende Etikett »Großbauer« verpasst. Droschler und Urfelt, beide Mecklenburger, hießen seit 1945 auch Altbauern, doch sie hatten sich als Aufsiedler erst in den dreißiger Jahren von ihrem Landarbeiterdasein befreit und das selbstständige Bauerntum nicht von Kindheit an mitbekommen. Grensling zog Neid auf sich, nicht nur von Mecklenburgern, sondern auch von Vertriebenen, die ihre Gehöfte im Osten verloren hatten und dort früher vielleicht ebenso gut gewirtschaftet hatten wie Großbauer Grensling nun in Blankow.

Als ihre Eltern im Krieg auf das Vorwerk zogen, haben sie alle Bauern von Blankow eingeladen, erzählt Tochter Renate. Die fanden das schön und gut, aber weiter brachte es nichts.

Die Grenslings lebten sehr zurückgezogen, höre ich immer, man wurde mit ihnen nicht warm, sie hatten so einen seltsamen Glauben. Sie konnten nur arbeiten, arbeiten und beten. Sie waren richtige Bauern, bei ihnen war immer alles tipptopp, der Hof war wie geleckt. Neiderfüllt erinnert sich Käthe Droschler an die Weihnachtsfeste bei den Grenslings: Alles war prächtig geschmückt, und der Tisch war mit Gebäck überladen. Esswaren aus dem Laden kamen dort nicht auf den Tisch, das Obst, die Marmelade, alles stammte aus dem eigenen Garten. Ich habe heute noch Rezepte von Auguste Grensling.

Die Grenslings gaben niemandem etwas ab, höre ich auch, sie waren sehr knauserig, nicht ein Kind aus Blankow durfte jemals in ihre Wohnung. Na ja, Jana Huffel wurde einmal zu Renates Geburtstag eingeladen, aber damals saßen sie draußen auf der Terrasse.

Manchmal höre ich andere Geschichten. Von Gabi, der Tochter von Holger Urfelt, was mich wundert. Die Grenslings waren ihre Paten, erfahre ich. Sie wurde 1947 geboren, ihre Mutter Marianne arbeitete auf dem Feld, als die Wehen einsetzten. Sie schaffte es nicht mehr bis zu ihrem Haus an der Chaussee und bekam ihr Kind bei den Grenslings. Auguste Grensling half als Hebamme. Sie gab den Urfelts, die bettelarm waren, auch regelmäßig Milch und Äpfel. Die Landwirtschaft der Urfelts, die sie neben der verkümmerten Hufschmiede betrieben, warf offenbar nicht viel ab.

Es ist der neuen Staatsmacht nicht gelungen, Holger Urfelt zu verhaften. Hinter seinem Gehöft, im Wald vor dem Fuchsberg, befand sich ein Bunker; dort versteckte er sich, bis er die Chance sah, nach Westberlin zu fliehen. Seine Frau Marianne kam mit den beiden Kindern nach. Holger und Marianne fanden eine Anstellung als Hausmeister in einem privaten Häuserblock und erhielten dort eine Wohnung. Holger arbeitete außerdem in einer Kohlenhandlung. Sie bekamen noch vier Kinder.

In West-Berlin lebten sie in bitterer Armut, erzählt die älteste Tochter Gabi. Von der Kirche bekamen sie hin und wieder Lebensmittelpakete, und sie und ihre Schwester wurden nach Holland verschickt, um zu Kräften zu kommen. Gabi zeigt mir ein altes Dokument, eine Aufenthaltsgenehmigung: gültig von Juli bis Oktober 1956, ausgestellt von der Polizei in Renkum.

Die Erholungsaufenthalte in Holland wurden von einem Wohltätigkeitsverein organisiert und waren für Kinder aus sozial schwachen Familien gedacht, erzählt sie. Sie reisten mit dem Flugzeug von Tempelhof, das war unglaublich aufregend. Sie wohnten bei Pflegeeltern in einer geräumigen Villa, unten war der Fluss, über den große Schiffe fuhren. Es waren Geschäftsleute, sie hatten selbst schon ältere Kinder und waren sehr nett. Nachmittags tranken sie Tee und aßen dazu eine Art *Lebkuchen*.

Sieben Jahre konnte Holger Urfelt nicht zurück nach Hause. Als seine Mutter 1957 starb, stellte er einen Einreiseantrag und ging das Risiko ein. Sie ließen ihn in Ruhe. Holger kehrte mit Marianne und den Kindern nach Blankow zurück, wo der Familienbetrieb in der LPG *Neues Deutschland* aufgegangen war. Er arbeitete im Pferdestall bei Jakob Huffel, der inzwischen auf dem Vorwerk wohnte.

Wenn ich am Dornhainer See entlanggehe, muss ich an Holger Urfelt und seine Marianne denken. Auf der Blankower Seite liegt eine kleine Insel zwischen dicht bewachsenen Ufern; dort versteckte sich Bauer Albers, nachdem Holger Urfelt ihn verraten hatte.

Es ist eine dieser vielen Geschichten, über die Gerüchte im Umlauf sind und die wohl nie mehr aufgeklärt werden.

Am Seeufer liegt, ebenfalls versteckt, ein Häuschen, das das *Kloster* genannt wird. Von der Chaussee aus sieht man tief unten gerade noch das Dach durch die Bäume schimmern. Hier hatte Bäuerin Albers Zuflucht gesucht, als ihr Aufsiedlungshof an der Straßenkreuzung im April 1945 nach dem Einschlag einer verirrten Granate bis auf die Grundmauern abgebrannt war. Andere behaupten, die Russen hätten dort eine Nazifahne gefunden und das Gehöft deshalb in Brand gesteckt. Bauer Albers befand sich zu jener Zeit in französischer Kriegsgefangenschaft.

Das *Kloster* wurde ein Zufluchtsort für junge Frauen. Die Schlesierin Ella Jurczyk war nach dem Streit mit ihrer Schwester und ihrer Mutter bei Bäuerin Albers eingezogen. Und Marianne, die Freundin von Holger Urfelt, ging dort ein und aus. Sie war im Krieg von einem »Jugendschutzlager« in der Uckermark aus bei Bauer Albers zur Arbeit eingesetzt worden. Die Frauen hatten sich miteinander angefreundet. Alle drei waren schwanger. Bäuerin Albers bekam das fünfte Kind, Ella Jurczyk das Kind von ihrem französischen Geliebten und Marianne das Kind von einem Soldaten, obwohl sie schon ein Jahr mit Holger befreundet war. Im Frühjahr 1945 heirateten Holger und sie, ihr erstes Kind starb noch im selben Jahr an Fieberkrämpfen.

Marianne war ein nettes Mädchen, erzählte Ella mir an ihrem Küchentisch in Dornhain. Als sie verheiratet war, hat sie mir immer heimlich Haferflocken gegeben. Die Bauern hatten immer noch irgendwo was zu essen übrig.

Von Gabi Urfelt erfuhr ich, dass ihr Großvater mütterlicherseits in Leipzig einen Frisiersalon besessen hatte und dass ihre Großmutter jung gestorben war. Marianne war vor der Zeit in der Uckermark in einem Lager bei Lüneburg interniert gewesen und davor, zusammen mit ihrem Vater, in Buchenwald. Sie sollen in ihrem Friseurgeschäft auch jüdische Kunden bedient haben.

Eines Tages kam Bauer Albers unerwartet nach Hause, er war aus der Kriegsgefangenschaft entkommen. Holger Urfelt hat damals die Russen verständigt. Die kamen nachts, um Albers zu holen, doch er konnte sich im letzten Moment aus dem Haus schleichen und auf der kleinen Insel verstecken. Wer sich im Sumpfland nicht sehr gut auskannte, riskierte es, zu ertrinken. Kurz darauf floh die ganze Familie Albers in ihre alte Heimat bei Lübeck.

Warum Holger Urfelt Bauer Albers verraten hat, weiß Ella Jurczyk bis heute nicht. Holger war ein prima Kerl, sagte sie, aber er konnte auch ein Deubel sein.

Auch Tochter Gabi hat keine Ahnung. Sie weiß fast nichts über die Kriegszeit, ihre Eltern haben nie darüber gesprochen. Nur wenn sie ausdrücklich fragte, erfuhr sie gelegentlich etwas. Ihr Vater hatte ihrer Mutter verboten, einen Antrag auf Entschädigung zu stellen. Wahrscheinlich wollte er nicht, dass die ganze Sache wieder aufgerührt wurde. Nach seinem Tod haben es die Urfelt-Kinder noch versucht, aber da war es zu spät.

Ihre Mutter hat in den Lagern als junge Frau von zweiundzwanzig schreckliche Dinge erlebt, erzählt Gabi. Ein Bild habe ihre Mutter bis zuletzt verfolgt: Eine Frau hatte ihr Baby vor den Aufsehern versteckt, die ss-Leute kamen dahinter und gingen mit Schäferhunden auf die Suche. Sie fanden das Baby und ließen es von den Hunden zerreißen.

Was nun? Die Lähmung allein bei der Vorstellung dieser Gräueltat, die Sprachlosigkeit. Die Zeit kommt zum Stillstand, bis ich sie brüsk wieder in Bewegung setze, indem ich mich abwende, zur Tagesordnung übergehe. Aber das will ich nicht immer. Ich suche meine Zuflucht bei Hans Graf von Lehndorffs Ostpreußischem Tagebuch, der Passage, in der er über all die Grausamkeit um ihn herum nachdenkt. Es ist die Grausamkeit gegen die Deutschen, die er miterlebt, doch es hätte ebenso gut die Grausamkeit der Deutschen sein können. Oder die von jedem anderen.

Gleichzeitig erwacht, mir selbst zum Entsetzen, ein ganz neuer Sinn, eine Art von kalter Neugier. Was ist das eigentlich, so frage ich mich, was wir hier erleben? Hat das noch etwas mit natürlicher Wildheit zu tun oder mit Rache? Mit Rache vielleicht, aber in einem anderen Sinn. Rächt sich hier nicht in ein und derselben Person das Geschöpf am Menschen, das Fleisch an dem Geist, den man ihm aufgezwungen hat? Woher kommen diese Typen,

Menschen wie wir, im Banne von Trieben, die zu ihrer äußeren Erscheinung in einem grauenvollen Mißverhältnis stehen? Welch ein Bemühen, das Chaos zur Schau zu tragen! Dazu diese stumpfe bellende Sprache, aus der das Wort sich längst zurückgezogen zu haben scheint. Und diese verhetzten Kinder, fünfzehnjährig, sechzehnjährig, die sich wie Wölfe auf die Frauen stürzen, ohne recht zu wissen, um was es sich dreht. Das hat nichts mit Rußland zu tun, nichts mit einem bestimmten Volk oder einer Rasse – das ist der Mensch ohne Gott, die Fratze des Menschen. Sonst könnte mich dies alles nicht so peinlich berühren – wie eigene Schuld.

Jeder war mit seiner Erinnerung allein, mit den Gräueln, die er gesehen, mit den Demütigungen, die er erlitten, mit der Schuld, die er auf sich geladen, den Verbrechen, die er begangen hatte.

Unterdessen lebten viele Menschen – häufig mittellos – dicht gedrängt auf kleinem Raum, notgedrungen, Wildfremde. Als Landsleute wurden sie kaum gesehen, sie kamen von nah und fern, Deutsche, das ja. Am besten wusste man so wenig wie möglich voneinander.

Der Großvater von Frieda und Wolfgang, der alte Maurer Ludwig Krüger, der neben den Grenslings wohnte, war so ein Hitzkopf, dass seine Frau und seine Tochter manchmal Angst bekamen, er könnte vollends den Verstand verlieren. Im Ersten Weltkrieg scheint er viel durchgemacht zu haben, doch er wollte nie darüber reden, wo er damals gewesen und was dort geschehen war. Nach seiner Rückkehr wurde er von seiner ersten Frau geschieden. Das schreckliche Geheimnis, das er mit sich trug, war ihm, so seine Tochter Gudrun, unter die Haut gekrochen und brach immer wieder in Form von unbändigem Zorn durch. So nahm sie ihn in Schutz, so suchen Kinder eine Erklärung für das Verhalten, für die Taten ihrer Eltern, damit sie sie nicht ablehnen müssen. Und solange die Schrecknisse keinen Namen bekommen, bleibt auch offen, ob es Schuld oder Kummer war, woran die Eltern am meisten zu tragen hatten.

Ludwig Krüger kam 1946 mit seiner zweiten Frau und seiner Tochter in Blankow an – seine beiden Söhne kehrten nicht aus dem Krieg zurück. Er bekam ein Zimmer mit einer kleinen Küche neben der Wohnung der Grenslings. Marie Krüger, die gleichzeitig seine Schwägerin und seine Schwiegertochter war, wohnte dort schon, sie teilte mit ihren drei Kindern und der alten Mutter einen Raum.

In Blankow musste auch der siebzigjährige Ludwig wieder ganz von vorn anfangen. Nach dem Überfall Deutschlands auf Polen hatte er seine Baufirma im »Warthegau« verkauft. Als Maurer konnte er überall Arbeit finden, und seine Frau nähte und flickte auf ihrer alten Singer Kleider und ließ sich dafür mit Lebensmitteln bezahlen. Ab und zu bekam Ludwig Päckchen aus Kanada von seinen fünf Schwestern, die nach dem Ersten Weltkrieg dorthin ausgewandert waren.

Ludwig Krügers Wut konnte jäh und erschreckend heftig auflodern. Maries Kinder – seine Enkel – mussten durch seine Wohnung, um in ihr Zimmer zu gelangen. Das brachte ihn zur Weißglut. Sie sollten den Haupteingang benutzen, verlangte er, und durch die Diele von Bauer Grensling gehen. Doch der schob einen Schrank vor die Tür. Der alte Krüger geriet außer sich, er ließ sich von niemandem Vorschriften machen. In der vornehmen Diele mit dem stets blitzblank gebohnerten Fußboden trat er gegen den Schrank und warf ihn um. Krüger ging sogar zum russischen Kommandanten, um sein Recht einzufordern – dass er das wagen würde, hätte Bauer Grensling nicht gedacht. Und Krüger bekam recht. Künftig mussten Marie Krügers Kinder durch die Diele der Grenslings gehen.

Grenslings waren jedoch auch nicht gerade zimperlich, wenn es darum ging, Krüger Steine in den Weg zu legen. Als er einen Gemüsegarten anlegen wollte, wies Bauer Grensling ihm ein Fleckchen Erde irgendwo auf dem Acker zu. Krüger hätte kilometerweit Wasser schleppen müssen, und die Hasen und Rehe hätten seine jungen Pflanzen sofort abgefressen. Erneut sprach er beim russischen Kommandanten vor. Der nahm die Sache persönlich in Augenschein, und Grensling konnte ihm gar nicht schnell genug ein Stück Grund auf dem Hof abtreten. Dass der Großbauer, der Kapitalist Grensling, bei den Russen gegenüber dem alten besitzlosen Krüger den Kürzeren ziehen würde, war absehbar gewesen.

Ludwig Krüger ging man lieber aus dem Weg. Sein Ruf als Eisenfresser lebt weiter, sogar bei Leuten, die zum Zeitpunkt seines Todes noch gar nicht auf der Welt waren. Er war der erste, der ein Fahrrad besaß, hörte ich, und es klang wie eine Anschuldigung. Ach, die Gestapo, sagte jemand anders, doch als ich nachbohrte, kam mein Gesprächspartner ins Stottern.

Renate Grensling äußerte zurückhaltend: Die Familie von Ludwig Krüger mochten wir nicht so, die haben auch nicht bei uns gearbeitet. Renates Bruder Hermann hat ihn sogar fast aus seiner Erinnerung getilgt: Ludwig Krüger?, sagte er, der hat nicht mehr so lange gelebt.

Neun Jahre wohnten die Familien nebeneinander, in einem Haus mit dünnen Wänden.

Der Bauer war fuchsig, weil wir nicht bei ihm arbeiten wollten, meinte Gudrun Krüger. Sie ist bis heute der lebendige Beweis dafür, dass sich die Familien nicht vertrugen: In ihrer Version der Schwarzschlachtung kommt Bauer Grensling am schlechtesten weg. Und sie kennt weitere Geschichten. So sollen die Grenslings die Fuhrwerke der Flüchtlinge, die unbeaufsichtigt vor ihrem Hof standen, als die Rote Armee in Sicht kam, ausgeplündert haben. Und Gudrun fügt hinzu: Aber glauben Sie, Tante Marie hätte davon etwas für ihre drei Kinder abbekommen? Sie haben die Kleider lieber auf dem Dachboden von den Motten zerfressen lassen. Immer nur beten und keine Nächstenliebe, wie verträgt sich das denn miteinander?

Dass ihr eigener Vater sich auch nicht um die drei Kinder gekümmert hat, obwohl er ihr Großvater war, kommt in ihren Geschichten nicht vor. Dazu sagt sie nur: Mein Vater und Tante Marie kamen nicht gut miteinander aus, ich weiß nicht, was da früher vorgefallen ist. Als Kind habe ich mal ein Gespräch zwischen den beiden belauscht. Mein Vater sagte wütend zu ihr: Wie kannst du das machen, er ist dreizehn Jahre jünger als du. Sie sprachen von seinem Sohn, den Marie heiratete.

Und das, denke ich hinterher, obwohl seine Frau, Maries Schwester, dreiundzwanzig Jahre jünger war als er.

Heute gehen wir nicht über den Friedhof, sage ich zum Hund, wir lassen die Toten in Ruhe. Heute machen wir eine große Runde. Von Dornhain aus laufen wir ein Stück über die Chaussee Richtung Kölnitz. Der Hund muss an die Leine, nicht zu seinem Schutz, er weiß sich auch auf der Straße zu helfen, sondern wegen der Autofahrer, die sich über einen frei laufenden Hund erschrecken, und die Linden zu beiden Seiten stehen ziemlich nah an der Fahrbahn. Die Krallen des Hundes ticken auf den Asphalt, manchmal kratzt er damit über den Boden.

Beim alten Verwalterhaus von Dornhain, auf der anderen Seite der Chaussee, wo früher einmal Margarethe Vonnauer wohnte, schlagen zwei Hunde an. Sie rennen am Zaun hin und her, ein großer heller Fettkloß und ein schmächtiger, kurzhaariger schwarzer. Sie haben den Hund schon gewittert. Der geht sofort in Angriffsstellung, die Nackenhaare gesträubt, aus seiner Brust dringt ein tiefes, drohendes Knurren, er zieht die Lefzen hoch und zerrt an der Leine. Bei Fuß! Mit Mühe halte ich ihn dicht neben mir.

Dann sehe ich, dass das Gartentor offensteht, die Hunde stürmen heraus und rennen über die Straße auf uns zu. Keine Chance zur Flucht, die Leine schneidet mir in die Hand, im tiefsten Innern des Hundes ist der Wolf durchgebrochen. Er stößt ein laut röchelndes Kläffen aus, unter heftigem Zucken seines Körpers dringt es aus seiner Kehle, die entblößten Zähne leuchten, er ist ein einziges Kraftbündel. Zwei gegen einen – ich kann jetzt nichts anderes tun, als ihn von der Leine zu lassen, der Hund muss sich wehren oder die Flucht ergreifen können, ohne dieses Anhängsel um seinen Hals. Aber er flieht nicht, mit unbeschreibbarer Wut stürzt er sich auf die beiden Widersacher. Ich stehe ein paar Meter abseits und wage kaum hinzusehen, ich fürchte, dass sie sich gegenseitig zerfleischen. Ich rufe den Hund, doch er hat keine Zeit, zu gehorchen. Mit schnappenden Kiefern rücken die Tiere einander zu Leibe. Dann trollen sich die beiden Hunde plötzlich, und so unerwartet, wie es begann, ist alles vorbei.

Der Hund kommt zu mir, er zittert am ganzen Körper. Komm, rasch weg hier. Ich leine ihn wieder an. Hechelnd, die Zunge fast auf dem Asphalt und ohne Blick für die Welt um ihn herum trottet er neben mir über die Chaussee. Die Explosion von Energie hat ihn geschafft.

Ich quassele auf ihn ein, was soll ich auch tun, der Schreck sitzt mir in den Gliedern. Ich nenne ihn tapfer und stark und sage, was für ein toller Kerl er ist, dass er ganz allein zwei Angreifer in die Flucht geschlagen hat. Und das als Hund ohne Hoden, ich kann meine Hochachtung nicht verbergen.

Das Gras ist in die Höhe geschossen, Wiesenkerbel und wilde Wicken blühen zwischen den Halmen. Ich hole den Rasenmäher aus dem Stall und arbeite, bis ich ins Schwitzen komme. Mit einem Gummischlauch schließe ich die Sommerdusche in der kleinen offenen Ruine neben dem Bauernhaus an. Hier stand früher der Trabant van Frank Huffel, als Tür hatte sein Vater ein großes Loch in die Mauer geschlagen. Ursprünglich war das Häuschen als Hühnerstall und Futterküche in Gebrauch. Die Grensling-Jungs mussten dort immer Kartoffeln für die Schweine kochen. Wolfgang Krüger, Bernd Michailek und andere Flüchtlingskinder standen oft mit knurrendem Magen vor der Futterküche und bettelten. Zuweilen bekamen sie ein paar Kartoffeln, die sie rasch in sich hineinstopften, bevor Oma Grensling es sah.

Sie kletterten auch oft über den Zaun in den Garten, um Kirschen oder Äpfel zu stibitzen, zusammen mit den Urfelt-Kindern vom Hof an der Chaussee, wo die Russen alle Apfelbäume gefällt hatten. Aber sie mussten aufpassen, denn oft hatte Oma Grensling beim Bienenhaus Posten bezogen und hielt ihren Stock bereit. Wenn sie einen Apfeldieb beim Wickel hatte, verdrosch sie ihn gnadenlos. Die anderen versteckten sich dann, bis es dunkel wurde, in den Getreidefeldern. Bernd hat sie einmal mit der Peitsche verfolgt, weil er auf dem Hof Gänse- und Hühnerfedern auflas; für ein Fest in der Schule sollten sich die Kinder verkleiden, und er wollte als Indianer gehen. Vor Oma Grensling mit ihren langen schwarzen Kleidern und ihrem Stock hatten alle Kinder eine Höllenangst.

Brunhilde Grensling war eine herrschsüchtige Frau, bestätigt ihre Enkelin Renate. Die letzten zwei, drei Jahre, als sie zunehmend Hilfe benötigte und Renate sie jeden Tag wusch und kämmte, kamen sie sich etwas näher. Sie hatte ein hartes Leben, sagt Renate, wahrscheinlich hat sie es deshalb anderen auch nicht leicht gemacht.

Ende des neunzehnten Jahrhunderts, sie war Mitte zwanzig, heirateten Brunhilde und Bauer Grensling in der Gegend von Lüneburg. Er war Witwer und hatte bereits einen Sohn und eine Tochter – das Mädchen ertrank später im Teich. Mit Brunhilde bekam er noch drei Kinder.

Dein Vater war nicht mein erstes Kind, erzählte Brunhilde ihrer Enkelin eines Morgens beim Frühstück in der Küche. Ihr erstes Kind wog vierzehn Pfund und konnte nicht geboren werden. Es wurde in ihrem Bauch getötet, zerstückelt und dann herausgeholt.

Mir graut, ich sehe es vor mir, mein Vater hat das früher auch so gemacht. Eine Embryotomie. Bei den Kühen. Er steckte seinen Arm in die Kuh und durchschnitt die Nabelschnur, sodass das Kalb starb. Dann führte er ein Fetotom ein, ein Instrument aus zwei parallelen Edelstahlröhren, durch die ein messerscharfer Draht führt. Mit dem Arm neben dem Fetotom in der Kuh manövrierte er die Drahtschlinge um einen Körperteil des zu großen Kalbes. An der anderen Seite des Fetotoms waren an den Enden des Drahtes zwei Holzgriffe befestigt, mit deren Hilfe der Bauer den Draht hin und her ziehen konnte: So zersägte er das Kalb. Mein Vater holte die einzelnen Stücke heraus und warf sie auf einen Haufen hinter sich. Manchmal mühten sie sich stundenlang ab. Die Kuh ließ alles über sich ergehen. Ich stand still dabei und sah zu.

Brunhildes Mann starb 1912, und sie musste den Hof alleine weiterführen. Nach seinem Tod kam ans Licht, dass sie tief verschuldet waren. Sie machte alles selbst, pflügte sogar und mistete die Ställe aus. Ihr Stiefsohn und ihre Söhne Hermann und Bernhard mussten von klein auf mit anpacken. Als der Stiefsohn erwachsen war, beanspruchte er den Bauernhof für sich und zahlte Brunhilde und seine Halbbrüder aus. Sie pachteten einen anderen Hof in der Umgebung. 1933 – er war dreiunddreißig – heiratete Hermann Auguste, die aus einer soliden Bauernfamilie stammte, eine hauswirtschaftliche Ausbildung absolviert und bei zwei Gutsherren gearbeitet hatte. Sie führten den Betrieb zur Blüte und hatten gute Aussichten, ihn kaufen zu können. Doch dann tauchte unerwartet der Neffe des Besitzers auf und übernahm den Hof. Wieder einmal mussten die Grenslings das Feld räumen. So gelangten sie nach Blankow.

Brunhilde Grensling wollte um keinen Preis nach Lüneburg zurück. Dort hatte sie sich mit dem Vater ihrer Schwiegertochter Auguste heillos zerstritten – wegen eines Erbes. Sie verbot Auguste jeden Kontakt mit ihrer Familie.

Renate hat hautnah erlebt, wie ihre Mutter darunter litt: Mama sprach immer über *meine Heimat drüben*, obwohl sie nie mehr dort gewesen war. Später hat sie mir, ihrer einzigen Tochter, die ganze Geschichte dieser Familienfehde anvertraut.

Auguste Grensling sah ihre nächsten Angehörigen nie wieder, außer ihrem jüngsten Bruder Karl, der 1944 als Soldat einmal zu Besuch war. Ihre beiden Brüder fielen im Krieg, ihr Vater starb direkt danach.

Ich sehe Mama noch in einer Ecke des Schweinestalls sitzen, sagt Renate, als sie erfahren hatte, dass Opa tot war, sie hat damals so bitterlich geweint. Und Papa hat mir viel später, als er ein steinalter Witwer war, immer mit Tränen in den Augen von Mama erzählt und wie sie unter Oma gelitten hat.

Auch die Grensling-Kinder mussten viel erdulden, von allen wurden sie bedauert. Die Blankower Mädchen von damals erzählen noch heute, dass sie Renate oft gefragt haben, ob sie mit ihnen etwas unternehmen wolle, aber dass sie nie gedurft habe. Sie hatten keine Jugend, höre ich immer wieder, sie mussten sich abschinden. Gegenüber Renate entfuhr der Landarbeiterin Marie Krüger einmal: Aber Renate, du arbeitest dich hier noch tot. Renate jedoch erwiderte entschieden: Nein, Frau Krüger, so weit kommt es nicht, ich gehe fort von hier.

Ein einziges Mal hat Renate ihrer Großmutter die Stirn geboten und eine Theateraufführung in der Stadt besucht, erzählt sie. Meine Oma hat damals gejammert: Was willst du da, was soll aus dir noch werden. Ich habe gesagt: Papa und Mama haben es mir erlaubt. Als ich wieder da war, hat sie weiter gegrantelt; ich schlief in ihrem Zimmer. Morgens, als ich aufstand, sagte sie: Mir ist so kalt. Ich habe ihr eine Wärmflasche gemacht und dann die Kühe gemolken. Als ich zurückkam, stand sie verkrampft hinter der Schlafzimmertür, die Hand auf der Klinke. Ich rief, sie solle die Tür öffnen, aber sie antwortete nicht. Ich habe die Tür mit Gewalt geöffnet und musste ihre Hände von der Klinke lösen, sie schwankte, ich habe es geschafft, sie auf mein Bett zu legen, und sie ist nicht mehr aufgestanden. Sie hatte eine Gehirnblutung. Drei Tage danach ist sie gestorben, einen Tag vor Weihnachten wurde sie beerdigt. Es schneite. Morgens um acht gingen wir hinter dem Leichenwagen zum Friedhof von Dornhain.

Mitten auf dem Friedhof von Dornhain steht ein schwarzes Kreuz, das alles überragt. Darunter liegt Brunhilde Grensling begraben. Sie lebte vom 27. März 1873 bis zum 22. Dezember 1954, ist in den glänzenden Granit eingraviert. Zurückgelassen von ihrer Familie liegt sie inmitten einer Gemeinschaft, zu der sie nicht gehört. Aber Achtung gebietend, so wie sie gelebt hat.

Immer, wenn ich das Kreuz dieser Frau sehe, befällt mich ein Gefühl von Verlorenheit.

Ich blicke zur Seite des Friedhofs, zu den Ruhestätten der Familie des Gutsherren Vonnauer. Dort liegt Margarethe, die lebenslange Schwester, sie starb auch 1954. Sie war als letzte der Familie in Dornhain zurückgeblieben, wo noch immer liebevoll von ihr gesprochen wird.

Und dann ist da Sina Hornwath, die alte Frau aus dem Gesindehaus, die in der Kriegszeit zwei Enkelkinder großzog und noch im hohen Alter einem Russen zum Opfer fiel. Auch sie starb 1954. Mit dem Tod dieser drei Frauen endeten die Blankower Jahre ihrer Familien. Und auch der freie Bauer, der Gutsbesitzer und der Knecht verschwanden, drei Vertreter gesellschaftlicher Stände, die nicht mehr in die DDR passten.

Neues Deutschland

Immer wieder diese Erbstreitigkeiten, um Geld oder um Land, und immer wieder diese Sturheit, durch die Streitigkeiten zu Fehden werden, die über Generationen fortwuchern. Man hofft, dass Krieg und Entbehrungen läutern, dann wären sie wenigstens noch zu etwas nütze gewesen. Aber dass dem nicht so ist, zeigen allein schon die Geschichten, die sich hier in Blankow abgespielt haben: Auch wenn die Schrecknisse vorbei sind, hören die Menschen nicht auf, sich gegenseitig das Leben schwer zu machen. Und dann ist da noch all das, was mir nicht erzählt wird, die Familiengeheimnisse, die Tabus oder die Vorfälle, deren Tragweite mir entgeht, weil ich aus einer anderen Zeit und einem anderen Land komme.

Ich fühle mich plötzlich wie eine Stopfgans – die sich selbst stopft – ich würge von all dem Elend und der Kümmerlichkeit. Auch von meinem eigenen kümmerlichen Leben hier im Kuhstall, tagelang bin ich in die Widrigkeiten anderer Menschen eingetaucht, ohne Auge und Ohr für etwas anderes, abwesend, gedankenverloren.

Aber der Hund ist noch da. Komm, Hund, nimm deinen Stock, dann schleudere ich ihn so weit ich kann.

Der Hund rollt die Augen nach oben, schaut mich rehbraun an, lässt den Kopf behaglich auf dem Teppich liegen. Er ist heute noch nicht richtig wach. Warum sollte er auch, es gibt nichts zu erleben, ich bin eigentlich schon seit Tagen ganz woanders. Er grunzt nur leise und kuschelt sich noch mehr in den Teppich.

Dann eben loslaufen, dann wird er bestimmt lebendig, und auch mein eigenes Dasein wird wieder in Bewegung kommen. Auf dem Feldweg zockelt er hinter mir her. Eine Lerche fliegt jubilierend auf, senkrecht steigt sie in den grauen Himmel. Aber heute spüre ich bei ihrem Gesang keinen Funken Freude in mir. Hysterisch kommt sie mir vor, exaltiert. Der Vogel übertreibt mächtig. Was gibt es zu jubeln über den immer gleichen Feldern dieser traurigen, groß angelegten Landwirtschaft? Die Ernte wird miserabel sein dieses Jahr, die Felder trocknen aus. Ich merke, wie sich mein Magen wieder zusammenzieht. Ich muss mich gegen meine eigene Galle wehren.

Ich laufe und laufe, aber es passiert nichts, mein Widerwille wird nur größer, ich bin in diesem Gefühl des Ekels zum Stillstand gekommen. In meinem Kopf beginnt sich alles zu drehen. Etwas ist aus dem Gleis. Mit aller Kraft versuche ich die Füße fest auf den Boden zu stemmen, die Arme und Schultern locker hängen zu lassen. Besser niedergedrückt als in Panik. Panik zerstört alles, Panik schwächt. Geschehen lassen, aushalten, ertragen, wiederhole ich wie ein Mantra. Ich lasse mich ins hohe Gras am Rand eines Toteisloches fallen. In mir tobt der Albtraum, der sich schon von Kindheit an bei Fieber einstellt, ich fantasiere. Das schlimmste ist das Ticken, mit Intervallen, die eine Spur länger sind als eine Sekunde: tick, tick, tick. Mit eherner Regelmäßigkeit. Es hält die Zeit an, es schließt jedes mögliche andere Geräusch aus. Es hält alles in einem stählernen Griff. Im Rhythmus des Tickens schwellen meine Finger klopfend an, dick, dick, dick. Nichts als das Ticken und meine dicken pochenden Finger. Immer. Nur das.

Und für immer bewusst, das ist dabei am schrecklichsten. Vergessen existiert nicht, Erlösung gibt es nicht, vollendete Vergangenheit ist eine Illusion. Alles ist immer schon da und steht still. Ich suche eine Fluchtmöglichkeit, kurz weg von der Welt, weg aus meinem eigenen Kopf, ohne Bewusstsein. Der Hund liegt neben mir.

Ich bin verstört aufgewacht. Ich bin aufgestanden und zurückgegangen. Mechanisch. Der Hund folgt mir auf dem Fuß. Ich gelange auf den Feldweg, der zum Vorwerk führt. In der Ferne sehe ich es schon liegen, als erstes das hässliche gleißende Dach, das früher aus Stroh war und später aus Asbest. Welch eine Vergeblichkeit.

Auf halber Strecke steht ein PKW auf dem Feldweg, die Türen sind geöffnet. Zwei Männer mit weißen Hemdsärmeln schlendern um den Wagen herum. Hastig leine ich den Hund an, bin auf der Hut. Als ich näher komme, nimmt der vordere Mann sein Handy und telefoniert. Ich registriere: Das Auto ist ein blauer VW mit dem Kennzeichen WL. Auch der andere Mann telefoniert, sehe ich jetzt. Sie gehen ein paar Schritte hin und her und halten ihre Mobiltelefone als Schutz zwischen sich und mir. Einer der Männer nennt den Namen Viertz, das ist der Bauer, der das Land um Blankow gepachtet hat. Nun stehe ich direkt vor dem Mann, erst als ich grüße, grüßt er zurück. Der Gast grüßt normalerweise zuerst, denke ich wütend, das macht man fast instinktiv. Sieht er mich vielleicht als Gast? Bei dem Versuch, nicht bedrohlich zu wirken, lächelt der Mann so wohlwollend, dass es herablassend wirkt. Scheißkerl. Auch der zweite grinst jovial und verbeugt sich vor mir.

Zu Hause greife ich zum Atlas. WL ist Winsen/Luhe, Kreis Harburg. Das ist etwas südlich von Hamburg. Sie sind also nicht von hier, nicht aus dem Osten, es sind *Wessis*. Sie waren bestimmt auf einer Erkundungsfahrt, halten Ausschau nach einem neuen Jagdrevier oder, schlimmer noch, nach Grund und Boden, im Auftrag eines Projektentwicklers. Sie kommen, um hier alles zu verschandeln.

Ich rege mich auf und realisiere mit einem Mal, dass die Zeit wieder in Bewegung geraten ist. Auch jetzt noch denke ich: Alles ist immer schon da, auch jetzt noch empfinde ich das Dasein als kümmerliche Angelegenheit, aber ich bin zurück in meinem Element von Zeit und Raum. Ich kann in die Nachkriegsjahre zurückkehren, wenn ich nur nicht wieder darin verschwinde.

Es lief nicht gut in Blankow. Die Bauern zeigten sich stur und eigensinnig und dachten gar nicht daran, sich den Anordnungen der Gemeinde Dornhain zu fügen. In den Gemeinderatssitzungen ließen sich die Mitglieder aus Blankow einfach nicht mehr sehen. Der Weiler unterhielt weiterhin ein Konto bei der Kreditbank in Seeberg und besaß auch noch einen eigenen Bürgermeisterstempel. Ein unhaltbarer Zustand, schrieb der Dornhainer Gemeinderat in einem vertraulichen Brief an die Kreisverwaltung. Blankows Bürgermeister Holger Urfelt war schon einmal zur Rechenschaft gezogen worden und hatte sogar eine Erklärung unterzeichnet, dass er mit der Verlegung des Telefonanschlusses von Blankow nach Dornhain einverstanden sei. Doch Papier ist geduldig. *Geschehen ist bis heute noch nichts. Das Konto der Gemeinde Blankow wird immer noch unterhalten. Urfelt arbeitet so wie die Jahre vorher.*

Kurz darauf tauchte Holger Urfelt unter und floh nach Westberlin.

Die Unruhe in der Gemeinde wurde sogar zum Thema in der Presse. *Wann kommen die Dornhainer Bauern zur Besinnung?* lautete eine Schlagzeile vom 14. September 1949, drei

Wochen vor der Gründung der DDR. Sie scherten sich nicht um das Plansoll, und der Gemeinderat hatte schon seit fast einem Jahr nicht mehr getagt. Seitdem der Vorsitzende die Holzdielen und den Ofen aus seinem alten Haus entfernt und in seine neue Bleibe mitgenommen hatte, wollten die Dornhainer nichts mehr von ihrem Dorfparlament wissen. Die Zeitung schrieb: *So sieht es in Dornhain aus. Einer fällt über den anderen her. Einer hat sich beim Landrat, der andere beim Staatsanwalt, der dritte bei der Landesregierung beschwert. Jeder glaubt, im Recht zu sein. Mehrheitsbeschlüsse werden grundsätzlich nicht anerkannt. Was dabei herauskommt, sieht man: Dornhain ist die schlechteste Gemeinde im Kreise. Wie lange wird dies noch so andauern? Und wann werden sich demokratische Gepflogenheiten auch in Dornhain durchsetzen?*

Dornhain war steuerlos. Es war mit Flüchtlingen überschwemmt, und die Tagelöhner waren ohne Gutsherr auf dem Landgut zurückgeblieben. Wie mit einer Zeitmaschine waren sie aus einem Dorf mit feudalistischen Verhältnissen in die moderne Zeit versetzt worden. Von heute auf morgen waren sie selbst für ihre Gemeinschaft verantwortlich und sollten sich wie moderne Demokraten verhalten.

Ihr Gutsherr und Bürgermeister Franz Nagel war im Juli 1945 verhaftet worden, weil er mehr als hundert Hektar Land besaß und weil jemand zu den Russen gesagt hatte, er habe Zwangsarbeiter geschlagen. Die Sowjets internierten ihn im Lager Fünfeichen. Dort wurde er wie ein Pferd vor den Wagen gespannt, um Holz zu transportieren, zusammen mit dem Ortsbauernführer von Dornhain, der das Lager später lebend verlassen konnte.

An einem warmen Sommertag stehe ich zwischen den jungen Buchen von Fünfeichen. 1939 legten die Nazis das sogenannte *Mannschaftsstamm- und Straflager* für Kriegsgefangene an. Polen, Briten, Franzosen, Afrikaner, Belgier, Niederländer, Serben, Griechen, Sowjets, Italiener und Amerikaner waren hier inhaftiert. 1944 zählte *Stalag II A*, wie die Kurzbezeichnung hieß, zwanzigtausend Gefangene. Der NKWD, der ehemalige sowjetische Geheimdienst, übernahm das Lager als *Speziallager Nr. 9* und internierte hier bis 1948 mindestens fünfzehntausend Gefangene, hauptsächlich Deutsche, von denen mehr als ein Drittel umkamen.

Ich lese die unzähligen Namen auf den Gedenksteinen, Namen aktiver Nazis, aber auch anderer Häftlinge. Die Willkür der sowjetischen Besatzungsmacht war groß. Franz Nagel! Dort steht sein Name. Ich schaudere. Mich durchfährt der Gedanke, dass er Dornhain im Mai 1940 an den Gutsherrn von Neufeld und Eberholz verkaufen wollte. Er hatte gezögert, endgültig fortzugehen, und eine Bedingung gestellt: Er wollte noch eine Weile in Dornhain bleiben, nur gegen Kost und Logis. Daran scheiterte der Verkauf. Wie wird er das in Fünfeichen bereut haben; dadurch endete er als Zugtier, und seine Überreste liegen in diesem schrecklichen Boden.

Mit höllischem Krachen bricht ein Gewitter los, und der Regen prasselt auf Fünfeichen herab. Die Arme über dem Kopf, renne ich zum Parkplatz, das Wasser durchweicht mein Kleid. Das ist jetzt zu viel, denke ich, typisch deutsch, und ich muss lachen, während mir der Regen über die Wangen kullert.

Wo ist der Hund? Er setzt sich immer auf den Fahrersitz, wenn er im Auto warten muss. Im Laderaum sehe ich ihn auch nicht. Als ich einsteige, trete ich fast auf ihn, er hat sich ängstlich mit der Schnauze unter den Pedalen verkrochen.

Zurück in Blankow lese ich noch einmal den Briefwechsel zwischen Nagels einzigem Sohn Lothar und den Behörden. In einem ersten Brief bat Lothar um die Rückgabe des Familienbesitzes Dornhain. In dem Brief steht auch der Satz: *Mein Vater konnte sich um die Enteignung des Gutes selbst nicht mehr kümmern, denn seit Juli ist er aus irgendwelchen mir völlig schleierhaften Gründen in dem Lager Fünfeichen inhaftiert.*

Nachdem Lothar Nagel eine kurz und bündig formulierte Absage erhalten hatte, versuchte er es auf anderem Wege. *Von gut unterrichteter Seite erfuhr ich, daß ich als politisch völlig unbelasteter Sohn die Möglichkeit habe, einen Teil meines Besitzes – eben bis zu 100 ha – zurückzukaufen als Siedler. Da ich z. Zt. als von Kriegsgefangenschaft entlassener, zurückgekehrter Sohn noch keine eigene Existenz oder auch nur eine Möglichkeit dazu habe, würde ich von Siedeln im Rahmen der Bodenreform auf meinem Heimatboden gerne Gebrauch machen.*

Er hatte bereits darauf hingewiesen, dass er weder in der Partei gewesen war noch etwa in der SA oder SS und dass er trotz seiner Schulbildung nicht zum Offizier befördert worden war, da *eine aktive Betätigung meinerseits im nationalsozialistischen Sinne fehlte.* Aber auch der *Erwerb* von Grund und Boden in Dornhain wurde ihm nicht gestattet. Die Bodenreformkommission teilte ihm mit, dass Teile von Landgütern bis fünfundzwanzig Hektar nur an Antragsteller übertragen würden, *die aktiv mit ihrer ganzen Person gegen den Hitlerstaat gekämpft* hätten. *Sie also können davon keinen Gebrauch machen.*

Was aus Lothar Nagel geworden ist und ob er noch lebt, kann mir niemand sagen.

Die Gemeinde Dornhain war nicht nur plötzlich ohne Verwaltung, sondern hatte wie die gesamte sowjetische Besatzungszone eine stark fluktuierende Bevölkerung. 1948 ging die Zahl der Bewohner von Dornhain und Blankow, die sich seit April 1945 verdoppelt hatte, abrupt wieder um gut ein Drittel zurück. Es war das Jahr der Blockade und der Teilung Berlins. Viele Flüchtlinge gaben ihr Haus und ihr Fleckchen Grund auf und verließen die sowjetische Besatzungszone, um in die Westzonen zu gehen.

In Blankow wurden drei Aufsiedlungshöfe aus den dreißiger Jahren und gut hundert Hektar Land frei. Sie wurden zu einem ÖLB, einem Örtlichen Landwirtschaftsbetrieb, zusammengelegt, der direkt dem Rat des Kreises unterstand: Das war der Beginn der Landwirtschaftskollektivierung in Blankow. 1954 ging aus diesem Betrieb die LPG *Neues Deutschland* hervor; ihr Vorsitzender wurde der preußische Bauer Jakob Huffel. Dass Blankow seine dritte Heimat werden sollte, wo er vierzig Jahre verbrachte, dass er hier im hohen Alter und allein mit seinen Kaninchen sogar die Teilung Deutschlands überleben würde, lag noch in einer ungewissen Zukunft.

Der Rat des Kreises erwartete von Huffel eine Neuorganisation von Blankow und Dornhain nach dem Vorbild einer sowjetischen Kolchose. Huffel hatte nichts zu verlieren, er war sechsundfünfzig und ergriff die Chance, noch einmal einen Agrarbetrieb auf die Beine zu stellen, auch wenn es nicht sein eigener war. Aus seinen Plänen für einen Neuanfang im Rheinland, die er in russischer Kriegsgefangenschaft zusammen mit anderen Bauern geschmiedet hatte, war nichts geworden. Seine Frau wollte nicht mit, scherzend sagten die Kinder: Die Mutti hat ihre Ziegen und will nicht mehr weg. Jakobs Vater und seine Schwester Elfi wohnten inzwischen auch in der Nähe. Das war öfter der Grund, warum sich Flüchtlinge an ihren ersten Standort gebunden fühlten: Betagte Eltern, die keinen Mut mehr hatten, noch einmal aufzubrechen, und die sie nicht allein zurücklassen wollten.

Jakob Huffel begann seine LPG mit vier Arbeitspferden, zwölf Milchkühen – von denen neun trächtig waren –, sechs

Färsen, sieben Stück Jungvieh, dreiundsiebzig Schweinen, hundert Legehennen und drei Hähnen sowie einem Inventar an landwirtschaftlichen Geräten im Wert von fast dreitausend Mark. Auf dem LPG-Gelände standen drei nutzbare Gebäude, zwei davon mit Stallungen, außerdem zwei ausgebrannte Gehöfte, ein unbewohntes, verfallenes Haus und ein baufälliger Schuppen.

Ein Jahr später stand die LPG *Neues Deutschland* bereits als Vorbild in der Zeitung. Sie würde ihr Soll um tausend Kilo Rind, zwölftausendfünfhundert Kilo Schwein, tausend Kilo Milch, tausend Eier und zweitausendfünfhundert Kilo Ölsaaten übererfüllen. Die selbstständigen Bauern ließen sich nun auch nicht lumpen: Die Witwe Minna Droschler sagte neunhundert Kilo Schwein über das Soll hinaus zu und tausend Kilo Milch, Hermann Grensling tausend Kilo Schwein und zweitausend Kilo Milch. Als Ansporn für die Übererfüllung des Plansolls erhielten die Bauern für die zusätzlichen Lieferungen übrigens einen besseren Preis.

Es schien Schwung in die Landwirtschaft zu kommen, doch es herrschte großer Mangel an Ställen und Scheunen. Mit scheelem Blick schaute Jakob Huffel auf Bauer Grenslings Vorwerk mit den großen Gebäuden. Das Vorwerk war ihm ein Dorn im Auge, da es das Gelände der LPG zerschnitt: in einen Teil an der Ostseite des Weilers und einen anderen Teil hinter dem Hof von Grensling an der Westseite, Richtung Wusterlitz. Huffel hätte es gern gesehen, wenn Grensling in die LPG eingetreten wäre und sie gemeinsam die Leitung über den großen Agrarbetrieb übernommen hätten; zwei Bauern mit Leib und Seele, zusammen könnten sie bestimmt etwas zustande bringen. Hermann Grensling aber dachte gar nicht daran. Er hätte dadurch nichts gewonnen. Im Gegenteil – er befürchtete, Huffel nicht gewachsen zu sein. Huffel war weitaus geschickter, geschäftstüchtiger und redegewandter als er.

Nach und nach ließen sich immer mehr Bauern zum Eintritt in die LPG bewegen. Obwohl der Druck zunahm, blieb Hermann Grensling stur; Huffel erhielt vom Rat des Kreises den Auftrag, ihn auszuzahlen. 1957 war der Kauf perfekt. Gut achtzig Prozent der landwirtschaftlichen Nutzfläche in der Gemeinde Dornhain befand sich nun im Besitz von LPGs – und das, obwohl der Sozialistische Frühling von 1960, auch als *Zwangskollektivierung* bezeichnet, noch bevorstand.

Hermann Grensling hatte lange Zeit geschwankt: Sollte er doch noch in den Westen gehen? Er müsste dann fliehen und alles zurücklassen. Der Staat hatte sein Bankkonto gesperrt, da die Behörden genau das befürchteten; er würde also tatsächlich alles verlieren. Ein einziges Mal besuchte er einen Onkel in der Bundesrepublik, um die Lage zu sondieren. Der bot ihm an, als Tagelöhner bei ihm anzufangen. Da wusste Grensling, wo sein Platz im Westen sein würde.

Doch er wurde älter, seine Kinder waren inzwischen erwachsen und wollten nicht ihr Leben lang auf dem Bauernhof in Blankow schuften. Und ohne sie ging es nicht, der Betrieb war zu groß, das Ablieferungssoll war für ihn als Großbauer hoch, und für alles – etwa für jeden Liter Benzin für den Traktor – musste er bei den zuständigen Behörden anklopfen. Die Drohungen nahmen zu. Er hatte nur eine Alternative: alles zu verkaufen. Auf dem Vorwerk lastete noch eine Hypothek von sechzigtausend Mark, der Kreis war bereit, sie zu übernehmen und ihm darüber hinaus siebzigtausend Mark für das Land und die Gebäude zu bezahlen; davon konnte er sich anderswo einen kleinen Hof kaufen. Die Zeit drängte. Wenn er noch lange schwankte, würde er vielleicht enteignet werden und besäße überhaupt nichts mehr.

Er schlug den Knoten durch und erwarb woanders in der DDR, hundertfünfzig Kilometer weiter westlich, einen Hof, zu dem nur halb so viel Land gehörte. Als der Kaufvertrag unterzeichnet war, wurde die Sperrung des Bankkontos sofort aufgehoben. Beim Abschied versicherte Jakob Huffel ihm noch einmal, wie leid es ihm tue: Alles sei völlig falsch gelaufen, gemeinsam hätten sie die LPG *Neues Deutschland* zu einem Erfolg machen können.

Grensling hatte nur den Kopf geschüttelt.

Und so verließ er Blankow nach sechzehn Jahren, zusammen mit seiner Frau, den fünf erwachsenen Kindern und seinem treuesten Knecht, dem Flüchtling Friedel Stein. Und mit seinen Kühen, einem Pferd, seinem Dünger und seinem Brennholz.

Was hier noch von ihm geblieben ist, sind die Obstbäume hinter dem Bauernhaus und das Grabkreuz aus schwarzem Granit auf dem Friedhof von Dornhain, wo seine Mutter liegt.

Drei Jahre führte er seinen neuen Betrieb bei Parchim, dann zwang die Dorfpolizei die letzten selbstständigen Bauern zum Beitritt in die LPG. Hermann Grensling musste doch noch alles abgeben. Seine Tochter Renate und sein Sohn Manfred beschlossen, in den Westen zu fliehen, die drei anderen Söhne blieben in der DDR. Nach der Wende 1989 hat sein jüngster Sohn Hans-Georg auf dem zurückerhaltenen Land bei Parchim erneut einen landwirtschaftlichen Betrieb begonnen. Hermann Grensling lebte dort noch vier Jahre, ehe er – im Alter von dreiundneunzig – starb.

Ich nehme das Bett im Futtertrog auseinander und schleppe die Matratze in den Stall. Dort steht eine Aluminiumleiter mit dem Fuß in der Bodenrinne. Ich ziehe die Matratze nach oben und zwänge sie durch die Luke. Auf dem Dachboden liegt über dem Wohnbereich ein neuer doppelter Dielenboden; dort steht ein Holzbett. Die Dielen sind mit Fledermauskot übersät, hier und da hat der Marder seine Losung hinterlassen – ich erkenne sie an der Form und an den Kirschkernen. Der Marder hat auch Büschel von Glaswolle zwischen den Dielenbrettern herausgezupft. Es riecht muffig, ein leicht fauliger Geruch. Ich werfe die Matratze auf das Bett, lasse mich lang ausgestreckt darauffallen und schaue über den langen Heuboden, den Teppich aus altem Heu unter staubigen, dicken Holzbalken. Das Heu liegt sicherlich schon dreißig Jahre hier. Ich springe auf, stoße die große Holztür am Giebel auf und lasse das Sonnenlicht herein. Mein Blick gleitet über die Rapsfelder, unter mir, vor dem Wintergarten, liegen die Gemüsebeete. Sofort fliegen die Schwalben dicht über mich hinweg. Nachts werden es die Fledermäuse sein. Unter dem Blechdach ist es warm wie in einem Brutkasten.

Der Sommer ist da.

Schwimmen! Ich sause die Leiter hinunter und nehme das Rad. Der Hund springt ungestüm um mich herum, schnappt nach meinen Händen am Lenker, rennt vor mir her über die Traktorspuren zum Erlensee, zwischen dem Raps- und dem Getreidefeld, hügelan, hügelab. Die Sonne brennt, der Himmel ist klar und hoch. Ich lehne das Rad an eine Erle. Auf dem Steg stecke ich einen Zeh ins Wasser. Brr, kalt! Aber schwimmen werde ich. Vom Steg hechten ist die einzige Möglichkeit, die Ufer sind mit Schilf bewachsen, sich Schritt für Schritt ins Wasser tasten, endlos zögern, das Wasser Zentimeter um Zentimeter höher kommen lassen, sich strecken, bis es einem doch an den Nabel schwappt, das kann man hier nicht. Ich setze mich auf einen der kleinen Stühle, die der Angler am

Steg festgeschraubt hat, und schaue zu, wie die Fische hochspringen und wieder ins Wasser klatschen. Der Moment rückt näher. Kleider aus, ich stehe am Rand. Ein Kopfsprung? Jetzt?

Jetzt.

Ganz kurz, für einen glücklichen Moment, ist da nichts. Dann spritzt und strudelt es um mich herum. Ich bin von Wasser umgeben, der leere Moment ist vorbei, das Wasser eiskalt. Ich halte den Atem an, es ist, als stünde mein Herz still. Lang ausgestreckt gleite ich durchs Wasser, beim Hechtsprung ist man am längsten. Dann schwimme ich schnell zurück und ziehe mich auf den Steg hoch. Ein Kältefilm überzieht meine warme Haut, es prickelt von Kopf bis Fuß. Die Sonne wärmt wohltuend wie noch nie.

Auf dem Stuhl lasse ich mich trocknen, ich denke an Leni Riefenstahl, wie sie endlos Turmspringer in solchen Momenten filmte, während der Olympischen Spiele von 1936, Wunder an menschlicher Kraft, Schönheit und Makellosigkeit, eine Ode an die Perfektion. Als ich den Film vor meinem Aufbruch hierher sah, war ich fasziniert von diesem Schauspiel. Das sprühende, sprudelnde Wasser, die Körper glatt und straff wie Aale, bis in die letzte Faser auf den Sprung konzentriert, pure Hingabe. Und mir geht erneut durch den Kopf, wie Hitler seine Jugend haben wollte und was er mit ihr getan hat.

Es wird lange dauern, ehe ich wieder ins Wasser springe, ohne an Riefenstahl zu denken, die – wie ihr Führer – nur Verachtung übrig hatte für alles, was nicht gestählt war.

Hier, rund um den Erlensee, ist die Jugend Ende April 1945 gefallen, siebzehn junge Burschen von der Waffen-SS. Bei diesem friedlichen kleinen See zwischen den Feldern, den nie jemand besucht außer dem Angler.

In den fünfziger Jahren hütete Jana Huffel hier die Kühe der LPG *Neues Deutschland*, zusammen mit der frisch verheirateten Sophie Neumann, die in eines der Tagelöhnerhäuschen im Weiler eingezogen war – wo sie auch heute noch wohnt. Während die Kühe grasten, lagen die beiden Frauen am Seeufer und blickten zu den Wolken hoch, die langsam am blauen Himmel vorbeizogen, Luftziegen nannte Jana sie, die für ein paar Augenblicke der Fuchtel ihres Vater entronnen war, für den – wie für Bauer Grensling – nur Arbeit zählte.

Jana war wütend auf ihren Vater. Er führte sich so unmöglich auf, dass es kein Melker lange auf dem Hof aushielt. Sie musste die ganze Arbeit im Kuhstall alleine stemmen, seit sie vierzehn war; angeblich arbeitete er zwar mit ihr zusammen, doch als LPG-Vorsitzender hatte er viele Termine und musste oft mit dem Zug von Seeberg in die Stadt fahren, um neue Direktiven der Kreisverwaltung entgegenzunehmen. Er war dann den ganzen Tag unterwegs, und so blieb alles an ihr hängen, obwohl es Arbeit für zwei war. Sie war immer fürs Grobe zuständig. Melken, in jeder Hand eine Zwanzigliterkanne schleppen, Ställe ausmisten, und keinen Samstag, keinen Sonntag frei, von Urlaub ganz zu schweigen. Ihr älterer Bruder Erich arbeitete auch mit, er musste die Pferde lenken und Holz schlagen. Und ihre jüngere Schwester Irmgard war in dem kleinen LPG-Büro über ihrer Wohnung im Bauernhaus tätig. Jakob Huffel hielt seine Kinder kurz. Wir waren nicht verwöhnt, sagt Jana, materiell nicht und auch nicht mit Liebe.

1935, als sie in Ostpreußen geboren wurde, war ihr Vater nicht zu Hause. Wo er damals war, weiß sie nicht. Ihre Mutter bestellte auch während der Schwangerschaft die Felder, ganz allein, und sagte immer lachend: Da musste das Würmchen damals schon mitarbeiten, das kann später bestimmt tüchtig anpacken. Das erzählte sie Jana immer als Trost, wenn sie völlig geschafft aus dem Kuhstall kam.

Jana erinnert sich an so wenig von früher, hatte sie mir bei einer anderen Begegnung gesagt; vielleicht käme das durch die Flucht aus Ostpreußen, durch die ganze Angst, die sie damals hatte.

Es war Januar 1945. Den Geburtstag ihrer Schwester Uta hatten sie noch zu Hause in Gregersdorf gefeiert. Zwei Tage später machten sie sich auf den Weg. Ihr Vater war schon fort, zum Volkssturm eingezogen. Bei ihnen lebte eine über achtzigjährige Großtante; sie litt an Rheuma und war bettlägerig. Janas Mutter hatte Säcke mit Hafer und Heu und anderen Sachen auf den Kastenwagen gelegt und obendrauf ein Bett für die Tante und die Kinder gemacht. Zwei Blechplatten bildeten ein Spitzdach. So fuhren sie los: Mutter Emilie Huffel, die Großtante, die sechzehnjährige Uta, der vierzehnjährige Erich, der zwölfjährige Reinhard, die neunjährige Jana und die dreijährige Irmgard. Ihr polnischer Knecht kutschierte das Fuhrwerk.

Sie waren noch nicht weit gekommen, als die Rote Armee sie einholte. Sie mussten nach Hause zurückkehren. Den Knecht jagten die Russen weg, er durfte ihnen nicht mehr helfen. Ein paar Kilometer weiter hat er auf sie gewartet. Aber die Russen kamen ihnen erneut in die Quere: Sie drohten, den Knecht zu erschießen, wenn er bei ihnen bliebe. Also zog er ab. Die Russen nahmen ihnen die drei Pferde ab und gaben ihnen stattdessen einen mageren Klepper. Die Straße führte an einer steilen Böschung entlang. Plötzlich entstand ein Riesentumult. Russische Panzer rollten ihnen entgegen und fegten alle Gespanne mitsamt den Flüchtlingen von der Straße weg in die Tiefe.

Später erzählte ihre Mutter, dass sie in diesem Moment nur noch gedacht hatte: Wir sind zusammen, dann sterben wir zum Glück alle. Aber Erich und Reinhard saßen gar nicht im

Wagen. Weil sie so froren, waren sie ausgestiegen und liefen hinterher. Zum Glück blieb ihr Wagen mit der Deichsel an einem Baum hängen. Sie kletterten hinaus und gingen zu Fuß weiter. Was sie tragen konnten, nahmen sie mit.

Sie erreichten ein Dorf. In einem Haus mit alten Frauen ließ ihre Mutter die Großtante zurück. Die Frauen würden für sie sorgen. Zu Fuß machten sie sich auf den Weg nach Hause. Die kleine Irmgard mussten sie tragen. Unterwegs fing ihr Bruder Erich ein Huhn, das sie kochten, als sie irgendwo in einer Scheune einen Platz für die Nacht gefunden hatten. Aber dann kamen wieder die Russen und schrien: *Uri, uri.* Wenn binnen einer halben Stunde nicht Uhren und Gold bereit lägen, würde die ganze Familie erschossen. Umgehend machten sich die Flüchtlinge aus dem Staub und ließen das Huhn im Topf zurück.

Die Russen suchten überall nach jungen Mädchen. Janas Schwester Uta haben sie mitgenommen und vergewaltigt. Jana sieht noch vor sich, wie sie wiederkam, mit den Händen hielt sie ihre langen Strümpfe fest, an denen das Blut herabrann. Wütend sagte sie: Das ganze Bett von dieser Hexe, die mich verraten hat, ist mit Blut vollgeschmiert. Sie begriff überhaupt nicht, was mit ihr geschehen war, Mutter hatte die Kinder nicht aufgeklärt.

Nach ein paar Tagen waren sie wieder in Gregersdorf. Ihr Hof war von Russen besetzt. Dort sah Jana mit an, wie ihre Mutter vergewaltigt wurde. Sie kam in die Küche, und ihre Mutter lag auf dem Tisch, die kleine Irmgard noch auf dem Arm. Sie schrie Jana zu: Geh weg! Geh weg! Sie wollte nicht, dass sie es sah. Jana wusste gar nicht, was los war und warum der Schlüpfer ihrer Mutter ihr um die Knöchel hing.

Ihre Mutter musste für die Russen kochen. Später zogen auch Polen bei ihnen ein. Es war schon Sommer. Jana war im

Garten und pflückte Johannisbeeren, aber das verboten ihr die Polen. Sie kapierte gar nichts mehr: Durfte sie nicht mal Beeren pflücken in ihrem eigenen Garten?

Langsam zeichnete sich ab, dass die Polen auf ihrem Bauernhof bleiben würden. Sie machten sich zum zweiten Mal auf den Weg, zunächst bis zur Schwester ihres Vaters, Tante Elfi, die in der Nähe wohnte. Die Russen gaben ihnen Geleit, weil ihre Mutter für sie gekocht hatte.

Bei Tante Elfi blieben sie ein paar Monate; das Haus lag genauso abgelegen wie ihres. Die Frauen rieben sich künftig das Gesicht mit Asche ein und zogen die Kopftücher tief herab, um so alt wie möglich auszusehen. Uta wurde damals wieder von den Russen mitgenommen. Kurze Zeit später hörten sie draußen Schüsse und dachten, sie würde nicht mehr zurückkommen. Doch sie kam zurück, nachts, barfuß durch den Schnee. Sie hatten sie irgendwo in einer Ruine vergewaltigt und wie Müll liegen gelassen.

Als eines Tages erneut Russen im Anzug waren, rannte Uta auf den Kartoffelacker. Kurz darauf rief ihre Mutter laut: Uta, komm nach Hause, die Luft ist rein. Uta dachte noch: Sie ist verrückt, dass sie mich so laut ruft, das hört doch jeder. Aber sie kam doch zum Vorschein. Und natürlich waren die Russen noch da. Sie hatten ihre Mutter festgehalten und gedroht, ihr mit einem Messer die Kehle aufzuschlitzen, wenn sie ihre Tochter nicht riefe. Jana muss oft daran denken, dass ihre Mutter damals erst neununddreißig war, ihre eigene Tochter ist jetzt schon älter.

Tante Elfi hatte Besteck und eine Bernsteinbrosche in der Erde vergraben, und ihre Mutter hatte eine goldene Uhrkette aufbewahrt; wie ihr das gelungen war, ist Jana ein Rätsel. Damit sind sie nach Neidenburg gegangen, heute Nidzica, und haben dort Leute bestochen, um an Papiere und Eisenbahnbilletts nach Deutschland zu gelangen. Dann hat ihre Mutter ihren Bruder Erich gesucht; die Polen hatten ihn als Hütejungen mitgenommen. Mutter wusste, dass er in Polen sein musste. Sie bestach den Kommandanten und durfte über die Grenze – und sie fand ihn. Pures Glück, sagte sie hinterher, oder der liebe Gott hatte es so gewollt. Erich sagte, er hätte sie bestimmt selbst wiedergefunden, er hatte die Polen schon fast so weit, dass sie ihn wegjagen wollten. Erich schlief unter einer alten Pferdedecke voller Flöhe, hatte sich die Haut aufgekratzt und sagte immer: Krätze, Krätze, Krätze. Die Polen hatten Angst, er könne ihre Neugeborenen anstecken. Wegen dieser angeblichen Krätze durfte Mutter Huffel ihren Sohn mitnehmen, sonst hätten sie ihn nie gehen lassen.

Sie machten sich nach Mecklenburg auf, zur Schwester der Mutter. Janas Eltern hatten abgesprochen, dort aufeinander zu warten, falls sie es überlebten. Ihr Vater tauchte erst 1947 auf.

Er war dem Tod von der Schippe gesprungen. Zusammen mit Janas Onkel, dem Mann von Tante Elfi, war er irgendwo in Russland in Kriegsgefangenschaft geraten. Am schlimmsten war der Hunger, erzählte er später. Manchmal bekamen die Gefangenen Zigaretten, und da er nicht rauchte, tauschte er sie gegen etwas zu essen ein. Doch zusehends wurde er schwächer und dachte, dass er nicht mehr lange durchhalten würde. Eines Tages saßen die beiden Männer beisammen. Janas Onkel sollte mit dem nächsten Transport nach Deutschland zurückfahren. Janas Vater sagte zu ihm: Grüß meine Frau und meine Familie von mir. Kurz darauf schnappte der Onkel noch einmal nach Luft und war tot.

Janas Vater kam in die Krankenstation. Er war inzwischen so geschwächt, dass er nichts mehr bei sich behalten konnte. Alle Menschen, die aufgegeben worden waren und im Sterben lagen, wurden in die Waschküche abgeschoben. Dort lag ihr Vater drei Tage lang, ohne zu sterben, bis eine Ärztin ihn fand und so Radau schlug, dass er wieder in den Krankensaal gelegt wurde.

War ihr Vater nach seiner Rückkehr verändert? Sie mussten künftig jeden Sonntag mit der ganzen Familie beisammen sitzen, und er las aus der Bibel vor. Janas Schwester Uta ließen die Eltern sofort in den Westen gehen; wenn sie einen Russen nur von weitem sah, krampften sich ihre Eingeweide zusammen, und sie geriet außer sich vor Panik. Uta konnte zu ihrem ältesten Bruder Helmut ziehen, der nach britischer Kriegsgefangenschaft im Westen geblieben war.

Jana erzählt das alles ganz direkt und ohne Ausschmückung, was es nur noch schlimmer macht.

Wie schrecklich das alles war, entfährt es mir.

Sie nickt und sagt in fast scharfem Ton: Und was ist denn hier im KZ passiert?

Ich höre, dass sie das schon öfter gesagt hat, schon viel öfter, und immer mit sehr großer Empörung. Denn es ist heute völlig gang und gäbe, dass Leute sich an das Leid erinnern, das ihnen angetan wurde, ohne auch nur ein Wort über das Leid zu verlieren, das die Deutschen anderen angetan haben – das vorher geschah und das in seinem Ausmaß und Grauen alles übertraf.

Die erste Zeit nach dem Krieg wurde viel gefeiert, sagt Jana, und alle haben fest angepackt und gearbeitet und aufgebaut, es ging mit voller Kraft voran. Es herrschte ein Gefühl der Erleichterung, aber das hielt nicht lange an. Sie zeigt mir ein Foto vom 1.-Mai-Wagen der LPG *Neues Deutschland.* Sie ist eine junge Frau, mit ein paar Freundinnen sitzt sie neben dem Kutscher auf dem Bock. Alle LPGs fuhren mit ihren geschmückten Wagen nach Seeberg. Dort mussten sie sich endlose Ansprachen anhören, erzählt Jana: Über die Partei, die uns Sonne und Licht gab, und ähnlichen Schwachsinn.

1957, nachdem die Grenslings fortgegangen waren, zog die Familie Huffel in die große Wohnung auf dem Vorwerk ein. Die Betriebe von Urfelt und Droschler waren inzwischen auch der LPG angegliedert worden. Noch heute schildern Bauernkinder von damals den schwarzen Tag, als das Vieh in die großen Ställe der LPG gebracht wurde und die Ställe auf dem eigenen Hof plötzlich leer standen. Von einem Tag auf den anderen waren ihre Eltern Bauern ohne Vieh. Sie waren LPG-Mitglieder geworden, Arbeiter, sie besaßen noch einen Viertelhektar Land zur eigenen Nutzung und höchstens eine Kuh.

In der zweiten Hälfte der fünfziger Jahre lebten auf dem Vorwerk noch Marie Krüger mit ihren Kindern Frieda und Wolfgang, Erika Michailek aus dem Sudetenland – die inzwischen zum zweiten Mal Witwe geworden war – mit ihrem Sohn Bernd, und der alte Laskowski. Gelegentlich kam Laskowskis Tochter zu Besuch, die gerade aus der sibirischen Verbannung zurückgekehrt war – sie war ein Wrack und litt an heftigen epileptischen Anfällen.

Bei Laskowski oben im Giebelzimmer wurde jeden Abend bis spät in die Nacht Skat gedroschen. Auch der Verlobte von Jana, ein Flüchtling aus der Gegend von Marienburg, war oft dabei. Die Luft war blau vom Zigarrenrauch, die Schnapsflaschen kreisten, und unterm Tisch lag Laskowskis Schäferhund und kratzte sich seine Flohbisse. Frieda Krüger musste im Konsum in Dornhain immer Schnaps für Laskowski holen; zu diesem Zweck hatte er ihr sogar ein Fahrrad geschenkt. Wenn ich den Namen Laskowski höre, muss ich an seine Frau denken. Wie oft wird ihn noch die Erinnerung heimgesucht haben an den Moment, als seine Frau lieber in den Tod ging, als sich von russischen Befreiern schänden zu lassen?

Ende der fünfziger Jahre zog eine Melkerfamilie in die kleine Wohnung im Bauernhaus ein. Endlich brauchte Jana Huffel nicht mehr im Kuhstall zu arbeiten. Sie heiratete, zog in das hintere Zimmer an der Terrasse und bekam bald ihr erstes Kind. Die Melkerfamilie brachte viel Unruhe. Der Vater hatte es mit der Freundin seines Sohnes getrieben, daraufhin rückte der Sohn dem Vater mit einem Messer zu Leibe. Sie blieben nicht lange auf Blankow. 1960 wurde die LPG *Neues Deutschland* mit einigen kleinen LPGs in Dornhain zur LPG *Rotes Banner* zusammengelegt. Alle Milchkühe kamen nun in die Zentrale in Dornhain, weil dort eine Melkmaschine angeschafft worden war. Die Melkerfamilie zog aus, und neben den Huffels zog das Ehepaar Bruno und Anna Spienkos ein; das hatte deren Sohn Norbert geregelt, nachdem er Vorsitzender des *Roten Banners* geworden war.

Jakob Huffel hatte den LPG-Vorsitz abgeben müssen; er leitete jetzt die Arbeitsbrigade von Blankow. Der Hof war faktisch wieder ein Vorwerk geworden, wie früher zu Feudalzeiten. Huffel war noch immer eine Respektsperson; zwar gehörte die LPG allen Mitgliedern, aber auf Blankow hatte er das Sagen.

Bei denen, die früher schon Bauern waren in Ostpreußen, Pommern oder Schlesien, steckte das nun mal drin, meinte Helga Ribitzki, die über achtzig ist und ihr ganzes Leben in Blankow und Dornhain gewohnt hat. Hier bei uns waren alle von jeher nur Tagelöhner. Miete brauchten wir nicht zu bezahlen, wir kriegten unser Quantum Holz, Kohlen und Stroh, wir hatten eine kleine Wohnung mit einer Küche und waren zufrieden.

Tagelöhner sind sie im Grunde geblieben, auch im Arbeiter- und Bauernstaat. Sie haben auch bei Huffel auf Blankow gearbeitet, erzählte Helga Ribitzki, das Getreide eingefahren, Kartoffeln und Rüben geerntet, Steine aufgelesen. Huffel wusste immer genau, wer zu was taugte und wer nicht, für so etwas hatte er einen Blick.

Jakob Huffel war nicht nur Bauer, sondern auch Kaufmann und Händler. Er erwarb Häuser und Grundstücke in der Umgebung, denn Grundbesitz blieb in seinen Augen die beste Geldanlage. Wie haben sie hinter seinem Rücken alle darüber gelacht. Dieser Huffel, der verstand die Zeit nicht mehr, offenbar wollte es ihm nicht in den preußischen Kopf, dass das Zeitalter des Privateigentums für immer vorbei war.

Abends schaue ich mir am Tisch die alten Fotos an, die ich gesammelt habe. Zur Zeit von Bauer Grensling herrschte penible Ordnung, auf dem ganzen Hof lag nicht ein Strohhalm herum, bei Huffel war es ein Chaos, wie auf allen LPGs. Auf einem Foto sehe ich Huffel, Spienkos und Laskowski vor unserem Kuhstall stehen, drei alte Bauern zwischen Misthaufen, rostigen Landmaschinen und Regenpfützen. Das Strohdach sieht zerrupft aus.

Plötzlich weht ein übel riechender Lufthauch vorbei, und es überläuft mich kalt. Es kann doch nicht das Foto sein, das diesen Geruch bei mir aufruft. Ich schnuppere, stehe auf und gehe durchs Zimmer, mit der Nase in der Luft, wie ein Hund. Ich rieche es nicht, ich rieche es doch, der Gestank kommt in Wellen. Irgendwo wird wohl eine tote Maus liegen.

Zurück zu den Huffel-Jahren. Noch heute stoße ich täglich auf Relikte aus jener Zeit. Egal, wo ich auf dem Gelände grabe, ich finde Kunststoffschnur: weiß, weiß mit rot, weiß mit blau. Die Strohballen wurden damit zusammengehalten, dann wurden die Schnüre achtlos weggeworfen, und nun kommt mein Spaten nicht hindurch. Dutzende Säcke voll habe ich schon zur Mülldeponie gebracht.

Überall kommt zusammen mit den Steinen aus der Eiszeit Abfall aus der LPG-Zeit aus der Erde, ausrangierte Teile von Landmaschinen, Autoreifen, Stacheldraht, haufenweise vergammelte Gummistiefel, unzählige Bierflaschen, Mopedteile, Schnapsflaschen, Plastikfolie, Konservendosen, Glühlampen, alte Teppiche, Schuhe. Hinter die alte Schmiede warfen die Bewohner ihren Hausmüll, eine Müllabfuhr gab es in jenen Jahren noch nicht. In Schatzsucher-Anwandlungen hoffe ich auf etwas zu stoßen, was am Kriegsende vergraben wurde, aber das ist eine Illusion, die Grenslings hätten niemals etwas Wertvolles vergessen.

Auch Mist wurde von der LPG kurzerhand draußen ausgekippt. Der Boden um den Kuhstall war von Jauche und Kuhdreck durchtränkt. Brennnesseln und Disteln bildeten dort einen langflorigen Teppich.

Ich betrachte ein Foto von Emilie Huffel, die auf dem Treppchen vor dem Haus sitzt und eine Gans füttert, neben ihr drei Knirpse: ihr Nachzügler Frank und die beiden Kleinen von Jana. So lebt sie im Gedächtnis der Leute: Frau Huffel, die hat ihren Gänsen immer Leckerbissen zugesteckt. Auf dem Foto sitzt sie so zufrieden da, dass ich den Blick kaum von ihr wenden kann.

Als Frank 1953 geboren wurde, war Emilie Huffel bereits siebenundvierzig. Sie war herzkrank und sagte immer, durch die Flucht seien die Bänder ihres Herzens locker geworden. Dass sie schwanger war, durfte niemand wissen, denn sie hatte Angst, dass sie die Geburt nicht überlebte. Zu ihren Kindern sagte sie, sie habe eine Geschwulst im Bauch. Doch die besaß Arme und Beine. Nach Franks Geburt ging es ihr zum Erstaunen aller viel besser. Die Schwangerschaft habe das Herz wieder hochgedrückt, sagte sie, davon war sie fest überzeugt.

In ihren letzten Lebensjahren lag Emilie Huffel meist in der kleinen Kammer neben dem Wohnzimmer im Bett. Es war dort eisig kalt und feucht, die Matratze und das Bettzeug waren klamm von der Nässe in der Wand. Sie hatte wieder Herzbeschwerden, aber am schlimmsten war das Rheuma. Sie konnte sich kaum noch bewegen. Jakob Huffel, das muss Jana ihrem Vater lassen, bestand darauf, dass sich seine Frau jeden Tag anzog, sonst wäre sie völlig steif geworden.

Es hatte Zeiten gegeben, da wollte Emilie Huffel ihren Mann verlassen. Es störte sie sehr, dass er ein Schürzenjäger war, immer interessierte er sich für andere Frauen. Tja, da ist was dran, sagt Jana, immer die Hand auf einem Po, ein Streicheln über den Kopf, mit den Augen rollen – wie Männer so sind.

Aber das war nicht das einzige. Auch am Anfang ihrer Ehe hat Jakob es Emilie nicht leicht gemacht. Er verbot ihr jeden Kontakt mit ihrer Familie, denn er war wütend auf seinen Schwiegervater. Emilie war die älteste aus einer Bauernfamilie mit drei Töchtern. Ihr Vater brauchte einen Nachfolger. Emilies erstes Kind, ihr Sohn Helmut, war dazu ausersehen, später den Betrieb des Großvaters zu erben. Er musste schon früh bei den Großeltern in Westpreußen leben, weit weg von seiner Familie. Aber Helmut strengte sich nicht an und war faul in der Schule. Deshalb schickte der Großvater ihn zurück nach Gregersdorf und setzte seine jüngste Tochter als Erbin ein. Das Reichserbhofgesetz der Nazis erlaubte nur einen einzigen Erben. Jakob Huffel konnte es nicht verschmerzen, dass ihm der Hof seines Schwiegervaters durch die Lappen gegangen war.

Emilies Mutter ging später von Westpreußen in den Westen. Jana sah ihre Großmutter zum ersten Mal auf der Silberhochzeit ihrer Schwester Uta. Sie bekam eine Tafel Schokolade von ihr geschenkt. Als sie sie nach ihrer Rückkehr in die DDR anbrechen wollte, entdeckte sie einen Geldschein darin, zehn Westmark. Jana kichert noch heute darüber.

Mit dem Schatten ihres Vaters hat Jana noch immer zu kämpfen. Er musste viel erdulden in seinem Leben, aber er hat ihrer Mutter und seinen Kindern auch viel angetan. In bitterem Ton sagt sie: Mein Vater hat nie mit uns geredet, uns nie in den Arm genommen. Nie. Das ist doch nicht normal. Im Wald von Blankow musste ich immer Bäume mit ihm fällen, ich war etwa achtzehn. Das einzige, was er sagte, war: Hol mal die Säge, gib mir die Axt. Nur Befehle, ist das nicht schlimm? Mein Bruder Erich hat ihn ein, zwei Jahre vor seinem Tod gefragt: Warum hast du eigentlich nie mit uns geredet?

Ihr wart Mutters Sache, lautete seine Antwort.

Mit ihrer Mutter konnten sie reden. Sie hat uns auch nie in den Arm genommen, sagt Jana, aber mit uns geredet hat sie und auch Scherze gemacht. Manchmal saßen wir mit Mutter zusammen und haben gequatscht, aber wenn Vater ins Zimmer kam, haben wir uns schnell verdrückt.

Nach dem Tod ihrer Mutter 1986 besuchte Jana ihren Vater alle vierzehn Tage, später einmal die Woche, und erledigte Hausarbeiten und die Wäsche. Da wollte er auf einmal doch reden, sagt sie, aber ich wollte schnell mit der Arbeit fertig werden. Und es war ja auch ein bisschen spät.

Kurz vor seinem Tod hatte Jakob Huffel noch sehr helle Momente. Er sprach von der Großtante, die bei ihnen in Gregersdorf gewohnt hatte, und sagte, ihre Mutter habe keine andere Wahl gehabt, als sie auf der Flucht zurückzulassen. Und seinen ältesten Sohn Helmut fragte er: Hast du im Krieg jemanden erschossen?

Nein, antwortete Helmut.

Ich auch nicht, sagte Jakob Huffel, dann ist es gut. Wir haben niemanden erschossen.

Der Osten leert sich

Mitten übers Kornfeld kommt ein kleines Auto herangebraust. Das gilt mir. Vergebens pfeife ich nach dem Hund. Ich habe ihn schon eine Weile nicht mehr gesehen, ich war in Gedanken versunken. Ein kleiner vierschrötiger Mann mit grauem Stoppelhaar steigt aus. Er trägt eine Tarnjacke und ziemlich auffällige Sneaker. Auf dem Beifahrersitz hockt ein kleines Mädchen und starrt uns ängstlich an.

Gehört Ihnen der schwarze Köter, der hier rumgerannt ist? fragt der Mann barsch.

Ja.

Er ist tot, sagt er.

Mein Herz überschlägt sich, das Blut steigt mir in den Kopf. Was ist passiert? Ich bin hier zwar umhergegangen, war aber völlig in der Vergangenheit versunken. Schnell schaue ich mich um, nirgendwo ein Hund zu sichten. Für den Bruchteil einer Sekunde sehe ich ihn vor mir, blutend, zuckend, tot. Doch ich habe nichts gehört, keinen Schuss, kein Knurren oder Bellen, nichts.

Der Mann sieht mich erwartungsvoll an. Ich entschließe mich, ihm nicht zu glauben.

Wieso tot? Eiskalt.

Weil er frei herumgelaufen ist, sagt der Mann. Ein Hund gehört an die Leine. Er verjagt das ganze Wild. Ich habe mich schon gefragt, warum hier in letzter Zeit kein Wild mehr zu sehen ist.

Ich bin hier jeden Tag, sage ich, und ich sehe jeden Tag Damwild, Rehe und Hasen. Laufen hier außerdem nicht auch Füchse herum? Und übrigens hat der Hund noch nie ein Tier gerissen. Das würde ihm gar nicht gelingen, er ist nicht schnell genug, er ist kein Jagdhund, er ist ein Stadthund.

Jetzt aber Schluss, nicht noch mehr Argumente, es ist schon zu viel. Inzwischen ist der Hund wieder da und liegt zu meinen Füßen. Ich tue so, als hielte ich das für das Normalste von der Welt, ich gönne dem Mann meine Freude – das Pendant meines Schrecks – nicht. Der Hund hat zum Glück keine Ahnung, dass ich ihn als städtischen Tölpel darstelle. Ich bin froh, dass er den Mann nicht zwischen den Beinen beschnüffelt und sich von seiner gutmütigsten Seite zeigt, so dass er meinen Worten Nachdruck verleiht.

Ich sehe einen frei herumrennenden Hund, sagt der Mann, und erst eine Weile später sehe ich Sie. Sie haben Ihren Hund offenbar nicht unter Kontrolle. Sie haben Glück, dass ich kein Gewehr bei mir habe, sonst wäre er tot gewesen. Das nächste Mal erschieße ich ihn.

Auch jetzt, wo Sie wissen, dass es mein Hund ist? Sie erschießen meinen Hund? frage ich. Er hat nicht den Mut, offen ja zu sagen, und sucht nach einem Ausweg.

Da drüben liegt ein toter Fuchs, sagt er und deutet auf etwas Unbestimmtes auf dem Feld in etwa fünfzig Metern Entfernung. Vielleicht hat er die Tollwut.

Hier herrscht keine Tollwut, sage ich. Und als sei das nicht überzeugend genug, füge ich hinzu: Mein Vater ist Tierarzt, ich kenne mich gut aus.

Im Interesse der Sache nehme ich es mit der Wahrheit nicht so genau und tue so, als würde mein Vater noch leben.

Na gut, sagt der Mann, der nicht mehr weiter weiß, was Sie woanders machen und in Ihrem eigenen Jagdrevier, müssen Sie selber wissen, aber Sie wissen jetzt auch, was hier Sache ist.

Er schweigt. Ich frage: Wo verläuft Ihr Jagdrevier denn genau? Ich erschrecke über meinen eigenen Oberlehrerdünkel.

Hier, bis zum Dreiländereck, sagt er.

Dreiländereck? sage ich schneidend. Ich dachte, hier wäre die Grenze zwischen den Bundesländern Mecklenburg-Vorpommern und Brandenburg. Welches ist denn das dritte Land?

Der Mann zögert, versucht Zeit zu gewinnen: Mecklenburg, Brandenburg … – er sucht in seinem Gedächtnis – äh, das dritte weiß ich momentan nicht. Früher verliefen die Grenzen anders.

Nichts anmerken lassen, vorsichtig sein, er ist nun im Begriff, sein Gesicht zu verlieren.

Der Mann sagt: Ich schau mir jetzt mal den Fuchs an.

Ich auch, sage ich neugierig und nehme den Hund an die Leine. Der Mann fährt weg, ich gehe die Böschung hinunter. Etwas später stehen wir zusammen bei dem Fuchs. Er liegt in verdrehter Haltung auf dem Rücken, die Hinterbeine gespreizt. Die rechte Seite ist aufgepickt, dort liegt sein Brustkorb offen und die Rippen sind abgenagt, die Eingeweide wurden schon gefressen. Sonst sieht er sonderbar unversehrt aus, sein Fell könnte man sich mit elegantem Schwung um den Hals legen.

Wurde er geschossen? frage ich den Mann.

Er zuckt mit den Schultern. Sieh mal, ruft er dem Mädchen zu, das starr im Auto sitzen geblieben ist, ein toter Fuchs.

Gut, sage ich, nachdem wir eine Weile dort gestanden haben, dann auf Wiedersehen.

Ja, vielleicht sieht man sich noch mal, sagt er in gleichgültigem Ton und fährt mit dem Mädchen zurück in Richtung Carlshagen.

Ich gehe nach Hause und rede unterwegs ungeniert auf den Hund ein. Dass sein Leben auf dem Spiel steht, dass ich von nun an die Regeln verschärfen muss. Ich rede und rede und komme mir wie eine halbe Idiotin vor. Aber das ist mir egal. Ich muss reden. Zugleich fühle ich, dass ich mich hoffnungslos festfahre an dem Unterschied zwischen dem Hund und mir. Er reckt die Schnauze in die Luft, öffnet das Maul ein bisschen, lässt den Unterkiefer zittern, um die vorbeischwebenden Gerüche noch besser wittern zu können und saust ins Gebüsch. Gellend schreie ich *nein* und *halt* und *Mistvieh.* Und stampfe mit dem Fuß auf. Als er zurückkommt, leine ich ihn an. Ich hasse es wie die Pest, mit einem angeleinten Hund herumzulaufen.

Und Jäger und Bauern können es nicht ausstehen, wenn jemand über ihr Gelände wandert, noch dazu mit Hund.

Ein paar Tage später laufe ich vom Wankensee bei Carlshagen über eine tief gelegene Wiese voll leuchtend gelber Sumpfdotterblumen. Auf der angrenzenden Weide fährt ein Traktor, das Gras ist frisch gemäht. Sonnendurchtränkter Sommerduft, ich atme tief ein. Plötzlich springt ein Mann aus der Kabine, er schreit sich die Lunge aus dem Leib: He, was soll das da! Ein wirrer weißer Haarschopf, ein drohend fuchtelnder Arm. Schon wieder! Ich seufze. Sonst begegne ich hier nie jemandem, und jetzt gibt es kurz nacheinander Ärger. Weglaufen hat keinen Sinn, ich will noch öfter hierher kommen. Ich gehe auf den Bauern zu.

Was ich mir eigentlich denke, das ist kein öffentliches Gelände. Er wird seinen Sohn und dessen Hund nächstens hinzuholen, der wird meinen Hund *reif machen.* Dort hinten stehen die Kühe schon wieder auf der Weide, ein Stier ist dabei. Es ist lebensgefährlich.

Ich versuche ihn zu beschwichtigen, lasse Namen fallen – ich bin hier zu Hause, ich laufe schon seit ein paar Jahren in dieser Gegend herum. Ich sage, dass ich gut aufpasse, bringe meinen Vater wieder ins Spiel. Der Mann taut auf. Ich stelle ihm eine Frage, und er beginnt sich über sein Leben auszulassen, als hätte er mir nicht eben noch ans Leder gewollt. Er ist 1942 mit seinen Eltern aus Ostpreußen gekommen. Sein Dorf wurde abgerissen, weil Hitler dort seine Waffen testen wollte. So gelangten sie nach Carlshagen. 1952 ist er ins Rheinland gegangen, aber schnell wieder in die DDR zurückgekehrt, wegen seiner Eltern, und im übrigen: Auch dort musste man hart arbeiten. Er wurde Lkw-Fahrer und kannte das ganze Land wie seine Westentasche. Früher war das Leben schön, in den umliegenden Dörfern gab es Tanzsäle, die jungen Leute kamen zu Fuß von nah und fern. Nun hilft er seinem Sohn in dessen Rinderzuchtbetrieb.

Nach einer halben Stunde gehe ich weiter. Zum Abschied warnt er mich vor dem Besitzer des angrenzenden Feldes. Das ist Fuchs, der ist nach der Wende aus dem Ruhrgebiet gekommen, der hat alles in der Umgebung aufgekauft, angefangen beim Volkseigenen Gut in Neufeld. Mit ein paar Bauern aus Carlshagen haben sie diesem Fuchs eins ausgewischt. Um zu seinem Feld zu gelangen, das von hier bis an den Erlensee reicht, müsste er über ihre Felder – oder einen Umweg über Blankow machen. Sie haben ihm das Wegerecht verweigert. Der Alte grinst boshaft, sie legen Fuchs Steine in den Weg, wo sie nur können.

Immer waren es Leute von außerhalb, die hier das Sagen hatten. Adel, Großbürgertum, geflohene Bauern aus den deutschen Ostgebieten – und nun Westdeutsche. Nach der Wende haben Agrarunternehmer von *drüben* viele Landwirtschaftsbetriebe gekauft. Sie hatten es vor allem auf Landgüter abgesehen, die nach 1945 als Ganzes verstaatlicht worden waren, da in solchen Fällen klare Besitzverhältnisse herrschten. Die Bauern aus der DDR hatten das Nachsehen, es fehlte ihnen an Kapital zum Investieren. Die LPGs wurden nach 1989 fast alle aufgelöst, das Land wurde wieder zerstückelt: ein Teil ging zurück an die Alteigentümer – vorwiegend Personen, die 1945 Bodenreformland erhalten hatten –, der Rest ging an die *Treuhand* und deren Nachfolgeorganisationen, die es für den Staat verwalten. In Blankow und Umgebung pachteten Günter Viertz aus Falkenhof und sein Geschäftspartner das alte LPG-Land von den verschiedenen Eigentümern. Viertz' Landwirtschafts- und Viehzuchtbetrieb ist der offizielle Nachfolger der LPG.

Die glorreiche Zukunft der groß angelegten Sowjetkolchosen liegt in Ruinen über die ostdeutsche Provinz verstreut: lange, niedrige Betonställe und -scheunen, Speicher für Viehfutter zwischen riesigen Betonwänden, halbleere Plattenbauten an den Rändern der Dörfer. Sogar die Gewächse von früher haben es verscherzt. Roggen, der sieben Jahre hintereinander angebaut werden kann, anspruchslos ist, den Himmel sehen will und nach oben schießt: Er bringt nichts mehr ein. Oder *Triticale*, das aus Russland kam, eine Kreuzung zwischen Roggen und Weizen, ein sehr winterhartes Futtergetreide: wertlos geworden.

Mit der Arbeitsproduktivität der Landwirtschaftskollektive lag es immer im Argen. Kurz vor der Wende bewirtschafteten die LPGs von Blankow und Umgebung zusammen viertausend Hektar Land, und es arbeiteten dort fast vierhundert Personen. Heute arbeiten bei den Nachfolgern dieser LPGs noch vierzig Leute. Damals waren es zehn Hektar pro Person, heute sind es hundert. Die Planwirtschaft war ein schwerfälliges System. Es gab festgelegte Arbeitspläne, die Umstände wurden kaum berücksichtigt. Auch wenn der Acker ein einziger Morast war, fuhren die Maschinen aufs Feld und blieben regelmäßig in dem glitschigen Lehm stecken.

Es ist Günter Viertz, der mir von der kollektiven Landwirtschaft rund um Blankow erzählt, als er eines Vormittags nach einer Inspektion der Rapsfelder auf den Hof gefahren kommt. Viertz ist selbst einmal auf der Anhöhe hinter den Kastanien mit dem Pflug umgekippt. Lebensgefährlich war das, sagt er. In den sechziger Jahren war er als Agrotechniker – später hieß das Mechanisator – bei der LPG eingestellt worden. Ich frage ihn, ob er noch weiß, warum die Türen unseres Kuhstalles bis auf eine zugemauert worden sind und warum diese eine Tür aus Eisen ist.

Das hat der *IFA-Betrieb* gemacht, erzählt er. Als die Mastbullen Anfang der achtziger Jahre vom Vorwerk verschwanden – der alte Jakob Huffel war inzwischen zu alt, um sie zu versorgen –, vermietete die LPG den Stall an den *IFA-Betrieb, die* Fabrik für Zweiräder in der DDR. Die Fahrräder, Mopeds und Motorräder kamen mit dem Zug in Seeberg an, von dort aus gingen sie in Lagerräume in Dornhain und Blankow. Sie wurden gut gesichert, motorisierte Zweiräder waren viel wert.

Viertz macht ein besorgtes Gesicht, der Raps sieht ziemlich mitgenommen aus, sagt er, er hatte schwer zu leiden gehabt in der einen Aprilnacht, als das Thermometer auf zehn Grad minus gefallen war. Sein Betrieb zur Naturrinderhaltung schreibt schon seit Jahren rote Zahlen. Die Fördermittel werden magerer, die Getreide- und Milchpreise sind im Keller, Dieselkraftstoff wird jeden Tag teurer – in der Erntezeit brauchen sie mehr als tausend Liter pro Tag.

In der DDR habe er besser gelebt als jetzt, sagt Viertz. Angst um seinen Arbeitsplatz brauchte er nicht zu haben, die sozialen Sicherungssysteme waren gut, das Leben war preiswert. Die LPG hatte einen eigenen Betriebskoch, für eine Mark aßen sie mittags warm. In seiner Freizeit bearbeitete er jedes freie Fleckchen Erde, und er hielt sich privat ein paar Schweine und Bullen. Ein schlachtreifer Mastbulle brachte gut fünftausend Mark ein. Für ein schlachtreifes Mastschwein erhielt er tausendfünfhundert Mark, Ostmark natürlich. Zuletzt hatte er zwölf Schweine, das brachte ein hübsches Sümmchen. Womit kann er heute noch so gutes Geld verdienen? Heute kauft man ein Ferkel für vierzig Euro, und wenn man es gemästet hat, bekommt man hundert dafür. Blöd war zu DDR-Zeiten nur die Tatsache, dass sie nicht reisen durften. Aber jetzt, wo es möglich ist, fehlt ihnen das Geld dazu.

Was geblieben ist, sind die Steine. Ich höre es immer schon von weitem: *kloink*, *kloink*, *kloink*. Ein vertrautes Geräusch, hell und hallend, Stein auf Eisen, tagelang. Die Bauern lesen die Steine auf, sie werfen sie in einen Behälter, der vorn an einem leichten Traktor befestigt ist. Viertz hat Ende April ein fünfunddreißig Hektar großes Feld für die Maisaussaat vorbereitet. Zu zweit haben sie fünf Tage lang Steine aufgeklaubt. Was das kostet, seufzt er.

Anschließend mussten sie den Kampf gegen die Wildschweine aufnehmen. Solange der Mais noch nicht gekeimt hat, laufen die Tiere einfach durch die Reihen und wühlen alle Körner in schnurgeraden Linien aus der Erde. Also werden die Felder in der ersten Zeit nachts von Jägern bewacht. Rings um das Vorwerk Blankow fangen sie gar nicht erst mit dem

Maisanbau an, dort gibt es mindestens sechs Rotten Schwarzwild. Eine Plage.

Dann und wann laufe ich noch auf den Traktorspuren über die Felder. Ich fühle mich fast wieder wie das Kind von früher, das nichts lieber tat, als zwischen den Roggenhalmen zu verschwinden. Nun ragt mein Kopf gerade noch über den Raps. Die Felder sind keine glatten, gelben Flächen mehr, es sieht aus, als würde die Farbe abblättern, der Raps lässt seine Blütenblätter fallen. Der stechende Kohlgeruch nimmt mir noch immer fast den Atem. Der Hund verschwindet in der Reifenspur neben mir, dann zwischen den dicken Stängeln. Ein Stück weiter sind viele Stängel umgeknickt. Wild, denke ich. Wo ist der Hund? Ich rufe, doch er kommt nicht. Ah, da sehe ich ihn, vor mir in der anderen Reifenspur. Ich laufe hin und rufe. Als ich ganz nah bin, erhebt sich der dunkle Fleck. Ich schrecke zurück. Viel zu groß. Ich starre auf braune Borsten. Ein Wildschwein! Direkt vor mir, zwischen ihm und mir nur ein paar Rapspflanzen. Das Herz schlägt mir bis zum Hals: Wo ist der Hund? Was macht der Hund? Ich rufe, gehe rückwärts. Das Schwein stößt einen Angstlaut aus, der die Mitte zwischen Grunzen und Schreien hält, und ergreift die Flucht, mitten durchs Rapsfeld.

Der Hund steht zehn Meter weiter in derselben Spur. Stocksteif. Ob er erschrocken ist, weiß ich nicht, ich bin selbst zu verstört. Und heilfroh, dass das Wildschwein und der Hund einander in Ruhe gelassen haben. Aber der Hund scheint sich Feigheit vorzuwerfen oder eine verpasste Chance auf eine Verfolgungsjagd; nicht mal eine Minute später flitzt er wie ein Wilder hinter einem Reh her. An der wogenden Spur durch das Rapsfeld sehe ich, wo er ist. Gelb bestäubt, klatschnass und mit weit heraushängender Zunge kommt er wieder zum

Vorschein. Seine Ohren stehen hoch, er hat die Betretenheit von sich abgeschüttelt.

Ein Stück weiter sehe ich, dass die Wildschweine ganze Lichtungen ins Rapsfeld gefressen haben. Mit anderem Wild haben die Bauern kaum noch Probleme, erzählte mir Günter Viertz, das Damwild ist endlich unter Kontrolle. Zu DDR-Zeiten gab es gut und gern zwanzig Stück Damwild auf einem Hektar, das war viel zu viel, aber sie konnten wenig dagegen tun. Große Teile der Umgebung waren staatliches Jagdrevier, Sonderjagdgebiet für die Bonzen.

Nicht nur die Landwirtschaft, auch die Jagd ändert sich mit den Machthabern. Früher jagten die Gutsherren östlich der Elbe auf ihren eigenen Ländereien und der Wildbestand war einigermaßen im Gleichgewicht, auch wenn ihre Jagdmethoden mit heutigen Vorstellungen über waidgerechte Jagd kaum vereinbar waren. Nach dem Krieg nahm der Wildbestand schnell zu, da die traditionellen Jäger – die Gutsherren – geflohen oder inhaftiert waren. Die Sowjets hatten ein Problem: Sie vertrauten Deutschen keine Gewehre an, denn auch ein besiegter Feind bleibt gefährlich und ist natürlich nicht von heute auf morgen kein Faschist, Antikommunist und Slawenhasser mehr. Wer eine Feuerwaffe besaß, wurde ohne Pardon in einen Gulag in Sibirien geschickt.

Um das Schwarzwild zurückzudrängen, suchten die Sowjets ihr Heil in altmodischen Methoden. Land- und Waldarbeiter, die vorher politisch durchleuchtet worden waren, mussten den Wildschweinen mit Fallgruben, Fangeisen und Saufedern zu Leibe rücken. Doch das nützte wenig, und so stellte die sowjetische Besatzungsmacht 1947 fünfzehn Gewehre zur Verfügung – für das gesamte Gebiet des heutigen Bundeslandes Mecklenburg-Vorpommern. Die Zunahme des Schwarzwildes ließ sich jedoch trotz dieser Gewehre nicht stoppen. Und die Ernteschäden waren so gravierend, dass es den Bauern zunehmend schwerer fiel, das Plansoll zu erfüllen.

Nach der Gründung der DDR 1949 wurden die *Jagdkommandos* der Volkspolizei unterstellt. Ein Polizist aus der Kreisstadt kam auf seinem Motorrad mit fünf bis acht Gewehren über der Schulter nach Seeberg, teilte die Flinten an die Bauern aus, erklärte ihnen kurz die Benutzung und nahm die Waffen nach der Jagd sofort wieder mit – um sie am nächsten Tag in ein anderes Jagdrevier zu bringen. Der Wildbestand wurde auf diese Weise natürlich immer noch nicht kontrolliert, nach wie vor entstanden enorme Schäden.

Erst 1953 kam ein DDR-Jagdgesetz. Die lokale Sektion der *Gesellschaft für Sport und Technik* sollte künftig die Gewehre liefern, und es durfte nur kollektiv gejagt werden. Zum ersten Mal wurde das Recht zu jagen vom Grundbesitz getrennt. *Die Jagd gehört dem Volke,* lautete die Losung der Partei. Das hieß freilich nicht, dass es leicht war, Jäger zu werden, es war ausschließlich Parteimitgliedern vorbehalten oder Leuten, die in anderen DDR-Organen wie der Armee, der Volkspolizei, dem Zivilschutz oder dem Staatssicherheitsdienst tätig waren. Und auch sie wurden noch einmal gründlich durchleuchtet, ehe sie ein Gewehr in die Hand bekamen. Die Angst des Staates vor dem privaten Besitz von Feuerwaffen grenzte weiterhin an Paranoia.

Wenn ich die Chaussee überquere und über den Waldpfad am Ufer des Mürzinsees zur Falkenhofer Badewiese laufe, komme ich durch das Gebiet, in dem der 1. Sekretär der SED-Kreisleitung des DDR-Kreises Neubrandenburg seit den sechziger Jahren jagte. Faktisch war es sein privates Jagdrevier. Damals gab es dort noch Rotwild, deshalb war das Gebiet sehr beliebt.

Heinrich Thomas, der frühere Produktionsleiter der LPG Falkenhof, musste das Wild im Auftrag des Parteisekretärs anfüttern, damit dieser genug zu jagen hatte, erzählte er mir, als ich im Nachbardorf Wusterlitz bei ihm vorbeischaute. Sie erhielten zwar eine Entschädigung für die Ernteschäden, jedoch nie in zureichender Höhe. Außerdem, meinte er, taten sie ihre Arbeit, um Nahrungsmittel anzubauen und zu ernten, und nicht, um Entschädigungen zu kassieren.

Kraft seines Amtes besaß Thomas ein Moped; damit fuhr er abends heimlich über die Felder und verscheuchte das Wild. Manchmal zählte er Rudel von vierzig bis hundert Stück Damwild. Hin und wieder handelte er sich einen Rüffel ein, weil er das Wild bis in die Wälder verfolgt hatte. Er bekam Wutanfälle, das Wild zerstörte die Arbeit seiner LPG, und das nur, weil der Parteisekretär gern auf die Jagd ging und über allem stand. Es war fast wie im neunzehnten Jahrhundert, als die Bauern bestraft wurden, wenn sie das Wild von den Äckern scheuchten und so den Gutsherren die Jagd verdarben.

In der ganzen DDR wurde das Schalenwild nach Herzenslust angefüttert, damit die neuen Machthaber ihre Jagdlust ausleben konnten – wie in Feudalzeiten, wie in der Nazizeit. Übrigens war Hitler ein Gegner der Jagd, er bezeichnete Jäger spöttisch als *grüne Freimaurer* – aber dass er Vegetarier war, ist wohl eine hartnäckige Fabel.

Anfang der siebziger Jahre wollte die SED die weitere Umgebung von Seeberg zum exklusiven Jagdrevier des Zentralkomitees machen. Da die DDR in jenen Jahren endlich von vielen Staaten anerkannt worden war, benötigte sie auch mehr Gästehäuser für den Empfang ausländischer Politiker und Diplomaten. Auf einer Halbinsel im Mürzinsee ließ die SED-Bezirksleitung von Neubrandenburg das Forsthaus Falkenhof errichten. Doch aus dem »Sonderjagdgebiet« für das Zentralkomitee wurde nichts. Der Seeberger Hausarzt Wilfried Engelmann, selbst ein passionierter Jäger, wies in einem Brief an den Parteivorsitzenden Erich Honecker auf die Widersinnigkeit des Planes hin: Gehörte die Jagd nicht dem Volke? Die Pläne wurden rasch zurückgenommen. An den Jagdprivilegien des 1. Parteisekretärs wurde jedoch nicht gerüttelt.

Auf der Falkenhofer Badewiese ruhe ich mich aus. Der See liegt groß und still zu meinen Füßen, links hinter den Bäumen verbirgt sich das Forsthotel, das vor sich hin kränkelt. In der Ferne liegt der Damm bei Seeberg. Als die Sonne hinter dem Waldrand versunken ist, verschwimmt der See allmählich in immer blasseren Pastelltönen, über dem Wasser hängen Nebelschwaden, die Landschaft wirkt verlassen und zeitlos.

Vom Steg lasse ich die Beine ins Wasser baumeln, und ich spüre die Gegenwart des 1. Parteisekretärs in meinem Rücken. Ich habe ihn noch nie gesehen, aber er wohnt am Rand der Badewiese in einem alten Märchenhaus. Der Parteisekretär ist jetzt betagt; er grüßt die Leute immer mit einem liebenswürdigen Kopfnicken, habe ich gehört. *Wendehals*, grummelt manch einer. Doch keiner macht ihm das Leben schwer. Die Leute haben keine Lust, die Vergangenheit aufzurühren. Zuweilen frage ich mich, warum sie so wenig nachtragend sind – ist es Klugheit, Gleichgültigkeit oder Zynismus: Die da oben machen ja doch, was sie wollen? Jedenfalls ist es hier völlig normal, jemandem Verbrechen und Verfehlungen aus der Vergangenheit nachzusehen, ob es nun um die Nazizeit geht oder um die DDR.

Kurz nach der Wende gab es viel Aufregung über die Rolle, die Parteifunktionäre und die Stasi samt ihren *Inoffiziellen Mitarbeitern* gespielt hatten. Aber auch davon bekamen die

Leute genug, zumal die älteren, die schon öfter erlebt hatten, dass Gut und Böse die Plätze tauschten.

Der Osten leert sich, sagen die Menschen deprimiert, die jungen Leute ziehen weg, nach Hamburg, nach Bayern, dahin, wo sie Arbeit finden. Und Mecklenburg-Vorpommern wird ein Altersheim.

Nach der Wende hatten sie in Seeberg und Umgebung ihre Hoffnung auf den Tourismus gesetzt, endlich konnte jedermann ihre schöne Gegend frei besuchen – Westdeutsche, Ausländer. Das würde die Wirtschaft beflügeln. Auch Günter Viertz und sein Geschäftspartner haben es versucht, sie wollten Arbeitsplätze für die Leute schaffen, die früher bei ihnen in der LPG gearbeitet hatten. Sie erwarben das Schulungshaus der Nationalen Front, den ehemaligen Aufsiedlungshof der Droschlers in Blankow, und sie pachteten das Forsthotel am Mürzinsee. Sie schafften Pferde und Kutschen an. Aber das Vorhaben scheiterte auf der ganzen Linie, die Touristen kamen nicht. Die Leute aus dem Osten haben kein Geld, erklärte Viertz, und die aus dem Westen kommen einmal und schauen sich alles an, und das reicht ihnen dann. Deshalb sind sie schnell wieder aus der Sache ausgestiegen.

Was sie mit dem baufälligen Vorwerk anfangen sollten, nachdem Jakob Huffel 1995 weggezogen war, wussten sie auch nicht. Wären *die Berliner* – wie meine Freunde hier genannt werden – nicht gekommen, hätten sie den gesamten Komplex eines Tages ruck zuck abgerissen, denkt Viertz, Kräne stehen ihnen ja zur Verfügung, und die baufälligen Häuser wurden zu einer Gefahr. Jetzt gefällt das Vorwerk vielen Leuten. Jetzt doch.

Nun liegt es ohne Hinterland da, ein Bauernhof, der keiner mehr ist, irgendwo in der weiträumigen ostelbischen Provinz des einundzwanzigsten Jahrhunderts. Eine Idylle? Eine Dekoration? Ich blicke auf den See hinaus, und auf einmal ödet mich die Aussicht an. Mich überkommt die Angst, dass das, was ich instand halten möchte, schon vorbei ist, dass es nicht mehr ist als eine ausgehöhlte Kartoffelmiete. Die Entzauberung schreitet fort. Mache ich mir nur etwas vor?

Die weiße Hirschkuh ist tot, erfahre ich von Günter Viertz. Geschossen. Nun doch. Nicht im Jagdrevier von Blankow, sondern jenseits der Grenze, in Brandenburg. Ich gehe zurück zu meinem Kuhstall und denke so intensiv wie möglich an den Schützen. Ich wünsche mir, dass es stimmt, was die Leute immer sagen: Wer es wagt, das Tier zu töten, ruft damit das Unheil auf sich herab.

Ich gehe in der violetten Dämmerung um den Weidenpfuhl, und ein Reh beginnt zu schrecken, irgendwo unten im Strauchwerk hinterm Garten. Es stößt die Luft mit aller Kraft aus den Lungen, ein raues, wildes, kratzendes Geräusch vertreibt die Stille, gefolgt vom Widerhall. Es fährt mir durch Mark und Bein. Ein Tier in Todesnot, angeschossenes Wild? Gestern waren Jäger auf dem Hügel neben dem Hof. Der Hund steht wie erstarrt und horcht.

Todesnot, ein eingeschüchterter Hund, ich gehe ein paar Schritte in Richtung Garten, ehe ich mir überlege, dass das ein unsinniger Reflex ist. Ich würde das Tier nur in größere Panik versetzen. Und überhaupt, Todesnot ist das, was ich darin zu hören meine; vielleicht wirft eine Ricke ihre Kitze. Möglich wäre es. Gebärnot. Brunftschreie können es nicht sein; zwar könnte ich mir noch vorstellen, dass Tiergeilheit so klingt, jedoch nicht in dieser Jahreszeit. Vielleicht gibt es ja eine viel banalere Erklärung und das Tier hat sich einfach nur heftig verschluckt.

Am nächsten Tag gehe ich zum Froschteich. Die Bienen summen, das wüste Feld neben dem alten Kirch- und Schulpfad nach Dornhain duftet aromatisch. Der Schweinemäster, der dieses Stück Land gepachtet hat, lässt es brachliegen, es dient nur seiner Güllebilanz. Die Luft ist schwer und drückend. Ich schnaufe, der Hund trottet hinter mir her und lässt die Zunge sabbernd aus dem Maul hängen. Plötzlich ist er leise im Gebüsch verschwunden. Ich sehe ihn zwischen den Schlehdornsträuchern stehen und erschrecke: Neben ihm erhebt sich mühsam ein Reh und flieht, der Hund ist ihm auf den Fersen. Ich rufe, brülle, renne um das Gehölz herum. Dort liegt das gestürzte Reh an der Uferböschung des Froschteichs, die Läufe verdreht unter dem Körper und den Hals gestreckt, den Kopf zwischen den Feldsteinen. Der Hund steht daneben und weiß nicht, was tun. Er bellt nicht, er schnappt nicht zu. Mit großen glänzenden Augen blickt das Reh ruhig vor sich hin, es macht nicht mal mehr den Versuch, aufzustehen. Das Tier ist noch jung. Ich sehe keine Wunden, kein Blut, keinen gebrochenen Lauf, nichts. Der Hund hat es nicht gebissen, nur aufgescheucht.

Es muss krank sein, geschwächt, vielleicht lag es in dem Schlehenwäldchen im Sterben. Ich weiß nicht, was ich tun soll. Es von seinem Leiden erlösen? Mein Blick fällt auf die herumliegenden Steine. Nein, ich denke nicht daran, was für ein Unsinn. Vielleicht stirbt es überhaupt nicht, oder vielleicht stirbt es langsam und friedlich. Ich werde seinen Tod nicht mit Gewalt beschleunigen. Ich werde nicht noch mehr Gewalttätigkeit an diesen Ort bringen.

Falls das Reh bereits im Sterben lag, dann liegt es jetzt durch meine Schuld bloß und offen auf der Böschung, ohne den Schutz der stachligen Schlehdornsträucher. Heute Nacht kommen bestimmt die Füchse, Marder und Raubvögel und belauern es schon als Beute. Es ist nicht zu ändern. Das Beste, was ich tun kann, ist, möglichst schnell zu verschwinden; wusste ich nicht bereits, dass ich Schaden anrichte in diesem Leben? Das ist kein Grund für mich, mit den Schultern zu zucken, wohl aber, zu wissen, wo mein Platz ist.

Gegen Abend gehe ich wieder zum Froschteich, ich kann es nicht lassen. Mein Magen krampft sich zusammen, als ich mich der Uferböschung nähere. Ich fürchte mich vor dem Anblick des Rehs: lebendig und leidend, oder tot und vielleicht schon angefressen. Über dem Wasser kreisen keine Raubvögel. Ich binde den Hund an einen Baum und schleiche mich zum Ort des Unheils. Leer, nichts zu sehen. Das Reh ist fort. Im Gebüsch liegt es auch nicht. Erleichtert atme ich durch. Wo wird es jetzt sein, lebt es wohl noch, stirbt es gerade, ist es schon tot? Es muss in der Nähe sein, Rehe leben auf einem Quadratkilometer, und ich werde nie erfahren, wie es mit ihm ausgegangen ist. Wenn ich es einmal wegspringen sähe zwischen den Bäumen, würde ich es nicht wiedererkennen. Dicht um mich herum geschehen Brunft, Paarung, Geburt, Kampf, Leid, Tod, und ich bekomme nichts davon mit.

Der Marder

Eines Tages sitzen sie bei mir im Kuhstall am Tisch, Walter und Eva Spienkos. In meinem Bücherregal befinden sich außer Walters alten Schulbüchern und einer Schachtel mit Schriftstücken auch die Liebesbriefe, die ihm Eva 1957 schrieb – aber das wissen sie noch nicht.

Vor etwa fünfzehn Jahren wohnte Walters Mutter noch hier auf Blankow. Habt ihr Hunger? Das waren ihre ersten Worte, wenn Walter sie besuchte. Ständig steckte sie jedem etwas zu essen zu. Diese Sorge ums Essen hatte sie von ihrer Flucht aus Ostpreußen zurückbehalten.

Ich stelle die Schachtel mit Schriftstücken auf den Tisch und nehme den Aufnahmeantrag der Ingenieurschule in Meißen heraus. Es war vor allem dieses Formular, durch das die Familie Spienkos für mich lebendig wurde. Sie waren die ersten Bewohner von Blankow, die Kontur bekamen.

Als Walter das Antragsformular sieht, sagt er: Ach ja, das ist das einzige, was ich wirklich bereue: Ich habe da brav eingetragen, dass mein Vater fünfzig Hektar Land besessen hatte, aber ich hätte schreiben sollen, dass er Landarbeiter war. Sie hätten das damals nie überprüfen können, Friedrichshof lag weit weg in Polen. Als Sohn eines Großbauern hatte ich überall nur Nachteile, bei der Ausbildung, bei Arbeitsstellen, überall. Auch wenn mein Vater früher fünfzig Hektar besessen hat, hier in Mecklenburg war er praktisch Neubauer und besaß nur acht, davon kann man nicht leben und nicht sterben. Aber was in der Gegenwart war, zählte nicht, nur die Vergangenheit. Ich hatte damals noch die Illusion, dass die Kommunisten fair sind.

Walter wurde 1957 in Meißen zugelassen, doch er hatte auch alles darangesetzt; mit seinem Motorrad fuhr er von Pontius zu Pilatus und bestach sogar einen NVA-Angestellten – den *Kleiderfritzen*, den er aus seiner Militärzeit kannte und der ihm den benötigten Stempel verschaffen konnte – mit einer Flasche Schnaps. Er sagt: Man hatte zwei Möglichkeiten, im Leben etwas zu erreichen: Entweder man wurde Parteimitglied oder man wurde Spezialist. Ich bin Spezialist geworden, für Kohlenbürstenmotoren.

Und Eva erzählt: Als eine Nachbarin hörte, dass ich heiraten wollte, sagte sie: Was, Eva heiratet einen *Umsiedler*, einen Habenichts?

Vertriebene gab es in der sowjetischen Besatzungszone und in der DDR nicht, auch keine Flüchtlinge. Es gab nur Umsiedler, Menschen, die aus den Ostgebieten und Enklaven des Dritten Reiches in das neue Deutschland *übergesiedelt* waren. Denn es konnte einfach nicht sein, dass die Völker der Sowjetunion und die Polen ihre deutschen Brüder vertrieben oder ihnen so viel Angst eingejagt hatten, dass sie die Flucht ergriffen. Also war es auch nicht so. Deshalb: Umsiedler. Bei diesem Wort war Jana Huffel an dem Tag, an dem sie mir fast emotionslos von ihrer Flucht erzählte, in die Luft gegangen: Was soll das um Himmels willen für ein Umzug sein, wenn man total abgebrannt und ausgehungert und vergewaltigt irgendwo anders ankommt?

Aber das besiegte Volk passte sich an und lernte das Neusprech schnell. Die Partei hatte die Massenmedien in der Hand, und es war nicht so schwer, die Ereignisse ins rechte ideologische Licht zu rücken. Die Angst vor dem Feind war groß, und die Verschwörungstheorien schossen ins Kraut. Nicht umsonst herrschte Kalter Krieg.

Wir konnten nur Ostradio hören, nie andere Töne, erzählt Walter Spienkos, der in den fünfziger Jahren in der Nationalen Volksarmee war. Wir haben gelernt, dass die Imperialisten versuchten, uns mit Geschlechtskrankheiten zu infizieren, dass sie es vor allem auf die Armeeangehörigen abgesehen hatten und dass sie das Vieh auf den Weiden vergifteten.

Die Faschisten lebten in der Bundesrepublik, die Antifaschisten in der DDR, die Welt war übersichtlich in Gut und Böse eingeteilt – und Deutschland besonders.

Walter blickt an Eva vorbei, er ist mit seinen Gedanken nicht mehr bei unserem Gespräch. Dann schreckt er auf und sagt: Ich muss andauernd auf dieses Sofa schauen, es stand im Zimmer meiner Eltern, meine Mutter hat immer darauf gelegen.

Das gute alte Sofa. Voller Schwalbendreck stand es im Kuhstall. Ich wusste nicht, wem es vorher gehört hatte. Weil es so groß und schwer ist, war es auf Blankow zurückgeblieben. Hin und wieder fallen noch leere Walnussschalen heraus, offenbar hat es einem hamsternden Tier als Vorratskammer gedient. Die Schwester seines Vaters hatte das Sofa nach der Flucht aus Ostpreußen anfertigen lassen, erzählt Walter, und als sie in den Westen ging, ließ sie es bei seinen Eltern in Blankow zurück.

Das Möbelstück ist Handarbeit. Der Bezug ist ausgeblichen, aber ich habe noch nie ein so gutes Sofa besessen. Einen Moment fühle ich mich ertappt, dass das Sofa, auf dem Anna

Spienkos immer lag, jetzt in meiner Wohnung steht. Ich lebe inmitten alter Gegenstände, die mir nicht gehören.

Mitte der siebziger Jahre kehrte Walter Spienkos zusammen mit Eva zum ersten Mal in das ostpreußische Dorf zurück, in dem er geboren war. Friedrichshof heißt heute Rozogi und liegt nicht mehr an der Grenze zu Russisch-Polen, wie vor dem Ersten Weltkrieg, oder an der deutsch-polnischen Grenze, wie danach. Es gibt keine Grenze mehr, Rozogi liegt heute mitten in Nordostpolen. Der neue Besitzer des Spienkos-Hofes, *pan* Tadeusz Marczak, lebte zu der Zeit auch schon seit dreißig Jahren dort. Von den fünfzig Hektar Land hatte er siebzehn behalten dürfen, der Rest war enteignet worden. Die Landwirtschaft war in vollem Betrieb, und Marczak empfing den Sohn des ehemaligen deutschen Besitzers mit offenen Armen.

Einige Jahre später fuhr Walter mit Eva und seiner Mutter erneut nach Rozogi. Anna Spienkos war Anfang siebzig, und sie hatte sich all die Jahre gefragt, was die Polen aus ihrem Hof gemacht hatten. Am wichtigsten war ihr, dass der Hof weiter existierte. Walters Vater wollte nicht mit, die Fahrt war ihm zu weit. Sie fuhren mit einem Trabant, waren also tagelang, zusammengedrängt in dem kleinen Auto, unterwegs. Er hätte es auch seelisch nicht verkraftet, meint Eva. Sein Heimweh habe ihm das Herz zerfressen.

Vor der Abreise hatte Eva ihrer Schwiegermutter zwei Beruhigungstabletten gegeben. Als Anna Spienkos den Kirchturm von Friedrichshof erblickte und den Roststreifen auf dem Zifferblatt der Uhr sah, sagte sie: Unsere Kirche weint.

Anna hatte für die Familie Marczak einen Kuchen gebacken. Den servierte die Gastgeberin auf einer Kristallplatte mit hohem Fuß.

Das ist meine Kuchenplatte, flüsterte Anna Eva zu.

Dann sag das doch, flüsterte Eva zurück.

Aber Anna schüttelte den Kopf. Das Geschirr hatte sie vor der Flucht im Keller vergraben. Die Marczaks hatten es gefunden, bei Kaffee und Kuchen dankten sie der Familie Spienkos noch einmal dafür und versicherten immer wieder, sie seien jederzeit willkommen.

Nach der Wende waren Walter und Eva mit ihren Kindern und Enkeln noch einmal dort. Inzwischen war der Hof zu einer Reitschule mit einem Restaurant umgebaut worden; Tadeusz Marczak hatte dafür Fördergelder von der Europäischen Union erhalten. Stolz zeigt Walter mir Fotos: einen weiß verputzten Reitschulkomplex, von alten Bäumen gesäumt, in der Mitte des Hauptgebäudes das alte Tor, daneben ein Aussichtsturm, den Marczak errichtet hat.

Für Flüchtlinge und Vertriebene, die meinen, ein Recht auf die Rückgabe ihres Besitzes zu haben, hat Walter Spienkos kein gutes Wort übrig, ebenso wenig wie für Lobbygruppen in Westdeutschland, die Entschädigungen fordern: Die Polen seien ebenfalls vertrieben worden, erst von den Deutschen und dann von den Russen.

Wir haben den Krieg angefangen, sagt er. Wir haben in Osteuropa so viele Menschen vertrieben. Wieso sollte ich das Recht auf Entschädigung haben? Es ist Schicksal. Und außerdem: Wir haben den Krieg verloren, und trotzdem geht es uns um einiges besser als den Polen – und weitaus besser als den Russen. Mir geht es gut, was gibt mir das Recht, etwas von Leuten zurückzufordern, die selber kaum was haben? So bin ich nicht erzogen worden. Nein, das hat wenig mit der DDR zu tun, das habe ich von meinen Eltern mitbekommen. Auch wenn ich im Westen gelebt hätte, würde ich so darüber denken.

Flüchtlinge, die wie er in Ostdeutschland geblieben waren, hatten es, so meint er, in einer Hinsicht leichter als ihre Schicksalsgenossen in Westdeutschland: Sie konnten ihre alte Heimat in der Tschechoslowakei, in Polen oder Russland relativ einfach besuchen. Bis 1989 war das für Westdeutsche viel komplizierter, insbesondere, wenn ihre ehemalige Heimat in der Sowjetunion lag.

Ich greife zu dem kleinen Bündel Liebesbriefe. Irgendwann muss es sein. Eva schaut sie blitzschnell durch, schüttelt den Kopf und sagt zu Walter: Nicht zu fassen, dass du die hier einfach hast herumliegen lassen. Ich habe alle deine Briefe aufgehoben.

Walter blättert in einem Schulheft und brummelt: Ach, das ist doch Vergangenheit.

Eva nimmt ein Briefkuvert und liest die Anschrift, die sie damals darauf geschrieben hatte, laut vor: *Herrn Offiziersschüler*. So ein Quatsch!

Walter muss beim Blick in das Heft lachen: Sieh mal, Joseph Großkopf, das war unser Lehrer für Latein und Grammatik, einer vom alten Schlag. Er hat immer gesagt: *Bei mir wird geremst*. Und nach fast sechzig Jahren zitiert er seinen alten Lehrer: *Remsen*, das ist Vokabeln so oft wiederholen, bis ein Zustand leichter Besinnungslosigkeit eintritt, worauf man den Kopf unter den kalten Wasserhahn hält, und nachdem der Normalzustand wieder eingetreten ist, geht es von vorne los: Es wird geochst.

Eva murmelt in sich hinein: Jeder hebt so was auf, nur er nicht.

Nun verteidigt er sich: Ich hatte keine feste Bleibe in jener Zeit, alles lagerte bei meinen Eltern. Eva denkt einen Moment nach und lenkt ein; bei ihnen zu Hause in Berlin lägen auch noch immer Sachen von ihrem Sohn, der Mitte vierzig ist. Und trotzdem, sie kommt nicht darüber hinweg: Da drin steht alles, was mich damals tief bewegt hat.

Was macht das schon, findet Walter, wir haben einander noch, du kannst mir noch sagen, was dich bewegt.

Ja, sagt Eva, aber nicht, was mich damals bewegt hat, nicht, wie ich die Dinge damals erlebt habe. Und dass das jetzt in fremde Hände geraten ist!

Sie meint damit mich, beeilt sich aber zu sagen, dass sie es mir nicht übel nimmt. Ich war auf der Suche nach der Vergangenheit von Blankow. Für mich wird es erst peinlich, wenn die Menschen hinter den Briefen auftauchen und eines Tages bei mir am Tisch sitzen. Doch es ist nicht nur peinlich, es ist auch ein bizarres Zusammentreffen von Zeit und Zufall. Zwei Menschen von Anfang siebzig sitzen in einem Kuhstall, den eine Niederländerin bewohnt, die ihnen die Briefe überreicht, welche die Frau 1957 als jung Verliebte dem Mann schrieb, am Anfang ihrer gemeinsamen Zukunft, die nun größtenteils hinter ihnen liegt. Zeiten und Lebensalter purzeln durcheinander.

Für Walter sind die Briefe Erinnerungen an den jungen Walter und die junge Eva, die sie nicht mehr sind. Fast fünfzig Jahre liegen dazwischen. Er findet es allenfalls interessant, die alten Papiere noch einmal durchzusehen, die Briefe, die Hefte, die Bücher. Für Eva sind sie auch jetzt noch der Walter und die Eva von damals, es sind ihre Gefühle und Gedanken, auch wenn sie fast ein halbes Jahrhundert zurückliegen. Sie empfindet den zeitlichen Abstand weniger.

Sie möchte die Briefe gern zurück haben. Nein, nicht die Kopien, die ich gemacht habe, es geht ihr um die Originale. Vielleicht möchte ich sie ja verbrennen, sagt sie.

Walter findet, das sei Unsinn, sie lägen hier doch gut, alles sei schön beieinander.

Aber Eva hat die Briefe geschrieben, und auch wenn sie hier wie Abfall herumlagen, so gehören die Worte, die darin stehen, doch vor allem ihr. Ich gebe ihr die Mappe zurück.

Kurz darauf spreche ich Eva wieder. Ich habe es verarbeitet, sagt sie, sie hätten noch mal darüber geredet, sie habe auch mit ihren Kindern telefoniert. Ihre Briefe sind natürlich auch ein Zeitdokument und sie haben fast ein halbes Jahrhundert auf Blankow gelegen, sie hat sich mit dem Gedanken versöhnt, dass ich frei über die Kopien verfüge: Sie gehören zu den Geschichten von Blankow, die ich sammle.

Am späten Nachmittag sitze ich auf der Eichenbohle vor der Stallmauer. Große Regenwolken treiben heran. Die ersten dicken Tropfen fallen nass und kühl auf meine nackten Arme. Ich fröstele, gehe hinein und schaue vom Liegeplatz des Hundes aus nach draußen, wo das Wasser auf die warme Erde fällt. Der Hund setzt sich neben mich, in seiner aufrechten, vornehmen Statuenhaltung.

So sitzen wir, beide ganz in schwarz, nebeneinander und blicken versunken hinaus. Zwei Säugetiere, mit Augen, Ohren, Nase und Fell, mit Herz und Lungen und Leber, mit Zunge und Speiseröhre und Anus. Leider besitze ich keinen Schwanz. So einen wedelnden Puschel, ein Aushängeschild meiner Stimmungslage. Ich weiß nicht mal, wie es sich anfühlt, einen Schwanz zu besitzen, obgleich ich manchmal zu fühlen meine, dass mein Steißbein sich noch an rudimentäre Wedelbewegungen erinnert.

Hätte ich doch eine so gute Nase wie der Hund, denke ich, könnte ich doch besser riechen, dann würde ich herausfinden, woher dieser faulige, süßliche Geruch kommt, der jeden Tag penetranter wird. Auf dem Heuboden kann ich es kaum noch aushalten, und obwohl die Tür im Giebel immer offen steht, werde ich nachts manchmal von dem Gestank wach. Der Hund könnte die Ursache vielleicht finden, aber ich weiß nicht, wie ich ihn die Leiter hochbekommen soll, er lässt sich nicht hochheben. Wenn ich es trotzdem versuche, schnappt er wütend nach meinen Händen. Dann eben Geduld, vielleicht verschwindet der Gestank von allein.

Als der Himmel aufklart, gehe ich ins Freie. Der Staub ist aus der Luft, das Grün ist grüner. Die Erde dampft. Alles scheint in dieser halben Stunde üppiger geworden zu sein. Noch mehr Grün. Es ist der Moment, der immer wiederkehrt, auch wenn ich mir das im Vorfrühling, im Herbst und im Winter nicht vorstellen kann: dieses unbändige Wachsen, dieses verschwenderische Gedeihen. Ich passe einen Moment nicht auf, und schon ist alles mit Klebkraut, Brennnesseln, Disteln, Wiesenkerbel, Giersch, Quecken, Taubnesseln, Gänsefingerkraut, wildem Meerrettich, Bärenklau, Holunder übersät. Es sind die Wucherer des gestörten Bodens, der mit Mist und Jauche und Kunstdünger durchtränkten Erde. Da hilft nur, alles mit Stumpf und Stiel auszureißen oder es immer wieder abzumähen. Den Boden abzumagern. All dieses Leben, dieser Trieb, diese unter- und überirdische Wucherung, diese Arten, die einander auf Leben und Tod bekämpfen. Und es sind immer dieselben, die hochkommen, andere wegdrücken, ihnen das Leben unmöglich machen. Erst wenn die Wucherer fort sind, haben die anderen eine Chance.

Ich sehe mich selbst, die Durchreisende, wie ich der mutlos machenden Wucherung zu Leibe rücke. Halbherzig, auf gut Glück, denn ich habe wenig Zuversicht. Letztlich werde ich den Kampf gegen all das Pflanzenleben doch verlieren. Ich bin unterlegen, wie auch immer. Ich brauche mich nur umzudrehen, und es erobert wieder das Terrain. Es gehört hierher, es bleibt. Ich nicht.

Mich fröstelt. Immer wird die Zukunft wieder Vergangenheit, bis ich selbst vorbei sein werde.

Ich werfe die saubere, trockene Wäsche aufs Sofa und wühle in dem Haufen nach Socken. Brrr, eine Made. Mit spitzen Fingern fasse ich das blasse, sich krümmende Würmchen und befördere es schnell in die Holztonne neben dem Ofen. Wenn es nur keine Mottenlarven sind, die alles anfressen. In den letzten Tagen habe ich schon eine Motte erschlagen, sie zerpulvern bei der geringsten Berührung.

Ich mache weiter mit dem Zusammenlegen der Wäsche – und plötzlich sehe ich überall Maden. Es wimmelt von ihnen auf den blassen Blumen des Sofas, und sie winden sich auf dem Teppich. Ich fasse an meinen Kopf, es juckt. Igitt, ich springe auf, bücke mich tief und schüttle den Kopf, fahre mir mit den Fingern durch die Haare. Maden fallen heraus. Mir graut, ich schreie vor Ekel. Der Hund kommt angerannt, schnüffelt mit der Nase am Boden und bleibt in einiger Entfernung stehen, sieht mich mit eingeklemmtem Schwanz an.

Ich blicke zur Decke hoch, auch in den Ritzen zwischen den Brettern bewegen sich Maden, sie regnen herab. Ich ziehe und zerre am Sofa, das Ungetüm muss dort weg. Dann überlege ich es mir anders, renne mit der sauberen Wäsche hinaus und werfe sie ins Gras. Aus dem Wintergarten hole ich den Staubsauger und beginne wie eine Besessene, die Maden aufzusaugen. Ich stelle den Stuhl auf den niedrigen Tisch vor dem Sofa und klettere hinauf, so komme ich mit dem Staubsauger bis zur Decke. Moment, vorher reiße ich noch den Strohhut vom Nagel und drücke ihn mir fest auf den Kopf. Ohne hinzusehen – ich will mir gar nicht erst vorstellen, die Maden könnten mir ins Gesicht regnen –, fahre ich mit der Staubsaugerbürste an der Decke hin und her. Als die meisten Maden im Staubsauger verschwunden sind, schaue ich mir die Decke aus sicherer Entfernung an.

Der Gestank, der faulige, süßliche Geruch – Leichengeruch – auf dem Dachboden, aber auch hier unten, und nun die Maden. Es muss ein totes Tier zwischen den beiden Bretterschichten liegen. Keine Maus, es muss etwas Größeres sein.

Der Marder! Ich habe ihn schon seit einer Weile nicht mehr trippeln gehört. Als ich vor einigen Wochen mein Bett nach oben schaffte, habe ich die Marderlosung mit den ersten Kirschkernen dieses Jahres beseitigt und keine neue mehr gefunden. Er wird sich auf den alten Teil des Heubodens zurückgezogen haben, seit ich hier oben schlafe, dachte ich.

Einen Moment überlege ich, ob da oben kein Marder, sondern eine Ratte liegt, verwerfe den Gedanken jedoch gleich wieder. Die Ratte Henkie lebt unter dem Fußboden der Wohnung und der Marder oben auf dem Dachboden, so habe ich es mir immer vorgestellt, und dafür sprechen auch die Anzeichen. Eine Ratte mag außerdem keine Kirschen.

Immer noch fallen Maden aufs Sofa, aus denen werden dann Fliegen, eklige dicke Schmeißfliegen, die glänzend und träge überall sitzen, Tausende davon. Es wird hier schwarz von Fliegen werden, ein Horrorszenario. Ich muss etwas unternehmen.

Ich klettere die Leiter hoch und suche den Fußboden ab, der die Maße eines Ballsaales hat. Ich messe aus, wo unten ungefähr das Sofa stehen muss. Ich schnuppere und schnüffele mit der Nase am Boden nach dem schlimmsten Gestank, ich bin ein Hund. Ich würge. Wäre ich nur ein Hund, dann brauchte ich jetzt nicht mit aller Kraft zu versuchen, mein Frühstück bei mir zu behalten. Hinter dem Kopfende ist der Gestank am intensivsten. Das Viech muss weg, ich werde den Boden aufreißen müssen.

Nachdenken, was ich brauche. Handschuhe, nicht meine Arbeitshandschuhe aus Stoff, sondern die dicken aus Gummi für Schmutzarbeiten. Einen großen Müllsack, den größten Eimer, eine Schaufel, eine Brechstange, einen Hammer, einen Meißel. Besser zu viel Werkzeug als zu wenig. Einen Schraubendreher, nein, den Akkubohrer, damit ich nur so kurz wie möglich in diesem widerlichen Gestank arbeiten muss. Eine Kneifzange. Handfeger und Kehrschaufel. Schnell wieder die Leiter runter, in der Werkstatt und im Wintergarten rasch alles zusammenpacken.

Am Fuß der Leiter hole ich tief Luft, und noch mal, als könnte ich einen Vorrat an Sauerstoff inhalieren, dann schleppe ich die Sachen in drei Etappen nach oben.

Mit dem Rücken zum *Tatort* hole ich noch einmal tief Luft und setze dann den Bohrer auf die erste Kreuzschlitzschraube in den Dielenbrettern rund um den schlimmsten Gestank. Rrrrang, der Bohrer schießt darüber hinweg. Ich muss fester drücken. Nachdem die Schrauben herausgedreht sind, stecke ich einen Meißel zwischen die Bretter. Ich versuche eines hochzuhebeln, doch die Kraft reicht nicht aus. Dann eben mit der Brechstange, ganz ohne die Dielen zu beschädigen, geht es nicht, sicher werden einige Federn in den Nuten stecken bleiben und abbrechen. Knacks, die Hauptsache ist, schnell zu arbeiten, mein Magen zieht sich zusammen. Das erste Brett löst sich. Der Gestank wird noch schlimmer, wirft mich fast um, ich wage kaum zu atmen. Von einem der Kissen auf dem Bett ziehe ich den Bezug ab und binde ihn mir vor Mund und Nase. Ich schaue in das Loch unter dem ersten abgerissenen Brett. Die Glaswolle ist braun und zerfressen, es wimmelt von Maden. Ich würge. Das nächste Brett muss weg, ich nähere mich der Geruchsquelle, arbeite schnell, um mir keine Zeit zum Nachdenken zu lassen, ich erblicke ein Stückchen braunes Fell,

Haarbüschel. Noch ein Brett und noch eins. Da! Ein braunes Tier liegt zusammengerollt in einem Bett von Maden. Ich trete ein paar Schritte zurück, weg von der Luftströmung, und atme zur Seite. Die hellbraunen Ohren des Tieres stehen hoch, der Kopf liegt auf dem langhaarigen Fell, ein dünnes spitzes Schnäuzchen, knochige Pfötchen mit langen Krallen. Ein Marder. Der Marder. Ich betrachte ihn eine Weile aus sicherem Abstand und sammle Mut.

Ich ziehe die Gummihandschuhe an und versuche, die Schaufel unter die Marderleiche zu schieben, doch das gelingt mir nicht. Also gut, ich nehme mit abgewandtem Gesicht das Tier und werfe es in den Eimer. Es fühlt sich steif und weich zugleich an, das Fell fällt teilweise ab, eine Hinterpfote bleibt an der Glaswolle hängen, die Leichenflüssigkeit klebt an meinen Handschuhen. Am widerlichsten sind jedoch die Maden, die überall herumkriechen. Ich ziehe und zerre an der gelben Watte. Allein beim Anblick der Glaswolle juckt es mich überall. Dass sich der Marder zum Sterben gerade hierhin verkrochen hat und nicht ins Heu.

Ich stopfe die Glaswollbäusche in den Müllsack und binde ihn zu. Schnell hinaus mit den Gestanksquellen. Ich mache meine Arme so lang wie möglich, an der einen Hand hängt der Eimer, an der anderen der Müllsack, ich jongliere die Leiter hinunter. Den Müllsack stelle ich in die Ruine der Getreidescheune, der Hund schleicht schüchtern hinter mir her. Den Marder lasse ich am Rand des Hofes auf einen großen Feldstein gleiten, der Hund beschnüffelt ihn kurz, zuckt zurück. Die Haut unter dem Fell ist ledrig, ich drehe den Kadaver auf den Rücken, damit die Sonne das Fleisch und die Maden wegdörrt.

Mit einer großen Flasche Essig klettere ich wieder nach oben. Ich besprenge die Öffnung und die Dielenbretter und hoffe, so den Leichengeruch zu vertreiben. Ich räume das Werkzeug weg, alles stinkt, ich schmecke den Geruch auf der Zunge, rieche ihn in meinen Haaren und meiner Kleidung. Ich nehme mir frische Wäsche, stopfe sie in die Fahrradtaschen und rase zum Erlensee. Völlig überdreht spurtet der Hund vor mir her.

Ich mache einen Kopfsprung vom Steg, das kalte Wasser umfängt mich, wäscht den Tod von mir ab.

Ein paar Tage später schließe ich den Fußboden wieder, die Maden sind alle verschwunden. Der Marder liegt noch immer auf dem Feldstein, kein Aasfresser interessiert sich für ihn. Das Fell ist größtenteils weggeweht. Er ist klein und mager geworden. Die Haut ist beigefarben gegerbt. Ich lege ihn auf den Deckel eines Pappkartons, damit ich ihn schnell woandershin schaffen kann, falls es regnen sollte. Erst später lese ich, was am Rand der Pappe steht: *Stückige Rezeptur mit frischem Fleisch zubereitet.* In dem Pappkarton waren Dosen mit Hundefutter. Der Marder riecht nur noch leicht, es dauert nicht mehr lange, dann bekommt er den schönsten Platz in der Vitrine. Er war bereits hier, bevor ich zum ersten Mal kam, er gehörte zu den vertrauten Geräuschen, in meiner Vorstellung war er für viele unerklärliche Erscheinungen verantwortlich. Er gehörte mehr hierher als ich. Und nun ist er tot, und das hat er mich auch wissen lassen.

Am Abend mache ich eine weite Runde über das Anwesen, hinter der Ruine der Getreidescheune vorbei, über den Pfad zwischen dem Bauernhaus und dem kleinen Schuppen von Anna Spienkos hindurch in den Garten. Als Anna hierher kam, war sie nur wenige Jahre älter, als ich es jetzt bin, und als sie ging, war sie eine Witwe von über achtzig. Jahr um Jahr ging sie über diesen Pfad, mit Schaufel und Gießkanne zum Gemüsegarten, mit dem geernteten Gemüse zurück, jeden Tag brachte sie die Küchenabfälle ihren Hühnern, Gänsen, Enten, Ziegen, sie sammelte die Eier ein, melkte, schlachtete. Den Kopf voller Sorgen um ihren Mann und sein Heimweh, die Gedanken bei ihren Söhnen und deren Familien. Und immer öfter ruhte sie sich müde von allen Kümmernissen auf dem Prunkstück in ihrer Wohnung aus, dem Sofa ihrer Schwägerin. Ich denke gern an Anna Spienkos, das Bild, das ich von ihr habe, wirkt ansteckend, es macht mich sanft und gelassen.

Ich gehe durch den Obstgarten, wohin ich schaue, stoße ich auf Geschichten. Die Bäume sind alt und knorrig. Hermann Grensling war 1941 der letzte Bauer, der hier Bäume pflanzte, er dachte an die Zukunft, an seine Kinder, die den Hof übernehmen sollten. Vor ihm und nach ihm war jeder Bewohner nur vorübergehend hier oder er hoffte zumindest, Blankow bald wieder zu verlassen. Warum dann neue Obstbäume pflanzen? Für die Menschen, die später vielleicht hier wohnen würden? Für Fremde? Sollten sie die Früchte ernten?

Ich schlendere hinab durch die kleine Allee mit Apfel- und Birnbäumen. In der Reihe klafft eine Lücke. Dort hat Jakob Huffel einen Birnbaum gefällt, ausgerechnet einen *Williams Christ*, der große, saftige Birnen trägt. Es war an dem Tag, als er von der Beerdigung seines Bruders zurückkam, der im Westen gelebt hatte. Der Baum musste daran glauben, warum, das wusste nur Jakob Huffel, als er die Axt in den Stamm schlug. Seit zwei Jahren steht dort ein schütterer junger Birnbaum, der die Narbe in der Reihe erst auffällig macht. Er ist wie ein Gedenkstein: Hier zerhackte Jakob Huffel seinen Kummer in kleine Stücke.

Was weiß ich von Jakob Huffel? Fetzen, die mir hin und wieder einfallen. Dass er ausgelacht wurde, weil er weiterhin Grund und Immobilien kaufte in einem Land, das für immer mit Privatbesitz abgerechnet hatte. Jetzt ist das Lachen verstummt. Huffels jüngster Sohn Frank verdankt das Hotel beim Damm im Mürzinsee seinem Vater. Er konnte Ansprüche auf den alten Ausspann erheben, da sein Vater ihn Anfang der fünfziger Jahre gekauft hatte und später zwangsweise an den Staat hatte verkaufen müssen. Heute spricht niemand mehr von diesem preußischen Bauern, der die Zeit nicht mehr verstand, heute geht es um den gewieften Geschäftsmann Huffel. Er erlebte mit neunundneunzig noch die Eröffnung des Hotels mit. Einen Tag danach starb er.

Auf meiner weiten Runde gelange ich zum Ostpunkt des Anwesens, von dort aus sehe ich den Froschteich. Ein Schwan schwimmt darauf, und Tausende Frösche tun mit lautem Quaken ihre Fortpflanzungslust kund. Die Leute hier nennen den Teich Glockenteich, hörte ich unlängst. Es heißt, einst seien Kirchenglocken darin versteckt worden. Glocken oder Frösche, es ist ein Teich der Klänge.

Ich denke an alle Geschichten, an all die Bewohner, jeder von ihnen hat sein eigenes Blankow. Die alten Männer, die bei Kriegsende noch Jungs waren, erzählen am liebsten Lausbubengeschichten, wie sie dem Regiment der Erwachsenen entwischten oder wie erbarmungslos sie verprügelt wurden. Die Frauen erzählen, wie hart das Leben war, wie vor allem ihre Mütter gelitten und wie sich alle abgerackert haben.

Wenn ich mich unten in der abgetrennten Wohnung eine Weile auf dem Bett im Futtertrog ausruhe und zu den weiß gekalkten Deckenbalken hochschaue, muss ich oft an Jana Huffel denken. Wie sie den Raum betrat, mein Winterbett sah und entsetzt war, dass ich dort ruhig schlafen konnte. Genau an der Stelle, wo die Kuh Lita sie so kräftig getreten hatte, dass sie gegen die Wand geflogen war. Sie hatte die Kuh nach dem Kalben zum ersten Mal melken wollen. Jana schüttelte den

Kopf, für sie war das hier ein Ort von Angst und schmerzenden Knochen, von Böswilligkeit und Groll.

Fast alle Kinder mussten nach der Grundschule, mit vierzehn, arbeiten. Sie besuchten allenfalls noch einen Landwirtschaftskursus in Falkenhof, über den sie nicht mal ein Zeugnis erhielten. Ihre Talente wurden kaum gefördert im Arbeiter- und Bauernstaat. Jana Huffel hat zwanzig Jahre lang am laufenden Band Jeans für Westdeutschland genäht, für achtundsiebzig Pfennig pro Hose, sodass Erich Honecker im Westen eine Tasse Kaffee trinken konnte, spottete sie grimmig. Nach der Wende wurde sie in die Frührente abgeschoben, wie so viele Menschen in ihrem Alter.

Auch die Kinder von Großbauer Grensling hatten wenig Chancen gehabt. Wenn unsere Großmutter mitgewollt hätte, wären wir 1945 von Blankow in den Westen geflohen, das wäre für alle besser gewesen, sagte die älteste Tochter Renate verbittert. Dann hätten sie, die Kinder, wenigstens eine Ausbildung machen können. Die kleine Schule in Dornhain taugte nichts, die meisten Dornhainer konnten kaum lesen und schreiben. Ihre Mutter hatte Ende der vierziger Jahre eine Zeitlang eine junge Studentin aus dem Westen ins Haus geholt, die den Kindern Nachhilfeunterricht geben sollte, doch das arme Ding bekam solches Heimweh, dass sie schon bald wieder zurückgeschickt wurde. Renate heiratete in den sechziger Jahren einen verwitweten Bauern in der Nähe von Bremen und ist seit kurzem selbst Witwe. Sie verdient sich noch immer als Putzfrau im Dorfrestaurant etwas dazu. Leben ist Arbeiten, anders kennt sie es nicht.

Die Geschichten über Blankow stimmen nicht immer überein? Das verwunderte Renate Grensling. Was sie mir erzählt habe, stimme zu hundert Prozent, versicherte sie mir. Ich würde es gern glauben. Dann gäbe es *eine* Wahrheit, eine runde Geschichte, dann gäbe es Anfang und Ende, Ursache und Wirkung. Dann wäre das Leben übersichtlich, es gäbe eine Wirklichkeit an sich, die jeder von uns als solche erkennen könnte. Doch die gibt es nicht. Wir sind unseren Erinnerungen und Bildern ausgeliefert, jeder für sich. Allein.

Die Bewohner von Blankow verstehen selbst kaum noch, wie ihr Leben früher war – Hitler, Stalin, Ulbricht, Honecker, Kohl und dessen Nachfolger, es ist fast nicht zu begreifen, dass das alles in ein einziges Leben passt. Die Zeiten haben sich so geändert.

So schlimm, wie es heute hingestellt wird, war es in der DDR nicht, sagen die alten Leute, die nach dem Krieg jung waren, tanzen gingen, keinen Hunger und keine Sorgen hatten. Sie hatten das Gesicht der Zukunft zugewandt, das Leben lag ihnen zu Füßen. Ihre Stimme klingt schwach, sie wissen, dass sie niemanden mehr überzeugen können, sie können nichts dagegen tun, dass zusammen mit der DDR auch ihr eigenes Leben lächerlich gemacht wird. Kaum jemand hört ihnen noch zu. Oder sie werden gleich dem Lager der Nostalgiker zugeschlagen.

Oft schweigen sie tunlichst, dass das besser ist, sind sie gewohnt. Nur nicht auffallen, nicht auf sich aufmerksam machen, sich nicht auf seine Worte festnageln lassen.

Ich sehe den Mund von Helga Ribitzki vor mir. Manchmal kamen keine Worte heraus, aber ihre Lippen bewegten sich, als würde sie sprechen. Als ob jemand den Ton abschaltete, wenn es heikel wurde. Ich sehe, wie Heinrich Thomas die Lippen spitzt, wenn er meint, genug gesagt zu haben. Auf die gespitzten Lippen legt er einen imaginären Zeigefinger. Ich sehe, wie Hermann Grensling jr. zu einer Schaufensterpuppe erstarrt und wartet, bis das Fragen aufhört. Ich sehe das leise

Kopfschütteln: Wir wissen doch, worum es geht, nun gib schon Ruhe. Ich sehe die misstrauischen Blicke: Was steckt sie ihre Nase in die alten Geschichten, in unsere Leben. Woher weiß sie das alles? Wieso spioniert sie eigentlich hier herum? Mitunter sehe ich mich mit ihren Augen und verstehe ihren Argwohn: Mit meiner Fragerei komme ich ihnen wie ein Stasi-Spitzel vor. Ich spüre die Abwehr, den Widerwillen. Offenheit hat noch nie jemandem etwas gebracht in diesen Landstrichen. Überzeugungen mussten nach einer Weile stets wieder unter den Teppich gekehrt werden. Ich höre die Worte von Ursula Hornwath: Ach, lass doch, Martha, wir haben alle *Heil Hitler* gerufen.

Jeder lebt mit seinem eigenen Blankow, das sich nur zum Teil mit dem der anderen deckt. Meines besteht aus den gesammelten Erinnerungen anderer Menschen, aus meinem eigenen Leben hier und aus dem Leben des Hundes. Auch der Hund hat sein Blankow. Selbst wenn er jahrelang nicht hier gewesen wäre, würde er bei der Rückkehr seine alte Runde über den Hof rennen, um die Katzen zu verjagen, den Holzstapel ausgiebig beschnüffeln, sich in den Weidenpfuhl legen und Wasser schlabbern, und er würde wissen, dass er am Ende des Feldes zwischen der Pappelreihe hindurch auf den Steg des Erlensees gelangt. Der Hund vergisst so etwas nicht, irgendwo in seinem Körper ist es gespeichert. Aber es wird nur angesprochen, wenn er hier ist. Ein Hund hat kein Heimweh – glaube ich.

Ich höre die Nachrichten im Radio, *Wissen, was die Welt bewegt*. Noch täglich gibt es Tote im Nahen Osten, der Sieg war kurz, der Kampf wütet weiter. Gefangene werden gefoltert und getötet, es wird geplündert und vergewaltigt, Menschen tragen Sprengsätze am Körper und lassen sie explodieren. Ein Ende ist immer weniger absehbar. Krieg herrscht noch jeden

Tag, nicht nur weit weg, auch unter uns. Jeden Tag werden Menschen gezeichnet, verstümmelt, und sie geben das weiter an ihre Kinder und Kindeskinder. Und jeder wälzt seinen Stein den Berg hinauf.

Ich bin müde, der Tag neigt sich dem Ende zu, aber es ist immer noch nicht dunkel. Ich klettere die Aluminiumleiter zum Heuboden hoch. Ein vager Hauch Marder weht vorbei. Ich ziehe mich aus und schlüpfe in das alte Bett. Die Wärme des Tages hängt noch zwischen den Balken. Durch die Öffnung im Giebel strömt kühle Abendluft herein. Ich blicke über das verblühte Rapsfeld. Die Farben ziehen sich aus dem Tag zurück. In der Nähe ertönt der Ruf eines Waldkauzes. Ich liege auf der Seite und schaue hinaus. Ich liege und schaue. Es ist, als hätte ich noch nie so still gelegen. Die Fledermäuse streichen über mich hinweg, fliegen ein und aus. Ich bin fast nicht mehr da.

Nachwort

Die Personen im Buch heißen in Wirklichkeit anders. Sie sind Figuren im großen Erzählwerk der deutschen Geschichte. Es geht mir nicht um die Individuen, doch zugleich bin ich davon überzeugt, dass sich die große Historie am besten anhand von Einzelleben erzählen lässt.

Die deutsche Geschichte des vergangenen Jahrhunderts ist beladen mit Schuld, Schuldfragen, Familiengeheimnissen, Traumata und moralischen Zwickmühlen. Dem Leben der ehemaligen Bewohner von Blankow und Umgebung wollte ich nur nachspüren, wenn ich ihnen die Freiheit des Pseudonyms geben konnte. Die meisten können nicht mehr widersprechen, und die, die es können, waren vor einem halben Jahrhundert noch Kinder. Ich sehe nicht, wie ich eine klare Trennungslinie zwischen Tätern und Opfern ziehen könnte.

Letztlich sind es auch nicht die moralischen Fragen, die mich am meisten interessieren. Es geht mir vor allem darum, wie Menschen, die eines Tages irgendwo auf der Welt geboren werden, sich mit dieser Gebundenheit an Zeit, Ort, Umwelt, Familie und Genotyp durchs Leben schlagen. Und wie jeder für sich keine andere Wahl hat, als sich mit seinem Schicksal zu versöhnen.

Das ist zugleich die Aufgabe, vor die ich mich selbst als Figur in diesem Buch gestellt sah, und daraus ergibt sich meine Verbundenheit mit den anderen Personen.

Auch Blankow heißt in Wirklichkeit anders, ebenso wie die Dörfer und Städte in der Umgebung. Der Zufall führte mich hierher, im Osten Deutschlands gibt es Hunderte von Blankows. Dass es dieses Blankow ist – das von mir, meinen Freunden, den Bewohnern von früher und den heutigen Nachbarn – ist im Grunde genommen unwichtig. Das bedeutet auch, dass ich in den zitierten Passagen aus den Kriegstagebüchern der deutschen Generäle die Namen und Orte in der Umgebung geändert habe, ebenso die Buchtitel.

Es bedarf keines detektivischen Spürsinnes, um herauszufinden, wie die Orte und Personen in meinem Buch in Wirklichkeit heißen, aber ich lege Wert darauf, einen Spalt zwischen der Wirklichkeit und meinem Buch offen zu halten. Auch wenn ich mir nichts ausgedacht und die Berichte der Menschen so wahrhaftig wie möglich übernommen habe, so bleibt es doch die *Komposition* einer Wirklichkeit mit all ihren weißen Flecken, Lücken und Verzerrungen.

Jeder von uns muss mit seiner Erinnerung, seinem Vorstellungsvermögen, seinen Ängsten und Sehnsüchten zu Rande kommen. Und letztlich ist es *mein* Blick auf die Wirklichkeit, der dieses Buch zu dem gemacht hat, was es ist. Aus dieser Erkenntnis heraus wollte ich den heutigen und ehemaligen Bewohnern von Blankow und Umgebung ihre Ruhe gönnen.

Pauline de Bok, Amsterdam im Frühling 2006

Literatur

Für die vergleichsweise ungewöhnliche Form dieser Literaturliste hat sich die Autorin entschieden, da sie keine wissenschaftlichen Ansprüche hat. So hat sie auch einige Titel, wie im Nachwort erwähnt, entsprechend den fiktiven Ortsbezeichnungen im Buch verändert.

Am Beispiel meines Bruders, Uwe Timm; Deutscher Taschenbuch Verlag, München 2005

Bauer und Ritter in Mecklenburg. Wandlungen der gutsherrlich-bäuerlichen Verhältnisse im Westen und Osten Mecklenburgs vom 12./13. *Jahrhundert bis zur Bodenreform* 1945, Paul Steinmann; Petermänken-Verlag, Schwerin 1960

Das Seeberger Seengebiet – Werte der deutschen Heimat, Band 57, Institut für Länderkunde Leipzig; Verlag Hermann Böhlaus Nachfolger, Weimar 1997

Der Mythos des Sisyphos, Albert Camus; übersetzt von Vincent von Wroblewsky; Rowohlt, Hamburg 1999

Deutsche Geschichte 1-12, Heinrich Pleticha Hrsg.; Bertelsmann Lexikon Verlag, Gütersloh 1993

Deutschland-Tagebuch 1945–1946 – *Aufzeichnungen eines Rotarmisten*, Wladimir Gelfand; übersetzt von Anja Lutter und Hartmut Schröder; Aufbau-Verlag, Berlin 2005

Die Vertriebenen – Hitlers letzte Opfer, Hans Lemberg, K. Erik Franzen; Propyläen Verlag, Berlin-München 2001

Eine Frau in Berlin. Tagebuchaufzeichnungen vom 20. *April bis* 22. *Juni* 1945, Anonyma; Eichborn Verlag, Frankfurt am Main 2003

Erfolgreiche Gartenarbeit, Adolf Kaiser; Volk und Wissen Verlag, Berlin/Leipzig 1948

German Democratic Republic – Politics, Economics and Society, Mike Dennis, Printer Publishers, London 1988

Geschichte eines Deutschen – Die Erinnerungen 1914-1933, Sebastian Haffner; Deutsche Verlags-Anstalt, Stuttgart 2000

Historischer und geographischer Atlas von Mecklenburg und Pommern, Band 1 *und Band* 2, herausgegeben im Auftrag der Landeszentrale für politische Bildung, Mecklenburg-Vorpommern, Schwerin 1995

Im Krebsgang, Günter Grass; Steidl Verlag, Göttingen 2002

Jagen in Mecklenburg-Vorpommern – heute und gestern, Günter Millahn; Hinstorff Verlag, Rostock 2001

Kapp-Putsch in Mecklenburg – Junkertum und Landproletariat in der revolutionären Krise nach dem 1. *Weltkrieg*, Martin Polzin; VEB Hinstorff Verlag, Rostock 1966

Kölnitz 1944/45 *– Kriegsereignisse in einer uckermärkischen Idylle*, Wilhelm Zimmermann; Uckermärkischer Geschichtsverein zu Prenzlau e.V., Prenzlau 2002

Krieg und Frieden I und II, Leo N. Tolstoi; übersetzt von Werner Bergengruen; Rütten & Loenig, 6. Auflage, Berlin 1963

Landarbeit leicht gemacht! Praktische Winke aus dem Erfahrungsaustausch der »Mitteilungen für die Landwirtschaft«, Dr. Ernst Schneider; Landbuch Verlag, 1949

Landnahme, Christoph Hein; Suhrkamp Verlag, Frankfurt am Main 2004

Mecklenburg 1945, Joachim Schultz-Naumann; Universitas Verlag, München 1989

»Mecklenburg im Ersten Weltkrieg«, Kerstin Urbschat, in: *Ein Jahrtausend Mecklenburg und Vorpommern, Biographie einer Norddeutschen Region in Einzeldarstellungen*, Wolf Karge (Hrsg); Hinstorff Verlag, Rostock 1995

Mecklenburg-Strelitz – Beiträge zur Geschichte einer Region, Band 1, Band 2 und Register, Frank Erstling, Frank Saß, Eberhard Schulze, Harald Witzke (Redaktion); Verlag Druckerei Steffen, Friedland/Mecklenburg 2003

Meines Vaters Land – Geschichte einer deutschen Familie, Wibke Bruhns; Econ, Ullstein Buchverlage, Berlin 2004

Ostpreußisches Tagebuch – Aufzeichnungen eines Arztes aus den Jahren 1945-1947, Hans Graf von Lehndorff; Biederstein Verlag, München 1961, Deutscher Taschenbuch Verlag, München 1967

Seeberger Jägersleut', Klaus Bormann; Waldmuseum Seeberg, Sassenverlag Neustrelitz 2003

»Uns gab's nur einmal« – Mecklenburg-Vorpommern voor en na de Duitse Hereniging, Leo Paul; Eburon, Delft 2003

Wendepunkte – die Chronik der Republik – Der Weg der Deutschen in Ost und West, Hartwig Bögeholz; Rowohlt Taschenbuch Verlag, Reinbek bei Hamburg 1995/1999

Wer Sturm sät – Die Vertreibung der Deutschen, Micha Brumlik; Aufbau-Verlag, Berlin 2005

Inhalt

Barbara Bongartz

Perlensamt

Martin Saunders, amerikanischer Kunsthistoriker in Berlin, lernt durch Zufall David Perlensamt kennen – einen eigenartig anziehenden, geheimnisvollen Menschen. Wenige Tage nach dieser Begegnung geschieht in Perlensamts Wohnung in der Fasanenstraße ein Mord. Fast zur selben Zeit wird im Auktionshaus, für das Saunders arbeitet, ein Courbet angeboten. Exakt das Bild, das Saunders in der Wohnung Perlensamts gesehen hat…

Perlensamt ist ein Kriminal- und Gesellschaftsroman, der das große Thema Raubkunst aufblättert – auf den Spuren bedeutender Werke und ihrer »Sammler« zwischen Berlin, Paris, New York.

»Ich bin ein begeisterter Leser dieses Buches. Perlensamt *hat soviel Kraft, ich wünsche mir unbedingt eine Fortsetzung. Ein* must *für jeden Kunstliebhaber.«* Dr. Dirk Boll, Christie's, Zürich

»Das Buch ist Krimi, Familiengeschichte und historischer Roman in einem. Ich bin ehrlich begeistert, großartig, Chapeau!«
Harald Klauhs, Die Presse, Wien

Roman
Geb., 319 Seiten
€ 19,80 (D)
weissbooks.com
barbarabongartz.de

weissbooks.w

Dorothea Dieckmann

Harzreise

Eine Erzählung

Der Vater ist tot. In seinem Nachlass eine Kladde mit Aufzeichnungen, in seinem Zimmer ein Bild: *Deutsche Landschaft um 1933*, gemalt von Alfred Loges. Die rote Kladde wird zum roten Faden, das Bild zum Anlass einer Entdeckungsreise. Woher kommt es, wovon erzählt es? Was steckt hinter den Legenden aus vergangenen deutschen Zeiten? Das Heimweh lenkt diese gespannte Suche, die hinter die Grenzen im Land, hinter die Grenze des Todes führt.

Auf ihrer Harzreise verwebt Dorothea Dieckmann das Porträt des Vaters mit den Funden, die sie auf den »Schleichwegen der Erinnerung« macht, bis sie endlich mit Juri, dem Begleiter und Geliebten, auf und davon geht.

»Ein Geschenk! Ruhige und konzentrierte Bücher wie dieses sind selten und deshalb umso kostbarer.« Beate Tröger, FAZ

»Ein kleines Meisterwerk.« Martin Zingg, NZZ

Dorothea Dieckmann
Harzreise
Eine Erzählung
weissboo

Pauline de Bok
Blankow oder Das Verlangen nach Heimat
Aus dem Niederländischen von Waltraud Hüsmert

Die Originalausgabe erschien 2006 unter dem Titel *Blankow*
bei L. J. Veen, Amsterdam/Antwerpen (Amstel publishers)

Konzept Design
Gottschalk+Ash Int'l

Umschlaggestaltung
Julia Borgwardt, borgwardt design
unter Verwendung eines Motivs von Getty Images
Foto: Martin / Hulton Archive

Foto Pauline de Bok

Druck und Bindung: C. H. Beck, Nördlingen
Printed in Germany
Erste Auflage 2009
ISBN: 978-3-940888-04-4

paulinedebok.nl
weissbooks.com